W0298858

Luca Di Fulvio, geb. 1957, lebt und arbeitet als freier Schriftsteller in Rom. Bevor er sich dem Schreiben widmete, studierte er Dramaturgie bei Andrea Camilleri. Seine Romane DER JUNGE, DER TRÄUME SCHENKTE und DAS MÄDCHEN, DAS DEN HIMMEL BERÜHRTE waren große Bestseller-Erfolge.

Weitere Titel des Autors:

Der Junge, der Träume schenkte
Das Mädchen, das den Himmel berührte

Luca Di Fulvio

Inkubus

Thriller

Aus dem Italienischen von
Katharina Schmidt und Barbara Neeb

BASTEI
LÜBBE
TASCHENBUCH

BASTEI LÜBBE TASCHENBUCH
Band 16 477

1. Auflage: September 2010
2. Auflage: August 2013

Vollständige Taschenbuchausgabe

Bastei Lübbe Taschenbuch in der Bastei Lübbe GmbH & Co. KG

Deutsche Erstausgabe

Titel der italienischen Originalausgabe: »Dover Beach«
Originalverlag: Gruppo Mursia Editore S.p.A., Milano

Titelillustration: © SuchBild
Umschlaggestaltung: Pauline Schimmelpenninck Büro für Gestaltung, Berlin
Autorenfoto: Jerry Bauer
Satz: hanseatenSatz-bremen, Bremen
Gesetzt aus der Caslon
Druck und Verarbeitung: GGP Media GmbH, Pößneck
Printed in Germany
ISBN 978-3-404-16477-6

Für Sam, meinen Zauberer,
und für das Kind, das ein Zauberer sein wollte

Jeglicher Bezug zu realen Vorkommnissen und Personen ist rein zufällig.

Mein Herz, lass uns doch
treu zusammenhalten! Die Welt scheint dort
vor uns zu liegen wie ein Feld aus Träumen,
voll Vielfalt, strahlend hell und neu.
In Wahrheit schenkt sie Freude nicht,
noch Schönheit oder Liebe.
Nicht Frieden oder Sicherheit und Hilfe
nicht dem Schmerzgebeugten.
Und wir verharren hier in einer Welt aus Dunkelheit,
gestreift von wirren Warnungen vor Kampf und Flucht,
wo unbekannte Heere nachts aufeinandertreffen.
(Matthew Arnold: *Dover Beach*)

I

»Ist dir kalt?«, fragte der Junge lächelnd aus dem Wageninneren heraus und neigte leicht den Kopf.

Der dicke Mann, der auf der Motorhaube kniete, wandte ihm den Rücken zu und murmelte irgendetwas Unverständliches.

Der Junge achtete nicht darauf. Die Erwachsenen spielten immer so seltsame Spiele. Manchmal konnte man richtig Angst davor bekommen. Die Erwachsenen hatten auch so erwachsene, große Gesichter, große Augen und große Hände. Und sie rochen wie Erwachsene. Ihre Stimmen klangen erwachsen. Und ihre Worte waren die von Erwachsenen. Deshalb spielte er sonst lieber allein. In einer Welt, deren Größenverhältnisse zu ihm passten.

»Ist dir kalt?«, fragte der Junge noch einmal höflich, beugte sich durch die zerbrochene Windschutzscheibe des Wagens hinaus und streckte seine Kinderhand vor, um die Motorhaube zu berühren. Er legte sie mit der geöffneten Handfläche nach oben neben das fette Bein des Mannes, der ihm immer noch den Rücken zuwandte und unentwegt vor sich hin jammerte. Die Karosserie oberhalb des Motors war noch lauwarm. »Sie ist noch warm«, erklärte der Junge lächelnd und konzentrierte sich wieder ganz auf die Knoten.

Er zog an einem Ende der Schnur, wickelte sie noch einmal um die Schiene, auf der der Fahrersitz vor- und zurückgeschoben werden konnte, und als er spürte, dass sie genau richtig gespannt war, verknotete er sie. Dann wandte er sich dem anderen Ende des Seils zu. Er zog auch diese Seite straff, wickelte es diesmal um die Führungsschiene des Beifahrersitzes und machte wieder einen Knoten. Schließlich strich er mit einer Hand über die weißen Knöchel des fetten Mannes.

»Ist es zu fest?«, fragte er.

Der Mann grunzte ängstlich, aber er wandte sich nicht um.

Der Junge verkroch sich ganz hinten im Wagen und kämpfte mit den Tränen. Er konnte sich einfach nicht daran gewöhnen, wie ein Erwachsener zu reden.

»Du machst mir keine Angst!«, brüllte er den fetten Mann auf einmal wütend an.

Dann kletterte der Junge hastig aus dem Wagen und überprüfte die Seile, die an der vorderen Stoßstange des Wagens befestigt waren. Ja, sie waren straff gespannt und hielten. Genau wie die anderen Seile und die übrigen Knoten. Dann schaute er dem fetten Mann direkt in die Augen, aber er schrie ihm nicht noch einmal entgegen, dass er keine Angst vor ihm hatte. Wenn er sich wirklich nicht fürchtete, hatte er kein Bedürfnis, sich mitzuteilen. Der Junge begnügte sich damit, ihm ganz direkt in die Augen zu schauen und den Blick nie zu senken. Dies war ein Kräftemessen zwischen den beiden – wer zuerst wegsah, hatte verloren. Es war ein Spiel. Der, der zuerst blinzelte, hatte verloren. Der fette Mann hielt das nicht lange durch. Danach zog sich der Junge wieder in den Wagen zurück und streckte sich auf dem Rücksitz aus.

Er musste sich den Ort nicht ansehen, an dem sich der fette Mann und er aufhielten, er kannte ihn in- und auswendig und sah ihn sich bisweilen gern an. Wenn er sehr mutig war, wagte er sich bis auf den Platz hinunter, aber das kam selten vor, da ihm dieser Ort fast immer Angst einjagte. Doch jedes Mal, jedes dieser seltenen Male, wenn er es dennoch tat, kam er erregt und außer Atem zurück und hörte den Schlag seines kleinen Herzens dröhnend in seinen Ohren hämmern. Er war stark gewesen, sagte er sich. Und mutig. Doch diese Angst, die er jetzt empfand, fühlte sich anders an. Als ob Angst vielerlei Formen annehmen konnte. Schreckliche. Aber bisweilen auch schöne. Oder zumindest beinahe.

»Eins … zwei … drei … vier … fünf … sechs … sieben … acht … und neun«, sagte er ganz leise, während er auf dem Rücksitz des Wagens lag, und zählte an seinen Fingern ab, wie alt er war. »Eins … zwei … drei … vier … fünf … sechs … sieben … acht … und neun«, zählte er immer und immer wieder, und es klang wie ein Lied, wie ein Wiegenlied. »Eins … zwei … drei … vier … fünf … sechs … sieben … acht … und neun«, als betete er einen Rosenkranz herunter. Als gäbe es nichts darüber hinaus. Als enthielten diese neun kleinen Zahlen die gesamte Welt. Wie ein Käfig mit neun Gitterstäben, neun Seiten und neun Schlössern. Wie ein Stern mit neun Zacken. Wie ein Ungeheuer mit neun Augen, neun Fangarmen und neun weit aufgerissenen Mäulern. Wie ein Zauberer mit neun Tricks. Wie neun Küsse. Er liebte dieses Spiel mit der Neun. Vielleicht würde er eines Tages neun Häuser haben, neun Freunde, neun Hunde, neun Autos und neun Flugzeuge. Würde neun Prinzessinnen heiraten. Und neun Drachen besiegen.

»Ich bin neun Jahre alt«, sagte der Junge laut und streckte hinter dem Rücken des fetten Mannes nacheinander neun Finger hoch. Dann legte er sich wieder der Länge nach auf den Rücksitz des Wagens.

Wenn er Angst hatte, wiederholte er dieses Spiel ohne Unterlass, zählte immer wieder bis neun, so lange, bis die lange Folge niedriger Zahlen als Summe eine einzige große Zahl bildeten und er sich dadurch selbst überzeugte, dass er jetzt genauso erwachsen war wie die, vor denen er sich immer gefürchtet hatte. Dann erschien ihm die Angst nicht mehr so beängstigend, und all diese schlimmen Erwachsenendinge verloren an Größe und Schrecken.

Doch jetzt hatte er Angst.

Er spürte genau, wie all dieses an ihm klebende Blut auf ihm erkaltete und langsam zu einer harten Schicht erstarrte, wie eine Schlammkruste, die jedes Mal Risse bekam, wenn er weinte und dabei die Augen zusammenkniff. Wie ein eiskaltes, zu enges Kleid.

Jetzt hatte er Angst. Aber er empfand auch Wut.

Der Junge setzte sich auf, betrachtete erst forschend seine Hände, seinen Körper und schließlich sein Gesicht im Rückspiegel.

Auf seinem Körper war kein Blut zu sehen. Nicht der kleinste Fleck. Er wusste, dass kein Blut auf seinem Körper war. Doch trotzdem spürte er all dieses Blut, das auf seinem Körper erkaltete. Dieses weiße Blut. Dieses rote Blut. Beide so klebrig und warm. Das Blut der Erwachsenen ergoss sich auf seinen Körper, den Körper eines neunjährigen Jungen. Das rote Blut, das zu jenem weißen Blut verblasste. Das weiße, das sich rot färbte.

Obwohl der Junge jetzt Angst und Wut empfand, freute er sich dennoch richtig auf dieses neue Spiel.

Er stieg wieder aus dem Wagen und blickte zu den Sternen hoch, die sich hinter dem milchigen Schleier des Himmels verbargen. Er wusste einfach, dass sie dort waren. Einige, nein viele von ihnen waren trügerisch. Alle. Alle bis auf einen. Nur der Stern des *Lichts* war wahrhaftig. Der Stern mit den neun Zacken. Der rote Stern, der das Blut aufspritzen ließ. Der Stern mit den neun Händen, die ihm das Blut vom Körper wischten. Der Stern der neun Zärtlichkeiten, der neun und neun und abermals neun Zärtlichkeiten. Der die neun Fesseln zerrissen hatte. Diese neun sanften Stimmen, die mit dem Stern neunmal liebevoll seinen Namen gerufen hatten. Diese neun Träume, die die neun Albträume besiegt hatten. Diese neun Blüten, die aus seinen neun Jahren erblüht waren. Die neun Adern, die seine kindlichen Sünden ausbluteten, die ihm neunmal seine Besudelung abwuschen. Die neun strahlenden Blitze, die die Angst vertrieben, die Dämonen besiegten und die schändlichen Laster der Erwachsenen auslöschten. Diese blitzenden Lichter, die ihre großen, zuckenden Körper erschlaffen, sie wie Lanzen strecken ließen.

Wie gebannt ging der Blick des Jungen hinunter zu jenem Ort, als könne er nicht anders, als müsste er das anstarren, wovor er am meisten Angst hatte, ja als empfände diese Angst ein merkwürdiges, geradezu perverses, erwachsenes Vergnügen darin, sich selbst heraufzubeschwören, ein Erschauern, ein Schwindel, ein tränenerstícktes Lachen, eine Erregung, die ihn atemlos zurückließ – da fiel sein Blick auf die Uhr. Lächelnd machte er sich auf den Weg die unbefestigte Straße hinunter, die nur aus spitzen Steinen zu bestehen schien, ohne den fetten Mann eines Wortes zu würdigen, der immer noch auf der Kühlerhaube kniete und ihm jetzt hinterherstarrte. Er konnte diesen Blick deutlich auf seinen kindlichen Schultern spüren. Der Junge ging genau fünfzig Schritte abwärts in die Dunkelheit hinein, bevor er über die ordentlich aufgestapelte Mauer aus Bordsteinen stieg und in den schwachen Lichtkreis der einzigen Straßenlaterne trat. Ein gelblicher, runder See, gespeist aus Strahlen, die wie welkes Laub auf den rauen, holprigen Asphalt dieser Vorstadtgegend mit ihren Rohbauten fielen.

Langsam ging er auf den hohen Pfahl aus grauem Gusseisen zu, der am unteren Teil schon Rost angesetzt hatte, und kletterte flink hinauf. Ganz oben an seiner Spitze leuchtete die Uhr. Als er die richtige Höhe erreicht hatte, klammerte er sich mit den Beinen am Pfosten fest und holte sein Taschenmesser heraus. Damit brach er das Metallgehäuse an der Vorderscheibe auf, die das Zifferblatt schützte, klappte sie auf und stellte die Zeiger auf neun Uhr. Dann drehte er sich zu dem fetten Mann auf dem kleinen Hügel um und starrte unbeweglich in die Dunkelheit. Er konnte ihn nicht erkennen, doch er wusste genau, dass der Dicke ihn sehen konnte. Ganz sicher beobachtete er ihn. Dann klappte er die Scheibe vor der Uhr wieder zu und ließ sich zu Boden gleiten.

Einen Moment lang war er versucht, sich zu jenem Ort umzudrehen, doch er wusste, dass er ihm nun schon zu nahe gekommen war. Allzu deutlich spürte er seinen heißen, klebrigen Atem, der sich wie eine zu enge Schlinge um seinen mageren Hals legte, wie ein Spinnennetz, das ihn gefangen halten, seine Handgelenke und Knöchel an einen Tisch fesseln würde, der zu hoch für ihn war, zu hoch für einen neunjährigen Jungen. Diese Kante, die sich hart und schneidend in sein Brustbein bohrte. Die über den Kopf gestreckten Arme und die festgebundenen Hände, das Blut auf seinem Gesicht und dem nackten fröstelnden Körper. Das warme Blut, das allmählich erkaltete, erstarrte, als würde es gemeinsam mit diesem Schmerz der Erniedrigung vergehen, der ihn zum Weinen gebracht hatte wie eine Frau.

Der Junge war wie gelähmt. Es kam ihm vor, als versänken seine Füße in einem weißen, klebrigen Schlamm, und die Gesichter der Erwachsenen, der Großen, schienen noch größer und furchterregender, als erwachten sie gerade aus einem langen Schlaf und wollten ihn wieder packen, ihn wieder an diesen Ort verschleppen. Als wollte er selbst sie zu neuem Leben erwecken, obwohl er doch Angst vor ihnen hatte. Als fehlten sie ihm irgendwie. Als wäre dieses Spiel der Erwachsenen an jenem dunklen Ort, unter diesen Häusern, die nie jemand fertig gebaut, die nie jemand bewohnt hatte, alles, was er hatte.

Der Junge wandte sich um, obwohl ihm das Herz bis zum Hals schlug, aber er musste es tun. Weil er an diesen Ort gehörte. Weil dieser Ort in ihm war. Wie das rote Blut, das sich mit dem weißen vereinigte und auf seinem kleinen, zerbrechlichen nackten Körper erstarrte. Wie diese Angst, die manchmal gar nicht so schrecklich war, sondern sogar schön sein konnte. Er drehte sich um, weil das alles war, was er hatte. Weil in der Dunkelheit dieses *Licht* leuchtete. Weil man diese Sterne nur nachts sah. Er drehte sich um und spürte, wie sich der Abgrund dieses Ortes drohend öffnete, zähnefletschend, als wollte er ihn wie damals verschlingen. Und dann spürte er wieder die faulige Ausdünstung dieses Ortes, die ihn wie in einem Strudel erfasste und dorthin trieb.

»Ich bin neun Jahre alt!«, schrie er plötzlich und rannte weg. Sprang über die Mauer aus Bordsteinen, die er so sorgsam und ordentlich aufgestapelt hatte, über den Lichtsee unter der Straßenlaterne, die sich mit ihrem bernsteinfarbenen Schein gegen den Nebel und die aufsteigende Feuchtigkeit der Nacht zu behaupten suchte. Ohne sich umzudrehen, rannte er die kleine Schotterstraße hinauf, die ganz nach oben auf den kleinen, mit Dornengestrüpp bewachsenen Hügel führte, und ließ sich dort keuchend auf die Motorhaube des Wagens sinken, wo der fette Mann immer noch auf ihn wartete, kniend, nackt und jammernd. Seine Kinderhand berührte das Knie des fetten Mannes, glitt über seine glatte, kalte, schwabbelige Haut. Er streichelte ihn mit geschlossenen Augen, wie er es beim Spiel der Erwachsenen gelernt hatte, denn manchmal schien es ihm, als könne er gar nicht anders. Manchmal bereitete es ihm sogar Vergnügen. Fühlte sich an wie ein sicherer Hafen, ein Zuhause, eine Zuflucht. Genauso, als würde man das eigene Alter an den Fingern abzählen.

»Eins … zwei … drei … vier … fünf … sechs … sieben … acht … und neun«, murmelte er jetzt wieder vor sich hin und streckte für jedes Lebensjahr einen Finger hoch. »Eins … zwei … drei … vier … fünf … sechs … sieben … acht … und neun«, zählte er immer und immer wieder, es klang wie ein Lied, wie ein Wiegenlied, dabei lag er ausgestreckt auf der Motorhaube, die sich jetzt genauso warm anfühlte wie der Körper eines Erwachsenen.

Als der Junge zu Atem gekommen war und merkte, dass dieser Ort wieder dorthin zurückgekehrt war, wohin er ihn vertrieben hatte, nicht sehr weit weg, jedoch tief genug in seinem Innern verborgen, dass er nicht befürchten musste, er würde ihn ausspucken, wenn er plötzlich würgen musste, so tief in seinem Kopf versteckt, dass er nicht mehr diesen bitteren, klebrigen Geschmack im Mund spürte, stand er auf, ging zur Rückseite des Wagens, wo er an der hinteren Stoßstange ein dünnes Stahlseil befestigte.

Er nahm die Nadel, eine dicke Stopfnadel, und fädelte das Garn ein, eine Paketschnur aus Hanf.

»Eins … zwei … drei … vier … fünf … sechs … sieben … acht … und neun«, betete er herunter wie einen Rosenkranz. Als setze sich die Welt nur aus diesen neun Zahlen zusammen. Als könne er nicht erwachsen werden.

Vielleicht hatte er jetzt ein neues Spiel gefunden.

Er stemmte sich auf die Motorhaube hoch und kniete sich mit Nadel und Faden in einer Hand vor dem fetten Mann hin.

Nähen war eigentlich Frauensache. Aber ihm hatte man ja mehrere Dinge beigebracht, die sonst nur Frauen taten.

Der Junge nahm die Unterlippe des fetten Mannes zwischen Daumen und Zeigefinger der linken Hand und stülpte sie mit festem Griff nach außen. Dann stach er von unten mit der Nadel in die Lippe, durchbohrte sie etwa in der Mitte und drückte sie nach oben, bis auch das dicke Nadelöhr hindurch war. Die Paketschnur färbte sich rot.

Die Erwachsenen hatten ihm beigebracht, Frauendinge zu tun, deshalb schämte er sich auch nicht dafür, zu nähen wie eine Frau, wie es vermutlich ein anderer Junge in seinem Alter getan hätte.

Der Junge nahm die Oberlippe des fetten Mannes zwischen Daumen und Zeigefinger, durchbohrte das Fleisch wieder mit der Nadel und beobachtete, wie die Schnur sich noch stärker rötete.

Er verknotete beide Enden doppelt und schnitt den überstehenden Rest ab.

Am liebsten wäre er in lautes Gelächter ausgebrochen. Das Gesicht des fetten Mannes sah wirklich zu komisch aus.

Dann durchbohrte er die Lippen ein wenig weiter rechts, knotete sie ebenfalls zusammen und wiederholte das Gleiche weiter links.

In der Ferne füllte sich die Geisterstadt mit Seufzern und Heulen.

Nun kamen sie, um sein Spiel zu spielen.

Der Junge lachte zufrieden. Wie ein Kind, das erst neun Jahre alt ist.

Ein leises, sorgloses Lachen, das sich nicht um die riesigen Schatten der Nacht scherte.

II

Er hatte ihn nach vielen Jahren wiedergefunden. Es war Zufall gewesen. Oder ein Wunder. Oder vielleicht ein grausamer Scherz des Schicksals. Oder auch alles zusammen. Und für jede dieser Möglichkeiten gab es ein anderes Motiv. Drei Gründe, drei unterschiedliche Ziele.

Er hatte beschlossen, sich umzubringen. Ganz ohne es vorher zu planen, er wusste nicht einmal, auf welche Weise. Nur, dass es diese Nacht passieren würde, bevor die bleiche Sonne wieder über dieser Stadt aufging. Denn sie würde seine Wut und seinen Schmerz weiter anheizen und ihm damit ein trügerisches Gefühl der Erfülltheit geben. Trügerisch, weil er vor zwölf Jahren in einem Vakuum versunken war, vielleicht auch schon viel früher, in einem seiner zahlreichen Leben, die er hinter sich lassen musste. In einer von den vielen Ausgestaltungen seiner selbst, einer der allzu vielen Identitäten, in die er einmal geschlüpft war und die er verraten hatte, um sich dann jedes Mal in jemanden zu verwandeln, der ihm noch weniger gefiel.

Er hatte also beschlossen, sich umzubringen. Und erst nachdem er ziellos durch die Stadt gelaufen war, war ihm eine Idee gekommen, wie er es tun würde. Als er sich über das Geländer gebeugt und das stehende Wasser des Hafens unter sich gesehen hatte, das nur einen tödlichen Sprung von ihm entfernt war, hatte er sich entschlossen hineinzuspringen. Er hatte seinen Sprung schon vor sich gesehen: Wind in den Haaren, und ein Körper, der sich im Fall auflöst. So leicht wie der Flug eines Schmetterlings. Und genauso kurz wie dessen Leben war sein eigenes, in dem nicht einmal genug Zeit geblieben war, sich eine Vergangenheit zu schaffen. Ein Leben, das keine Zukunft hatte. Das nur in der Gegenwart, im kurzen, intensiven Erleben des Augenblicks existierte. Ein Sprung ins Nichts wäre eine Zusammenfassung seines ganzen Lebens. Sein letztes Leben, die endgültige Verwandlung. Trunkenheit. Tod. Er spürte schon, wie sich in jener Nacht die Schwingen des Todes über ihm ausbreiteten. Kurz vor einem Morgen, der für ihn nie anbrechen sollte.

»Willst du es tun?«, hatte plötzlich eine Stimme hinter ihm gefragt und sich in sein Schweigen gedrängt, hatte all die Klagelaute und den Lärm der Stadt gleichsam ausgelöscht. »Willst du es tun?«, hatte die Stimme beharrlich weitergefragt. Eine Stimme, die so rau und sinnlich die Stille durchdrang, dass er nicht anders konnte, als sich umzudrehen.

Die Nutte war groß, mager, hatte schmale Hüften und lange Beine. Blond gefärbte Haare, die beinahe schon weiß wirkten. Fast so weiß wie ihre Haut. Und dann wie ein lebendiger, zitternder Blutfleck, wie eine Wunde, diese mit tiefrotem Lippenstift betonten vollen Lippen, die so weich sein mussten wie die Blütenblätter einer Kamelie. Die raue Stimme einer Frau, eines jungen Mädchens. Breitschultrig und flachbrüstig.

»Hau ab«, hatte er zu ihr gesagt. Ohne es wirklich so zu meinen.

»Für dich mach ich's umsonst«, hatte die Nutte mit der heiseren Stimme zu ihm gesagt.

»Ich bin schwul, hau ab!«

»Du kannst mich von hinten nehmen und dabei nennen, wie du willst.«

»Ich steh nicht auf Frauen, kapierst du das nicht?«

Blitzschnell, ehe er die Nutte daran hindern konnte, war sie ganz dicht an ihn herangetreten, hatte ihn mit unerwarteter Kraft am Handgelenk gepackt. Mit der anderen Hand hatte sie ihren kurzen, nachtblauen Rock gehoben, der dabei zwischen ihren eng aneinandergepressten Körpern raschelte. Dann hatte sie seine Hand unter den Gummibund ihres Slips und zwischen ihre Beine geschoben. »Für dich mach ich's umsonst«, hatte sie ihm schwer atmend ins Ohr gekeucht, während das Stück Fleisch, das sie ihn zu berühren und zu umklammern zwang, hart wurde und anschwoll. Eine raue Stimme hatte sie. Wie eine Frau, wie ein kleiner Junge, aus dem jetzt ein Mann geworden war.

Er hatte ihn nach vielen Jahren wiedergefunden. Es war Zufall gewesen. Oder ein Wunder. Oder vielleicht ein grausamer Scherz des Schicksals. Oder auch alles zusammen. Und für jede Möglichkeit gab es ein anderes Motiv. Drei Gründe, drei unterschiedliche Ziele.

Er hatte ihn an den Haaren gepackt, um ihn von sich wegzuzerren. Doch dann hielt er plötzlich die Perücke in der Hand, wie einen Skalp. Und als er die Narbe bemerkte, begriff er auf einmal, dass er nicht sterben, nicht von dieser Brücke ins Wasser springen würde. Nicht in dieser Nacht. Nicht solange er Luz an seiner Seite haben konnte.

Er hatte ihn wiedergefunden. Zufällig. Wie durch ein Wunder. Weil es sein Schicksal war, Luz wiederzutreffen.

Jetzt, knapp ein Jahr später, saß er am Tresen des *Dover Beach* und lächelte ihn immer noch an.

Was ihn stets an Luz beeindruckt hatte, war dieses innere Leuchten und diese besondere Art von Leichtigkeit.

Das Lokal war düster und verqualmt. Die Gäste tauschten anzügliche Blicke, verständigten sich mit sparsamen Gesten, um dann in der Dunkelheit der Toiletten oder in den entlegeneren Winkeln des Lokals schnellen Sex miteinander zu haben. In der Luft lag bedrückende Schwüle und Fäulnis. Diese Atmosphäre der Verderbtheit konnte auch die Klimaanlage nicht herausfiltern. Über allem lastete der dumpfe Geruch nach Männerschweiß, Sex und Alkohol. Die gedämpfte Beleuchtung ließ noch mehr Schatten entstehen. Schatten, die in der Dunkelheit des Lokals ihr Spiel trieben. Schemenhafte, flüchtige, gierige Schatten.

Luz lächelte den Kunden zu, während er zwischen den Tischen hin und her lief, in die Separees schaute und plötzlich die Türen zu den Toiletten aufriss. Er schenkte jedem ein Lächeln, und jeder dachte, dass dieses Lächeln etwas ganz Besonderes sei, das nur ihm allein galt. An diesem Abend trug er ein schwarzes Seidenkleid, dessen langer geschlitzter Rock Beine in dünnen blauen Strümpfen sehen ließ. Von den Schultern baumelten – ebenso goldglänzend wie seine hochhackigen Schuhe – zwei Epauletten, die von der Uniform eines hohen Offiziers stammen mussten. Er trug eine platinblonde, beinahe weiße Perücke, deren Locken sich um seinen langen, schmalen Hals ringelten. Sein Gesicht war wie immer sehr blass. Während er lachte und die Gäste unterhielt, klimperte er mit den Wimpern, und sein Mund öffnete und schloss sich so schnell, als müsse er nach Luft schnappen, um nicht zu ersticken oder in einem Strudel aus Schmerz und Lust zu ertrinken. Im Schwung seiner weichen, vollen, samtig roten Lippen lag die ganze Sinnlichkeit einer Jugend, die sich noch nicht eindeutig für ein Geschlecht entschieden hatte.

In den Augen des Mannes war Luz auch kaum mehr als ein Junge. Erst in letzter Zeit kam es ihm vor, als entdeckte er bei ihm Anzeichen des Erwachsenwerdens. Luz war kaum mehr als ein Junge, der sich wie eine Frau anzog. Und der Mann wusste, dass er unter diesen Kleidern weiße Baumwollslips trug, wie man sie in größeren Kaufhäusern fand. Jungenunterwäsche.

Luz sah auf die Uhr, dann gab er dem Mann ein Zeichen und ging hinaus.

Einige Gäste versuchten, ihn aufzuhalten. Für diese Leute war der Junge nur eine der Attraktionen des *Dover Beach*. Eine sexuelle Attraktion. Doch dem Mann bedeutete er viel mehr. Er kannte Luz, seit der ein kleiner Junge gewesen war. Seit dem Moment, als er in dessen Augen sich selbst wiedererkannt hatte.

Der Mann blickte zu der Tür, hinter der Luz verschwunden war, und lief zum Ausgang auf der anderen Seite des Raumes. Ein Schwuler mit einem außergewöhnlich breiten Mund kam hüftschwenkend auf ihn zu. Der Mann stieß ihn wortlos zur Seite und ging weiter. Er grüßte einen der beiden Türsteher, die am Eingang des Lokals herumstanden, mit einem Augenzwinkern und trat ins Freie hinaus.

Wie immer hing über der Altstadt dieser Gestank nach Feuchtigkeit und Katzenpisse. Der Himmel war bedeckt und drückend. Der Mann bog nach rechts ab und schlüpfte in eine schmale Gasse, die am *Dover Beach* entlangführte. Er lief, bis er zu einem übelriechenden kleinen Platz, ganz am Ende, kam, wo es nicht mehr weiterging und dicht an dicht Mülltonnen standen, die zu diesem Schwulenlokal gehörten.

Kurz darauf öffnete sich eine mit obszönen Sprüchen und Telefonnummern vollgekritzelte Tür, von der die rosa Farbe abblätterte.

Luz trat heraus, über seiner Transvestitenkluft trug er jetzt eine kurze, ehemals rote Lederjacke, die rissig und an den Ellbogen abgeschabt war.

Der Mann lächelte ihn an.

Der Junge kam auf ihn zu. Eines seiner Unterlider war verschmiert von zerlaufener Wimperntusche.

Der Mann zog ein Taschentuch heraus, wickelte es stramm über die Spitze seines Zeigefingers und hielt es dem Jungen an den Mund, der kurz daraufspuckte. Dann packte der Mann Luz mit einer ebenso entschiedenen wie zärtlichen Bewegung im Nacken und wischte ihm mit dem Taschentuch den Trauerrand unter dem Auge weg.

Beide lachten darüber.

»Danke, Papa«, meinte Luz.

»Nenn mich nicht so. Du weißt doch, dass ich das nicht mag.«

Beide schlenderten wortlos, die Hände in den Taschen vergraben, von diesem dunklen kleinen Platz weg die Gasse entlang bis zur nächsten Straßenlaterne. Links von ihnen blinkte die geschmacklose Leuchtreklame des *Dover Beach* auf. Sie blieben vor dem Lokal stehen und musterten stumm ihre Schuhspitzen. Doch ihr Schweigen hatte nichts von Verlegenheit an sich. Von drinnen klang gedämpft die Melodie eines Songs.

»Warum gehst du nicht nach Hause?«, fragte der Mann. »Es ist kalt heute Nacht.«

»Hab keine Lust«, antwortete Luz. »Macht es dir was aus?«

»Nein«, log der Mann.

Luz lächelte. Er hatte strahlend weiße, gleichmäßige Zähne. Wenn er lächelte, kniff er die Augen leicht zusammen, sodass sich ringsum kleine, hellere Fältchen bildeten. Seine Augen wirkten unglaublich durchdringend. Augen, die mit keinem inneren Organ verbunden zu sein schienen, nicht einmal mit dem Herz oder dem Gehirn, Augen, die ihrem Gegenüber nichts preisgaben, nicht einmal Hass, und nicht verrieten, was sich hinter diesen wie Glasscheiben wirkenden Augen verbarg. Augen, von denen ein einzigartiges Leuchten ausging, Augen, die Bände sprachen. »Was ist mit dir?«, fragte der Junge zurück, während sein Lächeln in ein helles, klares Lachen überging, aus dem keinerlei Bosheit herauszuhören war. »Gehst du wieder da rein?« Der Junge wies mit seinem sanft gerundeten Kinn auf das *Dover Beach*.

»Nein. Ich hab Nachtschicht«, antwortete der Mann. »Ist dir auch bestimmt nicht zu kalt?«, fragte er mit gespielter Unbekümmertheit.

»Hör endlich auf, dir Sorgen zu machen«, sagte Luz in zärtlichem Ton und legte ihm eine Hand auf den Arm.

Sein Gesicht wirkte genauso heiter wie das seines Gegenübers. Beide waren gleich groß, aber der andere Mann war kräftig gebaut, hatte eine breite Nase und kurze Haare, die seine markanten, angespannt wirkenden Gesichtszüge betonten.

Der Mann lächelte noch einmal, wobei sich seine dunklen, ein wenig abwesend wirkenden Augen zu schmalen Schlitzen zusammenzogen. Dann zündete er sich eine Zigarette an und wandte sich, den Rauch über ihrer roten Glut ausstoßend, dem Eingang des Lokals zu. Er spürte noch, wie ihm eine Hand zart über den Rücken strich, dann hörte er, wie der Junge auf seinen hohen Pfennigabsätzen davonstöckelte. Er wartete noch einen Augenblick, dann drehte er sich um und sah ihm nach, wie seine schlaksige Gestalt mit eleganten Schritten im Dunkel der Altstadt verschwand. Luz bewegte sich unglaublich geradlinig und grazil. Wie ein Windhund. Oder ein Vogel. Jede seiner Bewegungen, mochte sie auch noch so schnell sein, wirkte dennoch so konzentriert, als würde sie in Zeitlupe ausgeführt. Beispielsweise hingen seine Arme nicht kraftlos am Körper herab, sondern hatten eher etwas von der scheinbar trägen Schlaffheit eines Fangarms, oder besser gesagt von der unverkrampften Spannung und Leichtigkeit von Flügeln. Wie ein Dirigent gaben sie in Harmonie mit dem übrigen Körper stets unbewusst den Rhythmus seiner Schritte vor. Und dann dieser wohlgeformte Körper mit den schmalen Hüften und dem breiten, aber knochigen Oberkörper, auf dem sich die Brustmuskulatur noch stärker abzeichnete, deutlich seine Männlichkeit signalisierend, und darüber die zarten Härchen wie eine weiche Federstola.

»Wirst du nach ihm suchen?«, fragte der Mann ganz leise.

Der Junge bog um die Ecke und verschwand. Nun verhärtete sich das Gesicht des Mannes wieder und das Lächeln verschwand daraus. Er rieb sich seine breite Boxernase, warf die Kippe an die gegenüberliegende Hauswand und entfernte sich in entgegengesetzter Richtung.

Als er an der getönten Glastür des *Dover Beach* vorbeikam, betrachtete er sich kurz darin.

Er war nun fast fünfzig und fühlte sich kraftlos. Sein Anblick ekelte ihn so sehr an, dass er in seiner Wohnung alle Spiegel außer den im Bad abgehängt hatte, den er zum Rasieren brauchte. Doch inzwischen war ihm auch dieser morgendliche Blick in den Spiegel unerträglich geworden. Vielleicht sollte er sich einen Bart wachsen lassen, dann könnte er auch diesen letzten Spiegel wegwerfen. Der Mann lief noch zwanzig oder dreißig Meter weiter, während er wütend die Hände in den Taschen vergrub und zornig den ganzen Abfall wegkickte, der ihm vor die Füße kam. Plötzlich blieb er stehen.

»Wirst du auch heute Nacht nach ihm suchen?«, schrie er in die menschenleeren Gassen hinaus.

Dann machte er kehrt, lief eilig zum *Dover Beach* zurück, trat ein und gab dem Schwulen mit dem auffallend breiten Mund einen kurzen Wink. Er ging zu den Toiletten, aus denen bereits Stöhnen und Keuchen zu hören war. Dort wartete er kurz auf den Breitmäuligen, trat dann, als er nicht kam, wieder heraus, packte ihn am Handgelenk, drehte ihm den Arm auf den Rücken und schob ihn brutal durch die Tür. Zwischen ihnen wurde kein einziges Wort gewechselt, aber das war auch nicht nötig. Der Mann drückte ihn mit seiner kräftigen Hand auf dem Nacken nach unten und zwang ihn, sich auf diesen weißen, glitschigen Fliesen niederzuknien. Er ließ zu, dass der andere den Reißverschluss seiner Hose öffnete und sein mächtiges Glied herausholte. Während die Vorhaut von der Eichel glitt, bemerkte er, dass der andere wie ein erfahrener Stricher nur darüberhauchte.

»Schluss mit dieser Luftnummer«, befahl Palermo. »Jetzt lass mich mal sehen, was du wirklich draufhast«, und drückte den Kopf des anderen gewaltsam auf seinen angeschwollenen, prallen Schwanz herunter.

Die Fliesen der Toiletten waren weiß, damit man das Sperma nicht so sah. Doch dadurch ließ sich nicht verhindern, dass sie glitschig wurden.

Der Mann brauchte nicht lange, um all die Bitterkeit herauszuschleudern, aus der sich seine Wut speiste.

Er würdigte den Schwulen, der würgend und hustend vor ihm kniete, kaum eines Blickes, ehe er ihn ohne ein Wort des Dankes beiseitestieß. Er zog den Reißverschluss seiner Hose hoch und rückte sich die Hoden zurecht. Dann verließ er das *Dover Beach*.

Die Möwen erfüllten den Himmel mit ihren herzzerreißenden Kinderstimmen und kämpften leidenschaftlich miteinander um die Herrschaft über ein Gebiet, das niemand auch nur geschenkt haben wollte. Der Mann blieb einen Moment stehen, schaute suchend hoch zu ihnen, zwischen zwei baufälligen Wohnblocks hindurch, die so eng nebeneinanderstanden, dass sie nur einen schmalen Spalt Nachthimmel sehen ließen, wie eine klaffende Wunde. Ab und zu tauchten dort die Vögel auf, weiße, flüchtige Silhouetten, kreischende Sternschnuppen, die jedoch keine Wünsche erfüllten, nicht einen Traum der Leute dort in der Altstadt wahr werden ließen. Dieser Altstadt, die bei den Jüngeren nur der »Käfig« hieß. Dann drang der klebrige Gestank von Schmutz und Körpersäften in seine Nase und holte ihn in die Wirklichkeit zurück.

In zehn Minuten begann sein Dienst. Er setzte sich in Bewegung, und nachdem er mehrere steil abfallende Straßen überquert hatte, sah er vor sich den Hafen mit seiner düsteren Silhouette, den mächtigen schmutzig grauen Wellenbrechern und den hoch in den Himmel aufragenden Kränen, den bedrohlichen Schatten der Frachter, dem Schornstein des Stahlwerks, das seit Jahren geschlossen war und doch niemals abgerissen wurde, als wollte sich die ganze Stadt auf diese Weise gegen eine Art Kastrationsakt wehren. Das unbewegliche Wasser des Hafens wirkte wie ein salziger See, ölig und schwer schwappte es gegen die von grünen Algenteppichen überzogenen Mauern und überschwemmte sie mit Dreck und Kohlenwasserstoff.

Der Mann beschleunigte seine Schritte. Als er sein Ziel erreicht hatte, griff seine Hand instinktiv nach der Pistole, die er im Gürtel seiner Hose trug und die gegen seinen Rücken drückte, dann klingelte er. Das grüne Licht der Überwachungskamera schaltete sich ein, dann surrte der Türdrücker.

»Guten Abend, Ispettore Palermo«, sagte der diensthabende Polizist.

Der Mann hob kurz die Hand zum Gruß, bevor er schwerfällig die erste Treppe zum Zwischengeschoss hinaufstieg. Er stieß die Glastür auf und verschwand in einem Raum, auf dessen Tür in alten, verkratzten Buchstaben stand: SITTENDEZERNAT – IV. BEZIRK.

Eines war ihm an dem Jungen gleich aufgefallen: dieses innere Leuchten. Ein ganz besonderes, einzigartiges Licht. Strahlend und gedämpft zugleich. Das Licht der Dunkelheit. Der Junge hielt sich immer abseits, als wollte er nichts mit seinen Altersgenossen zu tun haben, als wäre er erwachsener als sie. Oder einfach zu verschieden von ihnen. Als täuschte der äußere Eindruck und er verstecke sich hinter diesem zerbrechlichen, anmutigen

Körper, der männlich und weiblich zugleich wirkte. Als wären seine rosigen, üppigen Lippen zarte Blütenblätter, die man nur ansehen und nicht berühren durfte, und seine langen schmalen Finger Stängel, aus denen duftende Blumen erblühen sollten. Doch der Junge richtete seine Samtaugen niemals auf jemanden oder etwas in seiner Umgebung und wirkte wie eine dem Künstler misslungene Statue, die überall und nirgends hinschaut. Er hatte den Jungen lange beobachtet und sich, ohne zu wissen warum, von seinen ruhigen Bewegungen angezogen gefühlt, die von frühreifem Sex sprachen. Als ob sie etwas vorwegnehmen würden, das bereits geschehen war. Er hatte den Jungen beobachtet, als er nackt war, und dabei hatte sein Blick lange auf dessen gut entwickeltem, für sein Alter zu erwachsenen Penis verweilt, und er hatte gespürt, wie er errötete und ihn diese Röte bis ins Innerste durchdrang, wo er die Wahrheit, seine Wahrheit, verbarg und unterdrückte. Die er tief in sich begraben hatte, damit niemand sie je entdecken konnte. Damit niemand sie verraten konnte. Damit niemand ihn verspotten konnte.

Er hatte diesen verletzten Engel lange beobachtet, der mit der Natur, den Pflanzen und den Tieren redete, jedoch keine Notiz von den gleichaltrigen Jungen nahm, mit denen er sich nicht identifizierte. Der ihn nie auch nur einmal angesehen hatte. Ihn, der ihn ständig ansah, diesen stummen Engel, der mit niemandem auch nur ein Wort sprach, nicht einmal mit ihm, obwohl er doch keiner seiner Altersgenossen war, sondern einer von den »Großen«, die man bald verlegen würde.

Eines Tages hatte er sich im Hof neben ihn gesetzt, die Hände zwischen den Knien verborgen, in denen er ein Papiermesser hielt.

»Eines Nachts, wenn alle schlafen, komme ich zu dir«, hatte er ihm gedroht, um ihm Angst einzujagen. »Und dann schlitze ich dir diese Narbe am Kopf auf.«

Daraufhin hatte der Junge zu ihm hinübergeschaut und ihn zum ersten Mal überhaupt angesehen. Er hatte gelächelt, und seine Augen hatten sich mit Tränen gefüllt. Mit Freudentränen.

»Kommst du auch bestimmt?«, hatte er ihn gefragt. Seine Stimme klang rau. Und er sah aus wie ein Engel. Ein Engel mit einer rauen Stimme.

Er hatte sich in seinen Augen gespiegelt und dort verzerrt von der tränenfeuchten Hornhaut seine eigene Lebensgeschichte gesehen. Hatte gesehen, was er tun, wer er sein würde, wen er kennen lernen würde, wen er nie lieben und wen er bis in alle Ewigkeit lieben würde, über diesen Hass hinaus. Und er hatte gespürt, was er versuchen würde. Und wie es enden würde. Er hatte begriffen, dass ein Mann seine Wahrheit eines Tages mit Gewalt aus ihrem Heiligtum vertreiben würde. Ein verkleideter Mann, der eine Uniform trug. Ein Mann, der eigentlich schon tot war.

In der gleichen Nacht war er an das Bett des Jungen getreten.

»Komm«, hatte er zu ihm gesagt und dabei das Messer umklammert.

Und der Junge war ihm wortlos mit einem Lächeln auf den Lippen zu den Toiletten gefolgt. Sie hatten sich auf die kalten, weißen, glänzenden Bodenfliesen gesetzt, die nach Waschmittel und Bleiche rochen. Ein durchdringender Geruch nach Sauberkeit erfüllte die Luft.

»Leg deinen Kopf auf meine Beine«, hatte er dem Jungen befohlen. Und der hatte ihm gehorcht und sich ausgestreckt. Er hatte ihm die Haare beiseitegestrichen und die helle, wulstige Narbe entblößt, die sich wie eine gerade Linie ungefähr zehn Zentimeter lang von der Schläfe zur Wange zog. Er hatte sie mit seinen Händen berührt, sie zärtlich gestreichelt, als wolle er sie sich genau einprägen. Dann hatte er die Klinge des Messers hervorschnellen lassen, das er im Malunterricht gestohlen hatte.

Und die Haut des Kindes eingeritzt. Das Mondlicht schien durch das kleine vergitterte Fenster ganz oben in der Wand und legte sich wie flüssiges Silber auf die Wunde, die sich öffnete.

»Du hast ja kein Blut …«, hatte er gesagt.

Da hatte der Junge sich umgewandt und ihn angesehen. Und er hatte in dessen Augen seine Geschichte gelesen und diese abgrundtiefe Traurigkeit, die so düster und unglaublich alt wirkte, dass er diesen Blick nicht ertragen konnte. Wütend hatte er seinen Kopf weggedreht und hatte verärgert die Messerklinge wieder in der Narbe versenkt und war noch tiefer ins Fleisch eingedrungen.

Daraufhin hatte sich das weiße Licht des Mondes rot verfärbt. Das klebrige, süßlich riechende Blut war über die weißen Fließen geflossen und hatte den scharfen, tröstlichen Geruch nach Reinigungsmitteln überdeckt. Der Junge hatte gehört, wie es tropfte, und sich lächelnd zu ihm umgedreht. Dann hatte er eine Hand an die klaffende Wunde gelegt und das Blut auf seinem Gesicht verteilt. Und wieder hatte er die Geschichte des Jungen vor sich gesehen. Der ein Engel war. Ein Engel des Schreckens. Ein verwundeter Engel, der in seinem Inneren die Geschichte aller Geschichten barg.

»Willst du mich küssen?«, hatte ihn der Junge gefragt und ihm seine Lippen hingehalten, die so rosig und zart wie Blütenblätter waren. Dann war er aufgestanden und hatte sich hingekniet, die Jacke seines himmelblauen Schlafanzugs aufgeknöpft und mit den langen schmalen Fingern, die wirkten wie Stängel, an deren Enden tiefrote Blüten sprossen, seinen Körper mit Blut beschmiert. »Willst du es tun?«, hatte er ihn gefragt.

Er hatte das Messer auf den nun nicht mehr unschuldig weißen Bodenfliesen abgelegt und ihn brutal geschlagen. Auf diese dick und blutrot geschminkten Lippen, auf diese Samtaugen, aus denen ihm alle Geschichten dieser Welt entgegenschrien, und er hatte diese zarten Blütenstängel geknickt, die blühende Liebkosungen verhießen, an denen er sich nicht erfreuen können würde. Hatte auf diesen Penis eingedroschen, der zu groß für ein Kind war, und plötzlich vor Erregung über das erneute Öffnen der Narbe, das er mit eigenen Händen vollzogen hatte, gewachsen war. Er hatte den Jungen auf diesen blutigen Fliesen liegen lassen, die für immer ihre Unschuld verloren hatten. Er hatte diesen unreinen Engel dort sterbend liegen lassen.

Noch in der gleichen Nacht war er aus dem Waisenhaus geflohen. Er war durch die Dunkelheit geirrt, auf der Suche nach etwas, was vielleicht noch rein war. Das nach Frische, Waschmittel und Bleiche duftete. Auf der Suche nach etwas Weißem.

Doch ab und zu, selbst nach all diesen Jahren, wurden die weißen Fliesen wieder beschmutzt.

Und in dieser Nacht des Blutes umklammerte seine Hand wieder das Papiermesser.

Er hatte nicht vorgehabt, ihr etwas anzutun, wollte ihr eigentlich nur danken.

Doch sobald die Nutte ihn erkannte, riss sie vor Entsetzen die Augen weit auf, rang verzweifelt die Hände und flehte ihn an, sie zu verschonen. Primo Ramondi verabscheute diese Reaktionen, weil sie sein wahres Ich in ihm weckten. Als er sie weinen sah – sie wirkte so schwach, so schicksalsergeben –, musste er seinem Trieb einfach nachgeben und erteilte ihr die verdiente Lektion. Das war schließlich auch irgendwie ein Dank dafür, dass sie nicht gegen ihn ausgesagt hatte. Vielleicht gefiel ihr diese Art der Dankbarkeit nicht besonders, doch dafür würde sie für immer tiefe Spuren in ihrem Gedächtnis hinterlassen. Und auf ihrem Körper.

Er ließ sie auf dem Bürgersteig liegen. Auf dem Boden. Lebend.

Um diese Zeit war das Viertel menschenleer. Es gab keine Zeugen. Die Nutte würde ohne Hilfe aufstehen, nach Hause gehen und die Schnitte an ihren Brüsten verbinden. Das hatte sie schließlich vor einem Jahr schon einmal getan. Sie war es ja bereits gewöhnt, dachte Primo Ramondi lächelnd. Auf keinen Fall würde sie jemandem von ihm erzählen. Nicht einmal ihrem Zuhälter. Nicht einmal dem Polizisten, der hinter ihm her war. Nicht einmal dem Schatten, der ihm überallhin zu folgen schien, als wollte er ihn an seine Geschichte erinnern. Eine Geschichte, die Primo Ramondi nur zu gut kannte und vor der er seit jeher davonlief. Oder beinahe so lange. Er hatte auch dem Gericht bewiesen, dass dies nicht der Moment der Wahrheit war, ebenso wie diesem Polizisten, der ihn verhaftet und mit seinen dreckigen Händen angefasst hatte. Der ihn mit diesen pechschwarzen Augen angestarrt und Untiefen in ihm ausgelotet hatte, die niemand jemals entdecken sollte, und in dessen Blicken sich Worte verbargen, die auf ewig unausgesprochen bleiben mussten. Von dieser Vorstadthure hatte Primo Ramondi nichts zu befürchten. Er hatte ihr schon in der Vergangenheit zu verstehen gegeben, dass er der Schlauere war. Und der Stärkere.

Langsam machte er sich auf den Weg zu seiner Wohnung. In dieser Gegend brauchte er nicht mit dem Transporter herumzufahren. Das war sein neues Viertel. Sein neues Reich. Die Nutte hinter ihm kam allmählich wieder zu sich. Er drehte sich zu ihr um, sah, dass sie jetzt kniete und sich mit einer Hand die nackte, blutende rechte Brust hielt.

»Ach, fast hätte ich es vergessen …«, rief er ihr mit seiner beinahe mädchenhaft schrillen Stimme zu. »Danke!«, und er lachte laut und gekünstelt.

Die Schultern der Nutte zuckten rhythmisch. Nun weinte sie wieder.

Primo Ramondi fühlte, wie die Wut erneut in ihm hochkochte, während er an der Ecke einer breiten, menschenleeren Straße stand und die Messerklinge mit einem Papiertaschentuch abwischte. Dann bog er rasch nach links ab, um die Frau nicht mehr sehen zu müssen. Er wollte nicht noch einmal zurückgehen und dafür sorgen, dass sie aufhörte zu weinen.

So lief er eine Weile gemächlich über den Bürgersteig, betrachtete prüfend die Autos der Anwohner, die dort ganz legal auf dem Mittelstreifen zwischen den beiden Fahrbahnen parkten, alle genau innerhalb der auf Kosten der Stadt gezogenen weißen Linien, Schnauze an Schnauze, dicht an dicht, in den schrägen Parkbuchten, bis ihm ein schwarzer, glänzender Wagen der gehobenen Mittelklasse mit hellen Ledersitzen auffiel, der neben dem ihm zustehenden Raum auch noch einen großen Teil des benachbarten Parkplatzes einnahm. Primo Ramondi seufzte und überquerte die Straße. Holte ein Maßband aus der Tasche, legte es an der rechten weißen Linie an und zog es bis zu dem Punkt, an dem der Wagen in den nächsten Parkplatz hineinragte. Siebenunddreißig Zentimeter. Dann ging er auf die andere Seite und maß dort nach, wie viele Zentimeter der Wagen von der linken Linie entfernt stand. Dreiundsechzig Zentimeter. Nun überschlug er, dass der normale Platz auch für einen so großen Wagen ausgereicht hätte. Nein, da blieben sogar sechsundzwanzig Zentimeter übrig. Das Auto passte ganz bequem in den ihm zustehenden Parkplatz. Man hätte nur genau einparken müssen. Mit Rücksicht auf die anderen Anwohner. Kopfschüttelnd steckte er das Maßband wieder ein. Unordnung war ihm beinahe so zuwider wie Tränen. Nun griff er in die Gesäßtasche seiner Hose, holte ein Klappmesser heraus und ließ es aufschnappen. Die Klinge blitzte in der Dunkelheit auf. Primo Ramondi betrachtete sie lächelnd wie eine alte Freundin. Dann setzte er die Spitze der Waffe auf der Motorhaube an und zeichnete ein Rechteck. Die Klinge quietschte, während der Lack wegspritzte. Dieses Rechteck sollte den Wagen darstellen. Dann zeichnete er ein größeres Rechteck, das für den Parkplatz stand. Schließlich ritzte er noch die Zahlen in den Lack, die er gerade gemessen hatte. Der Besitzer des Wagens sollte nicht etwa denken, es handle sich um einen simplen Akt von Vandalismus, den Streich irgendeines dummen Jungen, der nicht wusste, was er mit seinem Leben anfangen sollte. Danach reinigte er das Messer von den Lackresten und versenkte die Klinge nacheinander in sämtlichen vier Reifen. Alle sollten wissen, dass jemandem in diesem Viertel Ordnung und gutes Benehmen am Herzen lagen.

Während der Wagen schwer schnaufend und pfeifend auf die Felgen zusammensackte, setzte Primo Ramondi seinen Heimweg wieder fort. Die großen Wohnblocks hier waren keineswegs so anonym, wie die meisten Leute annahmen. Er hatte jedem dieser zehn Stockwerke hohen Monster zunächst mal einen Namen gegeben. Und dann hatte er viele Stunden damit verbracht, ihre Bewohner zu beobachten. Die Leute in einem Haus waren wie die Lebenssäfte eines Baumes. Unbewusst hielten sie es am Leben. Nein, sie schenkten ihm sogar eine Persönlichkeit, einen eigenen Charakter. Einzeln genommen waren die Bewohner bedeutungslos. Es war völlig unwichtig, was sie von Beruf waren oder was sie dachten. Doch sie alle hatten ihren Anteil daran, diesen Wohnblock lebendig, besonders, ja einzigartig werden zu lassen. Deshalb regte Primo Ramondi sich so auf, wenn er entdeckte, dass einer der Bewohner sich nicht dem Gemeinwohl unterordnete.

Als er vor der Eingangstür stand, einer Doppeltür aus Glas, hörte er hinter sich ein Geräusch. Er drehte sich um und sah, wie ein großer schwarzer Kater maunzend auf ihn zulief. Primo Ramondi hockte sich hin und streichelte das Tier sanft.

»Golia, Golia …«, sagte er ganz zärtlich. »Dein Frauchen

sollte besser auf dich aufpassen. Sie dürfte dich nicht frei herumlaufen und überall hinpinkeln lassen, sonst werde ich mich noch irgendwann einmal mit dir befassen müssen. Das ist dir doch klar, nicht?« Dann stand er auf, öffnete die Eingangstür und ließ den Kater rasch hineinschlüpfen.

Ramondi nahm den Aufzug und stieg im siebten Stock aus. Er überprüfte genau das winzige Stück Tesafilm, das er zwischen Rahmen und Tür angebracht hatte. Es klebte noch fest. Niemand hatte versucht, in seine Wohnung einzudringen, vielleicht bildete er sich ja auch nur ein, er würde verfolgt. Er steckte den Schlüssel ins Schloss und öffnete die drei Sicherheitsriegel. Drinnen schaltete er das Licht ein und schnupperte. Es roch nach Orangenblüten. Der Mann in der Drogerie hatte ihm gesagt, sie würden stimmungsaufhellend wirken, doch er zog Neroliöl vor, das hatte einen ganz eigenen Geruch und passte besser zu dem Weihrauch, den er ständig entzündete, um die Luft zu reinigen. Er öffnete eine Klappe in der Wand. Das Geräusch des Schlüssels im Schloss hatte die Aufnahme gestartet. Der Zähler zeigte an, dass der Apparat bis jetzt ausgeschaltet geblieben war. Er blieb stehen und wartete fünfundvierzig Sekunden. Dann schaltete sich der Rekorder ab. Primo Ramondi lächelte zufrieden. Er schnippte mit den Fingern. Das Aufnahmegerät schaltete sich wieder ein. Nun schloss er die Klappe, ging zum Bücherregal und schaltete den Scanner ein, der auf die Frequenzen des Polizeifunks eingestellt war. Das war besser als jede Musik.

Die Wohnung war erst vor kurzem frisch gestrichen worden. Das tat er jedes Jahr. Primo Ramondi hasste vergilbtes Weiß, weil es seine ganze blendende Reinheit einbüßte, wenn es gelbstichig wurde. Er hatte auch den Boden weiß gestrichen. Mit der gleichen Farbe, die man für Zebrastreifen verwendete. Eine Farbe, die allem widerstand, Kälte, Hitze und Regen. Die genauso widerstandsfähig war wie er. Weiß waren auch die beiden Sofas, die einander gegenüberstanden, aber nie benutzt wurden, da er niemandem erlaubte, seine Wohnung zu betreten. Genauso weiß wie der kleine Couchtisch dazwischen, das Bücherregal und sogar die Bücher, die er alle mit einer weißen Selbstklebefolie einband. Sonst waren die Wände leer. Sein Schlafzimmer war ebenfalls weiß, bis hin zu dem Kruzifix, das ihm seine Großmutter hinterlassen hatte, einer der wenigen Gegenstände, die er aus seiner Vergangenheit mitgenommen hatte. Er hatte Christus und das Kreuz auf Vorder- und Rückseite mit einer ungiftigen, wasserlöslichen Lackfarbe übermalt und sogar den Nagel weiß angestrichen, mit dem das Kruzifix oberhalb seines Bettes an der Wand befestigt war, um ihn vor den bösen Menschen zu beschützen, wie zum Beispiel vor diesem Polizisten, der ihn quälte, der ihn schon verhaftet und ihn in eine ekelerregend schmutzige Zelle gesperrt hatte. Genauso schmutzig wie das Kind, von dem er ständig träumte, das die ganze Wohnung mit seinem Blut vollschmierte. Und mit dem Blut seine Geschichte schrieb.

Auf einer weißen Wandtafel in der Küche standen fünf Frauennamen. Primo Ramondi löschte den obersten von der Liste, den der Prostituierten, bei der er sich vor wenigen Minuten bedankt hatte. Jetzt fehlten ihm noch vier. Vier Huren, die es sich im letzten Moment überlegt, ihre Aussagen zurückgezogen und sich geweigert hatten, im Prozess gegen ihn auszusagen. Er würde sich auch bei ihnen bedanken und zwar genau in der Reihenfolge, wie sie dort auf der Tafel standen. Er konnte es kaum erwarten, seine Aufgabe zu erledigen. Alle fünf Namen zu löschen und der Oberfläche ihr unbeflecktes Weiß wiederzugeben. Er starrte auf den letzten Namen der Liste. Ein Name, der ihm so vertraut war, der einer ganz besonderen Hure.

Bis jetzt hatte er noch keine von ihnen getötet. Nicht etwa, weil er sich davor fürchtete zu töten. Das hatte er in der Vergangenheit schon getan, ohne dass es jemand herausgefunden hatte. Aber nur Männer, nie Frauen. Keine Nutten. Solange er sich beherrschen konnte, würde er keine von ihnen töten. Er fürchtete sich davor, sie in Stücke zu reißen und dann der Versuchung nicht widerstehen zu können, sie zu essen. Eine innere Stimme sagte ihm, wenn er eine tötete, würde er sie anschließend auch essen. Und das war das Einzige, wovor sich Primo Ramondi wirklich fürchtete. Allein der Gedanke daran versetzte ihn in Angst und Schrecken, was man seinen Augen sogar ansah, wenn er darüber Witze riss und meinte: »Nein danke, bei der Vorstellung, rohes Nuttenfleisch im Mund zu haben, könnte ich kotzen.«

Er setzte sich auf eines der beiden Sofas, beugte den Kopf dicht über den Platz neben ihm, und als er dort ein winziges Haar entdeckte, griff er es mit der Pinzette, die er immer bei sich trug, und brachte es ins Bad. Er warf es ins Toilettenbecken und zog die Spülung. Hielt die Pinzette unter den Wasserhahn und desinfizierte sie mit einem alkoholgetränkten Wattebausch, führte sie an ein einzelnes Haar, das dort wuchs, wo eigentlich seine rechte Augenbraue gewesen wäre, und zupfte es aus. Bewundernd betrachtete er sich im Spiegel. Er gefiel sich so glatt, ohne Augenbrauen oder irgendwelche anderen Haare. Er knöpfte sein Hemd auf. Seine Brust war ebenfalls unbehaart. Er lächelte seinem Spiegelbild zu. Der Zahnarzt hatte hervorragende Arbeit geleistet. Die Schneidezähne seines Ober- und Unterkiefers – nicht die in der Mitte, sondern die neben den Eckzähnen – waren messerscharf zugespitzt. So hatte er jetzt jeweils vier obere und untere Eckzähne. Er würde die Nutten in dieser Stadt nicht töten – zumindest hoffte er, dieser Versuchung widerstehen zu können –, aber sie würden seine Raubtierzähne zu spüren bekommen. Er würde ein wenig an ihnen knabbern. Nur ein wenig. Nicht an den fünf Nutten, bei denen er sich bedanken musste, denn es war Teil seines Danks, dass er sie nicht so zeichnen würde. Oder zumindest hoffte er, auch dieser Versuchung widerstehen zu können.

Ein Blick auf die Uhr mit dem weißen Zifferblatt, die an der Wand über der Badewanne hing, zeigte ihm, dass er es vielleicht noch schaffen konnte, die zweite Nutte auf der Liste aufzusuchen. Sie ging in der Altstadt auf den Strich. Dort blieben die Nutten lange, weil dort mehr los war und immer Betrieb herrschte. Also würde es auch schwieriger sein, sich bei ihr zu bedanken. Primo Ramondi grinste seinem Spiegelbild zu, während er mit einem Mikrofasertuch einen winzigen Fleck von der Oberfläche entfernte.

Dann spürte er einen Druck in der Blase. Er drehte sich um, zog den Reißverschluss seiner Hose herunter und hob den Toilettendeckel hoch. Strich mit den Fingern liebevoll über seinen Unterleib. Auch dort fand sich kein einziges Haar. Mit Daumen und Zeigefinger seiner linken Hand nahm er sein winziges, schrumpeliges Glied, das so klein war wie eine vergrößerte Klitoris, und lenkte den Strahl direkt in das weiße Keramikbecken, wobei er peinlich genau darauf achtete, dass er ringsherum keine Spritzer hinterließ. Nachdem er sich erleichtert hatte, reinigte er sich die Eichel mit einem alkoholgetränkten Stück Toilettenpapier. Der Schmerz verzerrte seine Züge. Etwas anderes spürte er nicht mehr. Er legte eine Hand an den Ansatz seines Penis und suchte dort tastend nach den zwei Höckern, seinen kaum wahrnehmbaren Hoden, die wie bei einem Neugeborenen in seinem Körper verborgen waren.

Während der Schmerz langsam abebbte, zog er den Reißverschluss zu, ging in den Flur und nahm dort die Schlüssel zu dem alten Lieferwagen, mit dem er in die Altstadt fahren würde.

III

Die Bilder bewegten sich langsam. Wirkten langweilig und nichtssagend. Auf der Videokamera mit dem hochauflösenden Infrarotfilm war ein kleiner Scheinwerfer befestigt, der das ganze Geschehen in grünliches, beinahe phosphoreszierendes Licht wie von Neonleuchten tauchte, in das sich regelmäßig die zuckenden Blitze des Blaulichts auf dem Polizeiwagen mischten. Das Ganze wirkte beinahe wie Amateuraufnahmen von einem seltsamen Fest, das aus irgendeinem mysteriösen Grund hier auf diesem menschenleeren Platz in einem sehr abgelegenen Vorort der Stadt stattfand. Ein Fest mit sehr wenigen Gästen. Das Objektiv der Kamera fing die beiden Polizisten ein, während sie aus dem Streifenwagen stiegen. Im Hintergrund hörte man ständig krächzende Meldungen aus ihrem Funkgerät.

Der kleine Platz lag verlassen da. Außer dem Streifenwagen parkten hier nur noch zwei alte Kleinwagen im Schein einer Straßenlaterne, die ihr gelbliches Licht über den Asphalt dieser Vorortbaustelle verströmte. Einer davon gehörte einem dritten Beamten in Zivil, der sich an einen verdreckten, ehemals roten Bagger lehnte und nervös an einer Zigarette zog.

»Na, wurde aber auch Zeit, dass ihr kamt«, begrüßte er seine Kollegen und trat die Kippe aus. Durch das Mikrofon der Kamera hörte man laut und deutlich, wie seine Sohle auf dem Kies der obersten Schicht des Straßenbelags knirschte.

Das zweite Auto gehörte dem Wachmann der Baustelle.

»Scheiße, was dreht ihr da? Schmutzige kleine Filmchen?«, fragte er und hielt seine Hand vor die Augen, um sie gegen das Licht des Scheinwerfers zu schützen.

»Es ist alles in Ordnung«, antwortete ihm einer der beiden Streifenbeamten.

»Wenn ich das gewusst hätte, hätte ich mich in Schale geworfen«, erklärte der Polizist in Zivil.

Die beiden Streifenbeamten lachten.

Die Kamera schwenkte über den ganzen Platz, der eine düstere Atmosphäre ausstrahlte. Er wurde an drei Seiten von noch im Bau befindlichen, hohen Wohnblocks begrenzt, von denen einige fast fertig gestellt, andere aber auch erst riesige, skelettartige Rohbauten waren. Von dem Platz gingen drei Straßen ab, die sich irgendwo in der Umgebung verloren.

»Noch zehn Minuten, dann gehe ich nach Hause«, sagte der Beamte in Zivil, der gerade nicht im Blickfeld der Kamera war. »Ich hab keine Lust, mir hier eine weitere Nacht die Beine in den Bauch zu stehen, nur wegen so eines schwachsinnigen Anrufs!«

Auf der vierten Seite des Platzes befand sich nur ein Stoß länglicher Bordsteine aus Travertin. Die beinahe künstlich weißen, rechteckigen Quader waren in der Mitte dieser Seite übertrieben ordentlich zu einer Art Mäuerchen aufgestapelt. Dahinter zog sich eine Schotterstraße den kleinen, mit Dornengestrüpp bewachsenen Hügel hinauf, den man später vielleicht einmal in einen armseligen Spielplatz verwandeln würde. Die Kamera war nun auf die ersten Meter der Steigung gerichtet, bis der Mann dahinter wieder zurück auf den Platz schwenkte.

Überall, wo der schwache Schein der Lampe die Dunkelheit durchdrang, sah man Haufen umgegrabener Erde, Baumaterial, monströse Maschinen – wie riesenhafte versteinerte Kreaturen, die am nächsten Tag wieder ihre giftigen Dämpfe ausstoßen würden – und orangefarbene Plastikbänder, die die Bereiche absperrten, in denen die Aushubarbeiten noch nicht abgeschlossen waren. Alles außer diesen regelmäßigen Bordsteinen aus Travertin wirkte unordentlich und chaotisch.

Irgendwo im Hintergrund lief ein Fernseher. Der Mann hinter der Kamera entdeckte den Ursprung des Geräuschs und richtete das Objektiv auf den bläulich flackernden Schein, der aus einem Fenster im Erdgeschoss eines beinahe fertig gestellten Gebäudes kam, dem Aufenthaltsraum des Wachmanns. Die übrigen Fenster der Wohnblocks, an denen noch gebaut wurde, waren schwarz und wirkten wie die erloschenen Augen gemarterter Kreaturen, in denen die durch die Lichtstrahlen der Kamera entstehenden Schatten wie ruhelose Gespenster tanzten. Die Luft war gesättigt und schwer von dem Staub, der aus den Zement- und Mörtelhaufen aufstieg und stechend Augen und Nase reizte. Er brannte auf der Haut und trocknete sie aus. Alles Übrige war in Stille versunken, einer düsteren Stille voller riesenhafter, drohender Schatten, die der milchige Schein des Mondes der Dunkelheit abrang.

Im gleichen Moment schwenkte die Kamera, das Bild wackelte, zeigte zunächst den dunklen Nachthimmel und dann den schwarzen Asphalt.

»Entschuldigung«, hörte man eine Stimme außerhalb des Blickfeldes murmeln.

Während der Mann, den einer der beiden Beamten angestoßen haben musste, sich die Kamera auf der Schulter zurechtrückte, zeigte der Bildausschnitt einen Moment lang die gegenüberliegende Seite des Platzes, den Stapel Bordsteine aus Travertin und die bedrohlich wirkende, undurchdringliche Landschaft dahinter. Der Lichtstrahl des Scheinwerfers beleuchtete jetzt die ersten Meter der Schotterstraße. Dann machte die Kamera einen langen Schwenk. Und noch einen. Im Bild erschien jetzt eine Uhr, die an der Spitze eines langen grauen Pfahls aus Gusseisen angebracht war. Ihre Zeiger standen auf neun Uhr.

»Es ist schweinekalt«, sagte einer der beiden Streifenbeamten außerhalb des Sichtfelds. Als die Kamera mit dem Scheinwerfer auf ihn schwenkte, hielt sich der Beamte geblendet die Hand vor die Augen und brüllte: »Hey, schieb dir das Teil doch in den Arsch!«

Der Beamte in Zivil meinte lachend: »Deine Kinder werden noch stolz auf dich sein, wenn du so im Fernsehen zu sehen bist … Das ist ja voll peinlich!«

»Das schneidest du doch raus, oder?«, fragte der Beamte leicht besorgt.

»Jaja …«, antwortete der Kameramann zerstreut und schwenkte mit dem Objektiv wieder auf die Wohnblocks.

»Du schneidest das raus, verdammt, oder ich reiße dir den Arsch auf«, wiederholte der Beamte laut.

»Schon gut, schon gut, ich schneid es raus …«

Die anderen beiden Polizisten lachten.

Der Kameramann richtete das Objektiv wieder auf die Fenster der Wohnblocks, suchte eines nach dem anderen mit mathematischer Genauigkeit ab. Unvermittelt fiel Licht auf die Fassaden der Wohnblocks. Daraufhin wandte er sich abrupt um. Einen Augenblick lang war das Bild weiß, überbelichtet durch den Scheinwerfer eines Wagens oben auf dem Hügel. Das Mikrofon zeichnete auf, wie die Schuhe der Polizisten auf der Kiesschicht knirschten. Alle drehten sich um. Dann zoomte die Kamera das Bild heran, und man sah einen Wagen, auf dessen Motorhaube eine helle undeutliche Silhouette zu erkennen war, die hin und her schwankte.

Es war absolut still. Eine Stille, die beunruhigend wirkte und entstand, weil alle verstummten und auch nicht wie sonst das Brummen des Automotors sämtliche anderen Geräusche überdeckte. Obwohl alle schwiegen, hörte man den Wagen nicht. Absolute Stille? Nein. Wenn man diese Stille ertrug und genau hinhörte, konnte man das Geräusch der Räder auf der Schotterstraße ausmachen, das Geräusch von knirschendem Kies, aber so unnatürlich leise, dass die Stille weiterhin alles zu überlagern schien.

»Was macht denn der Wagen da?«, fragte einer der Beamten.

Während das Auto immer schneller den Abhang hinunterrollte, gelang es dem Kameramann, es mit dem Objektiv näher heranzuholen und den Mann auf der Motorhaube klarer ins Bild zu bekommen. Er war nackt. Und fett.

Der Wagen hielt genau auf den Stapel aus Travertinsteinen zu.

»Los, nichts wie weg hier!«, schrie ein Beamter, der außerhalb des Blickfeldes der Kamera stand.

Der Mann war mit kräftigen Seilen auf der Motorhaube festgezurrt, die Hände hinter dem Rücken gefesselt. Er riss die Augen weit auf, und die Angst darin schien alles Licht der Kamera in sich aufzusaugen.

Einen Augenblick lang sah man etwas aus Metall an der Kehle des Mannes aufblitzen. Obwohl sein Mund weit geöffnet war, hörte man ihn nicht. In seinem Mund steckte irgendetwas Seltsames, übertrieben Großes und Grünes.

Dann überdeckte ein schrecklicher Knall die Stille, und man sah ein grelles gelb-bläuliches Licht, als der Wagen gegen die Mauer aus Travertinsteinen prallte.

Der Körper des Mannes wurde nach vorn geschleudert.

Dabei trennte sich der Kopf vom Rumpf, als würde er von einer Feder durch die Luft katapultiert, während das laute Geräusch des Aufpralls durch diese Großbaustelle in der Vorstadt hallte.

Der Mann hinter der Kamera hatte einigermaßen die Ruhe bewahrt und die Flugbahn des Kopfes verfolgt, beinahe, als hätte er so etwas erwartet. Der Kopf hüpfte auf dem Asphalt hoch wie ein schlecht aufgepumpter Ball und rollte ein paar Meter weiter, wobei er immer langsamer wurde und schließlich gegen das Rad des Wagens prallte, hinter dem sich der Polizist in Zivil verschanzt hatte.

Er hätte nur einen Arm ausstrecken müssen, um ihn zu berühren.

Das Bild wurde immer klarer. Die Augen des fetten Mannes standen immer noch weit offen. Seine schlaffen Wangen waren von glänzenden Tränenspuren überzogen. Die Nasenlöcher zogen sich krampfhaft, wie in einem Reflex, zusammen. Dort, wo der Kopf vom Körper getrennt war, sah man ganz deutlich eine gelbliche Schicht Haut, eine weiße aus Fettgewebe, dann die rote der Muskeln und darunter die elfenbeinfarbene Wirbelsäule.

Nach einem Augenblick, der sich wie eine Ewigkeit hinzog, hörten die Nasenlöcher auf zu zittern, und dann sprudelte das Blut hervor.

Im Mund des Mannes steckte ein Apfel. Ein riesiger, unreifer, grüner Apfel. Seine Lippen waren zusammengenäht.

Der Beamte in Zivil erschien im Blickfeld der Kamera, schaute sich um, sah wieder auf den abgetrennten Kopf und lächelte.

Die Kamera lief noch einige Zeit mit und fing das Geschehen ein: Die beiden uniformierten Beamten stürmten mit gezogenen Waffen den Hügel hinauf, bis man nur noch die Lichter ihrer Taschenlampen sah. Der Beamte in Zivil schüttelte bestürzt den Kopf und lief den fünf Streifenwagen entgegen, die auf den Alarm hin eingetroffen waren. Sie fing auch die Erschütterung ein, die auf den Gesichtern aller, selbst der erfahrenen Polizisten lag. Dann hallten die Sirenen der Krankenwagen durch die Stille. Der Gerichtsmediziner machte sich an die Arbeit und untersuchte zunächst den Körper und dann den Kopf des Opfers, die genau siebzehn Meter und vierundzwanzig Zentimeter voneinander entfernt lagen. Ein junger Beamter stand ein wenig abseits und hielt weinend einen durchsichtigen, großen Plastikbeutel in der Hand. Jemand riss ihm den aus der Hand, steckte den abgetrennten Kopf hinein und übergab ihn einem Sanitäter, der ihn in den schwarzen Sack schob, in dem man schon den Körper des Toten untergebracht hatte, und den Reißverschluss zuzog. Dann kamen weitere Zivil- und Polizeifahrzeuge hinzu. Scheinwerfer blendeten auf. Es dauerte keine zwanzig Minuten, da waren schon zwei Fernsehteams am Tatort aufgetaucht. Ein Commissario gab Interviews. Dann kehrte ein Beamter von der Untersuchung des Geländes zurück. Sie hatten ihn nicht gefunden. Sie hatten dort niemanden gefunden.

Der Elektrohobel dröhnte ohrenbetäubend. In der Luft breitete sich der Geruch nach frischem, versengtem Harz aus und mischte sich mit dem metallischen des Hobeleisens. Die Holzspäne trudelten schwerfällig durch die Luft, bevor sie die Terrakottafliesen der sonnenüberfluteten Terrasse berührten.

Giacomo Amaldi schaltete das Gerät ab, zog die Lederhandschuhe aus und strich mit einer Hand über das abgeschliffene Holz, wobei seine Finger die rötlichen Maserungen im Holz verfolgten. Er schaute auf die Uhr und wandte sich nach rechts. Von dort aus konnte man die gewundene steil ansteigende Straße überblicken, die sich seitlich an dem Hügel entlangzog wie eine schwarze Narbe, eine Wunde, die der Mensch erst in den Fels geschlagen hatte, um ihm die Steine zu entreißen, und sie dann mit dunklem Asphalt kauterisiert und so das leise Klagelied der Wellen zerstört hatte, die sich in ihrem ewigen und ebenso oft enttäuschten Wunsch, sich mit dem Himmel zu vereinigen, bis zur Spitze des steilen Felsens aufbäumten.

Sie musste gleich kommen.

Er stellte sich an das Begrenzungsmäuerchen der Terrasse. Jetzt hörte er die Kinder schreien. Dieses Jahr waren es zwölf. Hinter der niedrigen Überdachung aus Weinreben konnte er Giudittas lange, sehnige Beine erkennen. Sie schubste gerade eine Schaukel an. Manchmal, wenn die Kinder schon nach Hause gegangen waren, blieb Giuditta noch ein wenig auf der Rutsche im Garten sitzen und betrachtete den Horizont. Irgendwann drehte sie sich um, und ihre Blicke begegneten sich. Dann lachte sie. Seit einiger Zeit konnte sie wieder lachen. Doch manchmal hätte Amaldi gern gewusst, was sie dachte, wenn all die Kinder gegangen waren und sie dort auf der Rutsche saß und den Horizont anstarrte.

Er schaute noch einmal prüfend auf die Uhr.

Sie musste gleich kommen.

Als sie sich zum ersten Mal in diesem kleinen Haus, das sich an diesem Abhang über dem Meer festzuklammern schien, sicher und glücklich gefühlt hatte, hatte Giuditta sich auf den Rand der Rutsche gesetzt, ohne an etwas Bestimmtes zu denken. Sie hatte den Horizont angestarrt und sich in dieser feinen, verschwommenen bläulichen Linie förmlich verloren.

»Ich wünschte mir, dass eines der Kinder nicht wieder gehen müsste«, hatte sie leise vor sich hin gemurmelt, ohne im Voraus zu wissen, was sie sagen würde. »Ich wünschte mir, dass dieses Haus das Heim eines Kindes wäre.«

Dann hatte sie sich beinahe erschrocken zur Terrasse umgewandt und dort Giacomo entdeckt, der sich mit den Händen auf die Brüstung stützte und sie beobachtete. Sie hatte gelacht, war ein wenig verlegen gewesen, weil er sie in einem so intimen Moment ertappt hatte, aber von da an wiederholte sie diesen Satz jeden Nachmittag, wenn die Kinder gegangen waren, und drehte sich um, in der Hoffnung, dass Giacomo dort auf der Terrasse stünde.

Und sie lachte, weil sie wusste, eines Tages würde er sie hören.

»Hast du dir die Kassette angeschaut?«

»Jaja … habe ich.«

»Was hältst du davon?«

»Das Ganze sieht mehr nach einer Hinrichtung aus als nach Mord«, sagte Amaldi.

Chefinspektor Nicola Frese stocherte mit einer Schuhspitze in den Holzspänen herum, die die Terrakottafliesen der Terrasse bedeckten. Er war ein untersetzter, stämmiger Mann, der sich trotz seiner Statur beinahe mit der Anmut eines Tänzers bewegte. Eines etwas komisch wirkenden Tänzers um die fünfzig.

»Hast du in diesem Chaos hier vielleicht etwas Kleber?«, sagte er, stellte einen Fuß auf das Fensterbrett und fuhr mit dem Finger über die Gummisohle seines Schuhs, die sich ablöste.

»Ich habe nur Holzkleber. Der eignet sich nicht für Schuhe.«

»Kleber ist Kleber, oder?«

»Nein. Das ist Holzkleber. Der eignet sich nicht für Schuhe.«

»Und jetzt?«

»Bring sie doch zum Schuster.«

Frese seufzte. Als er Giuditta im Garten bemerkte, lächelte er ihr zu und winkte. »Ich habe doch nicht meine Schuhe gemeint, Giacomo«, sagte er.

»Möchtest du einen Kaffee?«, fragte Amaldi.

»Nein, vielen Dank.«

Amaldi ging zu Frese und setzte sich neben ihn auf das Begrenzungsmäuerchen der Terrasse. Er wusste genau, dass der

Mann es nur schwer ertrug, wenn Menschen vor ihm standen, die deutlich größer als er waren. Sie hatten zu viele Jahre Seite an Seite gearbeitet, als dass er jetzt so tun konnte, als habe er das vergessen.

Die Strahlen der untergehenden Sonne legten sich beinahe zähflüssig, intensiv und golden wie Honig über Amaldis Gesicht. Betonten sein markantes Kinn und die ersten grauen Haare an den Schläfen, die in dem verwaschenen Strohblond seines stolz erhobenen Kopfes sonst kaum auszumachen waren, brachten seine gerade Nase mit den stets wie witternd zuckenden Nüstern zur Geltung und die ausgeprägten hohen Wangenknochen, über denen sich braungebrannte Haut spannte. Dunkle Augenringe und ein wenig hängende Lider, die ihm das Flair eines erschöpften Fischers verliehen. Helle Augen von einem undefinierbaren Farbton, der zwischen leuchtendem Gelb und den weichen, rauchigen Schattierungen von Tee changierte. Länglich geschnittene Augen, die immer so aussahen, als hielte er sie halb geschlossen. Lichtempfindlich und ohne Furcht vor der Finsternis. Katzenaugen.

»Ich kann das nicht, Nicola«, sagte er. »Ich bin noch nicht so weit.«

»Du bist noch nicht so weit …«, brummte Frese ärgerlich.

»Und vielleicht werde ich niemals mehr so weit sein …«

»Was möchtest du denn in Zukunft tun, Giacomo? Glaubst du etwa, du kannst dich mit Korbflechten durchbringen?«, platzte Frese heraus.

»Ich stelle Möbel her. Keine Körbe.«

»Das ist doch Unsinn.«

Amaldi stand auf, ging zur anderen Seite der Terrasse und starrte den Horizont an.

»Es ist nur eine Linie«, sagte Frese.

»Was?«, fragte Amaldi.

Frese wedelte mit seinem kurzen stämmigen Arm vage in Richtung Horizont. »Das ist nur eine imaginäre Linie.«

Amaldi lachte.

»Was ist daran denn so komisch?«

»Das was das Erste, was einer der Bewohner der Villa Scarlatti zu mir gesagt hat.«

»Einer von den Irren?«

»Ja … einer von denen.«

»Na ja … daran erkennt man, dass er doch nicht ganz durchgeknallt war.«

»Man nannte ihn den Philosophen«, sagte Amaldi und dachte an die Zeit zurück, als sein hochgewachsener, muskulöser Körper sich zitternd am Geländer des Sanatoriums festklammerte und er über den Steilhang hinweg in Richtung Meer auf den Horizont starrte, diese Linie, die fern und gerade dalag, Lärm und Stille einzuschließen schien. Als er noch all die Ängste vor dem Unbekannten fühlte, die schon die ersten Bewohner der Erde beunruhigt hatten, als wären es seine eigenen. Tief in seinem Inneren spürte er, wie sie wuchsen und ihn wie eine unerträgliche Bürde belasteten. All diese Fragen, auf die es keine Antwort gab. Und genau wie all diese Menschen, diese längst vergangenen Vorfahren befürchtete er – beseelt von einer pessimistischen Weisheit, von der ihn keine Wissenschaft abbringen konnte –, dass jenseits dieser verschwommenen Linie die Welt aufhören könnte und das große Wasser dort ins dunkle Nichts stürzte. Und seine Liebe zu Giuditta von den Strömungen des Lebens dorthin, zu diesem Abgrund, zu diesem schwankenden Rand getrieben würde, der weder Meer noch Himmel war, und dort hinabgezogen würde. Dass ihre Liebe sich in diesen schrecklichen Wassersturz ergießen, der den Beginn des Nichts am Ende der Welt darstellte, und so ausbluten würde. »Ihr beiden habt recht. Es ist nur eine imaginäre Linie …«

»Woran denkst du?«

»Hast du dich nie gefragt, was für einen Sinn unser Beruf eigentlich hat, Nicola?«, begann Amaldi, dessen Blick immer noch wie gebannt am Horizont hing. »Unser Job geht über eine schlichte Koexistenz mit dem Bösen hinaus. Wir sind von ihm abhängig. Das Böse ist so etwas wie unser Arbeitgeber, ein Liebhaber, der uns aushält. Wir wüssten überhaupt nicht, was wir anfangen sollten, wenn es nicht mehr existierte. Dann hätten wir keine Daseinsberechtigung mehr. Hast du dich jemals gefragt, ob wir überhaupt etwas anderes können …?«

»Ich will ja gar nicht bestreiten, dass wir einen Scheißjob haben. Aber in all dem Schwachsinn, den du gerade von dir gegeben hast«, antwortete Frese nach einer Weile, »steckte auch ein Körnchen Wahrheit. Wir können nichts anderes. Die Möbel, die du hier machst, sind wirklich scheiße, entschuldige, wenn ich dir das so offen sage. Als Tischler hast du bestimmt keine große Zukunft.«

Amaldi lachte.

»Was ist nun?«, fragte ihn Frese wieder.

»Nicola, jetzt dräng mich nicht.«

»Wir brauchen dich.«

»Meine Antwort ist Nein.«

Frese kickte wütend ein Häufchen Späne weg.

»Möchte jemand Kaffee?«, fragte Giuditta, die gerade aus der großen Terrassentür trat.

»Wird denn in diesem Haus bloß noch Kaffee getrunken?«, polterte Frese los.

»Möchtest du etwas anderes?«, fragte ihn Giuditta.

»Nein. Ich wollte sowieso gerade gehen.«

»Bleibst du nicht zum Abendessen?«

»Ich kann nicht …«, murmelte Frese.

»Du hattest doch gesagt, dass du bleiben würdest«, protestierte Giuditta.

»Jaja, ich weiß … es tut mir leid. Mir ist der Appetit vergangen. Auf Wiedersehen, Commissario«, meinte er grimmig zu Amaldi. »Warum zum Henker hat man dich überhaupt befördert, wenn du jetzt …«, dann wandte er sich wieder an Giuditta. »Entschuldige bitte«, meinte er, als er an ihr vorüberging.

»Die Kassette liegt vorn im Eingangsbereich«, sagte Amaldi.

Frese gab ihm keine Antwort. Türenschlagend verließ er das Haus, und kurz darauf hörte man, wie ein Motor angelassen wurde und Reifen auf dem Asphalt quietschten.

Giuditta kam zu Amaldi, der wieder regungslos dastand und den Horizont anstarrte. Amaldi legte ihr einen Arm um die Schulter und zog sie zu sich heran. Giuditta roch so gut. Ihre Haut war glatt und so weiß, als ob sie sie gepudert hätte.

»Hast du ihm einen Korb gegeben?«, fragte Giuditta.

»Du hast ihn ja gesehen … Er war fuchsteufelswild.«

»Er mag dich wirklich.«

Amaldi drehte sich zu ihr um. Sie hatte einen üppigen Mund. Ganz natürlich volle Lippen, dachte Amaldi. Ein Mund, der oft lächelte. Jetzt wieder, nach so langer Zeit. Die Haut darüber war von ein paar kleinen Fältchen durchzogen, die sich mit dem Alter vertiefen würden. Amaldi strich darüber, als ob er sie glätten wollte.

»Was meinst du mit ›er mag mich wirklich‹?«, fragte er sie.

»Dass er sich Sorgen um dich macht«, erklärte Giuditta lächelnd und kniff ihre grauen kurzsichtigen, eigenartig geformten Augen noch weiter zusammen, deren Lider zur Mitte, zur Nase hin leicht abfielen und sie melancholisch wirken ließen, selbst wenn sie es gar nicht war.

»Er hat gesagt, dass meine Möbel scheiße sind.«

Giuditta lachte. »Das stimmt nicht, sie sind wunderschön.«

»Lügnerin«, sagte er zu ihr und küsste sie. Giudittas Lippen schmeckten nach Salz. »Ich räum noch ein wenig auf«, meinte er und zeigte auf die Terrasse.

»Dann geh ich etwas spazieren. Das Abendessen ist ja schon fertig.«

»Was soll ich deiner Meinung nach tun?«, fragte Amaldi sie.

Giuditta drehte sich um und schaute ihn an. Ihr üppiger Busen wippte kaum wahrnehmbar unter dem weiten Pulli. Eine leichte Brise zerzauste ihre aschblonden langen, glatten Haare. Manchmal wirkt sie deutlich älter als fünfundzwanzig, dachte Amaldi. Vielleicht lag das an ihrer ernsten, beinahe nüchternen Art. Vielleicht auch daran, dass Giuditta in das Innere der Menschen blicken konnte. Sie konnte in die Tiefe ihrer Seelen schauen und ließ sich nicht vom äußeren Anschein täuschen. Und er hatte gelernt, auf ihre Meinung zu hören.

»Ich will gar nichts, Giacomo.«

»Willst du nicht, dass ich hier auf der Stelle meinen alten geliebten Hund umbringe? Du weißt, ich würde es tun, wenn du mich darum bittest …«

»Ich will gar nichts, Giacomo.«

Amaldi zitterte, klammerte sich krampfhaft an das Geländer des Sanatoriums Villa Scarlatti. Jetzt brauchte er dringend ein Schmerzmittel. Er verharrte stundenlang in dieser Haltung, immer auf der Suche nach dieser Stille, die er einen intensiven, kurzen Augenblick lang gekostet hatte und dann niemals wieder. Während das Brüllen der Wellen, die sich an den Klippen brachen, in seinen Ohren schmerzte, verloren sich seine Augen in der Vergangenheit, harte Augen, die nichts von den dunklen Schatten offenbarten, die sie trübten.

»Ich denke mir Geschichten aus, wissen Sie?«, hatte eine Stimme hinter ihm gesagt.

Amaldi war herumgewirbelt, alle Muskeln seines Kiefers waren angespannt. Vor ihm stand ein Patient aus dem Heim, einer von denen, die schon immer hier waren. Ein Verrückter, den alle nur den »Philosophen« nannten. Amaldi hatte ihm keine Antwort gegeben.

»Ich denke mir für jeden von euch Geschichten aus«, hatte der Philosoph gemeint.

Amaldi war aufgefallen, wie gelassen und eindringlich seine Augen ihn fixierten.

»Ich habe auch für Sie eine Geschichte«, hatte der Philosoph gesagt. »Ich fürchte zwar, dass Sie noch nicht bereit dazu sind, sie zu verstehen, aber ich werde sie Ihnen jetzt trotzdem erzählen.«

Amaldi versenkte sich in die Stille in seinem Inneren.

»Ein Pärchen geht in ein Tal hinunter …«, hatte der Philosoph begonnen. Seine Stimme klang ruhig, rund und schmeichelnd. »Der Hügel um sie herum steht in voller Blüte und das Gras ist schon feucht von der hereinbrechenden Abenddämmerung … Ehe die Sonne direkt vor ihnen die beiden Liebenden verlässt, setzt sie noch Glanzlichter in ihre Haare und bringt seine Augen zum Strahlen … und lässt sie beide schöner wirken, als sie eigentlich sind. Hinter ihnen trottet ein alter Hund her, mit gesenktem Kopf, und auch seine Zunge hängt schlaff aus dem Maul, als wäre sie zwischen den nunmehr zahnlosen Kiefern eingeschlafen. Aber sein Schwanz wedelt stolz und glücklich. In dieser idyllischen Landschaft bleibt die Frau auf einmal stehen und packt ihren Liebsten bei den Schultern, ganz so, als wäre sie der Mann, zieht ihn zu sich heran … und küsst ihn auf den Mund. Die eine Hälfte ihrer Gesichter leuchtet im orangefarbenen Licht der Abendsonne, die andere Hälfte liegt im Schatten … so wie nur eine Hälfte von ihnen schöner ist, als sie in Wirklichkeit sind, und die andere Hälfte hässlicher. ›Ich liebe dich‹, will er gerade sagen. ›Ich liebe dich und ich würde alles für dich tun. Auch hier auf der Stelle meinen alten geliebten Hund umbringen, wenn du mich darum bittest‹, aber sie legt ihm eine Hand auf den Mund und sagt: ›Ich weiß, dass du mich liebst … Aber wärst du in der Lage, hier auf der Stelle deinen alten geliebten Hund umzubringen, wenn ich dich darum bitte?‹ Der Mann starrt sie an, er überlegt und dann sagt er: ›Aber warum bittest du mich jetzt darum?‹ Inzwischen ist die Sonne untergegangen und hat jene Hälfte endgültig ausgelöscht, die sie schöner aussehen ließ, als sie jemals waren. Ihre Gesichter liegen nun im Schatten. Keine Glanzlichter ruhen mehr auf ihren Haaren. Und seine Augen strahlen nicht mehr so wie vorher. Der alte Hund wackelt mit seinem kahlen Kopf hin und her, hat seinen Schwanz ein wenig eingezogen, während er seinem Herrchen folgt, denn hier trennen sich die Wege des Mannes und der Frau. Bald wird es dunkel sein und dann kann man ihre Gesichter nicht mehr erkennen, schwarz sind sie, schwarz in der Schwärze der Nacht …«, hatte der Philosoph geendet. »Das ist jetzt Ihre Geschichte. Ich schenke sie Ihnen.«

Hinter dem Weinberg fiel der Pfad steil zum Meer ab. Giuditta hatte einen Felsen ganz für sich alleine. Er war glatt und abgerundet. Ein uralter Felsen, der keine Ecken und Kanten mehr hatte, die die Wellen hätten abschleifen können. Giuditta ließ sich mit übereinandergeschlagenen Beinen darauf nieder und beobachtete, wie die Sonne langsam zur nächtlichen Ruhe im Wasser versank.

Sie fuhr mit einer Hand unter ihren Pullover und streichelte liebevoll eine kleine Narbe in Form einer Sieben, die man nach fast zwei Jahren beinahe nicht mehr erkennen konnte. Sie befand sich knapp unterhalb der linken Brust. Dort, wo das Herz schlug. Ihr *Glücksbringer*. Dort hatte sie das Schicksal gezeichnet.

Zwei Monate lang war sie jede Nacht panikerfüllt hochgeschreckt und hatte geschrien vor Angst. Hatte von dem Monster geträumt, das sie berührte, das das Leben aus ihr entweichen ließ, das Fleisch, die Knochen, die Eingeweide aus ihr herausschälte, ihr die Haut vom Leib riss, um sie mit Salben und Cremes einzureiben, die sie weich machen sollten, und sie anschließend zu gerben. Der Präparator. Sie träumte davon, wie er das, was von ihr übrig geblieben war, mit Stroh ausstopfte und dann die Arme einer anderen Frau an ihren Rumpf nähte und die Beine einer dritten Frau. Sie träumte von einem schrecklichen Wesen, in dem auch ein bisschen von ihr selbst steckte. Wenigstens von dem, was von ihr übrig geblieben war. Eine blinde Puppe. Eine kopflose Puppe, die gegen die Wände eines gläsernen Käfigs zu rennen schien.

Sie träumte von dem, was ihr zugestoßen wäre, hätte sie nicht diese kleine Wunde in Form einer Sieben gehabt. Ihren *Glücksbringer*. »Du bist beschädigt«, hatte der Präparator zu ihr gesagt. Deshalb hatte er sie am Leben gelassen.

Giuditta wachte jede Nacht schreiend und weinend auf und klammerte sich an ihren Geliebten. Doch wenigstens lebte sie weiter.

Bis zur nächsten Nacht. Bis zum nächsten Tod.

Giacomo reagierte anders. Er schreckte niemals aus dem Schlaf hoch und weckte sie damit. Er schrie nicht. Er weinte nicht. Sprach nie darüber.

Er hatte ihr nur ein einziges Mal, als sie beide noch im Krankenhaus lagen – und danach nie mehr wieder –, erzählt, was ihm zugestoßen war. Völlig emotionslos, als hätte es jemand anderer erlebt. Er hatte von seinem Kampf mit dem Präparator im Zimmer von Ajaccio erzählt, seinem letzten Opfer, dessen Kopf er für seine menschliche Puppe haben wollte. Von dem Skalpell in der Hand dieses Ungeheuers, das Giacomo oberflächlich an der Schulter verwundet und das Bein an der Wade bis auf den Knochen durchschnitten, Bänder und Muskeln durchtrennt und Nerven und Blutgefäße verletzt hatte. Hatte ihr erzählt, wie er in seinem eigenen Blut über den Boden gerobbt war, um zu seiner Pistole zu gelangen, und wie er dann einfach aufs Geratewohl geschossen hatte. Von dem erstaunten Ausdruck auf dem Gesicht von Professor Avildsen, als dieser merkte, dass er tödlich getroffen worden war. Er hatte ihr erzählt, wie seine Kräfte schwanden, während der andere auf ihn zukam. Die Kräfte, nicht die Sinne, so hatte er sich ausgedrückt. Wie er zugelassen hatte, dass der Präparator – Giudittas Anthropologieprofessor – ihm die Pistole aus der Hand nahm und sie auf ihn richtete, ihm den Lauf der noch warmen Waffe an die Stirn drückte. »*Hörst du das? Der Wind legt sich ... die Erde bebt nicht mehr ... das Meer beruhigt seinen Zorn ... die Flammen, die alles verzehrten, lodern nicht mehr ... Hörst du das? Hör hin. Jetzt ist sie da ... Die Stille*«, hatte dieses Ungeheuer mit der hypnotischen Stimme einer Schlange und dem unschuldigen Gesicht eines Kindes zu ihm gesagt. Dann hatte er den Lauf der Pistole von Giacomos Stirn genommen, ihn an seine eigene Schläfe gelegt, abgedrückt und sich damit selbst ausgelöscht. Und Giacomo erinnerte sich noch immer an jedes einzelne Wort ihrer Begegnung.

Danach hatte er nie wieder darüber geredet. Da war kein Platz für Fragen. Für Ängste.

Nach ihrer Entlassung aus dem Krankenhaus hatte er sich um sie gekümmert, als wäre er nicht persönlich betroffen und hätte nicht alles selbst aus nächster Nähe miterlebt. Er hatte weitergearbeitet, war zum Commissario befördert worden, hatte seine eigene Abteilung für Serienverbrechen aufgebaut. Er hatte eine Mauer um sein Inneres errichtet.

Amaldi schrie nicht. Weinte nicht. Redete nicht über seine Erlebnisse.

Er hatte mit Zorn reagiert, mit gesenktem Kopf gekämpft und versucht, das Problem zu ignorieren, sich ihm nicht zu stellen, als könnte er es so auf Abstand halten. Genauso blind wie die Puppe ohne Kopf. Vergiftet von einem Schmerz, der in seinem Körper gärte. Als ob sein Herz zwar noch Gefühle anderer Menschen spüren konnte, selbst aber wie gelähmt war. Stumm, aber nicht taub.

Dann waren eines Tages diese stechenden Schmerzen in der Wade aufgetreten, die ihn zwangen, keuchend stehen zu bleiben, oder ihn – wenn er dies nicht konnte oder wollte – vor Schmerzen humpeln ließen. Der Chirurg, der ihn operiert hatte, versicherte ihm, es gäbe dafür keine medizinischen Erklärungen. Medizinisch war seine Verletzung geheilt. Und zwar vollständig. Sämtliche Bänder, Muskeln, Blutgefäße und Nervenenden. Doch Giacomo humpelte mit jedem Tag mehr. Dann nahm er die erste Schmerztablette. Und die zweite. Und die dritte. Bis er nicht mehr ohne sie auskam.

Das Leben schien sich wie unter Betäubung von Giacomo zurückzuziehen, von seinem Heim, das einst so hell und freundlich gewesen war, das sie, Giuditta, mit so viel Liebe und Gefühl, geflüsterten Liebesworten und Zärtlichkeiten, mit Menschen erfüllt hatte, mit Teppichen und Bildern ausgestattet und so Raum für Raum seiner Einsamkeit mit Leben erfüllt hatte. Es war wie bei einem Möbelstück, das mit der Zeit allmählich seinen Glanz verlor. Dabei handelte es sich eher um eine optische Wahrnehmung als um ein inneres Gefühl. Wie eine Flut, die sich langsam, aber unaufhaltsam zurückzieht. Manchmal ertappte ihn Giuditta dabei, dass er sich mit starrem Blick im Spiegel betrachtete, obwohl er sich dort nicht einmal sehen konnte.

Sie hatten aufgehört, miteinander zu schlafen. Ganz plötzlich. Ohne Vorankündigung. Giuditta fühlte sich zurückgewiesen, schmutzig, unwiderruflich von diesem Ungeheuer besudelt. Giacomo hatte sie nicht mehr angefasst. Nachts hatte er sich ihr nicht mehr genähert, er mied das gemeinsame Bett, war weit weg von ihr.

Bis er eines Nachts zusammengebrochen war.

Giuditta hatte ihn auf dem kalten Fußboden der Küche gefunden.

Sie hatte einen Krankenwagen gerufen und Giacomo nannte den Sanitätern, als er wieder zu sich gekommen war, die Adresse der Villa Scarlatti. »Das Gift muss raus«, hatte er gesagt. Er meinte damit die Schmerzmittel.

Dann hatte er begriffen, dass es nicht allein darum ging. Damit würde er es sich zu einfach machen, es ging vielmehr um all die drängenden Fragen, die auf seiner Seele lasteten.

Warum hatte er sich entwaffnen lassen? Wollte er etwa sterben?

»Hörst du das? Der Wind legt sich … die Erde bebt nicht mehr … das Meer beruhigt seinen Zorn … die Flammen, die alles verzehrten, lodern nicht mehr … Hörst du das? Hör hin. Jetzt ist sie da … Die Stille«, hatte der Präparator zu ihm gesagt, und Giacomo erinnerte sich an jedes einzelne Wort. Aber noch mehr an die Stille. Diese innere Stille, die den Dämon in ihm berührt hatte. Das Gefühl, jenen quälenden, finsteren Abgrund, jene Emotionen zu kennen. All das hatte er ebenfalls gespürt. Er hatte dieses Ungeheuer verstanden. Denn in dieser absoluten Stille lag der versprochene Frieden. Und er hatte ihm in die Augen gesehen. Das hätte er nicht tun sollen. Das war wie ein Zeichen

des Einverständnisses gewesen. Als würden sie einander erkennen. In jenem Moment voll unnatürlichem Frieden, so kurz vor dem Tod, hatte die gequälte Seele von Professor Avildsen, dem Präparator, seinen Körper verlassen und war wie ein Dämon in Giacomo hineingefahren, und zwar durch die Wunde, die dieses Ungeheuer in seiner Wade geschlagen hatte, die nie mehr aufhören sollte zu bluten und sich niemals geschlossen hatte. Eine seelische Wunde.

Und je mehr Giacomo diese Fragen zuließ, desto stärker kehrte er ins Leben zurück.

Er hatte Giuditta gesagt, sie sei nicht schmutzig und es sei nicht so, dass er sie zurückwiese. Er habe nur Angst, sie zu berühren, weil er sich selbst unrein fühlte, seit er um die finsteren Abgründe seiner Seele wusste. Sie jedoch sei nicht schmutzig. Aber die brennende Leidenschaft für Giuditta und die schreckliche Tragödie des Präparators hatten die Charaktere der beiden Männer verschmolzen und daraus eine neue, komplizierte Kreatur geschaffen, die dann seinen Kopf ausgefüllt und ihm die Hände gebunden hatte. Eine Seuche, die sich heimtückisch, schleichend und gleichzeitig heftig wie eine Überschwemmung beherrschend in sein reales Leben gedrängt und es schließich beherrscht hatte. Eine Krankheit, die ihn geblendet und Giudittas Bild aus dieser Zeit der Qual seiner Netzhaut eingebrannt hatte, sodass er sie nur noch so sah und sie nicht mehr in sein gegenwärtiges Leben einbinden konnte. Diese innere Angst hatte monatelang jede Hoffnung in ihm erstickt, er könne wieder auf die andere, glückliche Seite des Lebens gezogen werden. Nein, sie war nicht schmutzig.

Und erst dann war auf seinem Gesicht, das, durch die Erfahrungen gezeichnet, weit älter als das eines Vierzigjährigen wirkte, etwas wie ein Hoffnungsschimmer, ein Lächeln erschienen. Beinahe zaghaft, wie eine sich vorzeitig öffnende Blüte.

Als Amaldi aus dem Sanatorium entlassen wurde, ertrug er seine Wohnung nicht mehr. Sie hatten sie verkauft und waren danach in diese ländliche Kleinstadt ans Meer gezogen.

Giuditta hatte zunächst nur zum Zeitvertreib einige Kinder betreut. Am Ende waren es zwölf. Giacomo war immer noch vom Dienst freigestellt. Mit eigenen Händen hatten sie sich etwas aufgebaut – nicht nur die Hängematte, einen Abenteuerspielplatz, den sie das Piratenlabyrinth genannt hatten, die ersten, schiefen Möbel aus Tannenholz, sie hatten sich selbst neu geschaffen. Jeden Tag.

Jetzt schliefen sie wieder miteinander. Sie hatten ihr Lachen wiedergefunden. Wachten nicht jede Nacht von Albträumen gequält auf. Und ihre Wunden hatten sich geschlossen.

Früher oder später wird er seine Flügel ausbreiten und fliegen, dachte Giuditta und strich liebevoll mit der Hand über den alten Felsen, der ganz glatt und eben geworden war, um nicht mehr mit den Wellen kämpfen zu müssen.

Ab und an sah sie ihn mit der Geschichte des Philosophen in der Hand dastehen, die er sich noch am selben Tag, als er sie gehört hatte, aufgeschrieben hatte. Das Blatt war inzwischen völlig zerknittert. Er hatte sich monatelang mit dieser Geschichte beschäftigt und bekam sie noch immer nicht aus dem Kopf. Aber es war eine Geschichte aus der Vergangenheit. Eine alte, dumme Geschichte, die sie beide nicht betraf. Nicht mehr.

Er würde auch darüber hinwegkommen.

Bald würde er wieder aufbrechen und in sein Leben zurückkehren, aber das musste er allein entscheiden. Giuditta spürte, dass er bereit dafür war. Sie wusste es. Das konnte sie jeden Tag deutlicher in seinen Augen lesen.

Sie tauchte eine Hand ins Meer und fuhr sich mit den nassen Fingern über die Lippen.

Giacomo mochte es, wenn sie nach Salz schmeckte.

Amaldi löffelte seinen Teller Suppe aus, schaute aus dem Fenster auf jenen sternklaren Himmel, der so anders aussah als jener, der drückend und schwer auf der Stadt lastete. Beim Abendessen hatten sie kaum miteinander geredet. Giuditta wusste, woran Giacomo dachte.

»Möchtest du noch?«, fragte sie ihn.

»Was …? Nein. Nein danke …« Dann betrachtete er sie schweigend.

»Was ist?«, meinte sie.

»Nichts …«

»Bist du sicher, dass du nichts mehr von der Suppe willst?«

»Ja, ganz sicher«, meinte er und sah sie weiter schweigend an.

»Jetzt sag's schon.«

»Was?«

»Woher soll ich das wissen, wenn du es nicht sagst?«, log Giuditta lachend.

Amaldi seufzte und kratzte zerstreut mit dem Löffel auf dem Teller herum. Er holte tief Luft und verzog sein Gesicht. »Ich dachte nur … Vielleicht könnte ich ja hier ein wenig arbeiten … Vielleicht mal in den Akten blättern …«

Giuditta wusste, dass er sie auf die Probe stellte, ein subtiles Spiel, bei dem man bei der Wahrheit bleiben musste. »Meinst du damit etwa Autopsieergebnisse, Fotos von verstümmelten Leichen und psychiatrische Gutachten?«

»Na ja, schon …«

»Du hattest mir doch versprochen, das Piratenlabyrinth zu reparieren.«

»Das werde ich auch tun … Ich hätte trotzdem immer noch jede Menge Zeit für uns.«

»Bestimmt?«

»Ganz bestimmt.«

»Sonst muss ich einen Schreiner kommen lassen.«

»Einen *richtigen* Schreiner meinst du wohl?«, fragte Amaldi.

»Ganz genau.«

»Dann denkst du also auch, dass meine Möbel nichts taugen?«

»Versprich mir, dass du dich darum kümmern wirst.«

»Ich verspreche es«, sagte er lächelnd, hörte aber nicht auf, mit dem Löffel herumzuspielen. »Was hältst du davon?«

»Wovon?«

»Wenn ich Nicola sage, er soll mir ein paar Akten vorbeibringen.«

»Lass sie aber nicht herumliegen. Ich möchte nicht, dass die Kinder sie sehen.«

»Sicher. Also, was hältst du davon?«

»Du bist ein besserer Polizist als Schreiner. So viel steht fest.«

Amaldis Augen leuchteten auf.

Giuditta lächelte glücklich. Zum ersten Mal breitete er wieder die Flügel aus. Und sie war dabei und sah ihm zu.

Amaldi zog sie an sich und seine Hände glitten suchend unter ihre Kleidung. Er schob ihren Pulli hoch und küsste die kaum erkennbare Narbe an ihrer Seite. Ihren *Glücksbringer*. Dann wanderten seine Lippen nach oben zu ihrem weichen Busen, an ihre zartrosa Brustwarze.

»Wolltest du nicht Nicola anrufen?«, fragte sie ihn spöttisch.

»Das hat Zeit bis morgen Früh.«

IV

Der Junge hatte Albträume. Immer. Nachts, wenn er schlief. Tagsüber, wenn er wach war. Diese Bilder überfielen ihn plötzlich, ohne Vorwarnung. Tauchten aus diesem furchterregenden Nichts auf, das der Junge in sich trug und überallhin mit sich schleppte, das er nährte und in sich wachsen ließ wie ein Anhängsel seines Ichs. Wenn er am wenigsten damit rechnete, tauchten sie plötzlich auf, wie ein Hinterhalt oder eine heimtückisch gestellte, schreckliche Falle. Und dann wurde er zur Beute dieser Albträume. Denn die Albträume hatten ständig Hunger, einen unersättlichen Appetit. Nur wenn er unter Menschen, wenn er unter Kindern war, hatte er noch nie einen Albtraum gehabt. Dabei spielte es keine Rolle, ob es normale Kinder waren oder solche, die so waren wie er. Diese besondere Kaste der Kinder. Jener Kinder, die Albträume hatten.

Das war der Grund, warum er so gern unter Menschen war. Um die Albträume von sich fernzuhalten. Manchmal konnten Erwachsene allerdings gemein und grausam sein. Dann fühlte sich der Junge wie ihr Opfer. Aber das war dann anders, nicht so wie in den Albträumen. Bei den Erwachsenen blieb ihm wenigstens eine Möglichkeit zu gewinnen. Die Gefahr zu wittern, eine Falle rechtzeitig zu erkennen, einem Anschlag zu entkommen oder einem Hinterhalt zu entgehen. Wenn er unter Leuten war, hatte er zumindest eine Chance, das genügte, denn es war immerhin mehr, als ihm in der Welt der Albträume blieb.

Der Junge kauerte sich unter den Laken zusammen, in seinem dunklen Versteck, seiner Höhle. Vielleicht hatte er wieder Fieber, dieses neue Fieber, das er erst vor kurzem kennen gelernt hatte. Das kam und ging und ihn durchschüttelte. Danach fühlte er sich stark und lebendig. Und dann wieder schwach und verängstigt, jedoch lebendiger, als er sich jemals im Leben gefühlt hatte. Ängstlicher, als er jemals gewesen war. Es ließ ihn extreme Höhen und Tiefen durchleben. Wie eine riesige warme Flutwelle, die den Jungen auf unerforschte Strände warf und ihn, wenn sie sich wieder zurückzog, mit sich in die eiskalte Tiefe riss, aus der sie aufgestiegen war. Ein Fieber, das ihn lehrte, seine eigene zerstörerische Wut und sein Gesetz zu erkennen, indem es ihn seine eigenen Erinnerungen noch einmal durchleben ließ – sofern man bei einem Kind überhaupt von Erinnerungen sprechen konnte –, die neue, in seinen Augen lebendigere Formen annahmen. Wahrhaftiger wurden, Schuldgefühle, die die schändlichen Sünden eines unreinen Kindes fortwuschen. Ein Fieber, das durch seine Kraft Sünde mit Tugend vermischte, sogar Laster in Reinheit, Perversion in Unschuld verwandeln konnte. Weiß in Rot.

Der Junge konnte sich unter den völlig durchnässten Laken nicht rühren. Sie klebten schwer an seinem Körper. Wenn er sich bewegte, würde all dieses Blut auf die Erde tropfen. Denn der Junge war über und über mit Blut bedeckt. Er hatte Blut in den Haaren, zwischen den Fingern, auf seinem zarten, zerbrechlich wirkenden Körper. Er spürte das Blut auf den Lidern. Doch es gab keine Hände, die ihn säubern, die die klebrige, schmutzige Sünde und Schuld von ihm abwaschen konnten. Es war seine Schuld gewesen, das wusste er. Er hatte sie angelächelt. Deswegen war alles geschehen. Vielleicht hatte er sie irgendwann angelächelt. Vielleicht hatte er schmutzige Sachen zu ihnen gesagt. Oder vielleicht hatte es auch schon genügt, sich diese schmutzigen Sachen auszudenken oder nur vorzustellen. Er war über und über mit Blut bedeckt, das bald erkalten und hart werden würde. Hart wie eine Kruste, ein roter Kokon, in dem er schlafen konnte. Ein Schutzpanzer. Ein Gewand. Eine Rüstung. Eine Uniform. Das Erkennungszeichen der Kinder, die Albträume hatten.

Der Junge versuchte, ein Auge zu öffnen. Ja. Er hatte recht. Das Blut begann zu erstarren.

Bald würde er aufstehen können. Und aus der dunklen Höhle hervorkriechen.

»Das *Licht* …«, sagte der Junge leise in der Dunkelheit, die allmählich heller wurde. »Das *Licht* ist verloren gegangen. Du bist der Wächter. Du bist der Diener. Du hast kein Recht, schwach zu sein, denn du bist ein Nichts. Du bist nur das Gefäß. Du bist der Schoß, der nichts hervorbringt, du bist der Stall. Du bist die Dunkelheit, die dem *Licht* dient.«

Bald würde er aufstehen, sich unter die Leute mischen können. Der Albtraum verlor an Kraft. Das Fieber verging. Bald würde er den Menschen wieder in die Augen sehen können, den Erwachsenen. Der Junge kannte Hunderte. Einer von ihnen, nur ein einziger bestand aus reinem klaren Licht. Einige wenige waren dunkel und furchtbar wie die Nacht. Viele waren grau. Die Mehrheit. Die Wächter des Schattens.

Der Junge hatte auch einen getroffen, der rot war. Der eine Wunde hatte, die blutete wie seine eigene. Eine Schwäche und einen Schmerz in sich trug wie er selbst. Sie sahen nur anders aus. Steckten in einem anderen Körper.

Der Albtraum verschwand so plötzlich, wie er gekommen war, blitzschnell, ohne Vorankündigung.

Die Laken waren wieder trocken.

Nicht ein Tropfen Blut war auf die Erde geflossen.

Der Junge setzte sich auf.

Er schaute sich um. Tastete sich ab. Kontrollierte die verborgensten Regionen seines Körpers.

Nicht ein Fleck auf seinem zerbrechlichen nackten Leib.

Das Blut zog sich in das verschlungene Labyrinth seiner Fantasie zurück.

Der junge Streifenbeamte wusste nicht, wie er sich verhalten sollte. Er bewegte sich unbeholfen durch die elende Wohnung, eine Hand immer auf dem Funkgerät, als ob er jeden Moment eine Nachricht erwartete. So versuchte er, seine Verlegenheit zu überspielen und selbstsicherer zu wirken.

Er war auf die Frau aufmerksam geworden, als sie sich durch die stinkende Gosse zur Eingangstür ihrer Wohnung im Erdgeschoss schleppte und sich dabei an der Mauer des alten Wohnhauses abstützte, von der der Putz abbröckelte. Er war ihr zu Hilfe geeilt. Allerdings nicht wie ein Polizist in Ausübung seiner Pflicht, das wurde ihm klar, als er noch einmal über ihre Begegnung nachdachte und die Szene erneut durchlebte, die sich gerade erst abgespielt hatte. Er war ihr zu Hilfe geeilt wie ein Junge, der erst seit kurzem erwachsen, erst seit kurzem Polizist war. Er war auf dem Land aufgewachsen und kannte es gar nicht anders, als dass man einander half. Dann hatte man ihn an die vorderste Front geschickt, in die Altstadt, in den »Käfig«, wo er keine Freunde finden würde, wo jeder eine mögliche Gefahr darstellte, wo man weder Schwächen noch menschliche Regungen zeigen durfte. Zumindest hatten ihm das die Kollegen von der Sitte geraten.

Nun lag die Frau auf dem Bett in diesem rot gestrichenen Zimmer, wo es nach Schimmel, abgestandener Luft und Geschlechtsverkehr roch. Unten auf dem Boden lagen Pornozeitschriften. Einige davon waren mit Blut beschmiert. Sie stöhnte. Man hatte sie übel zugerichtet. Zwei andere Frauen wuschen ihr das Blut ab. Und der junge Streifenbeamte fragte sich, warum er keinen Krankenwagen angefordert hatte. Warum hatte er sich dem Wunsch der Frau gefügt, die ihn mit ihren zerschlagenen, aufgeplatzten und verquollenen Lippen gebeten hatte, es auf keinen Fall zu tun? Schließlich war er der Polizist. Und er traf hier die Entscheidungen, nicht diese Prostituierte. Als er ins Zimmer zurückkehrte, sahen ihn die beiden Frauen, die sich um die Verletzte kümmerten, misstrauisch an. Dabei hatte doch nicht er sie so zugerichtet, dachte der junge Beamte. Aber das war typisch für die Altstadt – die Regeln, die er im Leben und in der normalen Welt da draußen gelernt hatte, galten hier nicht. Sein Blick fiel auf die nackten Schenkel der Frau. Ihre Strümpfe waren zerrissen, die Strumpfbänder zerfetzt. Rote Strümpfe und rote Strumpfbänder. So rot wie die Knie, die sich die Frau beim Hinfallen aufgeschürft hatte. Als eine der Frauen beiseitetrat, konnte der junge Streifenbeamte auch den Slip der Frau sehen. Er war schwarz. Durchsichtig. Zart wie ein Schleier. Doch darunter erwartete ihn eine Überraschung. Keine buschigen, schwarzen Schamhaare. Die Prostituierte hatte sich die Intimzone rasiert. Er sah nur einen hellen Fleck, in dem sich unter dem schwarzen, durchsichtigen Schleier des Slips blasse Schamlippen abzeichneten.

Als der junge Mann spürte, dass er eine Erektion bekam, wandte er sich abrupt ab und rannte verwirrt zur Tür, um Luft zu schnappen.

Dort wäre er fast mit einem Mann zusammengeprallt, der mit schnellen entschiedenen Schritten angestürmt kam.

»Ispettore Palermo …«, stammelte der junge Mann verlegen. »Sie … ist drinnen …«

Wortlos eilte Palermo an ihm vorbei.

»Sie wollte nicht, dass ich den Krankenwagen rufe …«, fuhr der Streifenbeamte fort, während er ihm zurück in die Wohnung folgte.

Palermo blieb stehen, stützte sich mit einer seiner schwieligen Hände am Türrahmen ab und musterte den jungen Mann mit bohrenden Blicken.

»Und du hast auf sie gehört?«, fragte er sarkastisch.

Der Streifenbeamte wurde rot. Palermo starrte ihn weiter an, ein kaltes, grausames Lächeln auf den Lippen.

»Braver Junge«, sagte er, dann drehte er sich um und betrat das Zimmer. »Und ihr verschwindet jetzt von hier«, herrschte er die beiden Frauen an.

»Siehst du denn nicht, wie schlecht es ihr geht?«, erwiderte eine von ihnen.

Der junge Polizeibeamte bemerkte, dass sie Palermo zwar genauso misstrauisch anschaute wie ihn vorhin, doch ihre Stimme klang längst nicht mehr so selbstsicher.

»Wenn du nicht sofort von hier verschwindest, geht es dir gleich genauso schlecht«, knurrte Palermo, ohne sie eines Blickes zu würdigen. Rücksichtslos schubste er die andere Frau zur Seite, weil sie ihm im Weg stand, und setzte sich neben die Prostituierte aufs Bett.

Die zwei Frauen verließen das Zimmer und beschimpften den jungen Streifenbeamten, der hastig zur Seite trat, um sie vorbeizulassen. Als er sich umdrehte und ihnen nachsah, bemerkte er, dass sie mit verschränkten Armen innen neben der Eingangstür stehen blieben. Eine griff in ihren Ausschnitt, packte eine Brust und rückte sie in ihrem BH zurecht. Als der junge Streifenbeamte wieder in das rote Zimmer schaute, sah er, dass Palermo die Frau fast vollständig ausgezogen hatte. Sie stöhnte dabei zwar auf, ließ das Ganze jedoch willenlos über sich ergehen. In den Augen der Prostituierten stand Hass. Resignierter, ohnmächtiger Hass.

»Hat er dich auch gefickt?«, fragte Palermo sie.

Die Frau schüttelte den Kopf.

»Hat er es versucht?«

Erneute Verneinung.

»Hast du ihn gekannt?«

Ihr Blick verlor sich im Nichts. Eine lange Pause. Dann schüttelte sie ganz langsam den Kopf. Nein, sie kannte ihn nicht.

»Die Möse hat er ausgespart …«, sagte Palermo halblaut und völlig emotionslos, als würde er ein mit obszönen Worten gespicktes Protokoll verfassen, während er ihre Schenkel begutachtete. »Er hat sich ganz auf den Mund konzentriert …« Er drehte sie auf die Seite und sah sich ihren Rücken an, als würde er ein Tier begutachten. Oder eine Sklavin. Dann legte er sie wieder auf den Rücken. »Und auf die Titten«, meinte er lachend. »Jetzt steht er also auf Titten und Münder. Früher waren es nur die Titten. Du erinnerst dich doch noch, oder?«

Die Prostituierte schaute ihn stumm mit Tränen in den Augen an.

»Aber vielleicht hat der Mund ja eine andere Bedeutung«, meinte Palermo weiter. »Vielleicht wollte er diesen schönen Mund küssen, der nie zu viel sagt …«

Die Frau blickte zum Fenster, das mit einem schweren roten Tuch verhängt war.

»Und als er deinen Mund küsste, hat er geschmeckt, wie süß er war …«, fuhr Palermo in scherzhaftem Ton fort, »und da hat er Lust bekommen, ihn aufzuessen.«

Die Prostituierte drehte sich abrupt um und starrte ihn hasserfüllt an.

Plötzlich wurde dem jungen Streifenbeamten klar, warum ihm die Wunden der Frau so seltsam vorgekommen waren. Das waren nicht die Spuren von Faustschlägen.

»Es tut weh, oder?«, fragte Palermo.

Die Frau antwortete ihm immer noch nicht, doch diesmal hielt sie seinem Blick stand.

»Weißt du, wer das war? Kennst du ihn? Das ist deine letzte Chance, es mir zu sagen«, meinte Palermo, während er aufstand. Dann verließ er das Zimmer, ohne auf eine Antwort zu warten, die er doch nicht bekommen würde.

Der junge Streifenbeamte starrte die nackte Frau an, deren Körper so misshandelt worden war. Sie hatte große dunkle Brustwarzen und einen weichen Busen. Selbst in diesem Zustand fand er sie schön. Vielleicht, weil sie den kräftigen Körper einer Bäuerin hatte.

»Möchtest du sie ficken?«, fragte ihn Palermo und sah ihm in die Augen, und in seinem Blick lag wieder dieser Ausdruck, der den jungen Polizisten seit seinem ersten Tag im Sittendezernat eingeschüchtert hatte. »Nur zu, bedien dich. Wir könnten ja behaupten, dass es der geheimnisvolle Irre war«, sagte er lachend und ging zur Tür. »He, ihr beiden, jetzt gehört sie euch wieder«, hörte der Streifenbeamte ihn zu den anderen zwei Frauen sagen.

Der junge Polizist konnte seinen Blick nicht von der Prostituierten wenden, die nackt auf dem Bett lag. Sie starrte ihn aus harten Augen an. Dann spreizte sie die Schenkel, zeigte ihm die rasierte Scham und leckte sich anzüglich mit der Zunge über die zerschlagenen und zerbissenen Lippen. Der junge Polizist spürte ein Ziehen in der Lendengegend. Und gleich darauf Ekel. Er drehte sich um und floh aus der Wohnung.

»Sollten wir nicht den Krankenwagen rufen?«, fragte er Palermo, der sich draußen eine Zigarette anzündete.

Der Inspektor antwortete ihm nicht. Träge stieß er eine Rauchwolke aus, die sich weiß und beklemmend um sein Gesicht rankte wie eine Schlingpflanze, bevor sie sich in der drückenden Luft auflöste, die man hier im Käfig atmen musste.

»Was ist eigentlich die Aufgabe des Sittendezernats?«, fragte ihn Palermo nach einer Weile und musterte dabei die rote Glut seiner Zigarettenspitze, als ob er mit seinen Gedanken ganz woanders wäre.

»Die Prostitution … zu kontrollieren … also besser gesagt unter Kontrolle zu halten«, antwortete der junge Mann schüchtern.

»Und was heißt das konkret? Gehört es beispielsweise dazu, die Preise für Huren amtlich festzusetzen?«

»Nein.« Der Streifenbeamte lächelte verlegen. »Wir sollen dafür sorgen, dass es weniger Prostitution gibt … Prostitution ist illegal.«

»Und wenn diese Hure da sterben würde, hättest du dadurch nicht auch dafür gesorgt, dass es *weniger* Prostitution gibt?«

Der Streifenbeamte starrte Palermo an.

»Das … Das meinen Sie doch nicht im Ernst, Inspektor …«, stammelte er entsetzt.

Palermo drehte sich um und ließ ihn wortlos stehen. Er bog in die erste Gasse links ab und verschwand. Dann sah er auf seine Uhr. Um diese Zeit würde er ihn dort antreffen. Schnell durchquerte er ein Labyrinth von Gässchen, in dem er sich gut auskannte. Als die ausgeschaltete Leuchtreklame des *Dover Beach* in seinem Blickfeld auftauchte, ging er langsamer. Er wollte nicht außer Atem sein, wenn er das Lokal betrat. Palermo ging am Haupteingang vorbei und klopfte dann an eine schmale Hintertür, die man fast übersah, weil sie mit unzähligen illegal angebrachten Veranstaltungsplakaten übersät war. Nach einer Weile wurde sie einen Spalt breit geöffnet, durch den einer der Türsteher des Lokals hinausspähte. Sobald er Palermo erkannte, ließ er ihn ein.

Tagsüber wirkte das Lokal noch schäbiger. Eine alte Frau mit von blauvioletten Krampfadern überzogenen Beinen saugte den Boden, auf dem aller möglicher Abfall lag. Man sah weißliche Flecken, die sich langsam gelb verfärbten.

»Ist der Fürst beim Billardspielen?«

Der Rausschmeißer deutete mit der Hand auf den Nachbarraum, der abends fast immer verschlossen blieb. Palermo durchquerte das Lokal und kickte dabei eine leere Flasche zur Seite. Dann öffnete er die Tür mit der Aufschrift »Privat«.

Das Zimmer war ziemlich geräumig und heller als der Rest des Lokals. Rechts an der Wand befand sich ein Schreibtisch mit zwei Telefonen. Im Hintergrund eine kleine spiegelverkleidete Bar. Die Mitte des Raumes füllte ein Billardtisch mit einer rosafarbenen Bespannung aus, der nach Aussagen des Eigentümers aus einem berühmten Kasino stammte. An der linken Wand hing das Gestell mit den Queues, von denen einige aus Holz, andere aus mattem Metall waren.

Rund um den Tisch standen drei Männer. Einer war der Eigentümer des Lokals, ein fetter Schwuler um die sechzig, mit beinahe kahl rasiertem Schädel, wie immer in seinem Hemd aus rosa Kunstseide mit dem übertrieben breiten Kragen, das er nur hier im *Dover Beach* trug, fast, als wäre es eine Uniform. Das Hemd stand über der Brust weit offen und gab den Blick frei auf eine Perlenkette und ein dünnes Goldkettchen, an dem ein heller Korallenanhänger baumelte – ein geflügelter Penis. Als er das Lokal vor sieben Jahren übernommen hatte, hatte er nicht einmal den Namen geändert, weil er ihm ausgefallen genug erschienen war. Er wusste nicht, warum der Vorbesitzer seinen Kulturverein so genannt hatte. Nur, dass er sich bis über beide Ohren verschuldet hatte. Aber das hätte ihm auch jeder Idiot vorhersagen können. Im Käfig hatte ein Kulturverein nicht die geringste Überlebenschance. Doch Intellektuelle verstanden nun mal nichts vom Geschäft. Dafür waren sie ausgezeichnete Kunden. Sie machten keinen Ärger und gaben für ihre Laster einen Haufen Geld aus. Einmal, das war schon etliche Zeit her, war so einer sein Geliebter gewesen, aber diese Beziehung hatte nicht lange gehalten. »Zu viel Hirn und zu wenig Schwanz«, war sein Lieblingskommentar dazu.

Der Eigentümer des *Dover Beach* empfing Palermo mit einem sichtlich erfreuten Lächeln und ging ihm entgegen, während er affektiert mit seinen schwarz getuschten Wimpern klimperte. Er umarmte ihn nicht, da er wusste, dass Palermo es hasste, angefasst zu werden, wenn er nicht selbst die Initiative ergriff. Zwischen ihnen war nie etwas gelaufen und darüber war er auch ganz froh. Nach allem, was man sich erzählte, musste der Bulle ein ziemlich brutaler Liebhaber sein.

Palermo erwiderte sein Lächeln. Auch er wusste einiges über den anderen. Zum Beispiel, dass er ein Meister im Umgang mit der Rasierklinge war. Man erzählte sich sogar, dass er einmal eine Rasierklinge in seinem Mund »vergessen« hatte, als er sich niederkniete, um einem seiner jungen Liebhaber, der ihn betrogen hatte, einen zu blasen.

»Welch eine Ehre. Das Gesetz höchstpersönlich«, sagte der Wirt.

Palermo bemerkte, dass noch ein viertes Queue am Billardtisch lehnte. Hier und da war die Farbe der rosa Bespannung unter milchigen Flecken verblasst. Eine Art Schmutzschicht, wie sie im *Dover Beach* allgegenwärtig war.

»Wo ist der Fürst?«, fragte Palermo.

»Er hat gesagt, er müsse mal für kleine Jungs«, antwortete der Eigentümer der Schwulenbar geziert und blickte zu einer schmalen, blau lackierten Tür hinüber.

Ohne die beiden anderen Spieler zu beachten, die ihre Partie unterbrochen hatten, durchquerte Palermo den Raum und riss die Tür auf.

Der Fürst saß mit heruntergelassenen Hosen auf dem Bidet, nur die Unterhose hatte er noch an. Der Mann war ungefähr vierzig. Er hatte seine wasserstoffblonden Haare zu einem

Pferdeschwanz gebunden. Pockennarben verunstalteten sein Gesicht, das irgendwie schwach und feige wirkte. Wie das Gesicht eines Verräters. An seinem linken Schenkel hatte er sich mit zwei zusammengeknoteten Kondomen die Adern abgebunden. Der Fürst zog gerade eine bernsteinfarbene Flüssigkeit auf eine Spritze. Auf dem Boden lag ein Feuerzeug, mit dem er die Substanz in einem Löffel erhitzt hatte: Heroin. Als er Palermo bemerkte, sprang er auf, allerdings vorsichtig, um die wertvolle Flüssigkeit nicht zu verschütten. Die Ader direkt unter dem Knie war angeschwollen.

»Jagst du dir die Scheiße jetzt schon in die Beine?«, fragte Palermo anzüglich grinsend. »Trägst du neuerdings keine Röcke mehr?«

Der Fürst hatte früher, als er noch um einiges jünger war, als Transvestit gearbeitet. Nun ließ er andere für sich anschaffen – jugendliche Stricher, Transsexuelle und Prostituierte. Er selbst stand eigentlich nur auf Jungs, aber Geschäft ist Geschäft.

Palermo wartete, bis der Zuhälter das Heroin ganz vom Löffel aufgezogen hatte, dann nahm er ihm die Spritze aus der Hand. Der Fürst wehrte sich nicht, aber seine Augen weiteten sich. Er schluckte schwer.

»Anstatt hier pinkeln zu gehen«, fuhr Palermo mit der Spritze in der Hand fort, »hab besser ein Auge auf deine Mädels. Ich war gerade bei einer von denen, die ziemlich übel zugerichtet war. Jemand hat ihr mit einer Klinge die Titten zerfetzt und ihren Mund … zerbissen. Weißt du vielleicht, ob hier in der Gegend ein tollwütiger Hund herumläuft? Fällt dir irgendetwas dazu ein?«

Der Fürst breitete die Arme aus.

»Komm schon, Palermo«, meinte er und zwang sich, ruhig zu klingen. »Warum willst du mir Ärger machen … Ich weiß davon gar nichts …«

»Er hat sich auf die Titten konzentriert, Fürst. Erinnert dich das wirklich an niemanden?« Palermo machte eine Pause, um dem Luden die Gelegenheit zu geben, sich dazu zu äußern, doch der Fürst zuckte nur mit den Schultern und starrte auf die Spritze. »Also bei mir klingelt da was. Mich erinnert das an jemanden, der eigentlich im Knast sitzen sollte und stattdessen draußen frei herumläuft … Aber weißt du, was? Das interessiert mich eigentlich einen Scheißdreck. Um deine Nutten musst du dich schon selbst kümmern …«, und mit einer schnellen Bewegung, die den Zuhälter vollkommen überraschend traf, spritzte er ihm das Heroin ins Gesicht.

»Nein«, stöhnte der Fürst auf, während er versuchte, die wertvolle Flüssigkeit mit der Zunge aufzufangen.

Palermo beugte sich zu ihm hinunter.

»Du weißt doch, dass du mir noch Geld schuldest?«, flüsterte er ihm ins Ohr. »Wenn du mir diesen Namen sagst … und ihn vor einem Staatsanwalt wiederholst … hast du keine Schulden mehr bei mir.« Und dann stach er mit der Nadel der Spritze in die Wangen des Luden.

»Scheiße, Palermo«, jammerte dieser. »Ich schwöre dir, dass ich nicht weiß, wer das gewesen sein könnte … ehrlich … Hör auf damit, du tust mir weh …«

»Ich tu dir weh?« Palermo stieß die Toilettentür mit dem Fuß zu. »Das nennst du schon wehtun?«, fragte er und stach weiter auf sein Gesicht ein. »Weißt du, was ich unter wehtun verstehe? Also zum Beispiel, wenn ich dir diese Nadel hier in dein Knie, direkt unter deine hübsche kleine Kniescheibe stecken würde … das könnte wehtun. Oder wenn ich dir damit ein wenig Schmalz aus dem Ohr herauspule, von ganz weit innen, hinter dem Trommelfell … das würde ich auch als wehtun bezeichnen. Wenn ich sie hier durch deine Nasenscheidewand jagen, wenn ich dir damit den Gaumen durchbohren würde … ach, es würde auch ausreichen, wenn ich dir diese Scheißnadel unter einem Fingernagel hindurchschieben würde, sagen wir bis zum ersten Gelenk ... also siehst du, das würde sicher ein bisschen wehtun. Aber das hier ...«, und damit stach er ihm zum letzten Mal in die Wange, wobei diesmal ein Blutstropfen hervorquoll, »das hier fällt unter *Zärtlichkeiten*. Du schuldest mir noch Geld, vergiss das nicht«, sagte er, warf die Spritze auf den Boden und zertrat sie. Dann ging er hinaus, ließ die Tür offen stehen und zwinkerte dem Eigentümer des *Dover Beach* zu, während er das Lokal verließ.

»Bis heute Nacht, mein Schöner«, rief ihm der nach. Danach wandte sich der Fettwanst dem Fürsten zu, der immer noch auf dem Bidet saß. »Schatz, hast du dir etwa ins Gesicht gepinkelt?«, meinte er und lachte.

Auch die anderen beiden Männer lachten und nahmen ihre Billardpartie wieder auf.

Er hatte über Polizeifunk gehört, dass man sie gefunden hatte. Nummer drei. Da hatte er sie längst von der weißen Tafel in der Küche gestrichen.

Er war zum Fenster gegangen, um nachzusehen, ob sie kommen würden, wie damals vor zwei Monaten. Sieben Stockwerke unter ihm verlief das Leben chaotisch und – oberflächlich betrachtet – unerklärlich. Aber er wusste dieses wüste Knäuel zu entwirren. Er wusste die Zeichen zu lesen, die für die anderen nur sinnloses Gekritzel waren. Er wusste, was diese ameisengroßen Schatten der Peripherie suchten, die dort unten so taten, als wären sie mit Arbeiten und Einkaufen beschäftigt. Sie suchten die Wahrheit. Seine Wahrheit.

Doch die hütete Primo Ramondi an einem Ort, wo niemand sie finden würde.

Er schaute wieder nach unten auf die Menschenmenge, in

den strömenden Verkehr. Nein, sie kamen nicht. Er hätte sie erkannt. Das Volk der Gerechten, wie sie sich nannten. Sklaven. Verachtenswerte Sklaven des brutalen Mannes, der Jagd auf ihn machte, dieses durch und durch verdorbenen Polizisten. Dieses dreckigen Homosexuellen. Hin und wieder spürte er, dass er ihn verfolgte. Auch letzte Nacht wieder. Im Käfig. Er hatte sich ruckartig umgedreht. Huren. In dieser Stadt gab es nichts als Huren. Dann war er weitergelaufen. Hatte gelauscht. Da war es wieder: Schritte auf dem Pflaster. Ein unverwechselbares Geräusch von Schritten. Er war in eine schmale Gasse eingebogen und hatte sich hinter einer Ecke versteckt. Von dort aus hatte er die Straße beobachtet. Huren. Nichts als Huren im Käfig. Doch er spürte ihn genau. Seinen Geruch. Seinen Atem. Dieser Polizist wollte ihm eine Falle stellen. Er wollte ihm die Wahrheit entreißen, um sie dann der Menge seiner Sklaven zu enthüllen, der Menge der Schatten. Seine Gegenwart erfüllte den Raum um ihn herum, legte sich zuweilen um ihn wie ein Film aus Morast. Klebrig zäh. Wie Fliegenpapier.

»Aber ich bin nicht so schwach wie eine Fliege«, sagte er und schloss das Fenster. »Ich bin stark. Ich bin stärker als du.«

»Ich fürchte mich vor nichts«, sagte er sich laut vor. Einmal, zweimal, dreimal. Bis er selbst davon überzeugt war, dass er sich vor nichts fürchtete.

Vor manchen Dingen ekelte er sich, aber er fürchtete sich nicht vor ihnen. Vögel zum Beispiel. Vögel lösten Ekel bei ihm aus. Die Tatsache, dass sie fliegen konnten, widerte ihn an, drehte ihm den Magen um. Dass sie schmutzig waren und Millionen von Parasiten beherbergten, stieß ihn ab. So sehr, dass er niemals einen Vogel anrühren würde. Diese glatten, leichten Federn mit der harten Spitze, die im Fleisch steckte, widerten ihn an. Ihm wurde übel davon. Allein beim Gedanken daran musste er sich übergeben. Erschauernd kniff er mehrmals die Augen zusammen, bis diese Bilder verschwunden waren.

Dann konzentrierte er sich auf den kleinen weißen Teller, der in der Mitte des weißen Tisches genau in der Mitte des weißen Zimmers stand.

Auf dem kleinen Teller lagen drei winzige Partikel. Dunkel am Rand. Heller in der Mitte. Wie ausgewaschen. Rosa. Drei faserige rosa Krümel.

Er nahm die Lupe und betrachtete sie erneut. Studierte ihre ausgefransten Formen, die immer noch genauso aussahen wie vorhin, als er sie aus seinen Zahnzwischenräumen gepult hatte.

Er fürchtete sich davor, dass er die Huren demnächst zerstückeln würde, dass er der Versuchung nicht länger widerstehen könnte, sie aufzuessen. Tief in seinem Inneren sagte ihm eine Stimme, wenn er erst einmal eine töten würde, würde er sie auch bestimmt aufessen. Das war die einzige Angst, die sich Primo Ramondi eingestand.

Aber seit diesem Tag fühlte sie sich anders an.

Geradezu lustvoll.

Nachdem Palermo das *Dover Beach* verlassen hatte, folgte er den abschüssigen Straßen bis zum Hafen hinunter, doch als er in die Nähe des Polizeipräsidiums kam, ging er daran vorbei bis zu dem großen Platz, wo die Schiffe be- und entladen wurden. Er lief an den verrosteten Containern entlang, von denen der Lack abblätterte, überquerte einen kleinen Eisensteg und kam dann zu einem weiteren Platz, über dem der moderne, aber bereits Spuren des Verfalls aufweisende Autobahnzubringer verlief. Am letzten Pfeiler der Überführung befand sich ein Taxistand. Der Inspektor stieg in den ersten freien Wagen, nannte dem Fahrer eine Adresse und lehnte sich in seinem Sitz zurück. Durch das

Seitenfenster des Wagens betrachtete er das chaotische Treiben der Stadt und ließ es an sich vorüberziehen wie eine Diashow. Ein heruntergekommenes Wohnhaus im Käfig, dessen Fassade vielleicht früher leuchtend ockergelb gewesen war. Ein anderes, dessen Fenster mit Brettern vernagelt waren und an dem noch Transparente hingen, die den Zorn der Bewohner in die Welt hinausschrien. Als sie sich weiter von dieser deprimierenden Gegend entfernten, kamen die bürgerlichen Viertel in Sichtweite. Aufwendig gestaltete Fassaden, bemalte Kranzgesimse, kraftstrotzende, muskulöse Putten, die schmiedeeiserne Balkone stemmten, Löwen mit offenen Mäulern neben verspiegelten und golden umrahmten Eingangstüren. Es folgten ein paar Wohnblocks, dann kamen sie in die Viertel, die in den Dreißigerjahren des letzten Jahrhunderts entstanden waren. Sozialer Wohnungsbau, mit Unterstützung der Versicherungen. Große Innenhöfe mit einer bunten Mischung von Pflanzen und Gewächsen, die von Palmen über Tannen und Kiefern bis zu Pinien reichte. Staubwolken erhoben sich dort, wo Kinder auf den Schotterplätzen spielten, die aus großen Flusskieseln bestanden. Schließlich die bizarren Silhouetten der neuen Sozialbauten, die sich krampfhaft um Originalität bemühten. Grelle Farben, unmögliche Designs für Fenster und Balkone, Glasfronten, die für Licht in Fluren, Treppenhäusern und Aufzügen sorgen sollten, damit man den Stromverbrauch dort auf ein Minimum reduzieren konnte. Eine moderne Kirche, schmucklos, nackt, ohne die Vermächtnisse großer Künstler, die es in der Vergangenheit geschafft hatten, Gott seiner Würde entsprechend zu preisen. Palermo überlegte, dass eine Vorstadtkirche seit jeher ein merkwürdiger Zwitter aus dem gewagten Entwurf eines ehrgeizigen atheistischen Architekten und dem schlichten rechteckigen Klotz war, den ein geiziger Bauherr dann hochzog.

Der Taxifahrer fuhr in einer belebten Geschäftsstraße rechts an den Fahrbahnrand. Er nahm einen Stadtplan aus dem Handschuhfach, um den richtigen Weg durch das Viertel herauszusuchen.

Palermo hätte ihn sicher durch die Straßen leiten können, doch er blieb schweigend auf der Rückbank sitzen und beobachtete die Passanten, während er in weit zurückliegende Erinnerungen versank. Erinnerungen an ein Leben, das so fern war und sich so sehr von seinem jetzigen unterschied, dass es ihm wie das Leben eines anderen Menschen vorkam. Manchmal verlor er sich in der Betrachtung dieses Lebens, doch es gelang ihm nie, sich selbst in dem Kind wiederzuerkennen, das am Ufer des Sees entlanglief oder durch den grünen Garten voller Kamelien rannte, in dem Eiben und Steineichen ihre Schatten warfen, die den kalten und regenreichen Wintern trotzten. Palermo wusste, dass er hier gelebt hatte, dass dies das Haus seiner Eltern war, er sah seine Mutter deutlich vor sich in ihrem warmen und feuchten Gewächshaus, aber er konnte sich selbst dort nicht wiederfinden, nicht einmal einen flüchtigen Moment lang. Seine Vergangenheit glich einer Reihe von Begräbnissen, dachte er zuweilen. Das Kleinkind, das über den Rasen lief, war gestorben. Ebenso der Knabe, der auf der Suche nach Wahrheit gewesen war. Der junge Mann, der sich bei der Polizei beworben hatte, war tot. Genau wie der Inspektor, der mit achtunddreißig eine vielversprechende Karriere vor sich hatte. Und der schüchterne Homosexuelle, der nach einer verwandten Seele gesucht hatte. Der Einzige, der in ihm überlebt hatte, war er, in seiner jetzigen Gestalt. Aber er war müde, seiner selbst überdrüssig und angewidert von all dem Schmutz und der Gewalt, mit denen er sich befassen musste. Bald würde auch das letzte Bild seiner selbst sterben, ein endgültiger Tod. Bei diesem Begräbnis würde er endlich nur noch eine Leiche im Sarg sein. Eigentlich wäre er ja schon vor einem Jahr gestorben, wenn er nicht seinem Engel mit der rauen Stimme begegnet wäre.

Als der Fahrer ihn etwas fragte, tauchte Palermo gerade so weit aus seinen Erinnerungen auf, dass er ihn mit abwesendem Blick anstarren und mit »ja gut« antworten konnte. Er wusste nicht einmal, was der andere ihn gefragt hatte. Das war auch unwichtig.

Wieder sah er aus dem Fenster, betrachtete die kümmerlichen Bäume, die im Auftrag der Stadtverwaltung gepflanzt worden waren. Je weiter man sich aus der Stadtmitte entfernte, desto spärlicher wurde das Grün. Zu Hause am See hatten die Eichen bis zum Himmel gereicht, die Äste der Eiben breiteten sich bis zum Horizont aus, und die Steineichen bohrten ihre Wurzeln in das lebendige Herz der dunklen Erde. All das hatte ihm seine Mutter gezeigt. Wie alles Schöne. Die Blumen und die Musik.

»Wir sind da«, sagte der Fahrer schließlich.

Aber dies war nicht mehr sein Leben. Es gehörte einem Kind, das ihm nicht einmal ähnelte. Palermo bezahlte und stieg aus.

Als er die schreckliche Haustür aus eloxiertem Aluminium mit der Doppelverglasung sah, besserte sich Palermos Laune plötzlich. Er war dort, wo er sein wollte. In einer Welt, die es eigentlich nicht gab. In einem zeitlosen Raum. Er stieß die Eingangstür auf und ging zum Aufzug. Neunter Stock. Nur noch ein paar Stufen und er stand wieder vor einer Tür, von der bereits die Farbe abblätterte, obwohl das Haus erst wenige Jahre alt war. Er öffnete sie und trat ins Freie.

Ganz hinten auf der Dachterrasse des Wohnhauses, hinter einer Reihe von zum Trocknen aufgehängten Laken, die in der abgasverschmutzten Stadtluft grau wurden, sah er ihn. Der Engel mit der rauen Stimme war da, wie immer, und kümmerte sich um seine Tauben.

»Ciao, Ferrante«, sagte Luz zu ihm, sobald er seine Schritte vernahm.

Es war jedes Mal so, als hätte er ihn schon erwartet. Jedes Mal freute er sich, ihn zu sehen. Niemand sonst nannte ihn beim Vornamen. Das war derselbe Name wie der des Jungen am See, den er jedoch im Lauf seines Lebens verloren hatte. Luz hatte nicht die Kraft, dieses Kind wieder zum Leben zu erwecken, niemand hätte das geschafft. Aber Luz erweckte einen Mann wieder zum Leben, der vor zwölf Jahren gestorben war. Für ein paar Momente, die Zeit, die sie an diesen trägen Nachmittagen zusammen auf dem Dach des Wohnhauses verbrachten, ließ er ihn wiederauferstehen.

Palermo hätte Luz gerne umarmt. Doch er fasste ihn nur selten an. Er hatte Angst, ihn zu besudeln.

Stattdessen sagte er nur: »Ciao.«

Luz war vollkommen. Er hatte ein Leuchten in den Augen, das kein anderer jemals haben würde. Er war ein Engel. Ein Engel mit einer rauen Stimme, der auf der Dachterrasse eines Wohnhauses Tauben züchtete.

»Wir haben sieben Eier«, sagte Luz.

Palermo gab niemals zynische Kommentare von sich, wenn er oben auf dem Dach bei Luz war. Sie kamen ihm schlicht nicht in den Sinn. Und er sprach wenig. Ihm genügte es, bei seinem Engel zu sein, ihn anzuschauen und seinen Worten zu lauschen. Dort oben mochte er sogar die Tauben.

»Ich muss gründlich sauber machen«, meinte Luz und schlüpfte in den Verschlag. »Anscheinend gibt es hier Ratten. Wenn es nicht riecht, kommen sie auch nicht so schnell her.«

Palermo sah ihm bei der Arbeit zu. Luz trug einen blauen Overall, von dem er die Ärmel abgetrennt hatte. Seine schmalen starken Arme waren nackt. Lang gestreckte Muskelpakete, geschickte Finger, fließende, anmutige Bewegungen. Der Reißverschluss seines Overalls stand bis zum Brustbein offen. Darunter trug er ein weißes enganliegendes T-Shirt, das seine kräftigen Muskeln betonte. Auch in dieser Kleidung strahlte er eine außergewöhnliche Eleganz aus.

»Ist dir nicht kalt?«, fragte Palermo ihn.

Luz drehte sich um und sah ihn mit diesem Leuchten in den Augen und dem Anflug eines Lächelns auf den Lippen an. Eine verschwitzte Haarlocke fiel ihm in die Stirn. Er war einfach herrlich. Ein Gott. Seine blitzend weißen Zähne schienen nur für Palermo zu strahlen. Sie schauten einander lange in die Augen. Die beiden Männer verband eine rein platonische Anziehung. Ohne schmutzige Hintergedanken. Schließlich nahm Luz seine Arbeit wieder auf und entfernte den restlichen Taubenkot vom Boden.

Palermo trat an die Brüstung. Von dort oben konnte man auf der einen Seite auf die Stadt blicken und auf der anderen so weit über das Meer, bis es am Horizont in einem dünnen blauen Streifen endete. Aus der Ferne betrachtet sah es aus wie ein richtiges Meer. Er beugte sich über die Mauer aus Travertinstein und starrte auf das Straßenpflaster unter ihnen, bis in die Tiefe dieses Abgrunds. Und so blieb er stehen und vergaß darüber die Zeit.

Eine zarte Berührung am Rücken ließ ihn erschauern. Luz stand plötzlich neben ihm. Er hatte ihn nicht kommen gehört.

»Man geht doch nicht hier rauf, um dann nach unten zu schauen«, sagte Luz mit seiner rauen Stimme.

Palermo drehte den Kopf zur anderen Seite und wich seinem Blick aus. Er wollte vermeiden, dass Luz in seinen Augen den Schmerz sah, der ihn wieder fest im Griff hatte.

»Man kommt hier hoch, um in die Ferne zu sehen«, meinte Luz weiter.

Dann nahm er ihn bei der Hand und führte ihn zu einem

runden Turm, in dem sich die Wasserspeicher befanden. Er zog sich auf einen gemauerten Quader hoch, in dem die Stromzähler tickten. Dort ließ er sich nieder, die Schultern an die Mauer gelehnt und die Knie zur Brust hochgezogen.

Palermo setzte sich neben ihn, und gemeinsam starrten beide in die Ferne auf einen imaginären Punkt am Horizont. Und doch war sich Palermo sicher, dass sie jedes Mal denselben Punkt betrachteten. Er streckte seine kräftigen, muskulösen Beine aus.

Luz legte sich neben ihn und bettete seinen Kopf darauf, wenige Zentimeter von Palermos Penis entfernt. Dann rollte er sich mit einer kindlichen Bewegung herum, die den Polizisten mit Rührung erfüllte, um ihm in die Augen zu sehen. Nun lag sein Nacken auf Palermos Penis. In Luz' Augen lag ein strahlendes Leuchten. Er öffnete den Mund, um etwas zu sagen, doch Palermo legte ihm einen Finger auf die Lippen. Luz lachte nur und wandte sich wieder dem Horizont zu.

Dann zog sich Palermo die Jacke aus und legte sie schützend um Luz' nackte Schultern. Langsam fuhr er ihm mit einer Hand durch die Haare. Löste jede einzelne Strähne, die der Schweiß auf seiner Stirn festgeklebt hatte, bis er die lange Narbe freigelegt hatte, die sich von der Schläfe in gerader Linie bis fast zum Hinterkopf zog. Ein weißer Streifen, auf dem keine Haare wuchsen. Ein glatter, breiter Streifen Fleisch, der erhaben war. Er schloss die Augen und fuhr mit einem Finger darüber. Dann legte er seine Handfläche auf die Narbe.

Luz legte seine Hand auf die von Palermo.

»Du weißt es, nicht wahr, Ferrante?«, flüsterte Luz.

»Natürlich.«

So blieben sie beide, bis sich die Sonne in einen Flammenball verwandelte, der bald zischend im Wasser der Weltmeere versinken würde. Sie vergaßen die Zeit.

Palermo sah Luz an. Er schlief.

Während die Dunkelheit über sie hereinbrach, hätte Palermo gerne geweint. Aber er hatte keine Tränen mehr.

»Ich bin schon zu weit gegangen, um noch hoffen zu können, dass es für mich ein Zurück geben könnte«, dachte er und war froh, dass Luz es nicht hörte.

V

»*Papa*?«, fragte Amaldi noch einmal, als könnte er es nicht glauben.

»So hat er gesagt. *Papa*«, antwortete Frese geduldig.

In diesem Moment kam ein kleiner, knapp dreijähriger Junge, der sich kaum allein auf seinen pummeligen Beinchen halten konnte, durch die Sonne zur Terrasse herüber, wobei er sich die Augen mit der Hand beschattete.

»Hallo Stöpsel«, sagte Frese, als er ihn bemerkte.

Der Junge wich in den Schatten zurück.

Frese stand auf und ging zu ihm hin. »Bist du etwa beleidigt?«, fragte er ihn. »Warum denn? Wenn so ein langer Lulatsch zu dir Stöpsel sagt, ja, dann kannst du beleidigt sein. Wenn aber ein anderer kleiner Mensch, so jemand wie ich, dich Stöpsel nennt, dann ist das so, als ob er sagen würde … äh, also, das ist dann so, als würde er zu dir sagen, dass er dein Freund ist.«

Das Kind wich noch weiter vor ihm zurück, bis es mit dem Rücken zur Wand stand und ihm kein Ausweg blieb.

»Hast du verstanden, Stöpsel?«, sagte Frese und lächelte ihm aufmunternd zu.

Die Mundwinkel des Jungen verzogen sich nach unten und ihm stiegen die Tränen in die Augen. Aus der Küche hörte man Topfklappern, Kindergeschrei und über alldem Lärm Giudittas Stimme.

»Also komm, jetzt spiel hier nicht die Heulsuse«, sagte Frese und streckte dem Jungen eine Hand hin. »Los, komm schon, Stöpsel …«

Ein helles Rinnsal lief unter den kurzen Hosen des Jungen hervor und schlängelte sich an den pummeligen Beinchen entlang. »Giuditta!«, schrie Frese in Richtung Küche. »Giuditta! Der Kleine hat sich vollgepinkelt!«

Daraufhin heulte der Junge laut los.

»So eine Scheiße … ist ja schon gut, jetzt beruhig dich doch. Giuditta!«

Giuditta kam eilig herbei, eine Schar fröhlicher Kleinkinder im Schlepptau, in deren Gesichtern und Haaren Spuren von Mehl und Eiern klebten. Sie nahm den Jungen auf den Arm und schaute Frese vorwurfsvoll an. »Was hast du ihm denn getan?«

»Gar nichts … der hat auf einmal Angst bekommen …«

»Das sehe ich«, meinte Giuditta und wischte dem Jungen, der sich allmählich beruhigte, die Tränen von den Wangen.

»Ich habe gar nichts gemacht, er hat sich einfach erschreckt«, rechtfertigte sich Frese erneut.

Giuditta drehte ihm den Rücken zu und streichelte das Kind tröstend. »Komm, mein Kleiner. Jetzt machen wir dich erst einmal sauber und dann hilfst du mir beim Plätzchenbacken. Das magst du doch, oder?«, sagte sie, während sie mit ihm die Terrasse verließ.

Da brachte der Junge schon wieder ein Lächeln zu Stande.

»Stöpsel …«, brummte Frese und setzte sich an den Tisch, auf dem sich die Unterlagen stapelten.

»Lass ja ihre Kinder in Ruhe«, meinte Amaldi zerstreut, ohne von seinen Anrufnotizen aufzuschauen.

»Hast du manchmal Angst vor Inkontinenz?«, fragte Frese.

»Wie bitte?«

»Ach nichts, ist nicht so wichtig.«

Amaldi zog Frese eins mit dem Protokoll des Telefonats über, der den Schlag kommentarlos einsteckte. Dann studierte er wieder aufmerksam seine Mitschrift. »*Ein Mann wird gleich umgebracht …*«, las er mit lauter Stimme vor, wobei er jedes Wort einzeln betonte. »Er hat ihm Ort und Uhrzeit der Hinrichtung mitgeteilt … und dann, ehe er auflegte, meinte er: *Du bist das Gesetz, du darfst nicht fehlen … Papa*. Ist das wirklich ganz sicher?«

»Das hast du mich schon mal gefragt«, stöhnte Frese auf. »Boiron hat es uns so wiedergegeben. Könnte er sich das ausgedacht haben? Das glaube ich kaum. Warum sollte er so was tun? Also wird es wohl stimmen, wenn er sagt, dass der Anrufer ihn Papa genannt hat, oder?«

Amaldi nahm ein Blatt mit Notizen hoch. Emilio Boiron, vierundfünfzig Jahre, Richter. Seit zwei Jahren verheiratet. Alter der Frau: neunzehn. Praktisch noch ein Mädchen. Keine Kinder. Eine frühere Ehe. Ebenfalls kinderlos.

»Er hat keine Kinder?«, fragte Amaldi.

»Es sieht nicht danach aus.«

»Auch keine … unehelichen?«

»Nein.«

»Hast du ihn danach gefragt?«

»Ich habe ihn danach gefragt.«

»Und wie hat er reagiert?«

»Er hat es verneint.«

»Vielleicht weiß er es nicht einmal … es könnte aus einer flüchtigen Affäre stammen … Hast du ihn gefragt, ob er das für möglich hält?«

»Ja, habe ich, und er hat gesagt, dass er das nicht für möglich hält. In dem Punkt war er sehr entschieden.«

»Entschieden …«

»Jawohl, entschieden. Also wirklich, Giacomo.« Frese stampfte genervt mit dem Fuß auf.

»Und du, was denkst du?«

»Ich habe ihm geglaubt. Er war weder aufgeregt noch durcheinander. Der hatte keinerlei Zweifel.«

Amaldi konzentrierte sich wieder auf die Aufzeichnungen. Die gelbe Aktenmappe mit den Fotos des Opfers, den Berichten der Spurensicherung und dem Autopsiebericht des Gerichtsmediziners lag noch ungeöffnet auf dem Tisch. »Ich habe dir gesagt, dass du keine Unterlagen herumliegen lassen sollst, oder?«, meinte er, ohne aufzuschauen.

»Ja, das hast du«, antwortete Frese. »Können wir nicht hineingehen? Die Sonne brennt so heiß.«

»Giuditta macht sich Sorgen, dass die Kinder dieses Zeug zu Gesicht bekommen.«

»Ja, hab ich begriffen. Können wir nicht trotzdem hineingehen?«

»Und wie erklärt er sich das?«

»Wer?«

»Boiron, was meint er zu diesem *Papa*? Was für eine Erklärung hat er dafür?«

»Gar keine. Er hat angenommen, dass es sich um irgendeinen Spinner handelt und die Polizei nur angerufen, weil die Sache ihm irgendwie merkwürdig vorkam. Wenn der Mörder bei irgendeinem normalen Bürger angerufen hätte, hätte der das Ganze wahrscheinlich für einen blöden Scherz gehalten und nichts weiter unternommen.«

»Er ist also davon überzeugt, dass der Anrufer sich bei ihm gemeldet hat, um sicherzugehen, dass er auch die Polizei rufen würde?«

»Nein, das behaupte ich jetzt.«

»Und du glaubst wirklich, das war der Grund?«

»Nein. Ich glaube gar nichts … Ich habe lediglich eine Vermutung geäußert, weiter nichts. Ich meine allerdings, wenn er bei irgendeinem Gemüsehändler angerufen hätte, hätte der einfach aufgelegt und weitergeschlafen und höchstens davon geträumt, ihm eine Gurke in den Arsch zu schieben. Aber sonst wäre nichts passiert.«

»Gut, in Ordnung. Aber dann? Als du zu ihm gegangen bist, um ihm mitzuteilen, dass es eben nicht irgend so ein Spinner war? Was hat Boiron darauf gesagt?«

Frese erhob sich entnervt von seinem Stuhl und trat ans Terrassengeländer. Giuditta und die Kinder waren jetzt im Garten. Aus der Küche duftete es leicht nach Plätzchen.

»Machst du etwa auch noch selbst Wein?«, fragte er Amaldi, als er die fünf Reihen Rebstöcke betrachtete.

»Warum hat er ausgerechnet ihn angerufen?«, überlegte Amaldi unbeirrt weiter. »Du schnappst dir also nachts um zwei Uhr dein Telefon und rufst einen Unbekannten an, um ihm zu sagen, dass du in etwa einer halben Stunde jemanden umbringen wirst. Du sagst ihm wo und dann nennst du ihn *Papa*. Warum ausgerechnet ihn? Also entweder ist er kein absoluter Unbekannter ... das halte ich für das Wahrscheinlichste ... oder ...« Er schlug mit einer Hand auf den Tisch. »Es gibt kein Oder, Nicola. Deine Vermutung ist nicht stichhaltig. Wenn du sichergehen willst, dass die Polizei kommt, um dir zuzusehen ... um sich deine Inszenierung anzusehen ... dann rufst du doch direkt bei der Polizei an, nicht bei jemandem, der *vielleicht* die Polizei alarmiert. Also – warum bei ihm?« Mit diesen Worten stand er auf und stellte sich neben Frese ans Geländer.

Giuditta lächelte zu ihm hinüber und warf ihm eine Kusshand zu. Amaldi winkte zurück.

»Wir essen sie, sonst nichts«, sagte Amaldi.

»Was?«

»Die Trauben. Ich mache keinen Wein.«

»Ach ja, richtig. Unser Meistertischler Gepetto stellt ja nur scheußliche Möbel und Kinderspielzeug wie den Pinocchio her.

Apropos, bist du auch gut versichert? Nicht, dass einer aus dem Trupp der Superzwerge durch deine Kreationen noch ernsthaft Schaden nimmt«, lästerte Frese.

»Erzähl mir noch einmal alles von vorn.«

Frese drehte dem Garten den Rücken zu und setzte sich stöhnend aufs Geländer. Seine kurzen stämmigen Beine berührten nun die Terrakottafliesen nicht mehr. »Der Anruf bei Boiron erfolgt um 2.03 Uhr. Der ruft die Polizei um 2.07 Uhr an. Er weist sich als Richter aus. Der Telefonist meint, dass er zu Recht die Polizei eingeschaltet hat, ist aber eigentlich davon überzeugt, dass es sich um falschen Alarm handelt. Er sagt einem Beamten Bescheid, der eigentlich noch eine halbe Stunde Dienst hätte, sich aber bereits vorzeitig in den Feierabend verabschiedet hat. Der Telefonist kennt ihn und weiß, dass der Mann ganz in der Nähe des angegebenen Tatortes wohnt. Deshalb ruft er ihn übers Handy an und der arme Kerl kann schlecht Nein sagen, schließlich ist er noch im Dienst. Dann kommt dem Telefonisten die Sache doch merkwürdig vor ... so wie Boiron ... und er alarmiert noch einen regulären Streifenwagen. Die haben zufällig einen Journalisten mit Fernsehkamera und Drehgenehmigung dabei, der sie begleitet, um eine von diesen Scheißdokumentationen über den harten Polizistenalltag zu machen. Das Material ist jetzt allerdings beschlagnahmt und kann nicht mehr gesendet werden. Der Zivilbeamte kommt um 2.27 Uhr zum Tatort. Die anderen um 2.39 Uhr ...«

»Er hat auf sie gewartet. Boiron hatte er gesagt, dass er um halb drei zuschlagen würde, und dennoch ist das Opfer um 2.39 Uhr noch am Leben. Aber Boiron war nicht da. Und das ist noch so eine Frage – wollte der Anrufer tatsächlich, dass er kommt? *Du bist das Gesetz, du darfst nicht fehlen, Papa.* Richtig?«, fragte Amaldi.

»Richtig.«

»Ist es nun Boiron, der bei der Vorstellung nicht fehlen darf, oder das Gesetz? Aber weiter im Text.«

»Die Männer von der Streife glauben ebenfalls, dass es falscher Alarm ist. Um 2.45 Uhr schalten sich die Scheinwerfer des Wagens oben auf dem Hügel ein und dann … na ja, du hast ja selbst gesehen, was für eine Scheiße dann passiert ist.«

»Er hat sie sechs Minuten lang beobachtet«, überlegte Amaldi. »Schließlich konnte er ja nicht wissen, dass auch der erste Mann ein Polizist war. Vielleicht hat er das vermutet. In dem Fall wären es … achtzehn Minuten. Aber gehen wir jetzt mal davon aus, dass er seine uniformierten Zuschauer sechs Minuten lang beobachtet hat und zwar aus der Dunkelheit heraus, ohne dass er selbst gesehen werden konnte. Denn ganz sicher stand er Punkt halb drei bereit. Aber er wollte sie erst noch ein wenig observieren. Oder er wartete, weil er sehen wollte, ob Boiron ebenfalls auftauchen würde. Tatsache ist, dass er sie von dort oben aus der Dunkelheit beobachtet hat. Wenn sie den Hügel hinaufgeleuchtet hätten, hätten sie ihn gesehen. Aber sie haben sich auf die umstehenden Wohnhäuser konzentriert …«

»Wo hättest du denn nach jemandem gesucht?«, unterbrach ihn Frese.

»Auch zwischen den Wohnhäusern«, bestätigte Amaldi. »Also weiter: Die aufgetürmten Bordsteine, gegen die das Auto geknallt ist. Was hat der Baustellenleiter …?«

»Der meint, dass die Bordsteine zumindest bis fünf Uhr nachmittags, als die Bauarbeiter Feierabend gemacht haben, kreuz und quer durcheinanderlagen.«

»Klar. Also hat unser Mann sie einen nach dem anderen aufgehoben und sein Hindernis aufgebaut …«

»Jeder Stein ist 80 Zentimeter lang, 25 Zentimeter hoch und tief. Und 12 Kilo schwer. Vier Reihen aus je vier aneinandergelegten Bordsteinen, macht eine Länge von 3,20 Meter. Sechs

Bordsteine übereinander, also 1,50 Meter Höhe. Das sind dann 24 Bordsteine pro Reihe und 96 insgesamt. Es wurde also ein Gewicht von 1152 Kilo bewegt und ordentlich aufgestapelt. Der Kerl muss stark sein.«

»Stark, ausdauernd … und geduldig, denn er muss ziemlich lange für seine Mauer gebraucht haben …«

»Meinen Berechnungen nach mindestens eine Stunde. Wenn er keine Pause eingelegt hat.«

»Also ist er auch geduldig … und dazu muss er noch jede Menge Glück gehabt haben. Es hat ihn doch keiner bemerkt, oder?«, fragte Amaldi nach.

»Das hier ist eine einzige riesige Baustelle. Wenn die Arbeiter nach Hause gehen, bleibt bloß der Nachtwächter da. Und der ist alt und vertrottelt. Hängt ständig vor der Glotze. Sein Essen bringt er sich im Henkelmann mit, und das Klo, wo er zum Pissen hingeht, hat keine Fenster. Außerdem ist er beinahe taub.« Er schaute zu Amaldi hinüber. »Jaja, ich weiß. Was zum Henker nützt ein alter, vertrottelter Nachtwächter, der nichts mehr hört? Der Bauunternehmer meint, dass er ihn aus Mitleid angestellt hat. Kannst du dir das vorstellen? Ein Bauunternehmer, der etwas aus Mitleid macht? Das wäre ja etwas ganz Neues. Einer meiner Freunde, der im Bauamt arbeitet, meint, dass auf den Baustellen jede Menge geklaut wird … und die Gemeinde dann für die Verluste aufkommt. Ich glaube, dass der Unternehmer nur auf einen Nachtwächter wie ihn gewartet hat. Wenn du willst, lass ich mal überprüfen, wie viel er der Gemeindeverwaltung schon aus den Rippen geleiert hat …«

»Nein, das interessiert mich nicht. Was hat denn die Spurensicherung zu ihren Untersuchungen oben auf dem Hügel gesagt?«

»Der Boden war trocken und steinig«, antwortete Frese. »Wenige Abdrücke, und die waren verwischt. Der Schotterweg endet an ein paar Bretterbuden. Obdachlose. Zigeuner. Eben Diebesgesindel und Lumpenpack. Da hat keiner was gesehen. Du weißt doch, wie diese Leute sind. Die reden nicht gerne mit der Polizei. Etwas weiter geht der Schotterweg dann in einen beinahe unbefahrbaren Pfad über. Das Auto wurde also unten vom Platz aus dort hinaufgeschafft. Ein gestohlener Wagen. Der Mörder hat die Windschutzscheibe eingeschlagen, um die Seile in der Fahrgastzelle anzubringen. Allerdings hat er den Motor nicht kurzgeschlossen; das bedeutet, dass er die Kiste mit abgestelltem Motor bis dort hinaufgeschoben hat, was mehr als unwahrscheinlich, wenn nicht gar unmöglich ist … oder …« Frese breitete die Arme aus.

»Oder …?«

»Na ja … oder er hatte einen Zündschlüssel … Aber man hat keine Schlüssel gefunden.«

»Wissen wir, auf wen das Auto zugelassen ist?«

»Ja, auf einen völlig normalen Bürger. Er hat ganz offiziell Anzeige erstattet. Ein Angestellter bei irgendeiner Behörde, ein Niemand.«

»Es wäre bestimmt nicht schlecht, mal mit dem zu reden«, meinte Amaldi.

»Ich habe Torrisi schon hingeschickt. Der Mann hat zugegeben, dass er vielleicht doch die Schlüssel im Auto vergessen haben könnte … Zunächst hat er das wegen der Versicherung verschwiegen.«

Amaldi betrachtete das Meer vor ihm.

»Eventuelle Fluchtwege?«

»Jede Menge. Der Mörder kann in jede Himmelsrichtung in das unbebaute Gebiet verschwunden sein. Oder er könnte sogar den Schotterweg heruntergekommen und über dieselben Straßen geflüchtet sein, über die unsere Leute eingetroffen sind. Wer hätte schon auf ihn geachtet?«

Amaldi rieb sich die Augen. »Also, das Auto wurde zwei Tage vor der Tat gestohlen ...«, überlegte er. »Ziemlich riskant. Oder er hat ein Versteck, wo er es abstellen konnte ... Und er hat die Schlüssel mitgenommen.«

»Vielleicht hat er sie auch weggeschmissen und wir haben sie bloß nicht gefunden«, wandte Frese ein.

»Das ist natürlich auch eine Möglichkeit ... aber warum sollte er das tun?«

»Warum sollte er das nicht tun?«

»Um sie als Andenken zu behalten.«

»Was für ein Andenken soll das denn sein?«

»Ich weiß es nicht ... Wie sah denn der Schlüsselanhänger aus?«

Frese breitete verzweifelt die Arme aus. »Ich habe nicht die geringste Ahnung, Giacomo ... Schon gut, schon gut, ich schicke Torrisi noch mal hin. ...«

»Guten Tag ... Störe ich?«, sagte hinter ihnen eine weibliche Stimme.

Amaldi und Frese fuhren herum. Eine etwa fünfundvierzigjährige Frau, sie war brünett und eher klein und rundlich, stand in der Terrassentür.

»Ich bin die Mutter von ...«

»Ja, guten Abend, Signora Iacobi«, unterbrach sie Amaldi. »Sie sind alle im Garten. Sie kennen den Weg, nicht wahr?«

»Ja, sicher, entschuldigen Sie bitte«, sagte die Frau. »Ich hatte nur den Plätzchenduft gerochen ... Sie brennen doch nicht etwa an? Es riecht ein bisschen stark.«

»Sagen Sie doch bitte Giuditta Bescheid«, meinte Amaldi.

Signora Iacobi lächelte und wandte sich ab.

»Auf Wiedersehen«, sagte Frese.

Die Frau schaute noch einmal zu ihm hinüber und lächelte ihm zu, ehe sie verschwand.

»Oh, ich liebe Mütter …«, sagte Frese. »Vor allem dann, wenn sie etwas molliger sind … Hast du den Hintern gesehen? So einen Hintern vergisst man nicht …«

»Ihr Sohn ist der Kleine, dem du solche Angst eingejagt hast.«

»Der Stöpsel?«

»Sag doch nicht Stöpsel zu ihm. Wenn Giuditta dich hört, dreht sie dir den Hals um.«

»Ihr Gesicht kam mir irgendwie bekannt vor …«

»Gerade hast du noch von einem ganz anderen Körperteil geschwärmt«, meinte Amaldi lachend.

»Nein, wirklich. Ich glaube, dass ich sie schon irgendwo gesehen habe …«

»Ich weiß nur, dass sie geschieden ist.«

»Eine sehr interessante Information«, meinte Frese. »Ich muss gehen. Grüß Giuditta von mir. Soll ich dir alles hierlassen?«

»Ja. Wir sehen uns. Ruf mich an, wenn es was Neues gibt«, sagte Amaldi und wandte sich wieder dem Schreibtisch zu.

»Morgen wieder hier im Freien?«

»Ciao, Nicola.«

»Ach, das hätte ich fast vergessen …«, fügte Frese hinzu, als er bereits in der Tür stand. »Da unten am Hafen war ein Ispettore Capo, der mir einen Haufen Fragen über das Opfer gestellt hat. Er wollte wissen, ob die Wunden von einem Papiermesser stammten und ob sie x-förmig waren … Ich habe keine Ahnung, wer ihm davon erzählt hat … Es schien, als wüsste er etwas. Er hat so geheimnisvoll getan …«

»Und was hast du ihm gesagt?«

»Gar nichts habe ich gesagt. Aber es dauert nicht lang, und dann weiß auch der hinterletzte Beamte die letzte Einzelheit. Die tratschen wie die Waschweiber …« Er schaute Amaldi schweigend an. Die Bilder des Mordes durchzogen seine großen, dunklen Augen wie finstere Wolken. »Wer tut so etwas? Ist es wieder … einer von diesen Fällen?«

»Ja …«

Frese schaute zu Boden.

»Wer war dieser Ispettore Capo?«, fragte ihn Amaldi.

»Palermo. Von der Sitte.«

Amaldi verzog abfällig das Gesicht.

»Ich wusste gar nicht, dass du was gegen Schwule hast«, sagte Frese.

»Hab ich auch nicht, ich habe nur etwas gegen korrupte Polizisten.«

Sein Name war Ernst Garcovich. 49 Jahre. 1,69 Meter. 96 Kilo. Lehrer an einer Grundschule. Die Hausdurchsuchung bei ihm hatte nichts Besonderes ergeben. Ein paar Pornos, einige Flaschen Schnaps. Eine Wohnung, die weder besonders schmutzig noch besonders sauber wirkte. Ein jämmerliches Bankkonto, das keinerlei Verdachtsmomente ergab. Soweit aus seiner Akte beim Schulamt hervorging, war er ein guter Lehrer gewesen. Zumindest gab es keine negativen Vermerke. Er war ehrgeizig und seine Karriere verlief in den geruhsamen Bahnen der Bürokratie.

»Lehrer verlor Kopf! Für wen?«, lautete die Schlagzeile eines Revolverblattes. Amaldi zerriss den Ausschnitt und warf ihn in den Papierkorb. Draußen war es dunkel. Dort drüben schlief Giuditta, erschöpft von einem weiteren Tag, an dem sie glücklich und heiter den Kindern hinterhergelaufen war. Es war still im Haus. Amaldi hatte die Schreibtischlampe angeknipst und sich schließlich aufgerafft, die Akte aufzuschlagen, die die Fotos von dem Lehrer, die Berichte der Spurensicherung und den gerichtsmedizinischen Befund enthielt. Zuvor hatte er sich ei-

nen Kaffee gemacht. Stark, schwarz und ohne Zucker. Giuditta hatte angeboten, ihm noch einen aufzusetzen, ehe sie ins Bett ging, aber er brauchte dieses alte persönliche Ritual, um sich auf seine Rolle vorzubereiten, obwohl er fürchtete, nach fast einem Jahr Pause noch nicht für sie bereit zu sein. In diesen Monaten hatte er gelernt, die eigenen Ängste zuzulassen. Und als er das Siegel, mit dem die gelbe Akte verschlossen war, erbrochen hatte, hatte er Angst verspürt, Angst und Erregung. Sie standen sich wieder gegenüber. Nur sie beide. Er, Auge in Auge mit dem Mörder.

Die Männer von der Spurensicherung hatten den Tathergang äußerst genau rekonstruiert, obwohl der Film an sich schon mehr als genug sagte und keine Zweifel offenließ. Amaldi überflog schnell den Bericht und konzentrierte sich nur auf die technischen Details. Der Lehrer war an den Knöcheln mit zwei Hanfstricken gefesselt worden, die durch die zerbrochene Windschutzscheibe geführt und dann an den Führungsschienen der Vordersitze festgebunden waren. Zwei weitere Seile führten von den Knien nach vorn zur Stoßstange. So konnte der Lehrer weder nach vorne noch nach hinten wegrutschen. Eine einzige Schnur wand sich um Oberschenkel und Unterschenkel, sodass der Lehrer in einer knienden Position fixiert wurde, mit dem Gesäß auf den Fersen. Die letzten beiden Stricke – abgesehen von den Schnüren, mit denen seine Hände hinter dem Rücken gefesselt waren – zogen den einen Schenkel nach rechts und den anderen nach links, sodass er sich auch nicht seitlich bewegen konnte; diese Seile waren hinter den Vorderrädern an den Stoßdämpfern des Autos befestigt. Mit ganz normalen Knoten, die keinerlei Rückschlüsse auf besondere Fachkenntnisse zuließen. Sie erfüllten ausschließlich ihren Zweck. Der Mörder wollte so eine Art stabiler *Plattform* schaffen. Er hatte den Oberkörper des Opfers nicht weiter befestigt, damit dieser in alle Richtungen schwingen konnte, wobei die Lendenwirbel als natürlicher Angelpunkt dienten. Dennoch sollte der Aufprall so heftig sein, dass er keine Chance hatte. Nicht einmal ein junger durchtrainierter und kräftiger Mann – und das war der Lehrer bestimmt nicht gewesen – hätte den enormen Rückstoß abfedern können, der durch das Auftreffen des Wagens auf das vom Mörder errichtete Hindernis hervorgerufen wurde. Ein massiver Block aus Travertinstein, der exakt eine Tonne plus einen Doppelzentner und zweiundfünfzig Kilo wog. Keiner hätte dieser *Katapult*-Wirkung etwas entgegensetzen können. Außerdem war die tödliche Konstruktion genau durchdacht: Der Lehrer hätte den Kopf nicht zwischen die Knie stecken können, während er auf den Aufprall wartete. Ein Stahlseil um den Hals des Opfers verlief zu der hinteren Stoßstange des Autos. Es war nicht gespannt, der Mörder hatte ihm ein wenig Spiel gelassen – sechzig Zentimeter, um genau zu sein –, damit der Oberkörper nach vorn geschleudert werden konnte und das Stahlseil ihn so abrupt auf der Motorhaube festhielt, dass der Kopf des Lehrers Garcovich vom übrigen Körper getrennt wurde. Ein ganz normales Stahlseil ohne besondere Kennzeichen. Dünn und widerstandsfähig, wie diese Seile nun einmal sind. Die Schlingen um den Hals und an der hinteren Stoßstange waren mit Klemmen befestigt. Eine Doppelklemme an der Schlinge um den Hals. Eine Doppelklemme an der Schlinge um die Stoßstange. Der Mörder wollte kein Risiko eingehen.

»Du bist ziemlich intelligent …«, sagte Amaldi leise zu sich und begann so das Zwiegespräch mit dem Fremden, den er im Laufe der Ermittlungen immer besser und eingehender kennen lernen würde, bis er schließlich so dachte wie er. »Intelligent und einfallsreich …« Dann betrachtete er das Foto von dem Hindernis aus ordentlich aufgestapelten Travertinsteinen, die für die Bordsteinkante bestimmt waren. Es hatte dem Aufprall hundertprozentig standgehalten. Warum hatte der Mörder Zeit damit verschwendet, die Steine ordentlich aufzutürmen, wenn sie nur als Hindernis dienen sollten, um die Fahrt des Wagens zu stoppen? Weil er keine Unordnung ertrug, überlegte Amaldi. Aber das war nur die offensichtlichste Antwort. Der Mörder war obsessiv und manisch. Der typische Psychopath. »Du hast ein Schauspiel inszeniert, hast uns dazu eingeladen, deshalb sollte das Umfeld für die Vorstellung perfekt sein. Weil du ... ein Ästhet bist. Nicht nur ein simpler Handwerker mit Ideen ... der seine Sache ordentlich macht. Du bist ein Regisseur, der weiß, was ... schön ist«, sagte er. »Hast du dir diesen Ort nur ausgesucht, weil es hier einen Abhang gibt, der den Wagen ausreichend beschleunigt? Der für genügend Schubkraft sorgt, damit dein menschliches Katapult funktioniert? Nein, das glaube ich nicht. Als Handwerker hättest du einen Weg gefunden, so ein banales Problem zu lösen ... Dir gefiel dieser Ort, weil er ... das geeignete Szenario für deine Inszenierung abgab.«

Amaldi griff nach einem weißen Blatt Papier und schrieb darauf: INSZENIERUNG.

Dann nahm er sich den Bericht des Gerichtsmediziners vor.

Der Grundschullehrer Garcovich hatte noch gelebt, als man ihn auf die Motorhaube des Autos gefesselt hatte. Das konnte man auch auf den Videoaufnahmen sehen. Er lebte und war von Panik erfüllt, weil er wusste, was ihm bevorstand. Todesursache: Enthauptung. Das stand ebenfalls fest. Die Autopsie beschäftigte sich mit der Beschreibung des körperlichen Zustands des Lehrers *ante mortem*. Deutliches Übergewicht bis hin zur Fettleibigkeit, eine leichte Form von Diabetes. Der Allgemeinzustand des Toten war gut, die Leiche wies keine Spuren von schwerem körperlichem Verfall auf, nur Anzeichen einer erzwungenen Gewichtsabnahme. In den drei Tagen seiner

Entführung hatte er keine feste Nahrung zu sich genommen – was die Gewichtsabnahme erklärte –, doch er war nicht dehydriert, also hatte man ihm regelmäßig Flüssigkeit zugeführt. Der Mörder musste ihm also zu trinken gegeben haben, weil er wollte, dass sein Opfer lebte und bei vollem Bewusstsein war, wenn er es umbrachte. Mindestens zwei Tage vor dem Mord hatte er ihm den Kiefer ausgerenkt und dabei auch die Bänder gesprengt. Nach Einschätzung des Pathologen hatte der Mörder dafür ein Hebelwerkzug benutzt. Dies schloss er aus den Spuren an den oberen und unteren Schneidezähnen. Dieser Eingriff ermöglichte es ihm, den Apfel in die Mundhöhle des Opfers zu stecken. Ein grüner Apfel, hart und noch ein wenig unreif. Und sehr groß. In den oberen und unteren Backenzähnen fanden sich auf beiden Seiten Apfelspuren, die sich bereits zersetzten und nicht zu der Frucht gehörten, die der Lehrer zum Zeitpunkt seines Todes im Mund hatte. Alles schien darauf hinzudeuten, dass der Apfel täglich ausgetauscht wurde. Man hatte auch einen Splitter Tannenholz zwischen zwei Backenzähnen oben rechts gefunden, doch der Gerichtsmediziner schloss aus, dass das Instrument, das der Mörder benutzt haben musste, um den Kiefer des Lehrers auszurenken, aus Holz gewesen sein konnte. Allerdings konnte er keine Erklärung geben, wie der Holzsplitter in den Mund des Opfers gekommen war. Es gab keine anderen Anzeichen für Folter – abgesehen von einigen Abschürfungen an Handgelenken und Knöcheln, die von dem Draht stammten, mit dem es in den drei Tagen seiner Gefangenschaft gefesselt war. Der Pathologe nahm an, dass man Grundschullehrer Garcovich an einem Stuhl festgebunden hatte. Zwischen den Pobacken und an der Hinterseite der Oberschenkel hatte er einige Strohfasern gefunden. Was bei einer zweiten Analyse darauf schließen ließ, dass das Opfer während der drei Tage Gefangenschaft nackt gewesen sein musste.

Es gab keine, nicht einmal oberflächliche, Spuren von Erfrierungen oder Anzeichen von Hypothermie. Der Ort, an dem man ihn versteckt gehalten hatte, war also gut geheizt gewesen.

Die Ober- und die Unterlippe waren mit einer dünnen Hanfschnur zusammengenäht. Und zwar erst kurz vor dem Mord, wie aus der Untersuchung der Wunde hervorging. Ein Maulkorb. Diese Naht schien rein zweckdienlich gewesen zu sein – damit sollte der Apfel im Mund fixiert werden.

Einige Stunden vor dem Mord war dem Opfer ein Teil der Zunge abgetrennt worden. Sie hatten ein drei Zentimeter langes Zungenstück im Handschuhfach des Autos gefunden. Der Mörder hatte es nicht eingepackt. Er hatte es wohl dort hineingeworfen, weil er nicht wusste, was er sonst damit anfangen sollte.

Schließlich sah man auf der rechten Brust – die weich und üppig war wie ein weiblicher Busen – knapp oberhalb der Brustwarze zwei mit einem scharfen Instrument eingeritzte X. Eines etwas weiter rechts und das andere mehr links, wenn man die Brustwarze als Mitte nahm. Auch diese Einschnitte waren kurz vor dem Mord vorgenommen worden. Sie waren nicht tief. Im Vergleich zu dem, was Garcovich sonst durchmachen musste, zu dem Schmerz, den er ertragen musste, waren sie sicher unwesentlich.

»Warum?«, fragte Amaldi und fuhr mit einem Finger über eine Vergrößerung der beiden ins Fleisch eingeritzten X.

Er nahm das Foto von den zusammengenähten Lippen und legte es neben das von den beiden X auf der Brust.

»Was wolltest du mir damit sagen?«

Er nippte an seinem Kaffee. Mit den beiden Bildern in der Hand stand er auf und ging durch die Terrassentür hinaus ins Freie. Die salzige Nachtluft war kalt und undurchdringlich. Das Meer vor ihm war nur ein einziger dunkler Fleck. Das Brandungsgeräusch der Wellen, die sich am Ufer brachen, drang den Pfad hinauf, legte sich über die Weinreben und lullte Amaldis Gedanken ein. Er blieb so stehen und starrte hinaus in die Dunkelheit. Ihm war bewusst, dass er sich in einem Niemandsland befand, zwischen dem Gebiet der normalen Menschen und dem der Monster. Jetzt lag es an ihm, den letzten Schritt zu tun. Er hatte das Gefühl, durch eine Nebelwelt zu schreiten, in der nichts mehr blieb, woran man sich orientieren konnte. Wenn er die falsche Richtung einschlug, würde er vielleicht wieder im Sumpf versinken. Wie schon einmal. Oder er konnte in alle Ewigkeit diese Zwischenwelt durchstreifen. Sich verirren. Amaldi hatte Angst, Angst, auch nur einen einzigen Schritt zu tun. Er blieb unbeweglich stehen und starrte weiter in die Dunkelheit. Sein Kopf war leer.

Er hätte nicht sagen können, wie lange er so verharrte.

Schließlich sah er sich wieder die beiden Fotos an. Die zusammengenähten Lippen. Die beiden X auf dieser Brust, die so weich und üppig wie ein weiblicher Busen war.

»Warum kommt es mir so vor, als hätte dies ein anderer getan?«, fragte er die Nacht. »Warum habe ich das Gefühl, dass sie … zwei verschiedene Sprachen sprechen?«

Und er stellte sich einen Körper mit zwei Köpfen vor.

VI

Etwas war ihm sofort an dem Kind aufgefallen und hatte ihn beeindruckt – dieses Licht. Ein ganz besonderes Licht. Strahlend und doch finster. Das Licht der Dunkelheit.

Dann hatte er die Narbe geöffnet. Und die Narbe war erneut zur Wunde geworden.

Die weißen Kacheln hatten sich rot gefärbt.

In jener Nacht des Blutes hatte er das Papiermesser in der Hand gehalten.

Er war aus dem Heim davongelaufen, ohne zu wissen, wohin er gehen sollte. Er wusste nur, dass er etwas suchte, das noch sauber war, das nach Frische, Waschmittel und Bleichmittel roch. Er suchte nach etwas Weißem.

Als er es endlich gefunden hatte, hatte er sich beruhigt. Er hatte seine Nase in diese Reinheit gedrückt, die nach Sauberkeit roch, und hatte das Kind vergessen. Hatte sich nackt auf dieser tröstlich weichen, fleckenlos reinen Fläche ausgestreckt. Er hatte die Geschichte vergessen, die er in den tränenfeuchten Augen dieses strahlenden und zugleich so düsteren Wesens gelesen hatte. Er war im Weißen eingeschlafen, während seine Nase beglückt diesen sterilen Duft einsog, der frei von Sünde, eigenschaftslos war. Ohne Vergangenheit war, ohne Gegenwart, ohne Zukunft. Ein pures, absolutes Weiß. Wie eine Geschichte, die niemals niedergeschrieben worden war. Es war, als hätte er selbst niemals existiert, als hätte er selbst keine Geschichte, als könnte in dieser weißen, reinen Welt die Lüge nicht überleben. Als hätte er keinen Körper mehr. Weder den eigenen noch den eines anderen. Als wäre er wunschlos und würde nicht von einem anderen Leben träumen, das sich grundlegend von seinem wirklichen unterschied. Als würde er keine Luft brauchen, um zu atmen.

Doch das Weiß hatte sich erneut befleckt.

Jetzt war nur noch eine von ihnen übrig, eine alte, beinahe blinde Frau, und die ließ sich fast nie in den Schlafsälen blicken. Vor allem nicht im Winter. Weil es dort so kalt war. Genau wie damals. Sie würden einander nicht begegnen. Und selbst wenn, würde sie ihn wohl kaum wiedererkennen.

Damals war er nur ein kleiner Junge gewesen.

Jetzt war er die Putzfrau.

Die Verwaltungsvorschriften, die regelten, wer in Waisenhäusern arbeiten durfte, waren nach außen hin ziemlich streng, doch die Schwestern mochten keinen Bürokram. Er hatte ihnen eine mitleiderregende Geschichte aufgetischt, was eben in solchen Fällen zielführend war, und schon hatte man ihm erlaubt, zweimal die Woche dort schwarz in den Schlafsälen zu arbeiten. Er wischte nur die Böden mit Bleichmittel und einem Putzlumpen. Beobachtete die Kinder im Hof, sog den Geruch ihrer Betten ein, wühlte in ihren unbedeutenden Besitztümern. Kleine Schätze, die sie in den Schubladen ihrer vollkommen identischen Nachttische aus Resopal hüteten. So einen hatte er auch gehabt, als er einer der vielen Schutzbefohlenen des Heims gewesen war. In diesem Waisenhaus.

Das war ein Spiel. Ein lustiges Spiel. Er sah den Kindern gerne zu. Den besonderen Kindern. In manchen Augen las er Geschichten, die seiner ähnelten. Die Schubladen dieser Kinder waren leer, sie hatten weder kleine noch große Schätze zu hüten, dort gab es nichts Persönliches, nichts Privates.

Hinter ihm raschelte etwas.

»Passen Sie auf, Schwester«, sagte er. »Der Boden ist noch feucht. Passen Sie auf, dass Sie nicht ausrutschen.«

Die Ordensschwester ging langsamer. »Ich hasse den Geruch von Bleichmittel«, sagte sie.

»Ich liebe ihn«, entgegnete Luz.

»Ach, du Glückliche«, sagte die Schwester und ging an ihm vorbei. Dann blieb sie stehen und betrachtete ihn. »Hast du einen Freund?«, fragte sie ihn.

Luz schaute zu Boden. Es gefiel ihm, manchmal auch mit den Schwestern sein Spiel zu treiben. »Vielleicht …«, sagte er.

»Was meinst du mit *vielleicht*, meine Liebe?«, fragte die Schwester und kam etwas näher.

»Vielleicht habe ich einen Mann gesehen, der mir gefällt.«

»Pass nur auf«, ermahnte ihn die Schwester. »Sieht er gut aus?«

»Für mich ja.«

»Und gefällst du ihm auch?«

»Ich glaube schon.«

Die Schwester kam noch näher. »Woher weißt du das? Ihr habt doch hoffentlich nichts Sündiges getan …«

»Nein, das nicht.«

»Vergiss nicht, bei einem Mann zählt nicht nur, ob er gut aussieht.«

»Ja …«

»Es gibt wichtigere Dinge.«

»Ja …«

»Das gilt natürlich auch für eine Frau. Obwohl Männer zuerst auf das Aussehen achten. Schönheit kann jedoch schnell in den Schmutz gezogen werden …«

»Ja …«

»Jedenfalls …«, sagte die Schwester und senkte ihre Stimme zu einem Flüstern ab, »kommt nächste Woche eine Altkleiderspende aus der Gemeinde … vielleicht ist ja etwas dabei, was dir passt, obwohl du ja ziemlich groß bist … Schönheit ist nicht alles, vergiss das nicht. Aber wenn du zu mir in die Bügelkammer kommst, finden wir vielleicht etwas Nettes für dich … ein Kleidchen, mit dem du ein wenig hübscher aussiehst … wenn du mit diesem Herrn vielleicht einmal ausgehst …«

»Danke, Schwester.«

Im Schlafsaal schrillte die Glocke.

»Sie kommen. Dann verschwinde ich lieber«, sagte die Schwester und wandte sich zum Gehen. »Wenn zu der Bleiche noch Schweißgeruch kommt, dreht sich mir der Magen um. Ciao, meine Liebe. Ich erwarte dich dann.«

»Ich werde kommen«, sagte Luz und sah wieder aus dem Fenster.

Als die kleinsten Kinder im Hof die Glocke hörten, liefen sie sofort zum Bogengang, wo sie sich ordentlich in Zweierreihen aufstellten. An der Spitze des Zuges stand eine junge Schwester, die lachend in die Hände klatschte, um sie zur Ordnung zu rufen. Die Größeren, die die Altersobergrenze von dreizehn Jahren schon fast erreicht hatten, traten noch einmal gegen den Fußball, bevor sie sich betont lässig den Reihen anschlossen. Nun drehte sich die junge Schwester nach vorne und ging ihnen voran durch den Bogengang. In der inneren Eingangstür des Waisenheims standen schon zwei etwas mürrische Schwestern – die eine klein und schlank, die andere groß und grobknochig – und erwarteten die Prozession. Die kleine Schwester klatschte dreimal in die Hände, bevor sie das Gebäude betrat und schließlich nach rechts einbog, während eine Reihe der Kinder hinter ihr hertrottete. Die anderen Kinder folgten der großen, hageren Schwester, die sich eher schleppend, ohne in die Hände zu klatschen, nach links wandte. Am Ende dieser Reihe warf ein braunhaariger Junge, dem eine große weiche

Locke frech in die Stirn fiel, einen schnellen Blick hinauf zu dem Fenster, hinter dem ihn Luz beobachtete. Er würde bald dreizehn werden.

Vom anderen Ende des Flurs her roch es penetrant säuerlich nach Gemüsesuppe. Jetzt verstummte auch der aufdringliche Ton der Glocke.

Luz strich den grauen Kittel glatt und nahm das Tuch ab, mit dem er sich die Haare zusammengebunden hatte. Die blonden Locken der Perücke fielen ihm weich auf die Schultern. Dann ging er zum Bett Nummer 17-B, wo er seinen Putzlumpen, den Eimer mit dem Bleichmittel und den Mopp stehen gelassen hatte.

Als die Kinder schwatzend in den Schlafsaal kamen, kniete Luz neben dem Nachtschränkchen von Bett Nummer 17-B und wischte mit dem Lumpen den Boden.

»Ciao«, sagte der braunhaarige Junge und ließ sich schwer auf sein Bett fallen, Nummer 17-B.

Luz wandte sich lächelnd zu ihm um. »Ciao«, antwortete er ihm.

»Signorina, sind Sie fertig?«, fragte die große, hagere Schwester von der Tür aus. Ihre Stimme klang tief und träge. »Es ist Zeit für die Mittagsruhe.«

»Ja, Schwester, ich gehe gleich«, antwortete Luz.

Die Schwester wandte sich den Fenstern zu und schloss langsam einen Laden nach dem anderen, bis der gesamte Schlafsaal im Halbdunkel lag.

»Ich habe gehört, dass man dich bald verlegt«, flüsterte Luz dem Jungen zu.

»Ja, ich komme in ein anderes Heim«, antwortete der leise. »Eines für die größeren Kinder.«

»Hast du Angst?«

»Was soll denn das!«, empörte sich der Junge.

»Signorina …«, sagte die Schwester und wandte sich zum Gehen.

»Ich komme schon. Nur noch einen Moment …«, antwortete ihr Luz und sah wieder den Jungen an.

»Ich habe vor gar nichts Angst«, sagte der trotzig.

»Das habe ich doch nur so gesagt«, flüsterte Luz.

Der Junge schüttelte frech die Strähne nach hinten, doch in seinen Augen lag ein Ausdruck von Verlorenheit, als ob er einen inneren Kampf ausfechten würde.

»Ich bin nicht wie diese kleinen Wichser hier …«, sagte er und zeigte auf die anderen Jungen.

Luz hatte auch in seinem Nachtschränkchen gewühlt. Die Schublade war leer gewesen. So wie seine damals. Keine Schätze. Nichts Persönliches.

»Ich kann deine Möse riechen«, sagte der Junge und versuchte, die kieksenden Töne in seiner pubertären Jungenstimme zu unterdrücken.

Luz drehte ihm den Rücken zu und bückte sich unter das Bett gegenüber.

Da berührte die zarte Hand des Jungen schüchtern Luz' Schenkel und tätschelte seinen Hintern. Luz bewegte sich nicht.

»Signorina …«, drängelte die große, hagere Schwester.

Luz drehte sich um, nahm die Hand des Jungen und küsste sie.

Dann sammelte er Putzlumpen, Eimer und Wischmopp auf und ging zum Ausgang des in Dämmerlicht getauchten Schlafsaals.

Ferrante Palermo war in den Polizeidienst eingetreten und zum Sittendezernat gegangen, weil er Kinder mochte. Oder zumindest hatte er nachdem er diesen Berufsweg eingeschlagen hatte und während seiner Arbeit für das Sittendezernat gemerkt, dass er Kinder mochte. Aus diesem Grund – den nur er kannte – hatte er nie einen Versetzungsantrag gestellt, obwohl die Karrierechancen beim Morddezernat, wo die Besten der Besten arbeiteten, wesentlich besser waren.

Während Palermo durch die auch um diese Tageszeit dunklen Straßen des Käfigs lief, dachte er über diese schmutzige Stadt am Meer nach, die ihm nach fast dreißig Jahren des Zusammenlebens in Fleisch und Blut übergegangen war, ohne dass er je eine echte emotionale Beziehung zu ihr aufgebaut hätte. Nicht einen Augenblick lang war es ihm gelungen, sie als seine Heimat zu betrachten.

Palermo gehörte nicht hierher, sondern an einen kleineren, abgeschiedeneren Ort. Einen Ort, einsam und melancholisch, grün und regenfeucht, der auf fetter, dunkler Erde gebaut war, wo das Schweigen der menschenleeren Natur nur vom rhythmischen Klatschen des Sees gegen den Bootssteg einer Villa unterbrochen wurde, die so einsam wie ein Leuchtturm auf einer Insel im Meer lag. Palermo gehörte zu diesem Ort, an dem das Kind geboren und aufgewachsen war, in dem er sich trotzdem seit so vielen Jahren nicht mehr wiedererkennen konnte. Und seine gequälte Seele verurteilte sich selbst zur Erinnerung an das, was zu genießen ihm die Kraft fehlte.

Inzwischen war die Villa verkauft. Vor zwölf Jahren war er, auf der Suche nach Antworten, zurückgekehrt, um dort in der Erde nach seinen eigenen verlorenen Wurzeln zu graben. Vielleicht hatte er auch gehofft, das Kind und seinen Seelenfrieden zu finden und zumindest für einen Augenblick zu jener unschuldigen Zeit zurückzukehren.

Aber all das war tot und begraben. Palermo hatte begriffen, dass er zur Erinnerung an etwas für immer Verlorenes verdammt war. Erst in jenem Moment vor zwölf Jahren – während er ohnmächtig zusehen musste, wie ein Teil seiner selbst langsam starb – hatte er sich in ein Leben voller trauriger Erinnerung gefügt. An diesem Ort, der für immer ausgelöscht war, hatte er seine verschiedenen Ichs, die eins nach dem anderen gestorben waren, begraben. Ein tränenloses Begräbnis, an der Stelle, wo früher das Gewächshaus stand. Dann hatten ihn die neuen Eigentümer bemerkt und verjagt. Palermo hatte sich nicht gerechtfertigt, ihnen nicht erklärt, wer er war – oder gewesen war –, weil nicht einmal er selbst das wusste. Er hatte sich davongeschlichen wie ein streunender Hund.

Sein vergangenes Leben fühlte sich für ihn inzwischen wie eine Geschichte an, die er in einem Buch gelesen hatte. Er kannte sie, konnte sich an sie erinnern, hätte sie erzählen können, aber er wäre niemals im Stande gewesen zuzugeben – oder tief in seinem Inneren zu empfinden –, dass dies sein Leben war.

Eine Prostituierte, die an der Tür zu ihrem schäbigen Zimmer im Erdgeschoss gestanden und auf Kunden gewartet hatte, zog sich ins Innere zurück, als sie ihn bemerkte. Palermo sah ihren Schatten, der vom Schein einer Tag und Nacht brennenden Lampe von innen auf das schmutzige Pflaster geworfen wurde. Die Prostituierte versteckte sich nicht vor dem Gesetz, sie wollte ihm einfach nur aus dem Weg gehen.

»Ciao, mein kleiner Schmetterling«, sagte Palermo und trat grinsend an die Tür. »Hat dir deine Mutter nicht beigebracht, was sich für ein anständiges Mädchen gehört?«

»Leck mich doch, du Schwuchtel«, erwiderte die Prostituierte.

»Hat man dir erzählt, dass sich hier ein tollwütiger Hund herumtreibt, der gern an Huren knabbert?«, fragte Palermo weiter.

Die Prostituierte schwieg und sah ihn nur ernst an.

»Natürlich hat man dir das erzählt«, meinte Palermo.

»Leck mich, du Schwuchtel.«

Palermo lachte und kam noch näher. Ein trockenes Lachen, das in ihm dröhnte wie ein Schrei und an das kreischende Geräusch erinnerte, wenn man mit einem Fingernagel über eine Schiefertafel kratzt.

Ich werde dich kriegen, dachte Palermo hasserfüllt.

Als er ein Kind war, hatte seine Mutter immer zu ihm gesagt, sein Lachen klinge so hell und frisch wie ein rieselnder Gebirgsbach. Doch dieser Gebirgsbach war ausgetrocknet, als das Kind gestorben war.

Ich werde dich kriegen, ehe er dich findet …, dachte er, während noch mehr Hass in ihm hochkochte. Hass und wilde Eifersucht.

Palermo war in einer abgeschiedenen Villa an einem See geboren worden, der so groß war wie ein Meer und voller Süßwasserfische, Strudel und schauriger Legenden. In einer Villa mit zwei gedrungenen, efeuüberwucherten Türmchen. Und einem großen Park. Ein paar Kilometer von einem kleinen Dorf entfernt und nicht allzu weit weg von einer chaotischen, anonymen Stadt. Seine Eltern waren hierher umgezogen, ehe er auf die Welt kam.

Sein Vater war ein berühmter Strafverteidiger, der die Kriminellen aus den Vorstandsetagen der Banken vor Gericht um des Geldes willen vertrat, die Mörder hingegen aus Leidenschaft und Geltungssucht. Palermo war es nie gelungen, eine Beziehung zu ihm aufzubauen. Der Mann war immer zu sehr von seinen Prozessen in Anspruch genommen und hatte auch kein natürliches Gespür dafür, wie er mit seiner Familie über Alltägliches sprechen sollte. Als wollte er weder sehen noch merken, dass es sie überhaupt gab. In Palermos gefühlter Erinnerung war nur ein verschwommenes Bild von ihm geblieben, wie er stumm an seinem Schreibtisch saß, in die Akten vertieft, die er nach

Hause mitgenommen hatte. Der brillante Mann, über den die Zeitungen schrieben, der ab und an in den Nachrichten zu sehen war, war nicht sein Vater. Für ihn war der Mann, der an seinem Entstehen beteiligt war, so etwas wie ein Fremder, der sein Studium, die Villa, die Vergnügungen seiner Gattin und am Monatsletzten das Dienstmädchen bezahlte. Eigentlich war er nur eine Art Verwalter. Später wurde er zu einem Mentor, um sich danach in einen von der Berufswahl seines einzigen Pflegebefohlenen – man konnte ihn kaum seinen Sohn nennen – schwer enttäuschten Vormund zu verwandeln, der schützend die Hand über ihn hielt. Denn Palermo hatte sich für den Polizeidienst entschieden, obwohl sein Vater für ihn eine finanziell wesentlich lukrativere Laufbahn vorgesehen hatte. Schließlich war der Vater gestorben, wie er gelebt hatte – mit der Würde eines abstrakten Phänomens. Großes Echo mit riesigen Schlagzeilen in der Presse. Nur ein leiser Nachhall in der Familie.

Seine Mutter hatte sich offensichtlich mit der Gefühlskälte und der Lebenseinstellung ihres Mannes abgefunden. Schließlich konnte sie in den langen Stunden, die sie frei von dem Drama ihrer Ehe genoss, ihr lebensbejahendes Wesen ausleben und sich mit Begeisterung ihren großen Leidenschaften widmen: Musik und Blumen. Ihren ausgeprägten Sinn für Ästhetik hatte sie an ihren dafür empfänglichen kleinen Sohn weitergegeben, indem sie ihm die Welt durch eine weichzeichnende Brille zeigte, die alles Unschöne ausblendete. So wurden Ferrantes Ohren an klassischer Musik, vor allem Oper geschult. Er lernte, Interpreten zu unterscheiden, die Atembögen der Musik und ihre pulsierenden Rhythmen aufzunehmen, lernte, die Geschichten zu verstehen, die diese Musik erzählte, und die Gefühle, die sie in einem weckte. Und seine Nase wurde von den intensivsten wie zartesten Düften erfüllt, sinnliche Erfahrungen, die denen der Musik nicht nachstanden. Aber anstatt ihn für das Leben vorzubereiten und aufgeschlossen zu machen, schufen diese überfeinerten Sinnesreize eine hermetische Welt, die zu perfekt war, als dass er sie draußen in der Realität wiederfinden konnte.

In dieser instinktiven Suche nach dem Wahren und Schönen lebte Ferrante lange Jahre wie in einem Kokon, ohne dass es ihm gelungen wäre, die Flügel auszubreiten und erwachsen zu werden. Jeden Tag zog der Junge, kaum dass er nach Hause gekommen war, hastig die verhasste, anonyme Schuluniform aus, schlüpfte in die nach gedüngter Erde riechenden Sachen, ein Geschenk seiner Mutter, die ihn zu ihrem persönlichen Assistenten gemacht hatte, und lief zu dem lichtdurchfluteten, feuchtwarmen Gewächshaus. Dort, in dem verwunschenen Winkel des Gartens, in den sein Vater niemals einen Fuß setzte, wartete seine Mutter auf ihn, wiegte sich im Takt einer Symphonie, in der Hand eine seltene Kamelie, die gerade ihre fleischigen Blüten öffnete. Und dort, wo er mit den Pflanzen die Tondichtungen der großen Komponisten der Vergangenheit in sich aufnahm, schottete sich Ferrante von der Außenwelt ab.

Auch wenn es eigentlich kaum sein konnte, nannten ihn in seiner Erinnerung nur zwei Menschen Ferrante, seine Mutter und Luz.

Dann hatte er eines Sommers in den Ferien mit seiner Mutter am Meer seine wahre Natur entdeckt. Oder war zumindest mit ihr in Berührung gekommen. Damals war er vierzehn gewesen. Fast noch ein Kind, gewiss noch kein Mann. Er hatte es sich angewöhnt, am Morgen in aller Frühe zu zwei Brüdern in ihr Fischerboot zu steigen und ihnen dabei zu helfen, die Netze einzuholen. Die Sonne hatte ihm die Haut verbrannt und Farben einer Welt gezeigt, die viel größer als seine eigene war. Das kristallklare Salzwasser – so viel lebendiger und gefährlicher als das träge trübe Wasser des Sees – hatte ihm die Blasen an den Händen geheilt, seine Haut gegerbt und sie zu männlichen Schwielen geformt. Die scharfkantigen glitzernden Felsen hatten seine zarten, von den weichen Teppichen in der Villa verwöhnten Fußsohlen gehärtet und gegen Schmerzen unempfindlich gemacht. Die schwere körperliche Arbeit hatte seine Muskeln entwickelt und die trockene Luft seine Knochen gefestigt. Der Schweiß seines Körpers hatte sich mit dem Blut der Fische gemischt, die nach Luft schnappend in seiner Hand starben.

Von diesem Sommer an war nichts mehr, wie es gewesen war. Der Kokon war geplatzt. Und in den endlos langen Nächten, in denen er sich nackt auf den weißen Laken hin und her wälzte, weil es so heiß war, hatte er seine Flügel ausgebreitet. Er träumte von den beiden Brüdern, den Fischern, wie ihn ihre muskulösen Arme packten, spürte ihren festen Griff, sah vor sich, wie sich ihre glänzende Haut in einem wütenden Gerangel aus Brutalität und Zärtlichkeiten, einer liebevollen Rauferei voller Schmerz und Lust mit seiner Haut vereinte. Am Morgen erhob er sich dann völlig erschöpft von seinem weißen Schlachtfeld. Eine Zeit lang fuhr er morgens nicht mehr mit den beiden Brüdern zum Fischen hinaus. Aber die Träume hörten dennoch nicht auf, und er verbrachte seine Tage damit, zu bedauern, dass er sie nicht begleitet hatte. Sehnlichst wartete er auf die Nacht, wo er wieder im Netz gefangen sein würde, wo er wieder die beiden brutalen und schönen Männer traf, die ihm den Atem raubten und die für alle Zeiten seine erste, unschuldige homosexuelle Liebe waren.

Nach seiner Heimkehr erkrankte er an einem unerklärlichen Fieber, für das nicht einmal der Arzt eine Ursache fand. Doch in seinem Kinderbett lag jetzt zitternd ein Mann. Seine Mutter tat zunächst so, als hätte sie nichts bemerkt. Sie hoffte, dass ihr Sohn sich wieder mit der üblichen Kost aus Musik und Blütenstaub, aus Violinen und Kamelienblättern begnügen würde. Irgendwann gab sie es auf, aber sie erlaubte ihm nicht, darüber zu sprechen. Duldete keine vertraulichen Geständnisse. Unter der brennenden Sommersonne war ihre kleine unschuldige Kamelie zu Wildwuchs mutiert. Und sie züchtete nichts so Gewöhnliches wie Ginster. Sie verschloss die Tür ihres Gewächshauses vor ihm. Und damit sich selbst.

Der Junge verbarg sich im Schatten und hielt den Atem an, denn der Doktor hatte sich plötzlich umgedreht, als hätte er seine Anwesenheit gespürt. Doch er war sich ziemlich sicher, dass er ihn nicht gesehen hatte. Der Doktor lief inmitten der anderen Erwachsenen weiter. Der Junge schlich leichtfüßig und leise an den Hauswänden entlang und folgte ihm.

Der Doktor war mager. Nicht so fett wie der Lehrer. Seine Schattenwächter. Er war mager, aber auch stark, der Doktor. Er hatte glitzernde funkelnde Instrumente aus verchromtem Metall. Und nach Talkumpuder riechende Latexhandschuhe, die innen glitschig waren und außen kalt wie Schlangenhaut. Mit fettiger Salbe eingeriebene Handschuhe, schmierige Fallen. Der Doktor hatte blaue, leblose Augen, die plötzlich in der Krankenstation aufblitzten, wenn er sich unbeobachtet fühlte. Wenn er wusste, dass ihn niemand sah.

Und dann schlug er zu. Schnell. Unerwartet. Aus dem Hinterhalt.

Der Lehrer war fett und träge, stank nach Alkohol und nach Schweiß. Der Doktor war sauber, steril, roch nach Desinfektionsmitteln. Seine schlanken Hände mit den spitzen Fingernägeln bewegten sich schnell und nervös.

Der Lehrer hatte eine raue, unebene Zunge wie ein fetter Kater. Eine Zunge, die verletzte und ständig die Zähne umkreiste.

Der Doktor dagegen führte zischelnde Worte im Mund.

Worte, die den Jungen förmlich erschlugen, die ihm Hände und Füße lähmten und ihm jede Möglichkeit zur Flucht oder Verteidigung nahmen. Worte so schneidend, so fest wie Draht.

Der Doktor war gefährlich.

Deshalb folgte ihm der Junge aus sicherer Entfernung und passte auf, dass er ihn nicht bemerkte. Sein Herz schlug unruhig und schnell, Tränen trübten seinen Blick, sodass er mehr oder weniger wie durch einen dichten Nebel lief, der ihn immer wieder zwang stehen zu bleiben, Atem zu holen. Immer wieder musste er sich an einer bröckelnden Mauer abstützen und versuchen, sein Gleichgewicht, den Weg, die Orientierung zu finden.

Die Krankenschwester war nur für einen Moment hinausgegangen, um das Thermometer zu holen. Sie hatte die Türe offen gelassen. Das Kind konnte sie hören. Es hörte, wie sich die Schublade in den Laufschienen bewegte, wie die Hände der weiß gekleideten Frau dort etwas suchten. Er hörte sie, während er wie erstarrt mit heruntergelassener kurzer Hose dastand, nur noch in diesem weißen Baumwollslip, der ihm ein wenig zu weit war, vor allem vorne, wo er noch am meisten Kind war.

»Dreh dich um«, hatte ihm der Doktor zugezischt.

Und er hatte sich umgedreht. Was hätte er auch tun sollen?

Er hatte gespürt, wie jemand am Gummiband der Unterhose zog. Er hatte gehört, wie jenseits der geöffneten Tür die Schublade wieder geschlossen wurde und die Schritte der Krankenschwester auf dem Gang zurückkamen.

Hatte einen Finger gespürt, der sich in ihn bohrte.

Einen stechenden Schmerz, dann nichts mehr.

»Zieh dich an«, hatte der Doktor zu ihm gesagt, während die Schwester mit dem Thermometer in der Hand wieder ins Zimmer kam.

»Basal oder sublingual?«, hatte die Frau gefragt.

Und jetzt verfolgte der Junge den Doktor. Einen der Schattenwächter. In ihm tobten die Angst und die Erregung von damals. Nach jenem Tag hatte der Doktor kein Wort mehr zu ihm gesagt.

Nur beim Abschied hatte er ihm leicht über den Nacken gestreichelt.

»Dein Mädel war ganz schön aufgeregt«, sagte einer der Türsteher des *Dover Beach.* »Vielleicht hat sie geglaubt, du kommst nicht mehr …«

»Das ist kein Mädchen«, sagte Palermo mit hartem Blick und steuerte geradewegs auf die Theke zu.

Luz tanzte auf der Bühne. Er trug ein weiches, rotes Kleid aus glänzendem Satin, dessen herzförmiger, mit durchsichtigem Tüll überzogener Ausschnitt die Brust und die Brustwarzen durchscheinen ließ. Ein zweites Herz gab die Sicht auf den Nabel und die kräftig dunklen Bauchmuskeln frei; es endete knapp oberhalb des Penis, sodass man seine dichte Schambehaarung sehen konnte. Aus dem Publikum ertönten Pfiffe und andere Beifallsbekundungen.

Palermo bestellte sich etwas zu trinken. Auf Kosten des Hauses natürlich. Wie üblich bei der Polizei. Oder zumindest galt das für ihn im *Dover Beach*, wo er weder für seine Getränke noch für die Stricher zahlen musste. Der fette Besitzer des Lokals beobachtete das Treiben aus seinem Büro. Als er Palermo sah, kam er heraus, wobei er am Kragen seines üblichen rosafarbenen Hemdes herumnestelte, und setzte sich neben ihn.

»Ich habe diesen Scheißfetzen so satt. Jedes Mal, wenn ich mich im Spiegel damit sehe, muss ich kotzen«, sagte er, während er dem Barmann ein Zeichen gab, ihm etwas zu trinken zu bringen.

»Und warum ziehst du ihn dann nicht einfach aus?«, fragte Palermo und betrachtete weiter seinen Engel mit der rauen Stimme. Zwei Gäste waren zu ihm auf die kleine Bühne geklettert und rieben sich tanzend an Luz.

»Das kann ich nicht tun wegen dieser verfluchten Schwuchteln. Die würden sich dann bestimmt bei mir nicht mehr wohl fühlen und vielleicht ganz die Kneipe wechseln«, sagte der fette Mann beinahe schrill. »Niemand ist konservativer als Schwule.«

Palermo lachte.

Ein Mann in Anzug und Krawatte, etwa vierzig, er wirkte gleichermaßen gepflegt wie gelangweilt, hatte sich zu ihm umgedreht. Er hatte ein rotes Muttermal direkt unter dem rechten Auge, wie Palermo feststellte. Der Mann starrte den fetten Eigentümer des *Dover Beach* durch dicke Brillengläser an, die seine Augen stark verkleinerten.

»Was glotzt du so blöde?«, fuhr der ihn an. »Soll ich vielleicht deiner Frau erzählen, dass du dir Pimmel in den Arsch stecken lässt?«

Der Mann sprang auf und verließ hastig das Lokal.

»Du hast gerade einen Kunden verloren«, meinte Palermo.

»Bleib du mal lieber bei der Polizei«, grinste der Fettwanst. »Als Betreiber einer berüchtigten Schwulenkneipe wärst du eine komplette Niete«, meinte er und zeigte mit einem unberingten Finger zur Tür. »Ich habe ihm gerade genug Stoff geliefert, dass er sich ordentlich einen runterholen kann. Keine Sorge, der kommt wieder, weil er genau das fühlen will, und dabei wird er mehr Herzklopfen haben als eine scheue Jungfrau … Und dann wird er einen Haufen Kohle hier lassen.«

Palermo hatte bemerkt, dass Luz ihm einen schnellen Blick zugeworfen hatte. Er lächelte ihm zu. Luz neigte den Kopf zur Seite und tanzte weiter. Die blonden Locken der Perücke strichen sanft wie eine Liebkosung über seine Schulter. Als er mit einem geschickten Satz von der Bühne sprang, umringten ihn sofort viele andere Gäste, die mit ihm tanzen wollten.

Palermo war nicht eifersüchtig auf diese Männer. Sie alle waren bedeutungslos, fast wie Schatten. Anonyme Körper ohne Namen oder Gesicht oder Seele. Aber er war anders, er würde diesen in Luz brennenden Schatten der Vergangenheit fassen, bevor Luz ihn fand. Bevor er wieder Gestalt annahm. Damit Luz aufhörte, nach ihm zu suchen. Damit er nur ihm gehörte.

Ein schlanker Mann mit pockennarbigem Gesicht und kleinen, bösartig funkelnden Augen stand von seinem Stuhl auf, starrte Luz an und ging dann zu der Tür, die zu den Separees führte.

Palermo bemerkte ihn.

»Hör mal … gestern hat du dem Fürsten ganz schön eingeheizt …«, nahm der Eigentümer des *Dover Beach* ihr Gespräch wieder auf.

»Nicht jetzt«, unterbrach ihn Palermo, ohne ihn anzusehen.

»Der Fürst ist ein Arschloch, da bin ich ganz deiner Meinung, aber …«, fuhr der Dicke fort.

Luz tanzte jetzt mit einem der *Mädels* des Lokals. Er öffnete seine roten Lippen ein wenig und ließ die Zunge hervorschnellen, schloss seine Augen, eine Hand wanderte unter die Gürtellinie. Das Kleid ließ seinen kräftigen Rücken völlig frei. Vergnügt und erregt schaute er lachend zu Palermo hinüber. Er war strahlend schön wie eine heidnische Gottheit.

»Nicht jetzt«, wiederholte Palermo, ohne Luz aus den Augen zu lassen.

Der Fettwanst stand seufzend von seinem Hocker auf. Er kannte diesen Tonfall, und da er keinen Ärger heraufbeschwören wollte, zog er sich lieber wieder in sein Büro zurück.

Palermo schaute noch einmal schnell zu dem pockennarbigen Mann hinüber. Er stand immer noch unbeweglich an der Tür zu den Separees und verfolgte mit seinen bösartigen Augen die exhibitionistische Darbietung von Luz.

Als die Musik verstummte, küsste Luz den Transvestiten, mit dem er getanzt hatte, auf den Mund und kam zu Palermo.

»Ich bin total verschwitzt«, sagte er zu ihm völlig atemlos, »ich werde mich mal kurz frisch machen«, dann bahnte er sich seinen Weg durch die Menge und ging zu der Tür, die zu den Separees führte.

Der pockennarbige Mann schloss sich ihm an, überzeugt, dass ihn niemand dabei beobachtet hatte.

Palermo ging ihnen sofort nach. Er ließ die kleine Tür hinter sich, die eigentlich den *Mädels* des *Dover Beach* vorbehalten war, und stieg die schmale Treppe nach oben, die zu dem großen Raum führte, wo die Stricher des Lokals sich schminkten, miteinander schwatzten und manchmal auch eine schnelle Nummer mit ungeduldigen Freiern schoben.

»Jetzt reiß ich dir den Arsch auf, du billige Nutte«, hörte er eine Stimme hinter dem Paravent der Separees, die dem pockennarbigen Kerl zu gehören schien.

»Meinst du nicht, dass das eine ziemlich grobe Art ist, jemandem den Hof zu machen?«, erwiderte Luz in einem Ton, der Palermo verblüffte. Seiner Stimme war nicht die geringste Aufregung oder Feindseligkeit anzuhören. Die Situation schien ihn zu verlocken und gleichzeitig zu amüsieren.

Palermo war in den Polizeidienst eingetreten, weil er das Bedürfnis nach einer Welt verspürte, die auf klaren Regeln aufgebaut war, und weil ihm ein Ideal von Gerechtigkeit vorschwebte, das die Zurückweisung durch seine Mutter ins Wanken gebracht hatte. Weil er nach einem geordneten Ausgleich zu seinem chaotischen Privatleben suchte. Weil ihn seine Welt, in der Männer sich nichts aus Frauen machten, sondern nur aus Männern, ängstigte und orientierungslos zurückließ. Als er in den

Polizeidienst eintrat, hatte er begriffen, dass er immer Angst vor den Erwachsenen haben würde, vor ihrer Gewalt, ihrem Schweigen und ihren Zurückweisungen.

Hinter dem Paravent hörte man den Pockennarbigen heftig aufstöhnen.

»Ich hätte es lieber gehabt, wenn du mit einer Rose zu mir gekommen wärst als mit diesem langen, beängstigenden Messer«, meinte Luz plötzlich.

Palermo zuckte zusammen. Auf einmal hatte er das sinnliche Lächeln auf Luz' Lippen vor Augen. Er war nur wenige Schritte vom Paravent entfernt. Ferne, tief begrabene Erinnerungen erweckten andere ebenso weit zurückliegende Gefühle zum Leben. Als er ins Sittendezernat gekommen war, hatte Palermo ziemlich schnell entdeckt, dass er Kinder mochte. Dass er sie verstand. Dass er ihre Reinheit liebte und dass er sie schützen konnte. Wie eine Blume in einem Gewächshaus.

»Mit einer Rose hätte ich dir nicht die Kehle durchschneiden können«, sagte der Pockennarbige.

»Aber du hättest mir das Herz gebrochen ...«, erwiderte Luz. »Und aus diese Wunde wäre wesentlich mehr Blut geflossen.«

Luz war eines dieser Kinder. Das reinste. Die vollkommene Kamelie, die zu züchten Palermos Mutter nie gelungen war. Und Palermo wusste, dass das Einzige, was ihn noch am Leben erhielt, dieses strahlende Licht war, das von Luz ausging. Er hätte niemandem erlaubt, ihm wehzutun.

»Du bist bloß eine billige Schlampe«, schrie der Pockennarbige.

Palermo hörte eine Bewegung. Einen unterdrückten Laut. Er stürzte zum Paravent und warf ihn um. Luz hatte die Hand fest gepackt, mit der der Pockennarbige sein Messer umklammerte, und führte sie langsam zu seinen Haaren. Zu der verborgenen Narbe. Palermo schaute den Pockennarbigen an und einen kurzen Moment lang hatte er den Eindruck, in ein anderes Gesicht zu starren. Das des Schattens aus der Vergangenheit, seines Rivalen. Mit einem Schrei stürzte er sich auf den Mann und schlug ihm seine Faust mit all seiner Kraft, mit all seiner Wut in die rechte Niere. Der andere brach stöhnend in die Knie, dabei fiel ihm das Messer aus der Hand. Palermo warf ihn auf den Rücken, hockte sich auf seine Brust und bearbeitete ihn mit den Fäusten, bis Luz ihn fortzog. In der zerschlagenen Fresse des Mannes auf dem Boden erkannte Palermo nun wieder den pockennarbigen Kerl. Es war nicht der andere, nicht dieser Schatten.

Luz schaute Palermo voller Liebe und Dankbarkeit an.

Die anderen *Mädels* hatten die Türsteher alarmiert, die nun herbeieilten. Einer der beiden packte den Pockennarbigen bei den Handgelenken und zog ihn aus den Separees. Der andere Rausschmeißer half mit einem Tritt in die Eier nach.

Während von draußen das gedämpfte Poltern zu hören war, mit dem der Kopf des Pockennarbigen rückwärts auf den Treppenstufen aufschlug, öffnete Luz seine Hose, ließ sie zu Boden gleiten und war nun bis auf die Stiefel an den Füßen nackt.

Palermo starrte seinen Penis an. Er war kräftig und unschuldig. Sinnlich und unverletzlich. Wie Luz selbst. Es war jedoch nicht Luz' perfekter Körper, den Palermo begehrte. Seine Leidenschaft galt Luz' verletzter Seele.

Luz streichelte ihm über eine Wange. Dann setzte er sich immer noch nackt, in aller Unschuld vor den Spiegel und begann sich abzuschminken.

Palermo versteckte seine blutbespritzten Hände hinter dem Rücken.

»Du wirst es schaffen«, flüsterte Luz ihm zu, zu seinem Spiegelbild. »Und ich werde dir helfen.«

Das war wie ein Erdrutsch. Palermo spürte, wie die heftigen Erinnerungen an eine ferne Vergangenheit über ihn hereinbrachen, die ihn so grundlegend verändert hatten. Er hatte Angst, dass auch sein Schutzengel sie sehen, ja sogar berühren konnte, wenn er weiter dort bliebe.

Luz streckte eine Hand nach ihm aus. Das Haargel war durch den Schweiß aufgelöst, sodass einige Locken auseinanderfielen und die wulstige, gerade Narbe freilegten, die an der Schläfe begann.

Palermo zuckte zurück und entzog sich seiner zärtlichen Berührung. Er floh aus dem Zimmer, durch den Hinterausgang nach draußen, sprang dort über den immer noch ohnmächtig daliegenden Körper des Pockennarbigen und verlor sich in den Gassen des Käfigs. Die Wut, die er in sich trug, würde ihn noch umbringen. Er konnte seine Albträume nicht beschwichtigen, aber er würde sie so weit wie möglich von Luz fernhalten.

Er wusste, wo er ihn finden konnte. Beobachtete, wie er aus der Gasse auf der Rückseite dieses schmutzigen, dunklen Lokals für Perverse herausrannte, das er nur ein einziges Mal in seinem Leben betreten hatte.

Er lachte.

Wer von uns ist hier schwach?, dachte er.

Der Bulle flüchtete. Rannte vor der Wahrheit davon. Vor den Lügen, die er zu lange erzählt hatte. Seine Tarnung schmolz in der Glut der Wahrheit wie eine Maske aus Wachs.

Wer von uns beiden ist hier jetzt der Schwächere?, dachte er, als er ihm durch die Dunkelheit folgte. Wer ist der Schwächere? Der Sohn oder der Vater?

Der Bulle rannte, ließ sich durch die abschüssigen Gassen vorwärtstreiben, wie ein schwerer Stein, der ins Rollen gekommen war. Und mit jedem Schritt löste sich seine Maske ein wenig mehr auf und zeigte sein wahres Gesicht.

Enthüllte, wer er wirklich war.

Kein Bulle.

Enthüllte ihm, was er von ihm wollte, was er plante.

Er hatte es schon immer geahnt. Aber jetzt wusste er es mit Bestimmtheit.

Jetzt kannte Primo Ramondi den Plan.

Und hatte Angst.

Palermo lief, bis er keine Luft mehr bekam, weil er spürte, wie schreckliche Heerscharen von Dämonen nach seinen Knöcheln schnappten, hinter ihm schnaubten und sich über ihn lustig machten.

Luz war eines der Kinder, das er zu retten versucht hatte. Das beste, das reinste von allen. Er hatte ihn zu seinem eigenen Wohl verletzt, ihn blutend liegen gelassen, um ihn zu schützen. Sie hatten nie über ihr schreckliches Geheimnis gesprochen. Und vielleicht würden sie das niemals tun.

Völlig außer Atem erreichte er den Hafen. Dort ließ er sich schwerfällig auf die Knie sinken.

Als Palermo Luz wiedergefunden hatte, wollte er nicht, dass dieser sah, was aus ihm geworden war. Er wollte nicht, dass er den schmutzigen, verdorbenen Mann kennen lernte, zu dem er geworden war. Er wollte nur eins, sterben. Und es wäre besser gewesen, wenn er gestorben wäre; doch er schaffte es nicht, da er nach so vielen Jahren dieses besondere Licht wiedergefunden hatte. Es war Zufall gewesen. Oder ein Wunder. Oder vielleicht ein grausamer Scherz des Schicksals. Oder auch alles zusammen.

Palermo hatte geglaubt, er könnte für Luz ein anderer Mensch sein.

Und dann erinnerte er sich wieder an jenen Tag.

Seine Mutter hatte ihn umarmt, als er noch ein unschuldiges

Kind war, das von nichts wusste, nichts von der Welt und vor allem nichts über sich selbst und seine wahre Natur. Als all das sich noch nicht entwickelt hatte und noch so klein war, dass es in ein warmes und feuchtes Gewächshaus passte, zu all den anderen kostbaren Schößlingen. Sie hatte ihn umarmt. Palermo erinnerte sich genau an jenen Tag, denn es war das erste Mal, dass seine Mutter diesen Satz sprach. Das erste und das letzte Mal. Er erinnerte sich noch so genau daran, weil seine Mutter so merkwürdig klang, so besorgt, so drängend. So verzweifelt. Dieser Moment hatte sich auf ewig in sein Gedächtnis eingebrannt. Wie eine Narbe.

»Versprich mir, dass du niemals erwachsen wirst«, sagte sie zu ihm.

Und dann hatte sie ihn so fest an ihre Brust gedrückt, dass er beinahe keine Luft mehr bekam. Palermo erinnerte sich an den weichen Busen, in dem sein Gesicht versank, an den Geruch nach Erde und Moos, zu dem sich das Parfüm seiner Mutter gesellte.

»Versprich mir, dass du immer mein kleiner Junge sein wirst.«

Er hatte immer geglaubt, dass er es schaffen könnte, ein anderer zu sein. Für Luz. Für seine Mutter.

Palermo zog sich am glitschigen Rand der Mole nach vorne und erbrach sich in das Wasser, das so dunkel und trübe dalag wie einst der See seiner Kindheit.

Der Junge wusste, dass zwei Wesen in seiner Brust lebten.

Eines war wunderschön. Und erstrahlte in vollkommenem Licht.

Das andere war aus Fleisch und Blut. Zuckendes Fleisch, aus dem Blut hervorquoll. Rotes, klebriges Blut. Wie eine Falle.

Das Licht war der Held. Die Liebe, die Rettung.

Das Blut dagegen strömte heftig sprudelnd und verräterisch durch das Bett der Leidenschaft.

Das Licht war rein und gleißend hell, speiste sich aus makellosen Gedanken.

Das Fleisch dagegen war wie eine unvollkommene, gequälte Masse, in der Schmerz und Lust sich miteinander paarten.

Der Junge wusste, dass zwei Wesen in seiner Brust lebten.

Er beherbergte sie in seinem Inneren.

Wie zwei verschiedene Kinder.

So verschieden, dass sie niemals miteinander spielen konnten.

VII

Giacomo hatte ihr nichts über den Fall erzählt. Giuditta war sicher, dass er dies auch nie tun würde. Und sie war ihm dankbar dafür. Doch die Presse hatte sich auf den spektakulären Mord an einem Lehrer mit einer solchen Begeisterung gestürzt, dass sie ganz sicher war: Das war Giacomos Fall. Der Fall ihres Ritters ohne Fehl und Tadel. Der wieder einmal alles geben und dafür sogar seine geistige Gesundheit aufs Spiel setzen würde. Der wieder einmal den Mut haben würde, sich dem zu stellen, dem sich sonst niemand zu stellen wagte. Der die menschliche Psyche so gründlich erforschen würde, dass er selbst Gefahr lief, nie wieder aus ihren Tiefen aufzutauchen. Wie ein Apnoetaucher würde er die Luft anhalten, gefährlich lange aufhören zu atmen.

In dieser Nacht hatte Giuditta sich schlafend gestellt, um Giacomo die Möglichkeit zu geben, unbeobachtet seine geistigen Flügel auszubreiten und den ersten Ausflug nach seiner Genesung allein, ohne Zuschauer zu unternehmen. Damit er einzig dem Druck seiner eigenen Erwartungen ausgesetzt war. Sie hatte einen regelmäßigen Atem vorgetäuscht, während ihr das Herz vor Erregung bis zum Hals schlug. Sie hielt ihre Augen geschlossen, obwohl es im Zimmer vollkommen dunkel war, obwohl ihr die Dunkelheit dieses ersten Abends allein Angst einjagte und sich mit entsetzlichen Bildern füllte. War regungslos unter der Decke liegen geblieben und hatte so getan, als wäre sie ganz entspannt, während sie am liebsten davongerannt wäre, sich in Giacomos Arme geflüchtet und ihn angefleht hätte, nicht noch einmal die Schrecken des Todes und des Wahnsinns in ihr Heim zu tragen.

Schon am nächsten Morgen konnte sie in Giacomos Blick diese Qual lesen. Diesen Schmerz. Die Bestürzung und die Enttäuschung über etwas vollkommen Absurdes, für das es dem Anschein nach keine logische Erklärung gab. Und in seinen Augen, die sie so liebte, hatte sie die Getriebenheit eines Mannes gelesen, der sich anschickt, ebendiese unerklärlichen Motive für den Hass, für die Geisteskrankheit nachzuvollziehen, als ob es seine eigenen wären.

Erst als sie ihn dabei beobachtete, wie er konzentriert über seine Werkzeuge gebeugt das Piratenlabyrinth reparierte und schwitzte, hatte sie zum ersten Mal wirklich begriffen, was Giacomo in der Vergangenheit durchgemacht hatte. Sie war ja immer nur das Opfer gewesen, der Präparator der Täter. Ihrer beider Rollen waren festgelegt, sie hätten nie tauschen können. Giacomo war jedoch bis zur letzten Konsequenz in die Haut dieses Monsters geschlüpft, um es fassen zu können. Er hatte seinem freundlichen Wesen geradezu Gewalt antun und den Präparator zu einem Teil von sich selbst machen müssen. Er hatte Giuditta gleichsam selbst verschleppen müssen, um zu sehen und zu spüren, was das Monster ihr antun würde, das Wie und Warum. Er hatte nachempfinden müssen, welche perverse Freude das Monster dabei empfand, die Frau zu quälen und zu töten, die er selbst doch liebte.

Giacomo hatte sie getötet. Bevor sie tatsächlich sterben würde. Um sie zu retten. Um sie zu retten, hatte er sie erst quälen und töten müssen.

Giuditta ging zu ihm und umarmte ihn.

»Ich liebe dich«, sagte sie und drückte ihn an sich.

»Was ist denn mit dir los?«, fragte Amaldi und lächelte sie amüsiert an.

Ganz tief in diesem unendlich müden Blick, wie dem eines Fischers, der erschöpft vom Meer zurückkehrt, erkannte Giuditta etwas wie ein fernes Gewitter, das sich nicht über ihrer Welt entladen würde. Giacomo würde es von ihr fernhalten, um sie zu schützen. Und dabei selbst in seinem Inneren ein wenig sterben.

»Ich liebe dich«, wiederholte sie.

Amaldi fasste sie zärtlich bei den Schultern, hielt sie ein wenig von sich weg und musterte sie aufmerksam.

»Hast du Angst?«, fragte er sie.

»Nein«, log Giuditta.

Doch dabei sah sie nach unten.

Amaldi zog sie wieder an sich und hielt sie fest umarmt.

»Viele Grüße von Max«, sagte er dann.

»Hast du ihn denn auch darauf angesetzt?«

»Ja, natürlich. Er ist der Beste. Er ist außerordentlich begabt darin, Querverbindungen zwischen den banalsten Informationen zu finden …«

»Und, wie geht es ihm?«, meinte Giuditta und löste sich aus der Umarmung.

Amaldi drückte sie wieder an sich. Kraftvoll. Leidenschaftlich.

»Hast du Angst?«, fragte er sie noch einmal.

»Und du?«

»Ja.«

»Ich liebe dich.«

»Fällt dir heute nichts anderes ein?«, meinte Amaldi lachend.

Manche Männer waren eben dazu bestimmt, sich gegen den Sturm zu stemmen. Und nicht dazu, als Schreiner zu arbeiten.

»Ich habe Angst …«, gestand sie ihm schließlich. »Aber nur ein bisschen. Nur ein kleines bisschen …«

Zu Beginn seiner beruflichen Laufbahn hatte der Lehrer in einem gottverlassenen Nest unterrichtet. Dort sprach man überall mehr oder weniger zwei Sprachen, auf der Straße, in der Kirche genau wie in der Schule. Das vertraute, heimatliche Idiom seiner Mutter und diese fremde Sprache seines Vaters. Dann hatte er den Antrag gestellt, in die Stadt versetzt zu werden. Einige Jahre hatte er Schüler in der »Förderanstalt für sozial benachteiligte Kinder« betreut, wie ihre ursprünglichen, weltlichen Gründer sie in ihrem großen Reformeifer hoffnungsfroh genannt hatten. Doch dann wurde mehrfach das Verwaltungspersonal ausgetauscht, und mit jedem Wechsel schwand dieser anfängliche Optimismus ein wenig mehr, in gleichem Maße wie die finanziellen Mittel. Schließlich übernahm der Orden, dessen Nonnen bereits seit Gründung der Schule dort mitgearbeitet hatten, vollständig das Institut. Nach und nach wurden die staatlichen Angestellten aus dem Lehrerkollegium entfernt. Und dem Lehrer war es genauso ergangen wie all den anderen, die nicht dem Orden angehörten. Doch er gehörte zu den Letzten, die gehen mussten. Man hatte ihn wieder versetzt. Diesmal in eine Schule am Stadtrand, wo er bis zum Tag seiner Entführung, drei Tage vor seinem Tod, unterrichtet hatte.

Amaldi lief am Strand entlang und sprang von einem Felsen zum anderen. An diesem Morgen hatte ihn zu Hause das Geschrei der Kinder zu sehr abgelenkt. Vielleicht ging es ihm auch nur darum, seine Gedanken von seinem Heim, von Giuditta fernzuhalten. Um beide nicht damit zu vergiften. Oder er wollte seine Seele im Meer reinigen, damit sich die Unterwelt, die er erkundete, nicht wieder an ihn hängte wie eine klebrige Masse. An diesem Morgen hatte er Giudittas Angst gespürt, sie war förmlich mit Händen zu greifen gewesen, während er sie umarmte. Ganz deutlich hatte er gefühlt, wie besorgt sie war. Ihr wiedergefundenes seelisches Gleichgewicht war noch zu zerbrechlich. Als balancierten sie oben auf einem spitz zulaufenden Felsgrat, dachte er. Amaldi drehte sich um und betrachtete den weit geschwungenen Halbkreis der Bucht. Im Hintergrund zeichnete sich grau und verschwommen die Silhouette der Stadt ab. Wie wucherndes Unkraut, das sich an einem Berg festklammerte. Wie ein Tumor. Wie eine Krankheit, die weitere Krankheiten entstehen ließ. Und sie gleichzeitig alle in sich vereinigte.

Dort hatte man den Grundschullehrer Ernst Garcovich umgebracht. Dort lebte sein Mörder. Hatten sie einander gekannt? Die Antwort lautete natürlich Ja. Also musste man in der Vergangenheit des Lehrers suchen. Sie durchwühlen. Die Leiche sozusagen wieder ausgraben. Das zum Vorschein bringen, was der Mörder mit seiner schrecklichen Tat begraben hatte. Sie hatten einander gekannt, diese Hypothese musste man als gegeben voraussetzen. Dort mussten sie beginnen, denn sie hatten nichts anderes in der Hand.

Max Peschiera – ein Studienkollege von Giuditta, der die Universität verlassen hatte, um genau wie sein Onkel im Polizeiarchiv zu arbeiten – hatte sich schon an die Arbeit gemacht. Amaldi wollte, dass er sich vor allem auf die »Anstalt« konzentrierte. Mit dem Privatleben des Lehrers würde sich Frese beschäftigen. Doch Amaldis erster Eindruck war, dass diese Spur nicht viel hergeben würde.

Der Lehrer war ein Einzelgänger. Lebte irgendwo in der Peripherie. In einem Vorstadtviertel, das genauso aussah wie das, wo man ihn getötet hatte. Frese hatte es Amaldi beschrieben und der hatte dabei gleich die grauen, heruntergekommen wirkenden Wohnblocks vor Augen, mit dem dünnen Anstrich voller Blasen und Patzer. Die kleinen Balkons mit den verblassten

Farben, hier und da eine mickrige, anspruchslose Topfpflanze, die Metallspinde mit den von der Kälte verzogenen und von der Feuchtigkeit verkrusteten Türen. Die leeren Gesichter der alten Leute, die sich mit den Ellenbogen auf die mit brauner Rostschutzfarbe gestrichenen Geländer stützten und die Straße beobachteten. Kleine, gefräßige rote Milben, die um all diese Haufen schlaffer fahler Haut herumwuselten. Eine ganze Modenschau von hellblauen Flanellschlafanzügen, mit ein paar gelblichen, eingetrockneten Urinflecken im Schritt. Die Zigarette zwischen den Lippen, heiseres Husten, schleimiger Auswurf und wildes Fluchen. Keine einzige Träne. Und er hatte den Lehrer Garcovich vor sich gesehen, dort in dem Viertel, ein Verlierer inmitten anderer Verlierer, wie er nach Hause kam, in der einen Hand eine lederne Aktentasche, in der anderen eine Einkaufstüte. Ab und zu eine Zeitung. Und noch seltener in der Zeitung versteckt ein Pornoheft, um die Sehnsüchte eines einsamen Mannes zu befriedigen. Und eine Flasche Wein, um sich von den Gedanken, die sich daraus ergaben, abzulenken und sie zu betäuben. Amaldi sah ihn genau vor sich, wie er schweigend eine endlose, breite Straße entlanglief, auf deren Mittelstreifen alle zwanzig Meter ein kümmerlicher Oleanderbusch sein Dasein fristete, die traurigen Überreste der vertrockneten Blüten hingen noch an den Zweigen oder den länglichen, lanzettförmigen Blättern wie die abgestreifte, trockene Haut einer Schlange. Und ohne dafür einen besonderen Grund zu haben, stellte Amaldi sich vor, dass der andere diese Oleanderbüsche gehasst hatte. Und ihre Fähigkeit, in der Stadt zu überleben, wie alle Bewohner der Peripherie. Er stellte sich vor, dass der Lehrer die klebrige, milchige Flüssigkeit verabscheut hatte, die in den Lebensadern dieser billigen Pflanzen floss, genauso verheerend und giftig wie das Blut aus den Wunden, die dieser verlassenen, von der Kommune vernachlässigten Gegend geschlagen wurden. Die Nachbarn kannten ihn kaum. Einige wussten nicht einmal, dass er Lehrer war. Er hatte niemanden gestört. War auf den Eigentümerversammlungen niemals negativ aufgefallen. Er stellte den Ton seines Fernsehers nie zu laut. Und beschwerte sich nie, wenn es in der Wohnung über ihm Lärm gab.

Doch irgendjemand musste ihn gekannt haben. Und war zu ihm gekommen – vielleicht ohne den Argwohn des Lehrers zu erregen – und hatte ihn entführt. Hatte ihn drei Tage lang gefangen gehalten. Ihn misshandelt und schließlich ermordet. Jemand musste ihn so gut gekannt haben, dass er seinen Tod wünschte. Und zwar einen grausamen Tod, der dem Lehrer letzten Endes womöglich wie eine Befreiung vorgekommen sein mochte.

Doch von der »Anstalt« konnte man sich vielleicht Überraschungen erwarten. Dort waren »schwer erziehbare« Kinder untergebracht, unter diesem Begriff wurden sie allgemein von Sozialarbeitern und den Ämtern in den Akten erfasst. Sie kamen alle aus den ärmsten Bevölkerungsschichten, Kinder von Prostituierten, Drogenabhängigen, Kleinkriminellen, bedürftigen Familien. Kinder mit einem schweren Erbe, das sie sozusagen gebrandmarkt hatte, das ihnen unauslöschlich in ihren verletzlichen Körpern eintätowiert war, was ihre jungen, aber längst nicht mehr empfindsamen Seelen so geprägt hatte, dass sie sich niemals normal entwickeln konnten. Einige kamen mit Heroin im Blut zur Welt. Andere hatten bereits eine lange, von Gewalt geprägte Vergangenheit hinter sich. Sexueller Missbrauch. Misshandlungen, Unterernährung. Statistisch gesehen »förderten« diese Anstalten nur sehr wenige Kinder in einem Maß, dass sie danach in ein normales Leben entlassen werden konnten. Ihr Schicksal war ihnen schon zu lange vorherbestimmt, als dass sie sich aus eigener Kraft dagegen auflehnen könnten.

Max hatte eine Liste mit den Insassen der Anstalt aus den

Jahren erstellt, als Ernst Garcovich dort unterrichtet hatte. Kinder im Alter zwischen fünf und dreizehn. Dann hatte er die Auswahl auf die Schüler dieses Lehrers eingegrenzt. Schließlich hatte er deren weitere Lebenswege verfolgt, vor allem die Einträge im Strafregister. Die meisten Kinder waren nun zu Kleinkriminellen oder Schwerverbrechern herangewachsen. Alle, die mit dem Gesetz direkt in Konflikt geraten waren, waren im amtlichen Vorstrafenregister erfasst. Andere tauchten in den Akten der Polizei nur als Tatverdächtige auf. Dabei ging es um Drogenhandel, Prostitution, Förderung von Prostitution und Ausnützung sexueller Handlungen, Diebstahl, Überfälle, Handtaschenraub, Pädophilie, Misshandlung und schweren Missbrauch von Minderjährigen. Eine endlos lange und schmerzliche Liste. Gewalt erzeugte Gewalt. Unter den ehemaligen Kindern war auch ein Mörder, der seine lebenslange Haftstrafe absaß. Max suchte sämtliche verfügbaren Akten zusammen. Später würde er sie nach Amaldis Anweisungen ordnen und sie ihm dann vorlegen. Amaldi würde sie schließlich eine nach der anderen durchsehen und sich bemühen, seinen Abschluss in Psychologie und seinen Ermittlerinstinkt nutzbringend anzuwenden.

Bis dahin musste er versuchen, ein Täterprofil zu erstellen und alle Hinweise zu berücksichtigen, die er ihm gegeben hatte.

Amaldi hatte mit dem Apfel begonnen. Die Stiche an den Lippen, womit der Apfel als Knebel fixiert wurde, zeugten vom rationalen, besonnenen Wesen des Täters; möglich, dass das Ganze auch symbolisch gemeint war. Denn der Apfel war ganz eindeutig eine Botschaft. Der Apfel und diese drei Zentimeter Zunge, die sie im Handschuhfach des Wagens gefunden hatten.

Also, zu dem Apfel. Sämtliche Symbole, die mit einem Apfel zusammenhingen, so unterschiedlich sie auch erscheinen mochten, liefen am Ende doch alle auf das Gleiche hinaus. Paris' Apfel der Zwietracht. Die goldenen Äpfel aus dem Garten der Hesperiden. Die verbotene Frucht vom Baum der Erkenntnis, die Adam und Eva gegessen hatten. Der Apfel aus dem Hohelied, der mit seinem Geschmack und seinem Geruch den Samen des göttlichen Wortes verkörperte. Der Apfel, den bei den Kelten die Frau aus der Anderswelt Gondle übergab, und der ihn einen Monat lang ernährte, ohne dass die Frucht weniger wurde. Der Apfel, den die skandinavischen Götter aßen, um bis zum Ragnarök, zum Ende des herrschenden Weltenlaufs, jung zu bleiben. Avalon, der Apfelgarten, die Insel der Äpfel, die König Artus beherbergte, während er darauf wartete, sein Reich vom Joch der Fremden zu befreien. Merlin, der unter einem Apfelbaum seine Schüler unterwies, und Alexander der Große, der auf der Suche nach dem Wasser des Lebens in Indien Äpfel finden sollte, die die Priester dort bis zu vierhundert Jahre alt werden ließen. Für die Alchimisten stand der »Goldene Apfel« für Schwefel. In allen Beispielen rund um den Globus speiste sich die Symbolik aus der Tatsache, dass der Apfel in seiner Mitte einen Stern mit fünf Zacken barg, der von den fünf Zellen gebildet wurde, die die Kerne enthielten. Das machte ihn für die Eingeweihten zur Frucht der Erkenntnis und der Freiheit. Der Rückschritt des Geistes, der im Körper gefangen war, zu egoistischen Zielen ohne Rücksicht auf die Regeln der Gemeinschaft. Einen Apfel zu essen bedeutete dreierlei: den Verstand zu missbrauchen, um das Böse zu erkennen, das Gefühl, um das Böse zu begehren, und die Freiheit, um das Böse auszuführen.

Außerdem war der Apfel, den der Mörder ausgewählt hatte, grün. Unreif. Eine unreife Frucht. Amaldi erfasste die ganze Bedeutung dieser Eingrenzung.

»Die Frucht der Sünde …«, dachte er.

Der Lehrer war nackt gewesen. Und aß einen grünen Apfel. Auf gewisse Weise kostete er also von einer Frucht, die aufgrund ihrer Unreife noch verbotener war.

»Warum habe ich nicht gleich daran gedacht?«, sagte er laut.

Das Brausen des Meeres klang wie eine Antwort.

Amaldi machte hastig kehrt, sprang wieder von einem Stein zum nächsten, und zwar sehr geschickt, auf einmal spürte er den Schmerz in der Wade nicht mehr, der ihn in den vergangenen Monaten hatte hinken lassen. In heller Aufregung rannte er den steilen Pfad zu seinem Haus beinahe hinauf, bahnte sich seinen Weg durch die lärmende Schar Kinder, lächelte kurz Giuditta zu und stürzte zum Telefon.

»Ispettore Frese bitte«, sagte er in den Hörer.

Während Amaldi wartete, sah er in den Garten hinaus. Die Kinder drängten sich in dem frisch reparierten Piratenlabyrinth. Kinder. Noch unreife Früchte. So unreif wie grüne Äpfel.

»Ja, hier Frese ...«, hörte er dann am anderen Ende der Leitung.

»Nicola, ich bin's. Woran erinnert dich ein grüner Apfel, der in einem Mund steckt?«

»An ein Schwein.«

»Wie bitte?«

»An ein gebratenes Schwein.«

Amaldi schüttelte den Kopf. »Hör mal ...«, meinte er. »Sag Max, er soll sich auf die Schüler des Lehrers konzentrieren, bei denen es in der Vergangenheit sexuellen Missbrauch gegeben hat. Jungen, die Pädophilen in die Hände gefallen sind. Und sag ihm, er soll beim Schulamt nachforschen, ob irgendwer, die Eltern oder wer auch immer, Anzeige erstattet oder sich zumindest beschwert hat ... wegen Garcovichs Verhalten seinem Sohn gegenüber ...«

»Was hast du herausgefunden?«, fragte Frese ihn.

»Nichts. Ich habe gar nichts herausgefunden. Mir ist nur eine Idee gekommen«, fuhr Amaldi fort. »Und du musst auch etwas tun. Grab in der Vergangenheit des Lehrers nach, versuch herauszufinden, ob er vielleicht pädophil gewesen sein könnte.«

»Pädophil?«

»Ja, genau, Nicola, pädophil.«

»Haben wir es etwa mit einem Pädophilen zu tun? Willst du mir wirklich sagen, er war ein Kinderschänder?«

»Ich sage dir nur, dass es so sein könnte. Also lass nichts außer Acht.«

»In der Wohnung des Lehrers haben wir nichts gefunden, was auf so eine Schweinerei hindeutet ...«

»Ja, ich weiß, darüber habe ich auch nachgedacht. Aber manchmal verstecken Pädophile sich nicht nur vor ihrer Umwelt ... sondern auch vor sich selbst. Sie bauen sich eine neutrale oder eine künstliche Umgebung auf ... die eine andere Sprache spricht, eine andere Geschichte erzählt. Ich möchte alles über sein Sexualleben wissen, hast du verstanden?«

»Geht klar.«

»Warte mal ...«, Amaldi überlegte.

»Was ist ...«

»Warte mal ...« Dann folgte eine lange Pause.

»Ich warte ...«

Ein Doppelleben. Ein Leben, das nach außen hin den Schein wahrt. Zwei verschiedene Sprachen. Als hätten mehr als zwei Hände den Lehrer getötet.

»Ich möchte alles über sein Sexualleben wissen ...«

»Das hast du mir schon gesagt ...«

»Grab einfach nach, Nicola.« Amaldi war so völlig in seine eigenen Gedanken vertieft, dass er auflegte, ohne sich von seinem Vize zu verabschieden.

»Wer bist du?« Er sprach die Frage laut vor sich hin, während er ruhelos im Zimmer auf und ab lief, eine Theorie im Kopf, die er nicht in Worte zu fassen vermochte, eine Annahme, an der sehr viel richtig und dennoch etwas falsch war. Trotzdem gelang es ihm nicht, seine Gedanken in klare Worte zu fassen. Er ging auf die Terrasse hinaus.

Draußen rannten die Kinder herum, schrien, lachten. Unschuldige Kinder.

»Wer bist du?«, fragte Amaldi sich noch einmal, während er sie beobachtete. »Ein Kind?«

»Was wäre ein Tanzlokal ohne Frauen?«, fragte Frese den jungen Max Peschiera und fuchtelte dabei gefährlich mit seiner Bierflasche herum, die er in der Hand hielt. »Ich meine, ohne all das, was dazugehört, die zusammengekniffenen Ärsche der Polkatänzer, die dicke Luft, die nach Schweiß und Zigaretten stinkt ... heiß getanzte Schuhsohlen auf billigem, staubigem Parkett ... stiere Blicke von eitlen Fatzken, die zu fortgeschrittener Stunde von Geilheit getrübt sind, die Kniffe in die Arschbacken der Tänzerinnen, leere, selbstverliebte Blicke oder verschleierte Schlafzimmerblicke, in denen Nacht und die Verheißung von Sex liegt. Was wäre ein Tanzlokal ohne Frauen?« Frese zog überlegen die Augenbrauen hoch, als wollte er damit zu verstehen geben, dass jeder, der auch nur einen Funken Verstand besaß so wie er, diese Frage beantworten konnte. Er schwieg kurz und sah Max an, der vor seinem Computer saß. »Ein Lokal voller Schwuler. Wenn du alle Frauen aus einem Tanzlokal entfernst, bleibt ein Schwulentreff übrig«, sagte er grinsend.

Max gab ihm mit einem Seitenblick zu verstehen, dass sie nicht allein waren.

Daraufhin drehte Frese sich um und stand nun plötzlich Chefinspektor Palermo gegenüber.

»Nichts für ungut ...«, sagte Frese zu ihm ohne eine Spur von Verlegenheit.

Palermo deutete ein Lächeln an. »Kann ich mit dir reden?«, fragte er nur. Er hielt eine dicke Akte in der Hand, die mit einem Gummiband zusammengehalten wurde.

»Dann schieß los …«

Palermo schaute auf Max.

Frese winkte ihm, er solle ihm in den hinteren Teil des großen Raumes folgen, in dem die Abteilung Serienverbrechen untergebracht war. Doch vorher wandte er sich an Max und fragte ihn: »Du weißt also, was du zu tun hast?«

»Ja«, sagte der und widmete sich wieder konzentriert den Daten auf seinem Monitor. Der junge Archivar war fett, hatte eine platte Nase, kleine, blutunterlaufene Augen und Hasenzähne. Er schob eine Hand in die Tasche seines schmuddeligen, zerknitterten Hemdes und holte ein in fettiges Papier eingewickeltes Brötchen heraus. Dann gab er folgende Suchbegriffe ein: Pädophilie + sexuelle Gewalt + Opfer + Anklagen.

»Was gibt's?«, fragte Frese Palermo, sobald sie am anderen Ende des Raumes angelangt waren, den alle im Revier nur »U-Boot« nannten, weil er unter der Wasserlinie des Hafens lag.

»Du hast es auf einen Rutsch zum Chefinspektor geschafft … gratuliere«, fing Palermo an.

»Als man Commissario Amaldi befördert hat, war da nun mal eine Lücke und die hat man dann mit mir gestopft. Das nennt man bürokratische Sogwirkung. Und, was willst du?«, fragte Frese.

»Kriegt ihr hier denn keine Platzangst so ganz ohne Fenster?«

»Na ja, schon. Angeblich wollen sie demnächst Bullaugen in die Wände einlassen, mit Blick auf das Hafenwasser. Vielleicht können wir dann ja ein paar wissenschaftliche Studien anstellen, was besser schwimmt, die Scheiße von Menschen oder die von Hunden. Also, was willst du, Palermo?«

»Seid ihr in dem Fall des Lehrers weitergekommen?«, fragte

Palermo und drehte die mit einem Gummiband zusammengehaltene Akte in den Händen.

»Warum interessiert dich das so?«, fragte Frese, der nun auf der Hut war.

»Ich dachte eigentlich, dass sich Amaldi darum kümmert, aber den sehe ich hier nie«, sagte Palermo und vermied es, direkt auf Freses Frage zu antworten. »Ist er dafür zuständig?«

»Er und seine Abteilung«, ließ Frese ihn auflaufen.

»Geht es ihm gut?«

»Wem?«

»Amaldi.«

»Sehr gut, danke der Nachfrage«, antwortete Frese nun noch abweisender.

»Da hört man aber ganz andere Dinge. Es heißt …«

»Die Leute erzählen eine Menge gequirlte Kacke«, unterbrach ihn Frese. »… Hör endlich auf, dich um den Scheiß andere Leute zu kümmern. Du gehst mir auf den Sack mit deinem ›man hört‹. Man hört, dass Amaldi …. Man hört, dass der Lehrer … Möchtest du dich etwa um eine Stelle in der Abteilung Serienverbrechen bewerben? Nur zu! Wenn sie dich nehmen, kannst du alles wissen, was es zu wissen gibt, Palermo, bis dahin, leck mich doch!«, meinte Frese und wollte gehen.

Doch Palermo packte ihn am Arm. Sein Blick war hart. »Sag Amaldi, er soll das hier lesen«, meinte er und hielt ihm die Akte hin.

»Amaldi hat viel zu tun«, antwortete Frese und würdigte die Akte keines Blickes.

»Sag ihm, er soll sie lesen.« Palermo hielt jetzt die Akte so dicht vor ihn, dass er ihn damit beinahe berührte.

Frese machte keine Anstalten, sie zu nehmen. »Was zum Teufel willst du eigentlich, Palermo? Spuck's schon aus, ich habe auch viel zu tun.«

»Die Verletzungen des Lehrers stammen von einem Papiermesser?«, fragte Palermo.

»Wir wissen noch nicht mit Gewissheit, welches Schneidwerkzeug benutzt wurde«, antwortete Frese ausweichend.

»Der Lehrer hatte x-förmige Einschnitte auf der rechten Brust?«

»Das war ein Mann, Palermo. Männer haben keine Titten.«

»Das heißt also ja.«

»Ich erinnere mich nicht ...«

»Zwei X im oberen Bereich und eins unterhalb der Brustwarze.«

»Falsch.«

»Falsch? Verarsch mich doch nicht!«

»Wie du meinst. Man hört ja, du seist ein Experte für Ärsche«, erklärte Frese und grinste.

»Sehr witzig«, blaffte Palermo, und klatschte Frese die Akte gegen die Brust. »Sag deinem Chef, er soll das lesen!« Dann verschwand er.

Als der andere gegangen war, schaute sich Frese die Akte an. Auf dem Deckel stand ein Name: PRIMO RAMONDI, und der Name war mit zwei wütenden roten Linien unterstrichen.

Amaldi streifte das Gummiband über den Rand der Akte, sodass es ihm wie ein Armreif über das Handgelenk glitt. Allerdings schlug er die Akte nicht gleich auf, sondern schob sie zunächst beiseite, ließ sie aber in Sichtweite auf seinem Schreibtisch liegen. Frese hatte sie ihm gerade zusammen mit einem Stapel anderer Dokumente gebracht, dem Ergebnis der Ermittlungen aus den vergangenen Tagen.

Der Name Primo Ramondi stand auch auf der Liste, die Max zusammengestellt hatte. Er war einer von Lehrer Garcovichs

Schülern in der »Förderanstalt für sozial benachteiligte Kinder« gewesen, und zwar im Alter von neun bis dreizehn Jahren. Gleich nach der Aufnahme in der Anstalt hatte man ihn in die erste Grundschulklasse gesteckt. Damals konnte er weder lesen noch schreiben. Doch das war bei den Kindern, die auf der Straße aufwuchsen, die Regel. Und bei Kindern, die in Heimen wie diesen weggesperrt wurden. Was den Sozialarbeiter dazu bewogen hatte, hier das Eingreifen der Behörden zu fordern, war nicht ganz klar. Es sah fast so aus, als hätten die Eltern diese Entscheidung befürwortet. Die Mutter war eine mehrfach vorbestrafte Prostituierte. Der – mutmaßliche – Vater, ihr »Beschützer«, der wegen Förderung von Prostitution und sexueller Ausbeutung verhaftet worden war. Und wegen Körperverletzung. Die Informationen über die Vergangenheit des Kindes waren mehr als dürftig und reichten nicht aus, um sich aus den oberflächlich zusammengeschriebenen bürokratischen Floskeln, die nichts mit einem psychologischen Gutachten zu tun hatten, klare Vorstellungen über sein früheres Leben zu machen.

Aufschlussreicher waren die Schülerakten. Lehrer Garcovich war ein guter Beobachter gewesen. Dort stand: *Der Schüler Primo Ramondi, Alter neun Jahre, Jahrgangsstufe eins, findet keinen Kontakt zu seinen Mitschülern, er ist schweigsam und zurückhaltend, hat Lernschwächen, seine Schrift ist sehr undeutlich. Bei einigen Gelegenheiten konnte ich beobachten, dass er die Schikanen der Größeren ohne Gegenwehr über sich ergehen lässt und vielleicht als Folge der daraus resultierenden Frustrationen dazu neigt, seine Überlegenheit Schwächeren gegenüber zu missbrauchen. Versetzt.* Im nächsten Jahr, nachdem er den Notizen des Lehrers zufolge mit unbeständigen Leistungen die erste Klasse geschafft hatte, schrieb der: *Der Schüler Primo Ramondi, Alter zehn Jahre, Jahrgangsstufe zwei, zeigt weiterhin einen Hang zum Einzelgängertum, bei ihm wechseln sich Phasen, in denen er sich für den Lernstoff interessiert, mit solchen völliger Apathie ab, in denen er sogar Rückschritte zu machen scheint. Seine Schrift ist unverändert schlecht, manchmal sogar gänzlich unleserlich. Nach dem ersten Jahr der Eingewöhnung im Heim habe ich festgestellt, dass er die dort geltenden Regeln streng befolgt, die für ihn eine Art Stütze zu sein scheinen. Manchmal habe ich ganz bewusst das Unterrichtsschema durchbrochen, und während die anderen Kinder gemeinhin darauf eine Art von Aufregung an den Tag legten, reagierte der betreffende Schüler mit Niedergeschlagenheit, neigte dazu, auf seinem Pult zusammenzusinken, und wies Anzeichen von Unruhe und Verwirrung auf. Sein Verhalten im Unterricht ist seit der ersten Jahrgangsstufe mustergültig gewesen. In den Pausen habe ich bemerkt, dass er mit zunehmendem Alter die Schikanen der Größeren immer schlechter erträgt. Manchmal reagiert er mit Gewalt darauf. Im Allgemeinen folgt nach solchen Ausbrüchen eine der oben beschriebenen Phasen von Apathie. Versetzt.* Drittes Jahr: *Der Schüler Primo Ramondi, Alter elf Jahre, Jahrgangsstufe drei, zeigt weiterhin instabile Lernleistungen, was meine These unterstützt, dass dies mehr auf seine Persönlichkeit als auf intellektuelle Defizite zurückzuführen ist. Seine Schrift bleibt weiterhin mangelhaft, ebenso wie die mündliche Darstellung und Verarbeitung des aufgenommenen Lernstoffs. In dieser Beurteilung soll festgehalten werden, dass eine sorgfältige medizinische Untersuchung des Schülers angefordert wurde. Im Vergleich zu gleichaltrigen Jungen scheint der Schüler Primo Ramondi sexuell unterentwickelt zu sein. Versetzt.*

Wie hatte Lehrer Garcovich eigentlich jene vermeintlich retardierte sexuelle Entwicklung nachprüfen können?, fragte sich Amaldi. Und was meinte er damit? Warum störte er sich daran? Oder hatte er etwa ein persönliches Interesse daran?

Die Beurteilung des folgenden Jahres unterschied sich grundlegend von den vorherigen: *Der Schüler Primo Ramondi, Alter zwölf Jahre, Jahrgangsstufe vier, zeigt keinerlei Auffälligkeiten.*

Versetzt. Kein Wort über seine Verhaltensstörungen, überhaupt kein Hinweis auf die angeforderte medizinische Untersuchung oder deren Ergebnis. Nicht einmal eine Bemerkung über die unleserliche Schrift, die sich wie alles Übrige wohl kaum plötzlich radikal verbessert haben konnte.

Die Beurteilung für die fünfte Jahrgangsstufe war nie ausgefüllt worden. In diesem Jahr war Primo Ramondi, mit knapp dreizehn, aus der Förderungsanstalt für benachteiligte Kinder ausgerissen.

Amaldi fragte sich, warum.

Hatte seine Flucht etwas mit dem veränderten pädagogischen Verhalten des Lehrers zu tun? Mit der Untersuchung über die sexuelle Entwicklung seines Schülers? Mit den Ergebnissen der medizinischen Untersuchung, wenn sie je stattgefunden hatte? Was war zwischen Primo Ramondi und Ernst Garcovich vorgefallen?

Amaldi nahm sich noch einmal den Bericht des Sozialarbeiters vor. Nichts daran war auffällig. Er überprüfte auch die Verwaltungsakte des Heims über Primo Ramondi. Keine Besonderheiten. Daraufhin räumte er seinen Schreibtisch frei und schlug die Akte auf, die Chefinspektor Palermo Frese übergeben hatte. Auf der Innenseite des Aktendeckels war eine Auflistung: 1) KOPIE PROTOKOLL ÜBER DIE VERHAFTUNG WEGEN MORDVERDACHTS. 2) KOPIE TESTAMENT ADNAN SHIKTAR. 3) KOPIE PROTOKOLL ÜBER DIE VERHAFTUNG WEGEN SCHWERER KÖRPERVERLETZUNG. 4) KOPIE PSYCHOLOGISCHES GUTACHTEN. 5) KOPIE MEDIZINISCHE UNTERSUCHUNG.

Amaldi blättert sofort zum Protokoll über die Verhaftung wegen Mordverdacht. Schon nach wenigen Zeilen wurde ihm klar, dass die Anklage auf wackligen Füßen stand. Sie stützte sich allein auf Theorien, Vermutungen. Und als Motiv blieb da nur das

Testament des Opfers, Adnan Shiktar, der Primo Ramondi all seinen Besitz hinterlassen hatte. Hier handelte es sich ganz eindeutig um Selbstmord. Zweifellos ein ungewöhnlicher Fall mit ganz besonderen Umständen, aber mehr auch nicht. Primo Ramondi und der verstorbene Adnan Shiktar hatten unter demselben Dach gewohnt. Über die Art ihres Zusammenlebens gab es wieder nur Vermutungen. Unterstellungen. Im Prinzip war die Anklage schon in sich zusammengebrochen, ehe sie überhaupt vorgetragen wurde. Damals war Primo Ramondi neunzehn gewesen. Heute war er sechsundzwanzig.

Amaldi blätterte das Protokoll über die Verhaftung wegen schwerer Körperverletzung durch. Sie war erst ein paar Monate alt. Chefinspektor Palermo von der Sitte hatte die Festnahme durchgeführt. Auch in diesem Fall war die Anklage jämmerlich gescheitert. Diesmal aus ganz anderen Gründen. Die Hauptzeugen hatten ihre Aussagen zurückgezogen, besser gesagt, sie hatten die vielen Beschuldigungen, auf denen die Anklage basierte, weder bestätigt noch bestritten. Der Untersuchungsrichter war gezwungen gewesen, im Rahmen der gesetzlichen Möglichkeiten zu verfahren und hatte daher gar keinen Prozess angestrengt. Der Richter hieß Emilio Boiron und war der gleiche, den jemand vor einigen Tagen mitten in der Nacht angerufen hatte. Der gleiche, den der Mörder, nachdem er ihn darüber informiert hatte, dass ein Mann getötet würde, *Papa* genannt hatte.

Palermo beschuldigte Primo Ramondi, der geheimnisvolle Irre zu sein, der einigen Prostituierten, vier in den letzten beiden Jahren, Gesicht und Körper zerschnitten hatte. Die Wunden wurden als x-förmig beschrieben, ausgeführt auf einer Brust der Opfer – zwei oberhalb und eine knapp unterhalb der Brustwarze: der Täter hatte ein Papiermesser benutzt. Palermo hatte dem Bericht über die Untersuchung der vier Prostituierten in der Notaufnahme und den Protokollen über die Verletzungen noch die Protokolle von zwei früheren Fällen beigefügt, in denen es ebenfalls um Prostituierte ging. Sie waren, wenn auch auf andere Art, drei Jahre zuvor misshandelt worden. Keine x-förmigen Verletzungen, nur wahllos angebrachte Schnitte auf der Brust. Und ein noch weiter zurückliegender Fall, in dem jemand einer Prostituierten Schnitte beigebracht hatte, die von der Schläfe bis beinahe zum Nacken reichten.

Amaldi begriff genau, warum Palermo wollte, dass er diese Akten las. In allen Fällen gab es beträchtliche Übereinstimmungen. Auch die Tatsache, dass Palermo so viele Informationen, die eigentlich vertraulich sein sollten, über den Mord an Ernst Garcovich bekannt waren, gehörte dazu und war seltsam. Aus den Protokollen, die der Chefinspektor der Sitte verfasst hatte, gewann Amaldi den Eindruck, dass dieser das Ganze geradezu persönlich nahm und die Angelegenheit verbissen verfolgte. Allerdings musste er zugeben, dass dies häufig geschah, wenn ein Ermittler auf einen Fall fixiert war oder auf einen Verdächtigen. Das war eine von vielen Begleiterscheinungen ihres Berufs. Es war nicht in Ordnung, aber es kam eben vor. Meist stellte sich heraus, dass der Ermittler richtiggelegen hatte.

Amaldi nahm sich das psychologische Gutachten vor. Es war ungewöhnlich, dass bereits vor der Formulierung der Anklage aufgrund von sicheren Beweisen ein solches Gutachten erstellt wurde. Ganz offensichtlich hatte Palermo den Untersuchungsrichter – ebenfalls Boiron? – in dem Glauben gelassen, eines der Opfer, vielleicht auch alle vier, würde vor Gericht aussagen. Vielleicht war er selbst davon überzeugt gewesen oder er hatte sich eingebildet, er könnte Primo Ramondi ein Geständnis abpressen.

Amaldi suchte nach dem Namen. Er kannte ihn. Der Gutachter hatte zwei je einstündige Gespräche mit Primo Ramondi geführt. Seine abschließende Diagnose lautete: *Persönlichkeitsstörungen mit asozialer Veranlagung.* Das war nicht gerade viel und bedeutete nur, dass Primo Ramondi ein Psychopath war. Allerdings unterstützte dieses Gutachten Palermos geäußerte Vermutung, Ramondi sei schuldig, und erhöhte die Wahrscheinlichkeit um ein Vielfaches, dass er der Täter war; dazu trugen besonders diese seltsamen Erklärungen bei: *Hypothetische, ausgeprägte Tendenz zu sadistischem Verhalten, zu Handlungen, die ihr Vergnügen aus dem Leiden anderer beziehen.* Wie konnte eine Tendenz zugleich hypothetisch und ausgeprägt sein?, fragte Amaldi sich. Die Sprache der Bürokratie verunstaltete alle Bereiche, sogar den schon ausreichend verwirrten und verwirrenden der Psychiatrie. Man hatte Primo Ramondi für »hypothetisch« fähig befunden, die ihm angelasteten Verbrechen begangen zu haben. Und dabei seinen Spaß gehabt zu haben. Es folgten weitschweifige Kommentare über die Art der beigebrachten Verletzungen. Die abfallende geometrische Form – die zwei X oben und das eine darunter bildeten ein auf dem Kopf stehendes Dreieck – konnte auch auf einen Hang zu Depressionen hindeuten. Jedenfalls ließ die Wahl einer geometrischen Form, welcher auch immer, im Kopf das Wort Obsession anklingen. Ein Bedürfnis nach Ordnung.

»Einer Ordnung jedoch, deren Rechnung nicht aufgeht«, fügte Amaldi in Gedanken hinzu.

In dieser geometrischen Zeichnung fielen zwei deutliche Ungleichgewichte auf, dachte er weiter. Die Zahl der X, die um die Brustwarze angeordnet waren, war ungerade. Und die Tatsache, dass der Täter sie nicht auf beiden Brüsten ausgeführt hatte, war die zweite Unausgewogenheit. Vorausgesetzt, Ramondi war wirklich der Psychopath, denn das hatte Palermo nicht beweisen können.

Mit der folgenden Diagnose des Psychiaters, in der er Ramondi als »zwanghaft reflexiven Typ« charakterisierte, stimmte Amaldi jedoch völlig überein. Man konnte auch sagen, ein brutaler Sadist, dem es wahrscheinlich im allerletzten Moment gelang, seinen ersten Impuls zu zügeln, ihn in einen zweiten oder auch Ersatzimpuls umzuleiten und ihn in eine scheinbar ausgewogene Geometrie zu kanalisieren. Der Anschein von Selbstkontrolle. Als versteckte er vor sich selbst eine unerträgliche Wahrheit. Im Wesentlichen zog Amaldi aus dem spärlichen Material den Schluss, dass Primo Ramondi ein sogenannter *emotional gesteuerter Triebtäter* sei.

Diese zwanghaft handelnden Menschen konnten vieles vorher planen, aber nicht alles. Das lag aber nicht an erblich bedingten intellektuellen Defiziten. Nein, eine hundertprozentige Planung brachte sie schlicht und ergreifend um das Vergnügen an der Tat. Sie kamen nur auf ihre Kosten, wenn sie gezwungen waren, ein wenig zu improvisieren; das brauchten sie. Und die Art, wie die Übergriffe auf die Prostituierten erfolgt waren, schien diese These zu bestätigen. Wahrscheinlich kannte der Täter sie, man konnte beinahe sicher sein, dass er sie beobachtet hatte, aber die Angriffe erfolgten immer auf offener Straße. Er ging ein hohes, wenn auch kalkuliertes Risiko ein, gesehen, entdeckt und bei seiner Tat gestört zu werden.

Amaldi legte ein weißes Blatt Papier vor sich und notierte darauf in Blau, mit ein wenig Abstand dazwischen, zwei Wörter, zwischen denen er eine gerade rote Linie zog, die an beiden Enden in einer Pfeilspitze auslief: Emotional ↔ Rational.

Dann las er in dem psychologischen Gutachten weiter. Der Psychiater hatte eine medizinische Untersuchung gefordert. Genau wie Lehrer Garcovich vor zwölf Jahren. Er sprach dort von »eunuchenhaftem Aussehen«, »hoher, weibischer und hysterisch schriller Stimme«.

Die medizinische Untersuchung hatte den Verdacht des Gutachters bestätigt. Primo Ramondi war Opfer einer genitalen Hypotrophie. Seine Hoden und sein Penis hatten sich einfach nicht entwickelt.

»Eine unreife Frucht«, dachte Amaldi.

Sexuell unterentwickelt, hatte der Lehrer Garcovich geschrieben. Und er hatte recht gehabt. Doch Amaldi fragte sich wieder, wie gründlich er ihn untersucht hatte. Dass dem Psychiater eunuchenhafte Züge aufgefallen waren, war nichts Außergewöhnliches. Schließlich war Primo Ramondi zum Zeitpunkt der Untersuchung ein erwachsener Mann gewesen. Und ein Mann sollte auch wie ein Mann aussehen. Amaldi betrachtete das beigefügte Foto aus der Kartei. Primo Ramondis Gesicht wirkte wie eine absurde, beunruhigende Mischung aus dem einer Frau und dem eines Kindes. Er war ein Kastrat. Aber was an dem Aussehen des elfjährigen Jungen konnte seinen Lehrer Garcovich so misstrauisch gemacht haben, dass er eine medizinische Untersuchung gefordert und dies sogar noch in seinem Bewertungsbogen vermerkt hatte? Was konnte so auffallend daran gewesen sein, dass ein Kind ein Kindergesicht hat? Der Arzt, der Primo Ramondi untersucht hatte, hatte zwei Polizisten zu Hilfe rufen müssen, um ihn auszuziehen. Weshalb sollte man annehmen, dass er sich als Kind seiner Missbildung weniger bewusst gewesen war? Warum sollte er sie weniger entschlossen verteidigt haben? Wenn er wirklich so scheu und introvertiert gewesen war, wie ihn sein Lehrer beschrieben hatte, war er wohl kaum der Typ, der seinen winzigen Penis völlig offen und spontan vor den Mitschülern entblößt hatte. Er hatte sich wohl kaum ihren unausweichlichen Hänseleien ausgesetzt. Und ganz bestimmt hatte er in den Freistunden nicht an die Mauer gepinkelt, sodass Garcovich seine benachteiligende Verkrüppelung hätte auffallen können.

Und deshalb fragte Amaldi sich jetzt noch einmal, *wie* der

Lehrer diese »sexuelle Unterentwicklung« hatte feststellen können, die er in dem Bewertungsbogen für die dritte Jahrgangsstufe erwähnte.

Amaldi klappte die Akte zu.

Er begriff vollkommen, warum Chefinspektor Palermo bei dem Mord an Ernst Garcovich an Primo Ramondi gedacht hatte.

Diesmal waren es nur zwei X. Es fehlte das X unterhalb der Brustwarze. Aber es waren immer noch X, und zweifellos hatte sie jemand mit einer dünnen, scharfen Klinge wie der eines Papiermessers eingeritzt. Garcovich war Primo Ramondis Lehrer gewesen. Und alles schien darauf hinzudeuten, dass zwischen ihnen etwas vorgefallen war. Schließlich noch der grüne, unreife Apfel, der zweifellos für Primo Ramondis unterentwickeltes Geschlechtsteil stehen konnte. Vieles sprach gegen ihn. Zu viel, als dass es sich um reine Zufälle handeln konnte. Und doch hielt etwas Amaldi zurück.

»Kann es sein, dass sich durch die x-förmigen Verletzungen auf der Brust von dem Monster, das sein Vergnügen darin findet, Prostituierte zu entstellen, nach dem Tod dieses Ichs etwas auf ein zweites Ich übertragen hat, das seinen alten Lehrer getötet hat?«, fragte er sich.

Amaldi rieb sich mit beiden Händen die müden Augen.

Zwei Wesen und ein Mord. Ein Körper mit zwei Köpfen. Zwei Köpfe mit unterschiedlichen Denkweisen, die dennoch gemeinsam eine Tat begingen. War das denkbar?

Das Einzige, was die psychiatrische Forschung mit Sicherheit erwiesen hatte, war, dass dieser nebulöse, gemeinhin als Wahnsinn bezeichnete Kosmos weder Grenzen noch Hindernisse kannte. Manchmal gelang es herauszufinden, wo der Wahnsinn begann, und den Grund dafür zu ermitteln. Man war – vielleicht – in der Lage, diesen schmalen Grat zwischen einem *nor-*

malen Menschen und einem sogenannten *Irren* zu bestimmen. Darüber hinaus gab es keine weiteren Kategorien. Es war jedes Mal ein furchtbares Abenteuer. Jedes Mal immer wieder neu. Primo Ramondis Mutter war Prostituierte. Und er – immer angenommen, er war wirklich der Täter – misshandelte Prostituierte. Zerschnitt ihre Brüste. Ein Mangel an Muttermilch. Ein ungestilltes Bedürfnis nach Zuwendung. Auf das er die Unterentwicklung seiner Geschlechtsteile zurückführte. Ja, er richtete seine Wut auf einen präsexuellen Bereich des Körpers. Die Vagina blieb ausgespart, völlig unbeachtet.

Wahrscheinlich hatte Palermo recht. Primo Ramondi war der Täter, ein Psychopath, der sich an Prostituierten verging. Wenn es in seiner Macht gestanden hätte, hätte Amaldi auf der Stelle einen Haftbefehl unterschrieben.

Plötzlich fiel ihm ein Detail auf, das ihm nur teilweise entgangen war. Er suchte in der Akte nach Primo Ramondis Aufnahmeantrag für die Förderungsanstalt. Ganz unten auf dem Blatt: »Das ist es!«, sagte er. Zwei X mit Kugelschreiber geschrieben. Eines, wo der Vater hätte unterschreiben sollen. Das andere für die Unterschrift der Mutter. Der Verwaltungsangestellte hatte wahrscheinlich die beiden X dort hingesetzt, um anzukreuzen, wo die Eltern unterschreiben sollten. Aber keiner von beiden hatte es getan. Nicht einmal zum Unterschreiben waren sie gekommen.

»Hast du diese beiden X etwa gesehen?«, fragte Amaldi laut in den Raum und fuhr mit der Hand über die Stelle der Akte, wo Primo Ramondis Name stand.

Wenn es so war, dann stand das dritte X weiter unten da für seinen Namen. Kleiner und ganz für sich allein.

Amaldi seufzte. »Ja, du bist der Prostituiertenschlitzer«, schloss er.

Die Beweise, die Primo Ramondi mit dem Mord an Ernst

Garcovich in Verbindung brachten, waren fast genauso einleuchtend. Allerdings nur fast.

Amaldi unterstrich völlig darauf konzentriert das Wort »emotional« und dann das Wort »rational«.

Ernst Garcovichs Mörder war kalt und rational.

Amaldi fuhr mit dem Stift auf der Linie hin und her, die die beiden Wörter gleichzeitig verband und trennte.

»Du wirst deinen Stift noch bis auf die Schreibtischplatte durchdrücken«, sagte Giuditta hinter ihm lachend.

Da erst bemerkte Amaldi, dass er das Papier durchlöchert hatte.

»Komm mit mir ins Bett, Commissario, oder willst du ganz allein hier sitzen bleiben?«, fragte ihn Giuditta.

»Wenn du diesen Ton anschlägst, habe ich ja keine Wahl … Ich komme mit ins Bett.«

Giuditta verschwand ins benachbarte Zimmer und schaltete dort das Licht aus. Amaldi hörte, wie sie unter die Decke glitt. Er ordnete die Papiere, legte sie in eine Schreibtischschublade und verschloss sie. Dann zog er sich aus, ließ seine Kleider einfach auf den Boden fallen und schlüpfte zu Giuditta ins Bett.

Er hatte keine Angst mehr, mit ihr zu schlafen. Hatte keine Angst mehr, er würde sie beschmutzen.

Knapp eine Stunde später, kurz vor dem Einschlafen, fuhr Amaldi Giuditta zärtlich durch ihre verstrubbelten Haare und fragte: »Würdest du mich als rational oder emotional einstufen?«

»Ich bin müde … du bist ein fantastischer Liebhaber, falls es das ist, was du hören wolltest …«, sagte Giuditta mit schläfriger Stimme.

»Ich meine es ernst. Hältst du mich für rational oder emotional?«

Giuditta stöhnte. »Emotional …«

»Bestimmt?«

»Sicher … warum können wir jetzt nicht schlafen?«

»Und hältst du es für möglich, dass ich irgendwann rational, berechnend und kalt werden könnte?«

»Was ist denn mit dir los?«

»Antworte mir bitte.«

»Giacomo, dein ganzes Wesen ist emotional und wird es auf irgendeine Weise immer sein.«

»Und ich könnte mich nicht verändern?«

»Nein.«

»Bestimmt nicht?«

»Ganz bestimmt nicht.«

VIII

Seine Stimme war ein Flüstern, wie damals, als er Angst gehabt hatte und nicht verstand, warum man ihm wehtat. Nur ein schwaches gleichförmiges Raunen, um seinen Gast im anderen, dunklen Zimmer nicht zu stören. Sie war leise, aber nicht zu gedämpft, denn er hatte das Bedürfnis, seine Stimme von außen an seine Ohren dringen zu hören, aus der äußeren Welt, als könnte sie so glaubhafter wirken. Als würde er damit die Aufgabe rechtfertigen können, die er sich gestellt hatte. Um sich nicht im Irrgarten seiner Argumentation, seiner Schmerzen und seiner Ängste zu verlieren.

»Das *Licht* …«, sagte er leise zu sich selbst. »Ich muss es tun, um das verlorene *Licht* zu finden. Um jeden Tropfen dieses ausgebluteten Meeres aufzufangen. Damit die Wellen wieder seinen Namen in die Welt tragen können. Du bist der Wächter. Du bist der Diener. Du hast kein Recht, schwach zu sein, denn du bist nichts. Du bist nur das Gefäß. Du bist das Behältnis. Dein Leben ist sein Eigentum. Das *Licht*, das du in dir trägst, gehört nicht dir. Du bist die Dunkelheit, die dem *Licht* dient.«

Vor vielen Jahren, als er noch nicht fähig war zu begreifen, hatte er ihm zugesehen, wie er für ihn sein Blut vergossen hatte, um ihm ein Leben zu sichern, das er eigentlich nicht verdient hatte. Er hatte diesen schwierigen Weg Schritt für Schritt verfolgt und so etwas in sich angesammelt, dessen ungeheuren Wert er damals noch nicht schätzen konnte. Tropfen für Tropfen, Funke für Funke hatte er dieses *Licht* in sich aufgenommen, das sich verzehrte und bald sinnlos verschwendet verlöschen würde. Denn sein Leben, das der andere gerettet hatte, hatte für sich genommen weder Sinn noch Wert. Er hatte es aus keinerlei Vernunftgründen, rein instinktiv getan. Wie von einem höheren Geist geleitet. Von einer Vision, die er jetzt zwar nicht verstand, die sich ihm aber eines Tages offenbaren und seinem Elend, seinen Sünden Sinn und Wert verleihen würde. Ihn von alldem Schmutz reinigen würde, da ihm Erlösung zuteilgeworden war. Das *Licht* hatte dem Diener all seine Gnade erwiesen, damit er seinen Lebenszweck darin finden und sich für den Herrn opfern konnte, um diese ungeheure, unverdiente Liebe zurückzugeben.

Lange Zeit hatte er nicht begriffen, warum er diese Flamme in sich trug. Manchmal, wenn er sein eigenes erbärmliches Leben betrachtete, glaubte er, nicht einmal gewusst zu haben, dass er von diesem kostbaren Geschenk erfüllt war, von diesem *Licht*, das ihm nicht gehörte und dem *Licht* wieder zurückgegeben werden musste. Das war der Plan. Das war das Geschenk. Das war der Sinn, der ihm selbst einen Sinn verleihen würde. Er hatte dieser Vision nicht von Anfang an ins Gesicht sehen können, dazu war sie zu intensiv, sie hat sich ihm ganz langsam, Nacht für Nacht, Traum für Traum enthüllt. Indem sie mit ihm sprach und immer ein kleines Stück offenbarte, um ihn nicht zu blenden, um seine kleine, schmutzige Seele nicht zu verbrennen.

»Du bist der Wächter. Du bist der Diener. Du hast kein Recht, schwach zu sein, denn du bist nichts. Du bist das Gefäß. Du bist das Sammelbecken. Dein Leben ist sein Eigentum. Das *Licht*, das du in dir trägst, gehört nicht dir. Du bist der Schoß, der nichts hervorbringt, du bist der Stall. Du bist die Dunkelheit, die dem *Licht* dient«, wiederholte er leise, so leise, dass die Worte sich in einem schwachen Raunen verloren, das sein Gast dort drüben, im anderen, dunklen Zimmer, nicht hören konnte. »Du bist die Dunkelheit, die die Dunkelheit mit einem *Licht* tötet, das ihr nicht angehört. Damit das *Licht* wieder erstrahlen kann. Denn die Dunkelheit hat nur einen einzigen Sinn, das *Licht* zu bewahren. Denn ein kleiner Teil Nacht bleibt erhalten, um den Tag vorwegzunehmen. Damit die Finsternis sich mit dem *Licht* vereinen wird. Damit die Dunkelheit Erlösung findet durch ihr Gegenteil. Denn der Diener ist Eigentum des Herrn. Denn der Diener ist der Herr. Und der Herr ist das *Licht*.«

Während die Worte leise aus seinem Mund quollen wie ein Gebet, das seine Ohren sehnsuchtsvoll aufnahmen, rollten ihm Tränen über die Wangen und liefen den Hals hinab, befeuchteten und reinigten seinen zitternden nackten Leib. In einer Hand hielt er das funkelnde Werkzeug aus Stahl umklammert, mit dem er das *Licht* hervorholen sollte und die Dunkelheit auslöschen. In der anderen Hand hielt er einen grünen Apfel, den jemand vor vielen Jahren verschlungen hatte. Das Symbol einer nie besessenen Reinheit, die jemand mit einem einzigen Biss zerrissen, zerstört hatte.

Er erinnerte sich noch an die Stimmen jener Männer, sie waren wie eine dunkle Kappe, die ihm über den Kopf geworfen worden war, wie eine alte Decke, mit der man versuchte, das *Licht* zu ersticken, das er bewahren sollte, auch wenn er damals noch nicht wusste wofür. Er erinnerte sich an die weißen Laken des Krankenhauses, die sein Körper beschmutzt hatte. An das warme Blut, das auf ihm erkaltete. Sich wie eine Kruste über ihn legte.

»Denn der Herr wollte im Diener leben …«

Schließlich, als sie gespürt hatte, dass er in seiner Schwachheit dennoch stark genug dafür war, hatte sich ihm seine Vision Stück für Stück offenbart und die Teile des Puzzles zusammengesetzt. Als sie seine Bereitschaft gespürt hatte, sich von seinem eigenen Schmutz zu erlösen. Erst dann, keinen Moment früher. Die Vision hatte ihm den in Trümmern liegenden Tempel des

Lichts gezeigt, entweiht von dem obszönen Schmutz der Sünden, die er auf sich geladen hatte. Die Sünden des Dieners. In ihrer unermesslichen Güte, ihrer endlosen Großzügigkeit hatte sie dem Diener die Möglichkeit gegeben, zum Priester zu werden. Und in diesem Moment hatte sie mit einer Stimme aus *Licht*, die in ihren hellen Strahlen wie ein Echo widerhallte, zu ihm gesprochen: »Es ist Zeit! ... Zeit! Worauf wartest du? ... wartest du? Tu, was du tun musst! ... musst! Warum zittert deine Hand? ... zittert deine Hand? ... zittert deine Hand? ... zittert deine Hand? ... zittert deine Hand?«

Die Tränen hatten all die zerbrechlichen Dämme gebrochen, waren über seinen nackten Körper geströmt, diese unreine Hülle, die in sich das *Licht* trug.

»... zittert deine Hand? ... deine Hand? ... Hand?«

Seine Hand, die das geweihte Werkzeug umklammert hielt, zitterte.

Die Hand, die den grünen Apfel hielt, den jemand mit einem einzigen Biss verschlungen hatte, zitterte.

»Ich habe mich umgedreht und hatte Angst, noch der zu sein, der ich einmal gewesen bin«, sagte er leise, für die eigenen Ohren bestimmt, die des Dieners. »Ich sehe mich jetzt an und fürchte, dass ich niemals der sein werde, zu dem ich werde.«

Die Hand, die das Werkzeug hielt, umklammerte es fester mit der Kraft und Willensstärke des Priesters, der sieht, wie sein eigener Glaube ins Wanken gerät, bis alles schmutzige Blut aus seinen Adern gewichen ist.

Und die Hand, die den grünen Apfel hielt, öffnete sich und streichelte die Frucht, ließ ihn los, damit er einen Mittelpunkt, ein Gleichgewicht finden sollte. Denn in dieser Sünde lag die Erlösung. Der Biss in den Apfel hatte ihm die Straße zum *Licht* geöffnet. Denn ohne diesen Biss wäre er niemals seiner Bestimmung begegnet. Seinen Herrn.

Er blieb regungslos stehen, ohne ein weiteres Wort oder ein Gebet zu sprechen. Und so würde er verharren, bis der Hass erloschen war.

Der Hass, der seine Vision vernebelt hatte. Und so die Botschaft behinderte. Denn der Hass war die Dunkelheit. Und die Dunkelheit musste ihr eigenes Wesen vergessen, musste sich selbst verleugnen, damit das *Licht* wieder erstrahlen konnte.

Dann, als der Hass verschwunden war, hörte er wieder die Stimme seiner Vision.

»Es ist Zeit! … Zeit! Tu, was du tun musst! … du musst!«

Vielleicht hörte jetzt sogar der Gast dort drüben im anderen, dunklen Zimmer die Stimme seiner Vision.

»Es ist Zeit! … Zeit! Tu, was du tun musst! … du musst!«

Nackt wie er war stand der Junge auf, gereinigt von den Tränen, die den Schmutz seiner obszönen Sünden von ihm abgewaschen hatten, während sie ihm über den Bauch, den Unterleib geflossen waren bis dorthin, wo seine Füße sich mit der Erde vereinigten, und so ging er zu seinem Gast. Seinem zweiten Gast. Nackt wie er selbst und bereit für das Verhör. Für die Läuterung.

In einer Hand hielt er das glänzende Werkzeug, das dazu ausersehen war, das *Licht* in den Augen seiner Gäste zu suchen.

In der anderen Hand den grünen Apfel, der wieder und wieder in einem einzigen Biss verschlungen werden würde.

»Ich möchte Töne hören, die man gar nicht wahrnehmen kann, ich möchte etwas hören, das über den Schmerz hinausgeht. Ich möchte nicht deinen Körper stöhnen hören, sondern deine Seele«, flüsterte er seinem Gast zu. »Gib mir das *Licht*. Es gehört dir ebenso wenig wie mir.«

Dann zeigte er ihm das glänzende Werkzeug in seiner Hand, das gleich bei ihm zur Anwendung kommen würde, und den Apfel in der anderen, den er verschlingen sollte, damit die

Frucht auf diese Weise ihren Mittelpunkt, ihr Gleichgewicht wiederfand.

»Mach den Mund auf«, sagte er zu ihm, völlig frei von Hass.

Der an den Stuhl gefesselte nackte Mann stöhnte laut auf.

Es war nicht weiter schwierig gewesen, ihn zu entführen.

Er hatte ihn nur in den Lieferwagen stoßen und ihm einen kräftigen, gut platzierten Hieb in den Nacken genau an der Schädelbasis geben müssen. Seine Beute war wie ein nasser Sack in sich zusammengesunken. Er war bis zur Rampe gefahren, hatte das Tor geöffnet und war aus dem Lieferwagen gestiegen, und hatte es hinter sich geschlossen. Dann hatte er das Rollgitter hochgeschoben, war mit dem Lieferwagen in die kleine Garage gefahren und hatte das Rollgitter wieder heruntergelassen. Von diesem Augenblick an würde er vollkommen ungestört sein.

Solange der Doktor noch ohnmächtig war, hatte er ihm den Mund mit Pflaster verklebt und ihn mit äußerster Sorgfalt entkleidet. Als er ihm den Knoten der Krawatte löste, hatte er dem leisen Rascheln der Seide gelauscht. Er hatte die Knöpfe des zweireihigen Sakkos geöffnet, die Hemdknöpfe einen nach dem anderen durch die Knopflöcher geschoben und dem Mann die Hose ausgezogen. Der Doktor besaß einen braungebrannten, dicht behaarten Oberkörper mit ausgeprägten Brustmuskeln. Er hatte über diese Brust gestreichelt und dann war seine Hand bis zur Hose geglitten, hatte den Krokodilledergürtel mit der vergoldeten Schnalle geöffnet und aus den Schlaufen gezogen, dann hatte er ihm Hose und Unterhose ausgezogen. Schuhe und Strümpfe hatte er ihm ganz zu Anfang abgenommen.

Jetzt war der Doktor nackt. Wie er. Wie der Junge an jenem Tag. Als der Junge seinen auch im schlaffen Zustand großen

Penis streichelte und prüfend in die Hand nahm, war der Doktor auf dem Stuhl zusammengezuckt. Sein Glied hatte auf das Streicheln nicht reagiert.

Der Junge war aufgestanden. Er hatte eine Aufgabe zu erledigen.

»Ich habe keine Angst«, hatte er zum Doktor gesagt. »Ich habe keine Angst.«

Er war zum Tisch gegangen, auf dem er die Kleidungsstücke abgelegt hatte, und hatte sie mit einer Schneiderschere in daumennagelgroße Stücke geschnitten. Dafür hatte er mehr als eine Stunde gebraucht. Aber er hatte ja Zeit. Er hatte die ganze Nacht Zeit, und er war nicht müde. Sein Opfer würde ebenfalls nicht schlafen. Zu viel Adrenalin im Blut.

Während der Nacht hatte er draußen vor dem verhängten Fenster des Kellergeschosses jemanden auf dem Bürgersteig vorüberlaufen gehört, wahrscheinlich jemand, der seinen Hund ausführte.

»Ich bin bald wieder da«, hatte er zu dem Doktor gesagt, als es acht Uhr morgens war.

Mit der geballten linken Faust hatte er ihm noch einen heftigen Schlag in den Nacken versetzt. Der Kopf des Doktors war nach vorne gesackt, und seine Blase entleerte sich in einem langen Urinstrahl.

Der Junge hatte sich ganz ruhig angezogen, während er sich über den kleinen See amüsierte, der sich auf dem hellen porösen Fliesenboden bildete. Er hatte einen trockenen Lappen genommen und auf die Pfütze geworfen. Der Stoff saugte sich mit der gelblichen Flüssigkeit voll. Dann hatte der Junge alle Kleidungsschnipsel in einen Plastiksack gestopft und war gegangen.

Es war ein ganz normaler Tag. Der Himmel war so weiß wie immer, weiß wie Milch. Tags erhellte ihn keine Sonne, nachts schien kein Mond. Der Junge trug einen Plastiksack in der

Hand. Er war eine Viertelstunde gelaufen, bis er in ein Viertel kam, wo ihn niemand kannte. Er hatte eine Gruppe Kinder gesehen, die auf der Straße Ball spielten, sie schossen gegen das Gitter eines noch geschlossenen Geschäftes, das jedes Mal laut dröhnte, wenn der Torwart einen Ball durchließ. Er war näher gekommen. Die Kinder hatten furchtlos zu ihm herübergeschaut. Kinder hatten keine Angst vor ihm. Schließlich war er ein Kind wie sie. Er hatte den Sack dem kleinsten der Gruppe gegeben.

»Magst du Konfetti?«, hatte er ihn gefragt.

Das andere Kind hatte strahlend gelächelt, seine kleinen Finger in den Plastiksack gesteckt und dann eine Hand voll Stofffetzen in die Luft geworfen. Ein Windstoß, der plötzlich zwischen den hohen Wohnhäusern durch die Straße fegte, hatte die Konfetti vor sich hergetrieben und in die Höhe gewirbelt. Als er nachließ, waren die daumennagelgroßen Stückchen langsam auf den Asphalt gesunken, wie ein Schwarm toter Schmetterlinge. Das Kind hatte gelacht und den kleinen Jungen angeschaut. Die anderen hatten sich um den Sack geschart, und jeder hatte seine Hand voll Stoffschnipsel von der Kleidung des Doktors hoch in die Luft geworfen. Der Junge hatte sich an dem Spaß beteiligt. Dann hatte er ihnen den Ball zugekickt, seine neuen Freunde waren auf die Straße gelaufen und hatten ihr Spiel wieder aufgenommen.

Er erinnerte sich daran, dass er auf die Uhr geschaut hatte. Fast halb neun war es gewesen. Er hatte einen Obsthändler gefunden und dort drei große, grüne Äpfel ausgesucht. Harte Äpfel. Er hatte sie sorgfältig ausgewählt, obwohl er sich den Anschein gab, als ob es nicht so wichtig sei. So getan, als interessierte er sich sehr für die Bananen – und die Birnen – und dem Obsthändler so viele Fragen gestellt, bis der beinahe die Geduld verlor. Der Verkäufer sollte ihn nicht als den Jungen in

Erinnerung behalten, der grüne Äpfel kauft. Der Apfel würde bald wieder als verbotene Frucht angesehen werden. Zumindest in dieser Stadt. Dann hatte er bei einer Eisenwarenhandlung gehalten und dort fünfzig Meter Wäscheleine aus plastikummanteltem Eisendraht gekauft. Das biegsame Kabel hatte er bereits vor ein paar Tagen in einem Geschäft am anderen Ende der Stadt besorgt. Und die Karabinerhaken wieder in einem anderen Laden. Dafür hatte er eine Rechnung verlangt und dabei eine erfundene Adresse angegeben. Dann hatte er sich von dem Händler verabschiedet und war Punkt neun Uhr wieder in seiner Zuflucht angekommen.

Die neun. Seine Zahl.

Der Doktor war früher als erwartet aufgewacht. Bei dem Versuch, sich zu befreien, war der Stuhl umgekippt und war hingefallen, wobei er mit dem Gesicht heftig auf den Boden geschlagen war. Eine seiner Augenbrauen war aufgeplatzt. Es sah komisch aus, wie er dalag, hatte der Junge gedacht, als würde er seine feine, gerade Nase geradezu gern in die Urinpfütze tunken. Der Junge hatte sich wieder ausgezogen. Er hatte den Stuhl mit dem Doktor wieder aufgerichtet und die Wunde sorgfältig mit einem mit Desinfektionsmittel getränkten Wattebausch gereinigt. Dann war er zum Kühlschrank gegangen, hatte ein Päckchen Apfelsaft hervorgeholt, den Strohhalm eingeführt und dann noch ein kleines Loch in das Klebeband gebohrt, das den Mund des Doktors verschloss.

»Basal oder sublingual?«, hatte er gefragt, während er den Strohhalm durch das Loch im Band geführt hatte, und der Doktor trank ein wenig Saft.

Dann fühlte er, wie der Albtraum wieder von ihm Besitz ergriff.

»Ich habe keine Angst!«, hatte er geschrien und war in das andere, das dunkle Zimmer geflüchtet.

Lauwarm lief mit seinen Tränen das Blut an ihm herunter. Aber bald würde es klebrig erkalten und ganz langsam hart wie eine Schlammkruste werden, die jedes Mal aufbrechen würde, wenn er weinen musste und die Augen zusammenkniff. Es würde sich um ihn legen wie ein eiskaltes, zu enges Gewand.

Er war nur ein Kind. Er war erst neun Jahre alt und hatte Angst.

»Öffne den Mund«, sagte er, nachdem er sich von seinem Hass befreit hatte.

Der Doktor stöhnte auf.

Der Junge schaute ihm gerade in die Augen. Noch war dort keine Spur vom *Licht* zu sehen. Sicherheitshalber würde er noch den letzten Test machen.

Er hielt die Krawatte, die er in der vorangegangenen Nacht nicht mit zerschnitten hatte, in der Hand, legte seinen Zeigefinger an die Lippen und starrte dabei den Doktor an. Der Doktor nickte. Er hatte verstanden. Er würde still sein. Der Junge nickte zurück. Vorsichtig entfernte er das Klebeband vom Mund des Doktors, der ihm gealtert vorkam. Eine einzige Nacht im Angesicht des ungeschönten Lebens, so wie es war, hatte ausgereicht, und schon wirkte er viel älter. Er nahm einen Holzkeil, öffnete den Mund des Doktors und steckte ihn zwischen die Backenzähne, um zu vermeiden, dass er ihn biss, was dem Lehrer beinahe gelungen wäre.

Die blutunterlaufenen Augen des Doktors verrieten seine Angst und seine Erschöpfung.

Der Junge schob ihm die Krawatte ganz weit hinten in den Rachen, bis der Doktor würgte. Dann nahm er das Holzstück heraus. Als der Mann husten musste, verrutschte die Krawatte und gab seine Kehle frei. Dann schrie er los.

Der Junge versetzte ihm einige schnelle, heftige Schläge mit der Faust. Er wollte die Worte des Doktors nicht hören. Der Doktor führte zischelnde Worte im Mund. Worte, die den Jungen förmlich erschlugen. Worte, die ihm Hände und Füße lähmten und ihm jede Möglichkeit nahmen, zu fliehen oder sich zu verteidigen. Worte so schneidend, so fest wie Draht.

Der Junge hatte Angst vor dem Doktor. Daher musste der Junge ihn mit klopfendem Herzen zum Schweigen bringen. Tränen trübten seinen Blick, dass er wie durch einen dichten Nebel lief, der ihn immer wieder zwang stehen zu bleiben, Atem zu holen, um sein Gleichgewicht, den Weg und die Orientierung wiederzufinden. Seine Mission.

»Dreh dich um«, hatte ihm beim ersten Mal der Doktor zugeflüstert.

Er hatte sich umgedreht. Weil ihm nichts anderes übrig blieb. Er hatte gespürt, wie der Doktor am Gummiband seiner Unterhose zog. Er hatte einen stechenden, heftigen Schmerz dort gespürt, wo niemand ihn hätte berühren dürfen, und dann nichts mehr. Bis zu jener Nacht.

Er steckte ihm wieder den Holzkeil zwischen die Zähne und zog die Krawatte aus dem Mund. Sie war zu klein für seine Zwecke. Als er sich suchend umsah, fiel sein Blick auf den uringetränkten Lappen. Er hob ihn auf und wrang ihn aus, ließ die stechende Flüssigkeit über die Schenkel des Doktors rinnen – er erinnerte sich gut, wie ihm das gefallen hatte – und stopfte ihm den Lappen in den Mund. Ganz tief in den Rachen. Wieder nahm er das Holz heraus. Er sah die Zahnabdrücke des Doktors neben denen des Lehrers. Der Junge legte den Holzkeil in die Schublade mit den Werkzeugen zurück, nahm das glänzende Instrument aus Stahl und legte es auf die Tischplatte. Er schob den Tisch näher an den Doktor heran. Dann holte er noch einen Stuhl und ein Tuch, auf das er Desinfektionsmittel gesprüht hatte. Damit säuberte er sorgfältig das Stahlinstrument und prüfte zerstreut mehrmals seine Funktionstüchtigkeit.

Das Stöhnen des Doktors wurde durch den Lappen gedämpft.

Das Instrument hatte zwei kleine, sich wie bei einer Schere kreuzende Arme, an deren Enden je ein Halbkreis aus Metall befestigt war. Der Junge setzte einen Halbkreis auf die unteren Zähne des Doktors und den anderen auf die obere Zahnreihe. Dann drehte er an einer Schraube am anderen Ende. Die beiden Arme begannen, sich zu spreizen. Die Halbmonde drückten gegen die Zähne und zwangen den Doktor, den Mund weit zu öffnen. Der Junge drehte die Schraube noch weiter, bis er spürte, dass die Muskeln und Bänder des Kiefers bis zum Zerreißen gespannt waren.

Dann nahm er einen der drei Äpfel aus der Tüte des Obstladens und legte ihn auf den Tisch. Auch ihn polierte er sorgfältig mit dem in Desinfektionsmittel getränkten Tuch.

Er beugte sich über den Doktor und untersuchte seine Augen genau, suchte nach dem *Licht*. Er wusste aus Erfahrung, dass der Doktor manchmal das *Licht* freigab.

Dann drehte er weiter an der Schraube. Der Doktor stöhnte lauter. Sein Unterleib, die Muskeln seiner Oberschenkel und die Zehen verkrampften sich, und er hatte die Augen weit aufgerissen. Seine Hände, die hinter dem Rücken gefesselt und an dem harten Stuhl festgebunden waren, öffneten und schlossen sich in konvulsiven Zuckungen. Der Eisendraht schnitt in die Haut der Handgelenke ein. Der Junge drehte immer weiter an der Schraube, die Arme des Instrumentes spreizten sich immer mehr und stemmten die Kiefer auseinander.

Dann hörte er durch den uringetränkten Lappen ein besonders lautes Stöhnen und einen trockenen Knall, als würde ein Gummiband reißen.

Immer noch keine Spur vom *Licht*.

Er drehte die Schraube in die andere Richtung, zog das Werkzeug heraus und holte den Lappen aus dem Rachen. Der Unterkiefer des Doktors hing schlaff herab. Sein Mund war ein Loch, aus dem Speichel tropfte. Er wimmerte leise, zu schwach, um zu schreien. Jetzt wirkte er wie ein altes Kind.

Der Junge steckte den grünen Apfel zwischen diese Kiefer, die niemanden mehr beißen würden, und fing an, den Draht in der Wäscheleine bloßzulegen, entfernte ganz mechanisch die Plastikummantelung, bis er auf den Stahlkern stieß. Es war Zeit, alles vorzubereiten.

Er hatte sich ausgezogen und wandte seinem Opfer den Rücken zu. Er wirkte erschöpft.

Das Blut erkaltete auf ihm wie ein eisiges, zu enges Gewand.

»Eins ... zwei ... drei ... vier ... fünf ... sechs ... sieben ... acht ... und neun«, murmelte er und zählte sein Alter an seinen Fingern ab. Als könnte er nicht weiter zählen. Als ob die ganze Welt in diesen neun kleinen Zahlen enthalten wäre.

Er war nur ein Junge.

Doch eins blieb ihm noch zu tun.

Im Gedenken an den ersten.

Er grub seine Zähne in das Fleisch.

In das der ersten, verzweifelten Liebe seines kurzen Lebens.

Er war doch erst neun Jahre alt.

IX

Es war früher Vormittag. Die Mütter hatten ihre Kinder schon bei Giuditta abgeliefert. Alle hielten sich in der Küche auf und aßen etwas. Die Kinder lachten und kreischten.

Amaldi starrte auf die Küstenstraße.

Er bemerkte zwei Wagen, die hintereinander her fuhren. Erst waren sie nur winzige Punkte, die hinter dem Berg auftauchten und wieder verschwanden, verschluckt von Tunneln und engen Kurven. Doch dann waren sie deutlicher zu erkennen. Wurden größer. Man konnte das Geräusch ihrer Motoren hören. Und schließlich parkten sie hinter dem Haus.

Amaldi ging zur Tür.

»Ihr kennt euch?«, fragte Frese und deutete auf Palermo, der hinter ihm stand.

»Vom Sehen«, meinte Amaldi.

»Vom Hörensagen«, sagte Palermo.

Amaldi wandte sich um und ging zur Terrasse. Frese und Palermo folgten ihm.

Da kam ein Kind aus der Küche.

»Na sieh mal an, wer da ist … hallo Stöpsel«, begrüßte ihn Frese lächelnd und beugte sich zu ihm herunter, um ihn zu streicheln. »Wie geht es deiner Mama?«

Der Junge wich ihm aus, schaute Hilfe suchend zwischen den anderen beiden Erwachsenen hin und her, bevor er zu Palermo lief und sich hinter ihm versteckte. Amaldi erstarrte, weil er Giuditta kommen hörte. Palermo ging in die Knie und lächelte den Jungen an.

»Ciao …«, sagte er freundlich.

»Ciao«, antwortete der Junge und erwiderte sein Lächeln, dann umarmte er Palermo, als sollte der ihn vor Frese beschützen.

»Ach hier bist du, du kleiner Herumtreiber«, sagte Giuditta.

Das Kind drängte sich noch enger an Palermo. Seine Augen blitzten trotzig auf.

»Du solltest jetzt besser mit deiner Mutter gehen«, meinte Palermo.

»Das ist nicht seine Mutter«, mischte sich Frese ein.

»Magst du einen Keks?«, fragte Giuditta.

»Los, geh schon!«, ermutigte ihn Palermo mit ruhiger, tröstlich wirkender Stimme.

Daraufhin löste sich der Junge aus der Umarmung und ließ sich von Giuditta an der Hand nehmen.

»Er mag Sie«, sagte sie.

»Und ich mag ihn«, erwiderte Palermo lächelnd.

»Sie können gut mit Kindern umgehen.«

»Sagen wir einfach, wir verstehen einander. Das ist alles.«

»Chefinspektor Palermo«, mischte sich Amaldi in ihr Gespräch. »Und das hier ist Giuditta Luzzatto.«

»Angenehm …«, meinte Palermo.

Giuditta lächelte ihm zu, dann kehrte sie zusammen mit dem Kind in die Küche zurück.

Amaldi, Frese und Palermo gingen zu dem Tisch auf der Terrasse und setzten sich um ihn herum.

»Du wolltest mit mir reden?«, begann Amaldi.

»Es gibt zwei Neuigkeiten im Fall Ramondi«, meinte Palermo als Erstes. »Eine ist, dass dieses Stück Scheiße angefangen hat, sie zu fressen …«

»Was heißt ›sie zu fressen‹?«, unterbrach ihn Amaldi gleich.

»Er hat eine Prostituierte misshandelt …«, fuhr Palermo fort. »Eine von denen, die nicht ausgesagt haben. Er hat ihr wieder

Schnittwunden zugefügt, mitten in die alten Narben … und dann hat er ihr beinahe die Lippen abgebissen …«

»Pfui Teufel …«, war Freses Kommentar.

»Warum stand davon nichts in den Akten, die du mir zukommen ließest?«, fragte Amaldi.

»Ich hatte das Protokoll noch nicht geschrieben. Dafür erzähle ich es dir doch jetzt persönlich, kommt das nicht auf das Gleiche hinaus?«

Amaldi nickte. Er wusste, dass gegen Palermo vor Jahren eine interne Untersuchung wegen des Verdachts auf Korruption gelaufen war. Um Anklage zu erheben, hatten die Beweise nicht ausgereicht, aber allein diese Beschuldigung wog schwer. Denn entgegen der landläufigen Meinung der Polizisten ermittelte der Disziplinarausschuss nur dann, wenn man sich ziemlich sicher war. Niemandem bereitete es Vergnügen, einen korrupten Polizisten zu erwischen. Der Disziplinarausschuss griff daher nur ein, wenn er unbedingt musste.

»Und dann habe ich das hier bekommen …« Palermo zog einen Briefumschlag aus der Innentasche seiner Jacke und warf ihn mit einer heftigen Bewegung auf den Tisch. Der Umschlag, er lag in einer durchsichtigen Aktenhülle, war stark zerknittert. »Das hier ist eine Kopie der Nachricht. Sie wurde mit einer Schablone geschrieben …«, setzte er hinzu und hielt Amaldi ein Blatt hin.

Amaldi nahm es und las laut: »*Der Erste ist gefallen. Und so werden meine Feinde einer nach dem anderen fallen … bis ich immer heller strahlen werde … und der Letzte wird deinen Namen tragen und dein Gesicht haben und deine blutenden Wunden. Du wirst fallen, fallen, fallen, fallen …*«, dann reichte er es an Frese weiter. »Und was bedeutet das?«, fragte er Palermo.

Der Chefinspektor von der Sitte lehnte sich nach hinten. »Das hat mir Primo Ramondi geschickt«, sagte er. »Ins Präsidium.«

»Woher weißt du, dass er es war?«, fragte Frese.

»Ich weiß es eben«, antwortete Palermo und ließ seinen Blick weiterhin auf Amaldi ruhen. »Na ja, zur Sicherheit habe ich den Umschlag und den Brief untersuchen lassen. Auf dem Brief sind keine Fingerabdrücke. Aber auf dem Umschlag. Und zwar die von Primo Ramondi.«

Amaldi beugte sich über die Klarsichthülle mit dem Umschlag. Er nahm sie in die Hand. Der Umschlag war nicht nur so zerknittert, als hätte ihn jemand schon einmal zusammengeknüllt, sondern er trug auch ganz oben links die Aufschrift der Elektrizitätswerke und auf der Vorderseite weiter unten rechts hatte er ein kleines foliengeschütztes Fenster. Der Umschlag war am oberen Rand geöffnet worden, wahrscheinlich mit einem Brieföffner. Die Rechnung, die er enthalten hatte, war herausgenommen worden und dann hatte jemand den Umschlag wieder mit einem langen Streifen Klebeband verschlossen.

»Wo hat man die Fingerabdrücke gefunden?«, fragte Amaldi Palermo und reichte die Klarsichthülle an Frese weiter.

»Überall.«

»Wo überall?«

»Auf Vorder- und Rückseite. Drei vollständige Fingerabdrücke, fünf Teilabdrücke und sieben verwischte«, antwortete Palermo.

»Wie vom Öffnen des Umschlags?«, hakte nun auch Frese nach.

»Keine Abdrücke auf dem Klebeband?«, drängte Amaldi Palermo.

»Nein, keine Abdrücke. Worauf willst du hinaus?« Palermo war auf einmal angespannt.

»Warum ist der Umschlag so zerknittert?«, fragte Amaldi.

»Keine Ahnung.«

»Was soll das? Wiederverwertung von Umschlägen?«, meinte Frese.

»Woher zum Teufel soll ich das denn wissen? Es sind seine Fingerabdrücke.«

»Ergibt es irgendeinen Sinn, dass er zwar darauf achtet, auf der Nachricht und dem Klebeband keine Fingerabdrücke zu hinterlassen, aber der Umschlag ist ihm egal?«, überlegte Amaldi.

»Liegt irgendein Sinn darin, Huren zu zerbeißen und aufzuschlitzen?«, polterte Palermo los.

»Nicht so laut bitte …«, meinte Amaldi.

»Oder auf so bestialische Weise einen Lehrer zu ermorden?«, fuhr Palermo fort und wurde immer erregter.

»Er hat dir doch gesagt, du sollst nicht so brüllen«, knurrte Frese.

»Ach, leck mich doch!«, brüllte Palermo und schlug mit der Hand auf den Tisch. »Ihr könnt mich alle beide mal am Arsch lecken!«

»Ganz ruhig, Palermo«, sagte Amaldi. Seine Stimme klang kontrolliert. Und eiskalt.

Palermo verschränkte die Arme vor der Brust, er kochte vor Zorn. »Kann ich mal sehen, was ihr gegen ihn in der Hand habt?«, fragte er.

»Nein«, erklärte Amaldi.

Palermo sprang auf. Er ging zur Brüstung der Terrasse und starrte über die Rebstöcke, die Schaukel und die Rutsche hinweg. Als er sich umdrehte und sich dann wieder setzte, hatte er sich beruhigt. »Ich habe ebenfalls meine Ermittlungen angestellt. Es gibt viele Indizien, die auf Primo Ramondi hinweisen«, sagte er zu Amaldi. »Das musst du doch zugeben?«

»Ja.«

»Und was hindert dich dann daran, ihn zu verhaften?«

»Vor allem die Tatsache, dass wir keine stichhaltigen Beweise haben.«

»*Vor allem* … das bedeutet wohl, du würdest ihn nicht einmal dann verhaften, wenn es sie gäbe. Richtig?«

»Nein. Wenn es stichhaltige Beweise gäbe, würde ich ihn verhaften. Aber ich bin nicht überzeugt, dass wir welche finden können.«

»Hast du begriffen, welche psychopathischen Abgründe sich in Primo Ramondi auftun, Commissario, du mit deinem Psychologiestudium?«

»Ich glaube schon, Chefinspektor«, antwortete Amaldi. »Aber du fragst mich ja nicht, ob ich Primo Ramondi für gefährlich halte, für fähig, jemanden vorsätzlich zu töten. Und du fragst mich auch nicht, ob ich glaube, er könnte Vergnügen daran finden, so etwas zu tun und einen Menschen derart zu quälen. In diesem Fall fiele die Antwort sicher positiv aus. Du willst nur von mir hören, dass ich ihn für schuldig am Tod von Ernst Garcovich halte. Also gut, meiner Ansicht nach gibt es noch keine ausreichenden Beweise, die deinen Verdacht bestätigen.«

Frese spielte mit einem Notizzettel herum, den er aus der rechten Tasche seiner hellen, mit Flecken übersäten Jacke gezogen hatte.

Palermo sah Amaldi verärgert an. »Ist Primo Ramondi ein Sadist?«, fragte er dann.

»Ganz bestimmt.«

»Ist in seinem *Modus Operandi* Folter nicht ganz besonders wichtig? Ist sie nicht sogar der vordringliche und charakteristische Aspekt seiner Persönlichkeit?«

»Das wissen wir nicht«, erwiderte Amaldi lächelnd.

»Wie?«

»Es ist ganz bestimmt so, wie du sagst … allerdings reden wir dabei über Frauen, die sich berufsmäßig prostituieren, und selbst die hat er, soweit es uns bekannt ist, noch nie getötet. Diese Taten beinhalteten auf jeden Fall eine starke sexuelle Komponente. Aber nichts deutet darauf hin, dass er auch an Männern interessiert ist.«

»Das Opfer war nackt«, entgegnete Palermo. »Willst du mir etwa erzählen, dass dies keine *›sexuelle Komponente‹* ist?«

»Nein. Aber es deutet eher auf eine homosexuelle oder homophobe Haltung hin ... die nicht sehr vereinbar mit Primo Ramondis Neigungen sind ... der sich selbst in seiner krankhaften psychischen Störung in einen entfernt heterosexuellen Kontext einordnen lässt – oder besser in einen präsexuellen.«

»Und was ist deine Meinung zu Ramondis körperlicher Missbildung?«

»Du meinst seine genitale Hypotrophie?«

»Ja, genau ...« Palermos Stimme klang jetzt beinahe schrill. »Glaubst du etwa nicht ... dass dieser grüne Apfel für seinen winzigen Pimmel steht?«

»Doch, das klingt einleuchtend ...«, wandte Frese ein.

Amaldi drehte sich um und sah ihn verblüfft an. Frese hielt immer noch den Zettel mit den Notizen in Händen.

»Für diesen Apfel könnte es mehrere triftige Erklärungen geben ...«, meinte Amaldi. »Für den Fall, dass es sich um Ramondi handelt, könnte er tatsächlich ein Hinweis auf seine sexuelle Unreife sein. Aber er könnte auch grün und unreif sein, weil man dann nicht so einfach reinbeißen kann ...«

Palermo schnaubte gereizt.

»Er könnte auch einfach nur die Frucht der Sünde sein ...«, fuhr Amaldi fort, ohne auf ihn zu achten. »Er könnte auch ein Hinweis auf Kinder sein ... oder ... Ich weiß auch nicht ...« Er sah Frese an. »Unreife Äpfel verfüttert man gern an Schweine, also könnte es auch eine moralische Botschaft, ein Ausdruck von

Verachtung sein … Beim derzeitigen Stand der Dinge … ist eine These so gut wie die andere.«

»Also, ich glaube, auch wenn du behauptest, dass eine These so gut wie die andere ist, schließt du trotzdem alle aus, die auf Primo Ramondi hinweisen«, ereiferte sich Palermo.

»Das stimmt nicht, Palermo«, antwortete Amaldi ruhig. »Allerdings bist du völlig fixiert auf …«

Palermo sprang so unvermittelt von seinem Stuhl auf, dass der krachend umfiel, und rannte zur Tür. Dort wandte er sich noch einmal um. »Man hatte mir ja gesagt, dass du zu nichts mehr zu gebrauchen bist«, erklärte er und ließ die beiden allein auf der Terrasse zurück.

Amaldi senkte den Kopf und schwieg.

Frese spielte immer noch mit dem Zettel herum. »Max überrascht mich doch immer wieder«, sagte er nach einer Weile.

Amaldi sah gedankenverloren vor sich hin. In seinem Blick lag Zweifel.

»Erinnerst du dich an den Anruf, den Boiron erhalten hat?«, fuhr Frese fort. »Der Richter hat eine Rufnummernerkennung. Und er hat sich die Nummer notiert und sie in der Nacht dem Mann in der Funkzentrale mitgeteilt. Max hat das gesehen und recherchiert. Der Anruf kam aus einer Telefonzelle. Das ist die Adresse«, sagte er und gab Amaldi die Notiz. Dann zog er noch einen Zettel aus der Tasche. »Und das hier ist Primo Ramondis Adresse.« Er legte das zweite Blatt neben das andere. »Die gleiche Straße. Nein, das ist sogar direkt vor seiner Haustür.«

Amaldi sah ihn immer noch an. Dann nahm er die beiden Zettel und studierte sie.

»Er ist es, Giacomo«, sagte Frese. »Mir hat es auch Spaß gemacht, diesen Scheißkerl Palermo zu ärgern … aber das ist er. Primo Ramondi ist unser Mann.«

Amaldi beobachtete, wie Palermos Wagen sich über die Küstenstraße entfernte. »Glaubst du etwa auch, dass ich *zu nichts mehr zu gebrauchen* bin, Nicola?«, fragte er ihn.

»Nein …«, erwiderte Frese verlegen. »Aber bei den Indizien … da musst du doch selbst zugeben, dass … ach, Scheiße, Giacomo …«

»Bin ich *zu nichts mehr zu gebrauchen*?«

»Nein.«

»Du musst schon überzeugender klingen, Nicola!«

Da erschien Giuditta in der Terrassentür, sie trug ein Tablett mit drei dampfend heißen Tassen Kaffee. »Möchtet ihr eine Pause machen?«, fragte sie lächelnd. »Ist dieser charmante Inspektor schon gegangen?«

Weder Amaldi noch Frese antworteten ihr. Die beiden Männer starrten einander schweigend an.

»Was ist denn hier los?«, fragte Giuditta ernst.

»Denk darüber nach, Nicola«, sagte Amaldi leise, mit tonloser Stimme. »Und gib mir Bescheid. Ich bin bereit, mich von dem Fall zurückzuziehen. Aber wenn ich ihn weiterverfolgen soll … dann nur auf meine Weise.«

Luz' Augen schrien vor Schmerz. Sein engelsgleicher Mund zuckte krampfhaft. Er lief rastlos auf der Dachterrasse auf und ab. Dann ging er unentschlossen und ängstlich zu dem Verschlag seiner Tauben, blieb wenige Schritte vor den Metallgittern stehen, starrte vor sich auf den Boden, um nicht noch einmal das sehen zu müssen, was er vor einer Stunde entdeckt hatte. Er presste die Lippen noch heftiger aufeinander, um den Schrei zu unterdrücken, der aus ihm herausdrängte, drehte sich abrupt um und rannte beinahe zum entgegengesetzten Ende der Terrasse.

Als Palermo die Tür zur Dachterrasse öffnete und ihn in diesem Zustand vorfand, erkannte er sofort, wie verstört Luz war. Er meinte diese Erschütterung förmlich in der Luft zu spüren, als ob dieses Leid sein Leid wäre. Luz rang krampfhaft nach Luft, stützte sich mit seinen langen, schlanken Armen an der Mauer ab, hielt den Kopf gesenkt, und sein ganzer Körper war angespannt. Er bemerkte Palermo zunächst nicht. So versunken schien er in seinen eigenen Schmerz zu sein.

»Luz ...«, sprach Palermo ihn leise an und versuchte dabei, die Sorge in seiner Stimme zu unterdrücken.

Der junge Mann drehte sich um. Bemerkte ihn. Und schon während Luz die Hände von der Mauer löste, noch bevor er den ersten Schritt tat, öffnete sich sein Mund weit in einem stummen Schrei, seine Augen konnten den Schmerz nicht mehr zurückhalten und füllten sich mit Tränen. Er lief auf Palermo zu und warf sich in seine Arme, drückte ihn an sich, brachte kein Wort heraus, keinen Laut. Sein Mund öffnete sich zuckend, wie bei einem Fisch, der an den Strand gespült wurde und langsam erstickt.

»Ich bin ja hier ... ich bin ja hier ...«, flüsterte ihm Palermo ins Ohr und erwiderte seine Umarmung. Er fühlte, wie Luz' Tränen seinen Rücken hinabliefen und der bebende Kiefer des jungen Mannes krampfhaft versuchte, seine Schluchzer in Worte zu verwandeln. »Ruhig ... Jetzt beruhige dich doch ...«, sprach er weiter leise auf ihn ein, wobei er ihn ein wenig von sich weghielt, ihm zulächelte und ihm über den Kopf streichelte, genau über die Stelle mit der Narbe, diese gerade weiße Linie aus Fleisch, auf der seit zwölf Jahren keine Haare mehr wuchsen. Er wischte ihm mit den Daumen die Tränen ab, wobei er die weiche Haut kaum spannte, und dann zog er Luz' Kopf an seine eigene Brust, lauschte, wie der andere allmählich weniger krampfhaft atmete, spürte, wie seine kräftigen Rückenmuskeln sich nach und nach entspannten. Dann, als

Luz' an ihn gelehnter Körper schlaff wurde, packte er ihn brutal auf Höhe der Brust und drückte ihn mit aller Kraft an sich. Er konnte Luz' Wirbel knacken hören und spürte die Rippen, die gegen seine drückten und die Luft aus seinen Lungen pressten. Er drückte zu, bis der Junge leise stöhnte. Dann ließ er ihn los. »Und jetzt atme ein …«, sagte er und hielt dieses wunderschöne Engelsgesicht zwischen seinen Händen. »Los … atme schön tief durch …«, fuhr durch Luz' zerzauste Haare und versteckte die Narbe darunter.

»Ich dachte schon, du kommst nicht mehr … Ferrante«, sagte Luz. Seine raue Stimme war jetzt nur noch ein Flüstern. Er war so erschöpft wie nach einer großen Anstrengung. Die Anspannung dessen, was ihn quälte, war aus seinem Körper gewichen.

Palermo lächelte ihm zu. »Ich bin ja da«, meinte er. »Jetzt bin ich ja da.«

Luz warf sich ihm noch einmal in die Arme, küsste ihn ganz in seinen Schmerz verloren noch einmal auf den Hals und dann suchten seine Lippen den Mund des geliebten Menschen.

»Was ist passiert?«, fragte Palermo, während er sich aus der Umarmung löste und auf Abstand ging.

Luz wandte sich dem Taubenschlag zu, und als er Palermo wieder ansah, standen ihm erneut Tränen in den Augen. Er zog die Nase hoch und deutete mit dem Finger auf ein kleines unregelmäßiges Loch, rechts von ihnen in der Mauer. »Ich hätte sie umbringen können …«, fing er an. »Aber … aber …«, dann wandte er sich wieder dem Taubenschlag zu und schluchzte unterdrückt. Er wandte sich von Palermo ab und trat an die zugemauerte Brüstung der Terrasse.

Palermo ging zu ihm, blieb schweigend neben ihm stehen und versuchte, Luz' Blick zu folgen. Der Schirokko peitschte ihm mit seinem schwülfeuchten Atem heftig in sein Gesicht. Tief unten wirkten die dunklen Straßen wie Felsspalten zwischen den Wohnhäusern. Und dahinter, verhüllt von den stinkenden Ausdünstungen der Stadt, lag der blaue Streifen des Meeres. Und dahinter wiederum die weite Leere des Horizonts.

»Bleib hier stehen«, sagte Palermo nach einer Weile und streichelte Luz über den Rücken.

Palermo sah, dass die Hände des jungen Mannes die Brüstung umkrampften, und nickte.

Dann ging er zum Taubenschlag.

Das Türchen mit dem Metallgitter stand offen und der Schirokko drehte es leicht hin und her. Auf dem Boden lagen Federn. Schwungfedern, an deren Enden noch ein Rest Fleisch hing. Kleine, leichte Halsfedern. Sie waren rot. Blutflecken. Auf dem Boden trockneten die Überreste von einem zerbrochenen Ei ein. Überall Chaos. Die Nester umgekippt und durchwühlt. Ratten. Eine Horde Ratten hatte hier gewütet. Keines der Taubenküken hatte ihren Angriff überlebt. Sogar eines der erwachsenen Tiere hatten sie umgebracht und aufgefressen. Der Schirokko wirbelte Kot und stinkende Körperteile in die Luft. Bis auf einen Vogel war der Taubenschlag leer, ein ziemlich unscheinbar wirkendes Weibchen, das völlig verloren auf diesem Schlachtfeld herumirrte. Es scharrte mit seinen roten Füßen im Stroh. Und hielt mit starrem Blick nach seinen Jungen Ausschau.

Luz tauchte hinter Palermo auf und steckte einen Arm in den Verschlag. Die Taube flatterte auf seine Hand. Luz hielt sie an seine Brust.

»Warte unten«, sagte Palermo. »Ich kümmere mich darum.«

»Ich hätte eine töten können …«, wiederholte Luz und drehte sich zu dem Loch in der Mauer um. »Als sie mich hörten, sind sie alle abgehauen … Aber die eine war nicht schnell genug … Sie hatte eine Taube im Maul … eine von denen, die in der vergangenen Woche geschlüpft sind. Ich hätte sie mit dem Fuß zertreten können … Sie ist stecken geblieben … Das Vogeljunge in ihrer Schnauze passte nicht durchs Loch … Sie hatte ihm den Kopf abgebissen …«, Luz zeigte auf einen winzigen dunklen Klumpen auf dem Boden, den Palermo noch nicht bemerkt hatte. »Ich hätte es tun können …« Er sah ihn schmerzerfüllt an. »Ich hatte Angst … Angst, dass ich dann noch mehr leiden würde … wenn ich sie getötet hätte …« Luz ging auf Palermo zu und küsste ihn auf die Wange. »Danke, Ferrante …«, sagte er, dann drehte er sich um und ging auf die Tür zum Treppenhaus zu. Bevor er verschwand, ließ er die Taube fliegen.

Der Vogel zog einen weiten Kreis, kam zurück und setzte sich in die Nähe des Taubenschlages. Palermo hob eine Hand voll Körner auf und warf sie ihm hin. Die Taube pickte sie nicht auf. Blieb auf ihrem Platz sitzen, legte ab und zu den Kopf schief und verfolgte Palermos Treiben im Innern ihrer zerstörten Zuflucht.

Ich hatte Angst …

Palermo sammelte die abgenagten Überreste des Blutbads auf.

… Angst, dass ich dann noch mehr leiden würde …

Als würde er die Spuren eines Verbrechens beseitigen.

… wenn ich sie getötet hätte …

Wie vor vielen Jahren.

»Das war richtig«, sagte er laut und steckte die Reste in einen schwarzen Müllsack. Er nahm den winzigen Kopf des Täubchens in die Hand, den die Ratte abgebissen hatte, und wickelte ihn in ein Stück Papier ein. Dann, während er sich in dem Albtraum verlor, der ihn nie verließ, weder bei Tag noch in der Nacht, nicht im Schlaf und nicht im Wachen, drehte er den Wasserhahn auf und wusch sich die Blutflecken ab.

Als Palermo dem Jungen zum ersten Mal begegnet war, hatte er sofort begriffen, dass an ihm etwas Besonderes, Fremdartiges war. Es lag daran, wie er seine Umwelt betrachtete, wie er sich bewegte. An dem Licht, das tief hinten in seinen von Trauer getrübten Augen leuchtete. Er war ein introvertierter Junge, der Stunden damit verbrachte, das spärliche Fleckchen Natur zu betrachten, das diese Vorstadtgegend zu bieten hatte, und währenddessen schienen die Zeit und die ganze Welt stehen zu bleiben. Ein Junge, der wie ein Kind seines Alters redete, dessen Augen jedoch Geschichten von Erwachsenen erzählten.

Und er hatte sich in dieser noch so unreifen, jungen Seele wiedererkannt.

Palermo betrachtete den leeren Taubenschlag. Und wenn er ihn noch so gründlich reinigte, würde das doch nicht das Verschwinden der kleinen Tauben ausgleichen. Die Leere dort würde das Verbrechen laut hinausschreien, bis die Tauben wieder neue Eier ausbrüten würden. Und auch dann würde das laute Rufen der Jungen nicht die beunruhigende Stimme der Erinnerung überdecken können. Palermo wusste genau, dass Wasser nicht ausreichte, um Blutflecken zu entfernen. Genau wie es nicht genügte, die Augen zu verschließen und wegzuschauen.

Er schloss den schwarzen Müllsack, nun prallvoll mit dem, was die Ratten von den Vögeln übrig gelassen hatten, dann ging er zur Brüstung der Terrasse und stützte sich dort mit den Ellenbogen ab. Die Taube folgte seinen Bewegungen mit ihren glasigen Augen. Palermo hätte ihr gern zugelächelt, so wie Luz es gekonnt hätte, aber er wusste, dabei würde nur eine furchtbare Grimasse herauskommen. Er starrte auf das banale, gesichtslose Vorstadtviertel unter ihm, das so weit entfernt war von jener wunderschönen Villa am Seeufer. Er betrachtete die Balkone mit ihren spärlichen, gewöhnlichen Pflanzen, die so dürftig wirkten im Vergleich zu jenen fleischigen Kamelien, die dort im Gewächshaus so üppig gediehen. Er hörte die lauten, misstönenden Geräusche der Großstadt und suchte darin nach einem Klang, der ihm die Lieder aus seiner Kindheit zurückbringen würde, als er mit seiner Mutter getanzt, seine kleinen, von dunkler, moosiger Erde schmutzigen Händchen auf ihre Hüften gelegt hatte. Und er beobachtete forschend die Frauen, Kinder und Männer, die diese Vorstadtgegend bevölkerten, ohne sie zu erkennen. Ohne sie zu begehren. Er betrachtete den Rand der ländlichen Gegend hinter ihm. Und den Rand des Meeres vor ihm und den des trüben Himmels, der nie klar oder rein war, nie hellblau, nie dunkelblau oder sternenklar. Ein Himmel, der nicht mal der Rand von etwas Unendlichem war. Sondern in einem Käfig gefangen.

»Versprich mir, dass du niemals erwachsen wirst«, hatte seine Mutter gesagt und ihn an ihre Brust gedrückt, wobei sie ihn beinahe in dem Geruch nach Moos und Erde erstickte. »Versprich mir, dass du immer mein kleiner Junge bleiben wirst.«

Ein Himmel, den die schäbigen Geschichten der Menschen getrübt hatten. Von dem die Erwachsenen lediglich erwarteten, dass er ihre schändliche Vergangenheit wahrnahm, während sie ihn mit ihrer Gegenwart vergifteten.

Als er forschend in diesen trüben milchigen Himmel starrte, sah Palermo dort auch seine Geschichte. Die Geschichte des Kindes, das er gewesen war, des Jungen, der er dann geworden war, und des Mannes, der er krampfhaft versucht hatte zu sein. Die Geschichte dieses menschlichen Wracks, das sich seit zwölf Jahren in den tosenden Fluten seiner eigenen Sünden verlor.

Palermo hatte den Jungen wiedererkannt.

Und der hatte sich in seinem Kopf festgesetzt.

Bis er eines Nachts in das Kellergeschoss eines Rohbaus eingedrungen war. Allein. Mit einer nicht registrierten Waffe in der Hand und einem Herz, das laut schlug wegen der Amphetamine, die er nahm, um wach zu bleiben. Er war den Stimmen gefolgt, dem finsteren Lachen, dem Stöhnen, den grellen

Lichtern in der Dunkelheit dieses menschenleeren Ortes. Und dort hatte er einen Mann mit einer Videokamera in der Hand vorgefunden. Die Scheinwerfer beleuchteten zwei alte Männer mit heruntergelassenen Hosen und runzeligen Schwänzen, die in der Luft wippten. Und da war ein Vater gewesen, der Geld zählte.

Und dieser Junge. Nackt. Gefesselt. Eine Schlinge um den Hals.

Die Taube kam näher. Palermo hielt ihr ein Maiskorn hin, das sie aufpickte, und dann kam sie noch ein wenig näher. Palermo füllte seine Hand mit Körnern und hielt sie der Vogelmutter vor den Schnabel. Als er sie ansah, bemerkte er, dass ihre Augen gar nicht glasig waren.

Er fühlte in der Tasche den Zettel mit der Nachricht, die ihm Primo Ramondi geschrieben hatte. Palermo schnaubte vor Wut.

Ratten. Sie kamen nachts aus den Gullys. Tagsüber blieben sie in ihren Verstecken in der Kanalisation, mit ihren schnuppernden Schnauzen, die zwischen den diarrhöischen Gerüchen der Stadt den süßen Duft nach Fleisch, nach lebendigem, jungem Fleisch wittern konnten. Und es gab keine Festung, die ihnen standhalten konnte. Und nichts Reines, das sie nicht beschmutzen wollten. Palermo wandte sich der grauen, monotonen Peripherie zu, die sich vor seinen Augen erstreckte. Die dunklen Straßen dort unten zwischen den Häusern wirkten wie Felsspalten, dachte er noch einmal. Aber kein Gipfel war hoch genug, um dem Leben zu entkommen.

»Versprich mir, dass du nie erwachsen wirst.«

»Versprich mir, dass du immer mein kleiner Junge bleiben wirst.«

Der Junge war nackt und weinte nicht.

Palermo hörte, wie die Tür zur Dachterrasse aufging.

Ich hatte Angst … Angst, dass ich dann noch mehr leiden würden … wenn ich sie getötet hätte …

Palermo drehte sich um. Luz ließ seine langen feingliedrigen Finger über die Gitter des Taubenschlags gleiten.

»Sie kommen zurück, sobald sie den Schrecken vergessen haben«, erklärte er Palermo lächelnd.

»Und die Ratten?«

»Die auch …«

Luz trat an die Brüstung, streichelte die Taube. Dann erschauerte er heftig und presste sich an Palermos kräftigen Körper.

»Bleibst du?«, fragte er. Er glühte, als hätte er Fieber.

»Nein … ich muss gehen.«

»Ist es wichtig?«

Der nackte Junge war Luz gewesen.

»Ja, es ist wichtig.«

Palermo würde diese Ratte unter seinem Schuh zerquetschen.

Er kämmte die Haare der Frau durch, die seiner Mutter so ähnlich sah. Löste jeden Knoten, Strähne für Strähne. Feine, weiche Haare glitten über seine Finger. Haare, die das ganze Licht des Tages einfingen und es seinen Augen vervielfacht, wie durch ein Kaleidoskop zurückgaben. Er kämmte sie sorgfältig, liebevoll, vorsichtig. Er hatte Angst, diese zarten Fäden zu zerreißen, die er entwirrte wie eine verworrene Geschichte. Und zwischen diesen leichten Strähnen, die so hell waren wie Lichtstrahlen, schien er, während er sie voneinander trennte, eine andere, dunklere zu entdecken. Sie war rot und ging von der Schläfe der Frau aus, die seiner Mutter ähnlich sah. Er nahm sie zwischen die Finger. Sie war aus Seide, einer raschelnden, kühlen Seide, die angenehm anzufassen war. Eine lange Seidensträhne. Länger als alle anderen. Er betrachtete sie und suchte ihr Ende. Die Seidensträhne flatterte ein wenig hoch, weil ein leichter Windhauch aufkam, und kräuselte sich. Er folgte dem Stoff, lachend, den Kamm in der Hand. Dann trat er auf die Strähne, setzte seine Füße vorsichtig darauf, wie ein Seiltänzer das Seil betritt. Dieses Band schien nicht enden zu wollen. Es führte ihn zurück in die Gassen einer Stadt, die seiner ähnelte, an alle Stätten seiner Kindheit, auf Felder, ähnlich denen, die er kannte, ganz nach oben auf einen mit Dornengestrüpp überwucherten Hügel, und dann führte sie ihn wieder hinab zu einem Gebäude, das dem Heim ähnelte, kreuz und quer durch ein Labyrinth aus Schaufensterpuppen, die auf ein Schiff verladen werden sollten. Und eine von diesen Schaufensterpuppen sah dem fetten Lehrer ähnlich, der ihn ausgezogen und angestarrt hatte. Doch er blieb nicht stehen, er lief weiter auf diesem roten Band, das jedoch inzwischen so klebrig geworden war, dass der Windhauch es nicht mehr zum Flattern brachte. Und bemerkte, dass er zu dem lichtdurchfluteten, weißen Ort zurückkehrte, wo er die Frau zurückgelassen hatte, die seiner Mutter ähnlich sah. Die Seidensträhne war zu einem roten Rinnsal geworden, das immer klebriger wurde. Er konnte die Augen und die Füße nicht mehr von diesem flüssigen Band lösen. Dann war er wieder dort angelangt, von wo er aufgebrochen war. Die Frau, die seiner Mutter ähnlich sah, war nicht mehr dort. An ihrem Platz saß jetzt ein Junge. Er war schmutzig und nackt und weinte. Der Junge, der getötet hatte. An seinem Kopf war eine Wunde, unter den Haaren, die von der Schläfe ausging. Daraus tropfte Blut, das jenes kleine rote Rinnsal bildete, dem er bis hierher gefolgt war. Die Wunde schien unergründlich tief. Er senkte den Blick. Jetzt hielt er keinen Kamm mehr in der Hand. Sondern ein Papiermesser.

Es klingelte an der Tür, und der Albtraum verschwand.

Er schreckte hoch und war sofort hellwach.

Der Junge war in der dunklen Höhle.

Es klopfte.

Er öffnete.

Draußen stand der Tod.

»Wer ist da?«, fragte er mit seiner dünnen kehligen, beinahe weibischen Stimme.

»Der Hausverwalter.«

Primo Ramondi öffnete die Tür einen Spalt breit.

Der Mann warf sich mit der Schulter dagegen, legte all seine Kraft in den Stoß und katapultierte sich in die Wohnung.

Primo Ramondi wurde zu Boden geschleudert. Er wollte schon aufstehen, war bereit zu kämpfen, mit einem brutalen Glitzern in seinen Augen suchte seine Hand in der Hosentasche nach dem Messer, doch dann erkannte er den Mann, der ihn angegriffen hatte, und auf seinem Gesicht zeichnete sich nackte Angst ab. Er wusste, was der andere wollte. Inzwischen kannte er dessen Plan. Sein aggressives Gehabe fiel in sich zusammen. Er versuchte zu lächeln.

Palermo entdeckte etwas Wildes, Raubtierhaftes in Primo Ramondis Lächeln, das ihm das Blut in den Adern gefrieren ließ, obwohl er den Grund dafür nicht kannte.

»Der Arm des Gesetzes«, sagte Ramondi mit dieser unangenehm weibischen Stimme und fuhr sich mit der Zunge über die Lippen.

Da erkannte Palermo, was ihn zutiefst irritiert hatte. Ramondi hatte acht Eckzähne. Vier zu viel.

»Ich rufe auf der Stelle meinen Anwalt an«, erklärte Ramondi.

Palermo packte das Telefon und schleuderte es wutentbrannt gegen die weiße Wand auf der gegenüberliegenden Seite des Zimmers.

Primo Ramondi rührte sich nicht.

»Ich weiß, dass du es warst«, sagte Palermo.

Primo Ramondi antwortete nicht darauf.

»Diesmal ist es Mord.«

Ein kaum wahrnehmbares Aufleuchten ging durch Ramondis Augen.

Palermo begann wütend, das Wohnzimmer zu durchsuchen, stellte alles dort auf den Kopf. Das Sofa, den Sessel, die Kissen, den niedrigen Couchtisch. Dabei suchte er dort nach nichts. Auf diese Weise versuchte er bloß, seinen Zorn in Zaum zu halten. Doch all dieses Weiß machte ihn schier verrückt.

»Ganz egal, was Sie jetzt finden, diese Durchsuchung ist illegal«, meinte Primo Ramondi daraufhin.

Palermo drehte sich abrupt um und gab einem unbezähmbaren Drang nach. Instinktiv zog sich sein rechter Arm erst ruckartig zurück und schnellte dann mit geballter Faust nach vorn, in Ramondis Bauch, der sich daraufhin keuchend vor Schmerzen zusammenkrümmte. Palermo packte ihn mit der linken Hand im Nacken, mit der rechten holte er ein zusammengeknülltes Stück Papier aus seiner Jackentasche und stopfte es ihm in den Mund. Dann versetzte er ihm noch einen Schlag ins Gesicht.

Primo Ramondi ließ sich auf den Boden fallen, ohne sich zu wehren. Seine Nase blutete. In seinen Augen war noch immer diese nackte Angst zu sehen. Und der Schmerz. Der Schmerz aus einer anderen Zeit. Einer anderen Geschichte. Während er Palermo ansah, kaute er auf dem Papier herum. Er spürte es zwischen den Zähnen knirschen. Dann schluckte er. Schließlich stand er wieder auf.

»Ich werde wiederkommen und dann bist du erledigt«, sagte Palermo im Hinausgehen und schlug die Tür hinter sich zu.

Primo Ramondi rührte sich nicht. Er lauschte. Fünfundvierzig Sekunden lang. Dann verkündete ihm ein kaum wahrnehmbares klickendes Geräusch, dass die Audiosensoren die Aufnahme unterbrochen hatten.

Er richtete das umgeworfene Sofa wieder auf, öffnete das zweitürige Schränkchen, holte einen kleinen Pinsel und eine Dose abwaschbare weiße Farbe heraus und widmete sich konzentriert der Beseitigung des grauen Streifens, den das Telefon auf der Wand hinterlassen hatte. So suchte er einen verschwundenen Frieden wiederzufinden, den der Albtraum der Vergangenheit und die Wahrheit, die ihm auf der Seele lastete, in sich eingesogen hatten.

Als die Wandoberfläche wieder in tadellosem Weiß erstrahlte, ging er ins Bad, um seine blutende Nase zu verarzten, aus der es immer noch tropfte. Er stopfte sich blutstillende Watte in die Nasenlöcher. Dann zog er sich aus und warf die beschmutzte Kleidung in eine Wanne mit Bleichmittel.

Schließlich hockte er sich vor die Toilettenschüssel, steckte sich zwei Finger in den Hals und erbrach das zerkaute Stück Papier.

Er wickelte es auf. Im Innern des Blattes, auf dem einige mit einer Schablone geschriebene Worte standen, lag ein kleiner dunkler Klumpen. Er sah ihn sich genauer an.

Und entdeckte zwei kleine Augen.

Einen kleinen Schnabel.

Winzige, blutverschmierte Federn.

Ramondi schrie laut.

X

»Er hat was getan?«, brüllte Amaldi ungläubig in den Telefonhörer. Dann lauschte er. »Nein, ich denke gar nicht daran zu kommen. Nicola … du wusstest von Anfang an ganz genau, dass ich mich keinen Schritt von hier wegbewegen würde.« Er hörte wieder zu. »Hast du über meine Frage nachgedacht? Gut … dann also auf meine Weise«, sagte er und legte auf.

Giuditta saß auf der Terrasse und betrachtete den Sonnenuntergang. Amaldi setzte sich neben sie.

»Was ist passiert?«, fragte Giuditta.

»Nichts …«, knurrte Amaldi einsilbig.

»Du solltest mit jemandem reden, Giacomo«, meinte sie und nahm seine Hand. »Und zwar mit mir. Du kannst nicht alles in dich hineinfressen … Ich bitte dich …«

»Erinnerst du dich noch an den Ispettore von neulich?«, fragte Amaldi vorsichtig.

»Dieser charmante Mann?«

»Ja … Der hat einen Verdächtigen zu Hause aufgesucht, ihn zusammengeschlagen und gezwungen, einen Taubenkopf hinunterzuschlucken …«

Giuditta verzog angewidert das Gesicht.

»Entschuldige bitte …«, sagte Amaldi.

»Erzähl weiter.«

»Damit hat er die Ermittlungen beeinträchtigt … Er hat … Der Mann, den er verprügelt hat, ist psychisch labil … Der könnte wer weiß was anstellen … Er könnte … Er hat ihn einfach zusammengeschlagen, verstehst du?«

»Weiß man denn mit Sicherheit, dass er es war?«, fragte Giuditta nach.

»Es gibt eine Videoaufzeichnung. Der Anwalt von … von diesem Verdächtigen hat Anzeige erstattet. Palermo wird des Hausfriedensbruchs, der schweren Körperverletzung und des Amtsmissbrauchs beschuldigt … Der Jesuit wollte mich sprechen …«

»Wer ist der Jesuit?«

»Der Leiter des Disziplinarausschusses. Er wollte mich sehen und mit mir sprechen … Man hat Palermo suspendiert und er hat gesagt … dass alles meine Schuld sei.«

»Stimmt das denn?«

»Nein, ganz und gar nicht!«, erregte sich Amaldi und sprang auf.

Giuditta trat zu ihm und umarmte ihn, drückte ihn ganz fest an sich. Als ob sie eins wären. Sie spürte, wie er vor Wut zitterte. Und vor Schmerz.

»Und was ist da noch?«

Amaldis Körper fiel in sich zusammen.

»Als er gegangen ist … also neulich …« Hier geriet er ins Stocken.

»Was …?«

»Die denken alle, dass ich am Ende bin«, sagte Amaldi kaum hörbar. »Dass ich … *zu nichts mehr zu gebrauchen* bin, so hat er es ausgedrückt.«

Giuditta nahm sein schönes Gesicht in ihre Hände und schaute ihm direkt in die Augen.

»Nicola meint es auch …«, sagte Amaldi.

»Das glaube ich nicht«, sagte Giuditta voll Überzeugung.

Amaldi senkte den Blick.

»Und du?«, fragte ihn Giuditta. »Was denkst du?«

»Ich weiß es nicht …«

»Das stimmt nicht.«

»Ich weiß gar nichts mehr …«

»Das stimmt nicht, Giacomo«, sagte Giuditta nachdrücklich. »Schau mich an. Was denkst *du*?«

Amaldi sah sie wieder an. »Ich denke, dass ich keine Schuld daran trage.«

»Bist du denn *zu nichts mehr zu gebrauchen*?«

»… Nein.«

»Nein«, bestätigte Giuditta. »Warum denken das die anderen von dir?«

Amaldi richtete sich auf, nahm ihre Hände von seinem Gesicht und zog sie an sich. Die Sonne war mittlerweile halb im Meer versunken. »Ich benehme mich wie eins von deinen Kindern, nicht wahr?«, fragte er sie.

»Nein. Du bist ein Mann. Ein wunderbarer Mann. Warum denken denn die anderen, dass du *zu nichts mehr zu gebrauchen* bist, Giacomo?«

Amaldi seufzte. »Weil ich mich nicht vor Ort blicken lasse … Weil ich mich hier in meiner Zuflucht vergrabe … Im Exil …«

»Bist du denn bereit, dich dem Kampf zu stellen?«

»Ich weiß es nicht …«

»Und wann wirst du das sein? Wie willst du wissen, ob du bereit bist?«

»Schaffst du es denn, hier den ganzen Tag allein zu bleiben?«

»Ich bin niemals allein. Da sind doch die *Superzwerge*, erinnerst du dich?«

»Das hast du gehört?«, fragte Amaldi überrascht.

»Nicola ist schwer zu überhören«, meinte Giuditta lachend.

»Und du hast dich nicht geärgert?«

»An dem Tag hätte ich ihn erwürgen können. Aber dann am nächsten Morgen … als der *Stöpsel* zu Palermo geflüchtet ist und ihn angelächelt hat und sich von ihm hat anfassen lassen … Du hast Nicola nicht gesehen … Er kann so etwas eben nicht … Nicola ist nun mal, wie er ist und wie wir alle ihn kennen … Die Kinder haben Angst vor ihm. Aber es schmerzt ihn … mehr als er zugeben würde. Ich habe es gesehen, ich habe es in seinen Augen gelesen …« Sie legte ihren Kopf an seine Schulter. »Also? Wirst du dich ins Kampfgetümmel stürzen?«

»Ich denke darüber nach …«

Es kam öfter vor, dass Primo Ramondi in tiefe Trauer versank. Dann tauchte er ab in einen Albtraum, der viel schrecklicher und grausamer war als der, dem er sich täglich stellen musste. Seine zerstörerische Energie wandte sich gegen ihn, wie ein schlecht abgerichtetes Tier, und schlug ebenso spitze Zähne in sein Fleisch, wie er in die Körper von Prostituierten, um den Hunger der eigenen Entfremdung zu stillen.

In diesen Moment trübte – oder klärte sich – seine verzerrte, pathologische Sicht auf die Dinge.

Seine Strafe war das Sehen.

Sich selbst mit den Augen der Welt zu sehen. Sich wahrzunehmen mit dem moralischen Anspruch der Normalbürger. Und genauso gelähmt vor Angst wie seine eigenen Opfer das Monster in seinem Inneren zu beobachten.

Die Strafe war, sich selbst ins Gesicht sehen zu müssen.

Er hätte sich mit den Qualen beschäftigen können, von denen er vorgab, dass er sie nie erlitten hatte. Sogar bei seinen frühesten Leiden. Und hätte sich selbst bemitleiden können, weil ihn das Schicksal ständig verfolgt hatte, wie es nur wenigen Unglücklichen bestimmt war. Aber vor allem sah Primo Ramondi nur seinen eigenen, ihn vollständig beherrschenden Egoismus. Er sah, wie der vor endlosen Jahren diesen verhängnisvollen

Schritt für ihn machte, mit dem er sich endgültig aus der Gesellschaft ausgeschlossen hatte. Und nachdem er als den Motor seiner Handlungen jene einfache, schreckliche Krankheit erkannte, die er niemals hatte behandeln wollen, sah er, wie er selbst jede Form von Liebe schon im Ansatz erstickte, weil sie nicht wachsen durfte.

Primo Ramondi lag seit dem Morgen erschöpft auf dem Bett. Er war nackt, ohne ein einziges Haar am Körper. Er hatte den ganzen Tag in dieser Position, mit übereinandergeschlagenen Beinen verharrt, und nun schmerzten seine Schenkel. Sein Rücken lehnte am weißen Kopfende des Bettes. Schon im Morgengrauen, als er zum ersten Mal festgestellt hatte, dass er nicht aufstehen konnte, war ihm eine kleine, schmutzige Vogelfeder auf seinen Laken aufgefallen, aber er hatte nicht die Kraft aufgebracht, sie mit der Pinzette aufzunehmen und fortzuwerfen. Ab und an wanderten seine Augen zu diesem Schmutz zurück, eher aus einem Reflex heraus als aus eigenem Antrieb, denn der war zu schwach. Gegen Abend hatte er seine rechte Hand mit der Handfläche nach oben auf dem Bett ausgestreckt und hatte sich dazu vorgestellt, das sei er, als Gefangener seiner Vergangenheit. Manchmal funktionierte dieser Trick. Dann hatte er die linke Hand geöffnet wie eine fleischige Blüte und auf der anderen Seite des Bettes abgelegt und sich gesagt, das sei er in der Zukunft. Schließlich hatte er den Blick wieder auf seinen Körper zwischen beiden Händen gerichtet. Das war die Gegenwart. Manchmal klappte das. Dann akzeptierte er die Vorstellung, dass nichts von dem, was er dachte, wirklich geschehen würde. Die Gedanken – jene Gedanken – waren wie seine Hände, nicht ganz ein Teil seiner selbst. Sie gehörten zu Fantasievorstellungen aus einer anderen Zeit, Vergangenheit oder Zukunft, doch keinesfalls in eine reale, lebendige Gegenwart. Wenn er den eigenen Körper betrachtete, konnte er der Welt trotzen und fand beinahe immer zu sich selbst. Aber an diesem Tag hatte er das bereits siebenundfünfzigmal versucht. Hatte jeden dieser vergeblichen Versuche, bei dem er nur seinen lächerlichen unbehaarten Körper gesehen hatte, mit einer geradezu unangenehmen Distanz registriert.

Wenn er seinem Egoismus so entgegentrat, mit hochgeklapptem Visier und ganz ohne Maske, vermittelte er ihm das Gefühl, ein Mann wie jeder andere zu sein. Das war seine Strafe. Primo Ramondi sah das Leid seiner verzweifelten Einsamkeit.

In jenen Momenten dachte er, dass er irgendwann eine Prostituierte nicht nur beißen, sondern auch essen würde.

Damit er seine Zähne nicht in seinen eigenen, ihm verhassten Körper versenken musste.

Giuditta saß unten, auf dem Rand der Rutsche, den Blick in dieser feinen, verschwommenen bläulichen Linie förmlich verloren.

»Ich wünschte mir, dass eines der Kinder nicht wieder gehen müsste«, sagte sie. »Ich wünschte mir, dass dieses Haus das Heim eines Kindes wäre.«

Als sie sich zur Terrasse umwandte, entdeckte sie dort Giacomo, der sich mit den Händen auf die Brüstung stützte und sie beobachtete. Wie jeden Abend. Sie lachte.

Auch weil sie wusste, dass er sie eines Tages hören würde.

Doch bald würde Giacomo sie hier allein lassen. Er würde wieder den Kampf aufnehmen. Wenn sie sich dann zur Terrasse umdrehte, würde er nicht mehr dort stehen.

Und vielleicht würde er sie nie mehr hören.

Primo Ramondi war in einem Haus geboren und aufgewachsen, das nicht viel mehr als eine Hütte war, jenseits des Stadtrands, an einem staubigen Platz, den man noch nicht einmal als öde Landschaft bezeichnen konnte.

Als er neun war, hatte man ihn in jenes Heim gesteckt, aus dem er mit beinahe dreizehn geflohen war. Dort hatte er noch jeden einzelnen Tag geglaubt, er könnte ein ganz normales Kind werden. Aber dann war etwas geschehen. Und er musste fliehen.

Zwei Jahre lang war er danach auf der Flucht.

Mit fünfzehn – nachdem er gelernt hatte, zu stehlen, Schlösser und Türen aufzubrechen, über Fassaden oder Dächer in leer stehende Wohnungen einzusteigen und schließlich sogar zu betteln – hatte er Violino kennen gelernt.

Der Mann, damals war er fünfunddreißig, führte eine gut gehende Wäscherei, die sieben private Pflegeheime belieferte. Viermal am Tag – davon zweimal in der Nacht – fuhr er persönlich die Heime ab und sammelte in seinem Lieferwagen die Schmutzwäsche ein. Fünf Frauen arbeiteten für ihn, um die schmutzigen Laken, Kissen, Decken und Handtücher der inkontinenten Bewohner zu waschen, zu desinfizieren und zu bügeln. Violino lebte in einem illegal errichteten Haus in der Peripherie, das später von den Beamten aus Bequemlichkeit offiziell in die Katasterpläne aufgenommen wurde. Solange es noch illegal war, hatte Violino neben dem Wohnhaus auf einem nicht landwirtschaftlich genutzten Stück Land, das zu seinem Grundstück gehörte, noch ein großes Lager errichtet, in dem dann seine Wäscherei entstand.

Als sein Unternehmen sich ausgesprochen vielversprechend entwickelte, hatte Violino seinen Gewinn in eine Unterkellerung des Wohnhauses gesteckt und so einen zehn mal zehn Meter großen quadratischen Raum mit zwei Zugängen bauen lassen, einen von außen über eine steile befestigte Rampe, die mit einem Rollgitter verschlossen wurde, und einen von innen, der mit einer gepanzerten Tür gesichert war. Das Untergeschoss wurde über ein Entlüftungssystem mit Klimaanlage und Heizung versorgt, sodass sommers wie winters hier eine gleichbleibende Temperatur herrschte, die von mehreren Thermostaten genau überwacht wurde.

Violinos zentrales Thema, das er auch seinen Angestellten einschärfte, hieß Sauberkeit. Und damit sie sich etwas darunter vorstellen konnten, war er dazu übergegangen, die schrecklichen Auswirkungen von Schmutz und Unsauberkeit in einem Fotoalbum zu dokumentieren und ihnen so die Grundregeln von Hygiene zu erläutern. Als der junge Primo in das Unternehmen eintrat, war er schockiert von all den Fotos von Geschwüren, infizierten Wunden, von durch Rattenbisse verursachten Verletzungen und der langen Aufzählung von eventuellen Krankheiten bei zu engem Kontakt mit Tieren, die eine unhygienische Umgebung unwiderstehlich anzog. Aber mehr als jedes andere Bild erschreckten ihn die mikroskopischen Vergrößerungen von Bakterien, die im Schmutz hausten, und von den Schäden, die sie verursachen konnten.

Eines Tages hatte Violino einen Halbwüchsigen bemerkt, der um sein Grundstück herumstrich. Da er davon überzeugt war, dass es sich dabei um einen Kleinkriminellen handelte, behielt er ihn im Auge, und das über Wochen. Der Junge tauchte immer am späten Nachmittag auf, setzte sich hinter einen großen Brombeerstrauch und blieb dort still sitzen, bis die Sonne unterging. Dann verschwand er spurlos. Trotz seiner Bemühungen fand Violino einfach nicht heraus, wie und wann er ging. Einige Tage später entdeckte er, dass ein Fenster seiner Wäscherei aufgebrochen worden war. Meist ließ Violino nach der Rückkehr von seinen nächtlichen Runden die schmutzige Wäsche der Pflegeheime bis zum nächsten Morgen in seinem Lieferwagen, wenn sie seine Arbeiterinnen ausluden. Daher blieb die Wäscherei von sieben Uhr abends bis sieben Uhr morgens geschlossen. Violino befragte nun seine Angestellten, aber die fünf Frauen sagten übereinstimmend, dass sie nichts Ungewöhnliches bemerkt hätten.

Mehr seinem Gefühl als einer logischen Überlegung folgend versteckte sich Violino eines Nachts in der Wäscherei. Punkt acht Uhr beobachtete er, wie das aufgebrochene Fenster sich öffnete und der Junge flink in den Raum kletterte. Violino blieb in seiner dunklen Ecke hocken und beobachtete. Seit der Junge ihm aufgefallen war, hatte Violino jeden Tag misstrauisch die Laken und Decken nachgezählt und auch die Waschmittelvorräte kontrolliert, aber nie hatte etwas gefehlt. Nach Betreten des Raumes hatte der Junge seine Nase witternd in die Luft gestreckt, als wäre er ein Tier, bevor ein Lächeln auf seinem Gesicht erschien und er leise und zielstrebig auf einen Stapel sauberer, duftender Wäsche zusteuerte. Es war ein schwüler, heißer Sommer. Der Junge hatte die Wäsche genommen und auf einem Tisch ausgebreitet. Dann hatte er sich komplett ausgezogen und auf den weißen Laken ausgestreckt, wobei er die Nase selig in dem Stoff vergrub. Kurz darauf war er eingeschlafen. Nun war Violino aus seinem Versteck hervorgekommen und auf ihn zugegangen. Er war sich nicht sicher, was er tun sollte. Als er dann dicht neben dem Jungen stand, war ihm seine körperliche Missbildung aufgefallen, weil er sich schlafend auf den Rücken gedreht und die Beine von sich gestreckt hatte. Der winzige Penis schien wie der eines Neugeborenen, die Hoden waren überhaupt nicht zu sehen. Im Schambereich wuchsen nur einige wenige helle Haare. Betroffen war Violino einen Moment stehen geblieben, bevor er in sein Versteck zurückkehrte. Noch vor Sonnenaufgang war der Junge mit einem glücklichen Lächeln auf den Lippen erwacht und hatte seine Nase noch einmal in der duftenden Wäsche versenkt. Er hatte sich angezogen und alles höchst sorgfältig in Ordnung gebracht. Dann war er durch das aufgebrochene Fenster verschwunden.

Violino war ihm gefolgt, wobei er sich bemühte, unbemerkt zu bleiben. Der Junge hatte eine Bar in der Vorstadt aufgesucht, hatte zwei Croissants gekauft und war dann zu einer kleinen Barackensiedlung gegangen. Er hatte sich vor einer Hütte mit Wellblechdach auf eine Holzstufe gesetzt und dort gewartet, wobei er mit der Papiertüte herumspielte, in der die beiden süßen Stückchen steckten. Kurz darauf bemerkte Violino, wie eine verlebte und vulgär gekleidete Frau um die fünfzig zusammen mit einer ähnlich aufreizend angezogenen Frau herankam, die noch keine zwanzig war. Offensichtlich zwei Prostituierte. Der Junge war aufgestanden, ihnen entgegengegangen und hatte der älteren Hure die Tüte gegeben. Die Frau hatte den Jungen unfreundlich begrüßt, die Tüte aufgemacht und mit wenigen Bissen eines der beiden Croissants verschlungen. Die jüngere Prostituierte hatte den Jungen grinsend begrüßt und ihm dabei ziemlich grob den Unterleib betatscht, worauf er sich hochrot hinter die Hütte geflüchtet hatte. Die beiden Frauen hatten zusammen gelacht und sich dazu mit den Ellenbogen angestoßen, dann hatten sie sich um das andere Croissant gestritten. Schließlich waren sie in ihrer schäbigen Hütte verschwunden. Kurz darauf öffnete sich die Tür wieder und ein kräftiger Kerl im Unterhemd zerrte brüllend die fünfzigjährige Hure an den Haaren hinter sich her. Er hatte sie in den Staub geworfen und ihr etwas zugeschrien, was Violino nicht verstand. Als die junge Prostituierte ebenfalls herauskam, um zu sehen, was geschah, war der Mann mit seiner Hand unter ihr Mieder gefahren und hatte grob ihre Brust gepackt und gequetscht. Dann war er mit einem ordinären Lachen ins Haus zurückgegangen, während die auf dem Boden liegende Frau losheulte. Die junge Hure eilte zu ihr und half ihr beim Aufstehen. Immer noch unter Tränen hatte sich die Ältere ihr Knie gerieben, das sie sich beim Fallen aufgeschürft hatte. Wütend hatte die Frau beide Strümpfe, die sie sich bei dem Sturz zerrissen hatte, ausgezogen und neben sich in den Staub geworfen. Violino hatte ihr dichtes, schwarzes Schamhaar und die schlaffen Schenkel sehen können, in die zwei blaue Strumpfbänder tief einschnitten. Dann hatte die Prostituierte in Begleitung der jungen Frau den unbefestigten Weg eingeschlagen, der dorthin führte, wo die Stadt endete oder begann.

Violino hatte gesehen, wie der Junge schnell hinter der Hütte hervorschlüpfte, die Strümpfe aufsammelte und sie rasch in die Hosentasche steckte. Er war den beiden Prostituierten hinterhergelaufen und hatte der älteren Frau seinen Arm hingehalten, die ihn allerdings grob wegstieß. Die junge hatte ihn angespuckt. Der Junge war reglos am Wegrand hocken geblieben und hatte ihnen nachgesehen, bis sie verschwunden waren. Dann hatte er sich umgedreht und einen streunenden Hund bemerkt, der scheu und mit wedelndem Schwanz um ihn herumsprang. Der Junge hatte einen Stein aufgehoben und nach ihm geworfen. Er traf sein Ziel genau, Violino hatte das Winseln des Hundes gehört. Dann war der Junge so schnell er konnte in die trostlose Landschaft davongerannt.

In der darauffolgenden Nacht hatten er und Violino einander kennen gelernt. In der Wäscherei. Der Junge schlief wieder nackt auf der sauberen Wäsche, eine Hand hielt die Strümpfe der Prostituierten fest umklammert.

Als Violino ihn aufweckte, wollte der Junge zunächst fliehen. Mit einem Satz war er am Fenster und riss es auf. Dann erst bemerkte er, dass er nackt war. Er blieb stehen und sah entsetzt auf seine über den Boden verstreuten Kleider. Violino machte keine Anstalten, ihn anzugreifen, anzuschreien oder um Hilfe zu rufen. Er stand einfach ruhig da und lächelte.

»Ich mach's nicht mit Schwulen«, hatte der Junge zu ihm gesagt, dessen Hand immer noch die zerrissenen Strümpfe umklammerte. Er hielt sie sich vor den Unterleib und bedeckte damit notdürftig seinen winzigen Penis.

»Ich bin nicht schwul«, hatte ihm Violino geantwortet. »Mir gehört all das hier.«

»Das weiß ich«, hatte der Junge erwidert. »Was willst du von mir?«

Violino musste kurz an den streunenden Hund von heute Morgen denken. »Ich brauche eine Aushilfe«, hatte er zu seiner eigenen Verwunderung gesagt. »Und du brauchst einen sauberen Ort, an dem du schlafen kannst. Wir könnten miteinander ins Geschäft kommen.«

Von diesem Tag an lebte Primo Ramondi bei Violino im Haus. Er begleitete ihn auf seinen Runden mit dem Lieferwagen, lud sich die schweren Säcke mit der Schmutzwäsche auf die Schultern und trug sie in die Wäscherei. Außerdem sortierte er die sauberen Laken, Kissen und Decken zu ordentlichen Stapeln und machte sie für die Auslieferung am nächsten Tag fertig. Er war aufgeschlossen und intelligent. Violino bemerkte, dass er sich mit seinen Arbeiterinnen nicht anfreunden wollte. Er war ein schweigsamer Einzelgänger. Vom ersten Tag an, an dem Primo bei ihm wohnte, war Violino aufgefallen, dass er geradezu manisch ordentlich war, aber er stellte ihm keine Fragen, und von sich aus erzählte der Junge nichts über sich. Violino sprach ihn nicht einmal auf die Missbildung seiner Geschlechtsteile an.

Sechs Monate später, in denen er den Jungen sorgfältig beobachtet hatte, sagte Violino zu ihm, als sie beim Essen saßen: »Du und ich, wir sind uns ähnlich.«

Primo hatte nicht verstanden, was er damit meinte.

»Ich denke, dass du bereit bist, mein Labor zu besichtigen«, hatte Violino schließlich gesagt, war aufgestanden und zu der gepanzerten Tür gegangen. Beim Aufsperren hatte er den Schlüsselbund wie eine Glocke geschüttelt, damit die Schlüssel klirrten, bevor er in der Dunkelheit verschwand.

Wortlos und ohne eine Erklärung einzufordern, war ihm Primo die engen Treppen hinunter gefolgt.

Das gleichermaßen funktional wie einfallsreich eingerichtete Labor war komplett weiß und roch nach Desinfektionsmitteln. Violino bezeichnete sich selbst als Künstler, und als solcher hatte er dem jungen Primo erklärt, war er auf der Suche nach dem Meisterwerk, Tag für Tag auf seinen ruchlosen Streifzügen, aber auch durch aufmerksame Beobachtung seiner Umgebung.

Er brauchte dringend einen Lehrling.

Primo hatte keine Fragen gestellt. Schließlich hatte er Augen im Kopf und war hinreichend intelligent, um alles zu sehen und zu begreifen. In der folgenden Woche hatte er mit höchster Sorgfalt die Fundstücke seines Meisters archiviert.

Violino hatte mit den Exkrementen alter Frauen begonnen. Er stahl Kothaufen aus den Bettpfannen und konservierte sie in mit Formalin gefüllten Glasgefäßen. Die ältesten Stücke waren fünfzehn Jahre alt. Auf jedem Glas war am Deckel mit Draht ein Etikett mit dem Namen der alten Frau befestigt, von der das Objekt stammte, und dem entsprechenden Datum. Auf den Regalen an den Wänden des Labors reihten sich Dutzende Gläser in Zweier- und Dreierreihen aneinander.

Zunächst hatte Violino nach dem Zufallsprinzip gesammelt.

Doch dann hatte er aus Versehen eine Greisin getötet, als er ihr eine Überdosis Abführmittel verabreichte, um eine über sechzehn Tage andauernde Verstopfung zu lösen. Der Tod der alten Frau hatte ihm die Erleuchtung gebracht, wie er Primo erklärte. Von da an änderte er seine Vorgehensweise. Er sammelte immer noch Exkremente, doch er hatte seine Methode abgewandelt. Er suchte sie nicht mehr zufällig. Er wählte ein bestimmtes Opfer aus und widmete sich dann Wochen, manchmal auch Monate, nur dieser einen Frau, sammelte möglichst viele Proben ein, untersuchte sie, drang in die Seele seines Opfers durch dessen Ausscheidungen. Mit erfahrenem Blick analysierte er Farbe, Form, Geruch und unverdaute Speisereste.

Sobald er seine Untersuchung für abgeschlossen hielt, vergiftete er die Greisin.

In den letzten fünf Jahren hatte er das neunmal getan, prahlte er. Mit seiner winzigen Handschrift hatte er die Geschichte jeder ermordeten Frau auf großformatigen Zeichenblockblättern niedergelegt und mit bunten, sorgfältig ausgearbeiteten geometrischen Mustern umrahmt. Ganz oben auf dem Blatt vermerkte er das Datum des ersten Fundes, ganz unten den Todestag. Danach verschloss er die Deckel der Gefäße luftdicht mit Silikon und packte alle Gläser in große Kartons.

Einmal verätzte sich Primo dabei aus Versehen. Violino hatte ihm inzwischen erklärt, wie man Formalin herstellte, indem man Wasser mit zehn Prozent Formaldehyd versetzte. Es war auch nur eine kleine Wunde, aber nach einer Weile bemerkte Primo, dass an dieser Stelle keine Haare mehr nachwuchsen. Daraufhin hatte er systematisch mit einer Pipette alle Wurzeln seiner Schamhaare verätzt, um für immer Kind zu bleiben.

Seine Lehrzeit bei Violino zog sich noch ein paar Jahre hin, und so war Primo ohne Bedenken in Kontakt zu seiner wahren Persönlichkeit getreten. Selbst wenn er Violino inzwischen mit anderen Augen sah – unter anderem missfiel ihm dessen selbstgewählter Beiname immer mehr, der für ihn nur ein Zeichen von übersteigertem Selbstwertgefühl und Selbstüberschätzung war –, betrachtete er ihn doch immer als seinen Meister, dem er

Zuneigung und Dankbarkeit entgegenbrachte, ein Gefühl, das er sich keinem anderen gegenüber zugestand.

Nachts begleitete er ihn immer öfter in die Heime und manchmal sammelte auch er den Kot der alten Leute ein. Aber es bereitete ihm weit weniger Vergnügen als seinem Meister. Das war Violinos Plan, nicht seiner. Doch er begriff, dass auch er irgendwann seinen eigenen haben würde.

Eines Nachts erschloss sich ihm sein wahres Wesen. Er war leise an der fetten unaufmerksamen Pflegerin vorbei in ein Zimmer geschlichen, aber die greise Bewohnerin des Altenheims – deren Tage nach Aussage von Violino gezählt waren – war aufgewacht und hatte ihn gesehen, wie er gerade die Fäkalien aus dem Nachttopf holte. »Bist du der neue Pfleger?«, hatte ihn die alte Frau verschlafen gefragt. Primo war schon in ähnlichen Situationen gewesen und verlor daher nicht die Beherrschung. Sonst hatte er einfach still gelächelt oder schlicht mit dem Kopf genickt. Die meisten dieser Frauen waren schon seit langem nicht mehr bei klarem Verstand. Doch in dieser Nacht hatte Primo den Behälter mit den Exkrementen der Alten auf dem Bett so abgestellt, dass sie ihn sehen konnte, und zu ihr gesagt: »Nein, ich bin ein Engel. Und ich komme, um dir anzukündigen, dass du bald sterben wirst.« Als die alte Frau mit schreckgeweiteten Augen gewimmert hatte: »Bitte töte mich nicht!«, hatte Primo gespürt, wie ihn ein unbekanntes Gefühl der Erregung durchströmte. »Ich bin nur der Überbringer der Botschaft«, hatte er lächelnd zu ihr gesagt, ein Rasiermesser aus der Tasche gezogen, das er immer bei sich trug, und hinzugefügt: »Aber ich muss dich zeichnen, damit der Tod dich erkennt.« Er hatte das runzlige Gesicht der Greisin gepackt und ihr auf Höhe der Schläfe einen kleinen Schnitt verpasst, aus dem ein Tropfen Blut gequollen und auf das reine Laken getropft war. Da hatte sich Primo mit einem Schlag wieder an seine Geschichte erinnert. Die Geschichte, die er in der Nacht des Blutes gelesen hatte. Als er das Kind getötet hatte.

Er war aus dem Zimmer der Alten geflohen. Wie damals.

Eine Woche später vergiftete Violino die alte Frau, die im Sterben zu ihm gesagt hatte: »Danke dem Engel, dass er mir meinen Tod angekündigt hat. Ich bin bereit.« Violino hatte die letzten Worte des Opfers niedergeschrieben. Dann hatte er alles Primo erzählt und stolz gemeint, dies sei ein Zeichen, dass der Himmel seiner Mission wohlwollend gegenüberstünde.

An diesem Tag erfasste Primo seine wahre Natur in all ihrer Größe und fühlte sich von nun an seinem Meister überlegen.

Violino bezeichnete sich als Künstler. Primo beschloss, er würde ein Priester sein. Violinos Greisinnen lebten ohne Angst, sie wussten nicht einmal, dass sie einen Feind hatten. Primo hatte dagegen entdeckt, dass diese Angst, die er in den Augen der Frau gelesen hatte, die Quelle sein würde, aus der er den Durst seiner Seele stillen würde. Violinos Ziel war zu töten, damit er das Wort »Ende« auf sein Zeichenblatt schreiben konnte. Primo war dagegen zu dem Schluss gekommen, dass der Tod die Erlösung des Opfers bedeutete. Er würde seine Beute am Leben lassen. Damit auch die Angst am Leben blieb.

Und er würde eine alte Wunde wieder öffnen. Jedes Mal. Damit seine ganze Geschichte irgendwann ausgeblutet war.

Primo Ramondi hatte die Folter als Läuterungsprozess begriffen. Töten und Foltern waren zwei völlig verschiedene Handlungen, die sich keineswegs auseinander ergaben. Töten konnte ein notwendiger Akt sein, etwas, das als Ventil für Wut und Enttäuschung dienen konnte. Folter nicht. Man konnte nicht einfach so jemanden quälen. Folter war eine ganz persönliche, geradezu intime Handlung, die besondere Aufmerksamkeit erforderte und mit der man dem Objekt der Folter Wertschätzung und Anerkennung bekundete. Primo Ramondi hatte

Folter nämlich stets als einen extremen Akt der Liebe gesehen, den man in entsprechender Gesellschaft vollzog. Und Liebe forderte nur eines: Sie wollte nicht unter Wert verkauft werden. Und daher konnte man nicht einfach irgendjemanden foltern.

Aus diesem Grund nahm er Prostituierte.

Weil er sie mehr als jedes andere Wesen liebte. Und da dies so war, folterte er sie, aber tötete sie nicht, da er instinktiv wusste, dass er dann von ihrem Fleisch essen würde. Zu dieser Überzeugung war er gelangt, weil er sich schon einmal, neun Monate im Fruchtwasser, von einer Frau genährt hatte.

Ehe er geboren wurde, um all dieses Leid zu ertragen.

Reglos auf seinem ungemachten Bett, mit dieser Vogelfeder neben seinen Füßen, fühlte sich Primo Ramondi wieder unaufhaltsam in die Vergangenheit zurückversetzt. Während die Dunkelheit hereinbrach, verlor sich sein Verstand in vergessenen, begrabenen Labyrinthen, die von der seelischen Erschütterung vollkommen unversehrt an die Oberfläche geholt wurden.

Violino hatte Selbstmord begangen, als er bemerkte, dass er alt wurde. Als er begriff, dass er genauso wie seine Opfer werden würde. Dann hatte er seinen eigenen Stuhlgang über einem Gefäß verrichtet, es mit Formalin aufgefüllt, mit einem entsprechenden Etikett versehen und sich dann vergiftet. Der Tod eines Künstlers.

Primo dachte an den Lieferwagen, das Einzige aus Violinos Erbe, was er behalten hatte. Er dachte an die Wäscherei und an das Haus, die er verkauft hatte, damit er ein Leben ohne Arbeit führen konnte. Hartnäckig klammerte er sich an seine Erinnerungen und versuchte durch sie einen Rückweg in die Wirklichkeit zu finden.

Aber es war vergeblich. Etwas in seinem Inneren war zerbrochen.

Das hatte vor wenigen Tagen begonnen, als dieser Polizist

ihn zusammengeschlagen hatte. Primo hatte ihn angezeigt. Sein Rechtsanwalt hatte ihn informiert, dass man den Mann vom Dienst suspendiert hatte. Aber etwas in seinem Inneren war zerbrochen. Er spürte nicht mehr die Energie unter seiner haarlosen Haut strömen.

Bis zu diesem Morgen war er nicht einmal aufgestanden.

Während die dichte Dunkelheit der Nacht sein Zimmer überflutete, weinte er. Wie diese dummen Huren, die ihn ärgerten. Die ihn dazu zwangen, sie zu bestrafen, damit sie damit aufhörten. Primo Ramondi durfte nicht weinen. Er wollte es nicht. Doch die Tränen flossen unaufhörlich.

Hin- und hergerissen zwischen Angst und Wut sprang er vom Bett auf. Doch es war keine Angst vor etwas Realem, Gegenwärtigem, sondern vor etwas, das er in der Vergangenheit durchlitten und dort verloren hatte. Und nun hatte er es wiedergefunden, weil dieser Polizist etwas in ihm zerbrochen hatte. Genau wie sein Vater. Weil die Augen dieses Polizisten ihn nicht angestarrt hatten wie all die anderen Menschen. Weil dieser Polizist ihn nicht ansah, als hätte er ein Monster vor sich. In seinen Pupillen waren Verachtung und Spott aufgeblitzt wie bei seinem Vater. »Du bist schwach«, hatte er zu ihm gesagt. Wie sein Vater, der seine Mutter schlug. Und seine Mutter, die weinte und ihn mit Fußtritten fortjagte, schlimmer als einen streunenden Hund, als er ihr seinen Arm angeboten hatte.

Primo Ramondi schwankte und hielt sich an einer weiß lackierten Kommode fest.

In seinem Kopf wiederholte eine lachende Stimme: »Ja, du bist schwach.« Während eine andere grimmige Stimme, die ihn wie ein zorniges Tier sabbern und die Zähne fletschen ließ, in ihm aufschrie: »Das werdet ihr mir büßen.« Sie schrie es dem Polizisten, dem Vater ins Gesicht.

Er zog die dritte Schublade der weißen Kommode auf und holte eine Metallkassette heraus. Nachdem er das Kombinationsschloss geöffnet hatte, entnahm er ihr ein Paar schwarzer Strümpfe, die am Knie aufgerissen waren, und führte es mit zitternden Fingern an sein Gesicht.

Strümpfe einer Hure.

Strümpfe, die nach Männerhänden und der Haut seiner Mutter rochen.

XI

Die enge Schlinge am Ende des straff gespannten Seils schnitt ihm in die Kehle. Jedes Mal, wenn er die Fersen auf den Boden absenkte, schnürte sie ihm die Luft ab. Wollte er nicht ersticken, musste er auf Zehenspitzen stehen bleiben.

Ihn fror. Er war nackt.

Auf die Schreie hin drehte er sich um und sah einen Flammenblitz, hörte einen Schuss. Und noch einen.

Der Lehrer fiel als Erster, mit weit aufgerissenen Augen, offen stehendem Mund, eine Hand an der Kehle, während sich auf seiner Brust eine pochende, rote Blüte ausbreitete. Die Hand, die den Hals umklammerte, öffnete sich schnell und zuckte unkontrollierbar. Aus der Wunde am Hals strömte Blut, spritzte schwallweise in hohem Bogen durch die Luft, bevor es sich heiß und weich wie Samt auf die nackten Gliedmaßen des Kindes ergoss und ihm die dürren frierenden Beine wärmte. Die Augen des Lehrers waren schreckgeweitet, sein Mund aufgerissen. Plötzlich klappten die Kiefer wieder zu, das trockene Geräusch, mit dem die Zähne aufeinandertrafen, hörte sich an wie eine Falle, die zuschnappt. Die Zunge des Lehrers war in der Falle. Sie war rau, gierig und schuppig wie die eines fetten Katers. Eine Zunge, die verletzen konnte, die lüstern über die Zähne fuhr. Für einen kurzen Moment lösten sich die Kiefer noch einmal voneinander, bevor sich der Mund des Lehrers endgültig schloss, danach fielen ihm auch die Augen zu.

Ein Stück seiner Zunge – die raue schmale Spitze dieser Katerzunge – löste sich von den Lippen und fiel zu Boden.

Der Junge war in seiner dunklen Höhle.

Es klopfte.

Er öffnete.

Draußen stand der Tod.

»Ich komme«, sagte der Junge.

Die enge Schlinge am Ende des straff gespannten Seils schnitt ihm in die Kehle. Jedes Mal, wenn er die Fersen auf den Boden absenkte, schnürte sie ihm die Luft ab. Wollte er nicht ersticken, musste er auf Zehenspitzen stehen bleiben.

Ihn fror. Er war nackt.

Auf die Schreie hin drehte er sich um und sah einen Flammenblitz, hörte einen Schuss. Und noch einen.

Als Zweiter fiel der Doktor. Er sackte über ihm zusammen. Sein Mund war verstummt, ihm entströmten keine dieser schneidenden Worte mehr, die ihn verletzten wie der Draht, mit dem er ihm die Hände gefesselt hatte. Noch einmal schlossen sich seine Hände um ihn, er drängte sich an den Jungen, glitt über ihn, wärmte ihn mit seinem Blut wie eine Decke. Sterbend rollte er neben den Lehrer.

Nun erbrach er Blut aus der Öffnung, aus der die Worte hervorgekrochen waren.

Sein Ohr war zerfetzt.

Das Herz durchbohrt.

Rotes, warmes Blut, weich wie Samt, klebrig wie das weiße Blut.

Sein Penis klaffte auseinander.

Der Junge war in seiner dunklen Höhle.

Es klopfte.

Er öffnete.
Draußen stand der Tod.
»Ich komme«, sagte der Junge.
»Es ist Zeit«, befahl der Tod. »Tu, was du tun musst.«

Richter Emilio Boiron bog von der breiten Allee nach rechts in eine schmale, steil ansteigende Straße ein.

Am oberen Ende der Straße lag die riesige Wohnung, in der er geboren und aufgewachsen war. Nach dem Tod seiner Mutter hatte er sie geerbt und war mit seiner jungen Ehefrau wieder dorthin gezogen.

Schon beim Einbiegen in die Straße neigte er sich vor und hielt nach dem stattlichen Gebäude beziehungsweise nach dem Wohnzimmerfenster im vierten Stock Ausschau. Dort brannte Licht. Sie war also zu Hause. Erleichtert sah Boiron auf seine Armbanduhr. Es war zwei Minuten nach Mitternacht. Sie war zu Hause und noch wach. Vielleicht wartete sie ja auf ihn. Vielleicht würden sie sich ja noch ein wenig unterhalten und gemeinsam lachen.

Instinktiv beschleunigte der Richter seine Schritte, doch gleich darauf verlangsamte er sie wieder. Er wünschte nichts sehnlicher, als mit ihr zusammen zu sein und ihr seine große Liebe zu beweisen. Doch gleichzeitig befürchtete er, dass die Stimmung oben nicht so heiter sein würde, wie er es sich gerade ausmalte. Vielleicht würde seine Frau ihm wie so oft vorwerfen, dass sie sich mit ihm langweilte. Und er würde sich ihretwegen alt fühlen.

Mit ihren neunzehn Jahren war sie einfach zu jung für ihn. Fast noch ein kleines Mädchen. Sein kleines Mädchen.

Er war vierundfünfzig. Fünfunddreißig Jahre Altersunterschied. Bald, wenn er sechzig war, würde Boiron in Pension gehen, und sie wäre dann eine junge Frau von fünfundzwanzig

Jahren. Diese ehelichen Zahlenspiele beschäftigten und quälten den Richter Tag und Nacht. Bei ihnen passte einfach so vieles nicht zusammen. Wie alle jungen Leute brauchte sie acht, neun Stunden Schlaf. Ihm genügten vier, höchstens fünf. Wenn sie schlief, glätteten sich ihre wenigen Falten, ihr Gesicht entspannte sich und wurde zu einer ebenmäßigen, duftenden weißen Oberfläche. Er war mager, wirkte schmächtig und gebrechlich und wurde ständig von lebhaften Träumen oder gar Albträumen geplagt. Daher knirschte er im Schlaf mit den Zähnen, runzelte die Augenbrauen oder sprach sogar laut. Sein ganzes Leben lang hatte er ununterbrochen unter nervlicher Anspannung gestanden und es mit einer erhöhten Adrenalinzufuhr wettgemacht, wo andere sich auf ihre Muskeln oder ihre robuste Gesundheit verließen.

»Du siehst hässlich aus, wenn du schläfst«, sagte sein kleines Mädchen immer.

Deshalb bemühte er sich, nicht zu schlafen, solange sie wach war.

Doch manchmal kam seine junge Frau sehr spät in der Nacht nach Hause. Das Amt eines Richters kannte keine geregelten Arbeitszeiten, und allzu oft musste er sie am Abend allein lassen. Dann ging sie mit Freundinnen aus, zumindest erzählte sie ihm das. Bei diesen Gelegenheiten schlief Boiron wie ein alter Mann im Wohnzimmersessel ein, vor dem Fernseher oder mit einem Aktenbündel im Schoß. Mitten in der Nacht schreckte er verfroren und mit steifen Gliedern hoch und lief ins Schlafzimmer, um nachzusehen, ob sie schon nach Hause gekommen war. Fand er sie dann friedlich schlafend im Bett, tief in die Decken gekuschelt, beugte er sich über sie und schnupperte an ihr, mit einer Mischung aus Hoffnung und Furcht, er könnte an ihr den Geruch eines anderen Mannes entdecken. Er stellte sich vor, wie er sie dann aus seinem Haus jagte, wie er sie demütigen und in ihr früheres, erbärmliches Leben zurückstoßen würde; noch vor zwei Jahren war sie nur ein kleiner Lehrling in einem Schreibbüro neben dem Gericht gewesen. Sah vor sich, wie sie ihn anflehte und die zärtlichsten Worte für ihn fand, nur damit sie wieder in das luxuriöse Leben zurückkehren durfte, das er ihr bieten konnte: eine großzügige Wohnung, schöne Kleider, ein Sportwagen, das Ferienhaus am Meer. In seiner Fantasie kniete sie vor ihm, Tränen strömten über ihre rosigen glatten Wangen, ihr fester Busen unter dem BH aus Spitze bebte bei jedem Schluchzer. Er würde die Macht auskosten, die er über sie hatte, und er stellte sich sogar vor, dass sie mit von Tränen der Reue rotgeweinten Augen hässlich aussehen würde. In diesen Augenblicken schmerzhaften Triumphes hörte er sich selbst zu ihr sagen: »Jetzt hör schon auf zu heulen, sonst verlierst du ganz schnell dein kostbarstes Gut, die zerbrechliche Schönheit der Jugend, und dann wüsste ich keinen Grund mehr, warum ich dich behalten sollte.«

So würde er ihr wie einem kleinen Mädchen Angst machen.

Aber noch öfter quälte sich Boiron damit, sich auszumalen, wie sie in den Armen eines jungen, kräftigen Liebhabers lag, der ihre überschäumende sexuelle Lust voll und ganz zu befriedigen vermochte. Er sah sie vor sich, wie sie sich lustvoll wand, wie sie stöhnte, schrie und sich obszönen Praktiken hingab.

Danach fühlte er sich wieder besiegt und verzweifelt. Alt und lächerlich. Und das Gefühl von Erniedrigung ging über in Frustration und Wut.

Er hatte die Hälfte des Weges zurückgelegt. Obwohl er langsam ging, geriet er schon außer Atem. Er blieb kurz stehen und schaute wieder zum Wohnzimmerfenster hoch. An der Decke des Raumes zuckten bläuliche Schatten und Lichter. Sie sah also fern. Vielleicht wie jede andere Ehefrau, die auf die Heimkehr ihres Mannes wartete.

Im Gericht war Boiron als unerbittlicher Richter bekannt. Er ließ niemandem gegenüber Nachsicht walten, machte weder für hohe Tiere noch arme Würstchen Ausnahmen. Blieb Verbrechern gegenüber genauso hart wie gegenüber Amtsträgern. Er war ein Inquisitor, ein Sittenrichter. Er suchte nach dem Bösen, gab sich aber auch mit einem unbedeutenden Fehltritt zufrieden. Entdeckte er menschliche Schwächen, ging er gnadenlos dagegen vor. Diese unbeugsame Haltung entsprang einer angeborenen strengen Moral des Richters, aber es war allgemein aufgefallen, dass seine Härte beinahe krankhafte Züge angenommen hatte, seit er mit dieser jungen attraktiven Schreibkraft verheiratet war. Boiron wusste genau, dass alle von seiner Frau dachten, sie habe sich hochgeschlafen. Im Grunde hatten sie damit sogar recht. Gerüchten zufolge hatte sie in den Betten von vielen bedeutenden Männern, meistens Richter, gelegen, ehe er sie geheiratet hatte.

Das hatte er vom ersten Moment an gewusst, als er ein Auge auf sie geworfen hatte, aber er hatte sich nicht gegen seine Besessenheit wehren können. Er musste die Frau haben, dieses kleine Mädchen. Sie war erst siebzehn gewesen, als er sie zum Traualtar führte. Mit ihm hatte sie nicht geschlafen, im Gegensatz zu all den anderen hatte sie ihm vor der Ehe keinerlei Zugeständnisse gemacht. Er wusste von Anfang an ganz genau, dass sie die geborene Geliebte war und keine treusorgende Ehefrau, doch seine Leidenschaft machte ihn blind. Er hatte ein Leben für sie ausersehen, das ihr vom Schicksal nicht vorherbestimmt war. Sehenden Auges hatte er sich mit dieser unnatürlichen Verbindung belastet und sie zu einer ehrbaren Frau gemacht, obwohl sie eigentlich beinahe noch ein Kind war.

Zumindest hätte er das gerne aus ihr gemacht. Und seit zwei Jahren bezahlte er den Preis dafür.

Eines Tages war sich Boiron bewusst geworden, dass er aufgehört hatte, als eigenständige Persönlichkeit zu existieren, da er nur noch durch die Augen seiner im gleichen Maße geliebten wie verachteten Kindfrau lebte. Er wusste nicht mehr, wann es begonnen hatte – vielleicht auch schon direkt am Anfang ihrer Beziehung –, aber mittlerweile hatte er sein Leben völlig in die Hände dieses kleinen Mädchens gelegt. Und wie er sich qualvoll eingestehen musste, nutzte sie das weidlich aus und missbrauchte die Macht, die er ihr selbst verliehen hatte, um ihn zu demütigen. Manchmal dachte er daran, sie umzubringen, sie einfach zu erwürgen. Und er hätte es sicher getan, hätte er sich nicht vor Gesetz und Strafe gefürchtet – ebenjenem Gesetz, das er vertrat, und jener Strafe, die er so großzügig verhängte –, zumindest redete er sich das ein, wenn ihn die Eifersucht fürchterlich quälte und sein Herz und seinen Stolz mit Füßen trat.

Kann denn so viel Hass in der Liebe enthalten sein?, fragte er sich verzweifelt.

Aber vielleicht machte genau das den Unterschied zwischen Liebe und Leidenschaft aus.

Boiron raffte sich auf und ging weiter. Einen Moment lang glaubte er auf der Dachterrasse eine Gestalt zu sehen, die sich dunkel vor dem Wald aus Fernsehantennen abzeichnete. Doch dann war sie wieder verschwunden. Der Richter senkte seinen Blick wieder nach unten auf den holprigen Bürgersteig und seufzte laut. Sie würden miteinander plaudern und lachen, dachte er wieder, dann würden sie gemeinsam zu Bett gehen und miteinander schlafen. An diesem Abend würde er seinen Mann stehen – die blaue Pille, die er vor einer Stunde geschluckt hatte, zeigte allmählich Wirkung.

Er würde sich in jeder Beziehung als guter Ehemann erweisen.

Boiron zog die Haustürschlüssel aus seiner Manteltasche und

blieb kurz stehen, um die Blüten an den beiden Oleanderbüschen zu kontrollieren, die er am gleichen Tag für das Haus gekauft hatte, als er die Wohnung geerbt hatte.

Er schaute nach oben zum Wohnzimmerfenster. Von seinem Standpunkt sah er nur einen kleinen Ausschnitt.

Oben von der Dachterrasse kam ein metallisches Scharren, als ob jemand etwas über die Brüstung zerrte.

Richter Boiron trat einen Schritt zurück und legte eine Hand über die Augen, damit er nicht vom bernsteingelben Schein der Straßenlaterne geblendet würde. Er sah, wie sich irgendetwas Dunkles bewegte.

Diebe, dachte er sofort alarmiert. Und dann stellte er sich in einem unkontrollierbaren Anfall schäumender Eifersucht vor, dass es sich um einen Liebhaber seiner Frau handelte, der sich über das Dach davonschlich.

Genau in dem Moment zerfiel die dunkle Masse in zwei Teile: einer stürzte hinunter in die Tiefe und der andere, der sich vor dem wolkenverhangenen Himmel klarer abzeichnete – jetzt sah Boiron, dass es ein Mann war –, blieb mit weit geöffneten Armen an der Brüstung stehen. Er sah aus wie ein biblischer Prophet.

Diese Erscheinung dauerte jedoch nur einen Augenblick lang.

Boiron hörte eine ganze Reihe von unerklärlichen Geräuschen. Zuerst so etwas wie einen Knall von einer Peitsche, dann ein dumpfes Schmatzen.

Schließlich ein ohrenbetäubender Lärm, wie Metall auf Asphalt knallte, der weithin und lange durch die nächtliche Stille hallte.

Als direkt danach noch ein weiteres, gedämpftes Geräusch von oben kam, schaute er gleich wieder hinauf.

Auf Höhe des ersten Stockwerks schwang ein dunkles Bündel hin und her und klatschte immer langsamer und träger gegen die Hauswand. Der Kopf eines Mannes.

In seinem Mund steckte etwas Grünes, das ihn grotesk verzerrte.

Genau in diesem Augenblick entfaltete die stimulierende Pille, die Boiron vor einer Stunde eingenommen hatte, ihre Wirkung.

XII

Diesmal gab es kein Fernsehteam mit Videokameras. Nur zwei Scheinwerfer auf dem Dach eines Polizeifahrzeugs. Die Lichtkegel wiesen in verschiedene Richtungen, einer auf den Bürgersteig, der zweite auf die Fassade des Wohnhauses etwa auf Höhe des ersten Stocks. Die Beamten der Mordkommission und die Spurensicherung standen rings um den Lichtkreis auf dem Bürgersteig und warteten schon auf ihn.

Giuditta hatte in der Nacht das Telefon klingeln hören.

»Ich muss gehen …«, hatte Amaldi leise zu ihr gesagt; da war es kurz vor eins gewesen.

»Ja …«, hatte sie fast tonlos geantwortet und sich bemüht, ihn anzulächeln, während panische Angst ihr urplötzlich die Kehle zuschnürte und all die anderen Worte erstickte, die sie ihm eigentlich noch hatte sagen wollen.

»Ich muss gehen«, hatte Amaldi wiederholt, während er sich anzog.

Giuditta hatte genickt. Und gedacht: Nun bin ich allein.

Dann hatte ein Streifenwagen vor dem Haus gehalten. Giuditta war aufgestanden und hatte aus dem Fenster geschaut. Das Blinklicht tauchte die Schaukel und die Rutsche in blaues Licht. Schließlich war das Auto entlang der Küstenstraße verschwunden.

Als der Streifenwagen sein Ziel erreichte, rang Amaldi nach Luft. Während der Fahrt hatte er aus dem Fenster gestarrt und beobachtet, wie die Stadt langsam näher rückte. Jene Stadt, vor der er geflohen war. Und er dachte an Giuditta, die nun allein in ihrem Bett lag.

»Hier ist es«, sagte einer der Beamten im Wagen schließlich verlegen, weil Amaldi keine Anstalten machte auszusteigen.

»Ja …«, antwortete der und dachte, dass er dabei genauso klang wie vorhin Giuditta. Und genau wie sie bemühte er sich nun zu lächeln. Dann öffnete er die Wagentür.

Zunächst fielen ihm die dünnen Lichtbündel der Taschenlampen auf, die unruhig über die Dachterrasse des Wohnhauses streiften. Ein klassischer Altbau. Kunstvoll gestaltete Fenstersimse, Säulen, künstliche Bögen, fein bearbeitete Stützpfeiler aus Granit unter den Balkonen.

Trotz der klammen, beißenden Kälte war Amaldi heiß. Er stand etwa zwanzig Meter von Boirons Wohnhaus entfernt. Atmete tief durch. Musste versuchen, jetzt alle Gedanken abzuschütteln. Das war ein Teufelskreis. Er musste zur Ruhe kommen und Abstand gewinnen, um gleich den Tatort untersuchen zu können. Musste objektiv bleiben und eventuelle vorgefasste Meinungen in sich auslöschen. Amaldi schloss die Augen und atmete noch einmal tief durch, wobei er seinen Kopf vorsichtig einmal nach rechts, dann nach links drehte. Schließlich ließ er langsam die Luft ausströmen und öffnete die Augen. Jetzt fühlte er sich bereit. Leer, den Kopf frei, ganz wie ein guter Polizist. Er war angenehm überrascht davon, dass er wieder zu sich selbst gefunden hatte. Zeit, an die Arbeit zu gehen.

Vom Bürgersteig aus konnte er über den Köpfen der Polizisten die weiße Stoffplane sehen, die den beinahe drei Meter hohen Aufbau vor neugierigen Blicken verbarg. Daneben, etwa auf halber Höhe, baumelte etwas hin und her, das wie ein flatterndes kleines Gespenst aussah. Oder wie ein Käfig für Kanarienvögel, der dort draußen hing und mit einem kleinen Tuch abgedeckt war, damit die Vögel in der Nacht Ruhe gaben. Zwei Beamte in Uniform waren im ersten Stock am Fenster neben der straffen Plane zu sehen. Viele Fenster in den umliegenden

Häusern standen offen. Die Anwohner, die sich weit aus den Fensterrahmen herausgelehnt hatten, wirkten schläfrig, neugierig und erschrocken zugleich.

»Und, war das unser Mann?«, fragte Amaldi Frese, sobald er ihn in der kleinen Gruppe Polizisten ausgemacht hatte.

»Da gibt es überhaupt keinen Zweifel«, antwortete Frese.

»Der gleiche Ablauf?«

»Ich würde eher sagen, das gleiche Ergebnis … der Kerl hat Fantasie.«

Amaldi ging auf den Aufbau zu, der auf dem Bürgersteig errichtet war und von dieser Plane verhüllt wurde. Ganz oben waren zwei gleich hohe, etwa einen halben Meter voneinander entfernte Spitzen zu erkennen, zwischen denen die Plane wie drapiert herabhing. Einen Meter weiter unten zeichnete sich unter der Plane nur noch eine undefinierbare Masse ab. Obwohl die von der Polizei gestellte Stoffplane imprägniert war, sah man darauf mittlerweile doch verschwommen einen größeren roten Fleck, der etwa zwei Meter über dem Boden begann. Auf dem Bürgersteig breitete sich auch jetzt noch, wenn auch sehr langsam, eine Blutlache aus.

Es war 1.25 Uhr.

Während die Beamten zur Seite traten, kniete Amaldi sich hin, um alles genauer in Augenschein zu nehmen. Der Bürgersteig war an zwei Stellen aufgebrochen, dort wo anscheinend zwei dunkle Eisenstangen fest in den Boden getrieben worden waren. Amaldi stand auf und winkte Frese zum Zeichen, dass er jetzt fertig sei.

Sein Vize zeigte auf das Wohnhaus. Die Leute standen noch immer an den Fenstern. Amaldi drehte sich um. Beim Haus gegenüber war es dasselbe.

»Die Feuerwehr muss gleich hier sein«, sagte Frese.

Amaldi nickte nur, bevor er wieder in die Knie ging. Rund

um die beiden Eisenstangen hatte sich der Asphalt unter der Wucht des Aufpralls hochgewölbt, es sah jetzt aus wie ein aufgeplatzter Pickel. Anscheinend war der größte Teil des Blutes hier von weiter oben heruntergelaufen. Hinter sich hatte Amaldi eine kleinere Lache bemerkt, die von einem dünneren spritzenden Blutstrahl stammen mochte. An einer der beiden Eisenstangen fand sich aber ebenfalls reichlich Blut. Amaldi hob die Stoffplane ein wenig an. Er sah die Spitze eines gepflegten, nackten, schwarz angelaufenen Fußes, der seltsam verdreht war. Er ließ sich eine Taschenlampe geben, hob nur an dieser Stelle die Plane ein wenig weiter an und achtete darauf, mit seinem Körper den Neugierigen die Sicht darauf zu verwehren. Er schlüpfte beinahe mit dem Kopf unter die Plane und folgte der Blutspur mit den Augen nach oben. Knapp oberhalb des Knöchels war das Bein mit Eisendraht, der sich tief ins Fleisch gegraben hatte, an die Stange gefesselt. Darüber waren die Knochen brutal zertrümmert. Amaldi sah das an der unnatürlich und gewaltsam verdrehten Form des Beines. Der obere Teil stand fast quer und zeigte zur Mitte des Metallaufbaus. Die Haut war aufgeplatzt, das Fleisch von Splittern des zerschmetterten Schien- und Wadenbeins durchbohrt. Dort in der Mitte des eisernen Gestells hatte jemand etwa vierzig Zentimeter über dem Boden einen sehr großen, viereckigen Stein angebracht. Sie würden feststellen lassen, wie schwer er war. Der untere Teil des Beins, der unter dem Druck der Knochensplitter unregelmäßig aufgeplatzt war, verlief dann wieder bis zu einem festen Punkt, wo es mit Eisendraht festgezurrt war, längs der eisernen Streben. Amaldi richtete den Strahl der Taschenlampe auf das andere Bein. Dort hatte sich der Eisendraht genauso tief ins Fleisch gebohrt, aber es schien gerade zu sein. Er ließ das Licht der Taschenlampe weiter nach oben wandern, bis er eine schwarz angelaufene Schwellung entdeckte. Auch an diesem Bein waren Schien- und Wadenbein zertrümmert, aber die Bruchstücke standen nicht kreuz und quer heraus, sondern schienen eher stark zusammengepresst. Amaldi drängte sich der Vergleich mit einer zerquetschten Bierdose auf. Die Knochen hatten die Haut nicht durchbohrt.

Hinter ihm ertönte eine Sirene. Er stand auf und trat zur Seite, während die Feuerwehrleute von ihrem roten Lastwagen stiegen und mit professioneller Geschwindigkeit in absoluter Symmetrie rund um den blutbeschmierten Aufbau Aluminiumpfosten errichteten, die sie untereinander mit Stangen verbanden, die ebenfalls aus Leichtmetall waren. Dann verankerten sie das soeben aufgebaute, käfigartige Gerüst an der Mauer des Wohnhauses und bedeckten es mit einer nach allen Seiten, auch oben geschlossenen Plane. Mitten durch das Logo der Feuerwehr auf der Vorderseite zog sich ein Spalt, wo der Eingang zu diesem improvisierten Schutzzelt war.

Die ganze Aktion hatte nicht länger als fünf Minuten gedauert.

Die Leute standen immer noch an ihren Fenstern und gafften, doch von jetzt an würden sie nicht mehr sehen können, was sich unter dem blutigen Tuch verbarg. Vermutlich hatten sie schon genug gesehen, dachte Amaldi. Während der Fahrt hatte man ihn darüber informiert, dass die erste Polizeieinheit bereits nach neunzehn Minuten am Tatort gewesen war, aber erst die zweite, die vier Minuten später dort eintraf, hatte alles Notwendige dabei, um die Gegend abzusperren und diesen scheußlichen Anblick zu verhüllen.

»Sollen wir reingehen?«, fragte Frese.

»Danke, dass du den Gaffern keine Gemeinheiten an den Kopf geworfen hast«, meinte Amaldi.

»Ich werde wohl alt«, sagte Frese. »Alt, weise und tolerant …«

Amaldi lächelte. Jetzt war sein Kopf leer, sein Verstand jedoch hellwach.

»Dann wollen wir mal«, sagte er, knipste seine Taschenlampe an und schob eine Ecke des Zelteingangs beiseite.

Frese folgte ihm.

»Bist du bereit?«, fragte der Stellvertreter und packte mit einer Hand einen Zipfel der Stoffplane, die den Aufbau abdeckte.

»Los.«

»Ich komme mir vor wie bei der Enthüllung eines Denkmals«, brummte Frese. »Für die Kriegsgefallenen«, fügte er hinzu und kicherte.

Amaldi bemühte sich noch einmal zu lächeln. Schließlich war es für keinen von ihnen beiden leicht, hier zu sein.

»Los«, wiederholte er.

Frese zog die Abdeckung herunter. Die Stoffplane raschelte und dann gab es ein ratschendes Geräusch, als würde Papier zerrissen.

»Scheiße«, fluchte Frese laut.

Amaldi richtete den Strahl der Taschenlampe nach oben. Die Plane hatte sich in einer der beiden Eisenstangen verfangen und war eingerissen. Frese ließ den Zipfel los, den er noch in der Hand gehalten hatte, und verließ vor sich hin schimpfend das Zelt.

Amaldi senkte die Taschenlampe. Die Stoffplane hing jetzt nach einer Seite herunter und ließ einen Arm des Opfers sehen. Das Handgelenk war mit Draht an einer der beiden Streben festgebunden, der Unterarm darüber bot einen beeindruckenden Anblick. Unter der Wucht des Aufpralls waren Elle und Speiche glatt durchgebrochen. Die Knochen stachen aus dem Fleisch hervor wie zwei Bajonette und hatten sich in den Handrücken gebohrt. Einer der beiden Knochen war sogar ganz durch die Hand gedrungen und ragte nun daraus hervor wie ein dürrer, bleicher sechster Finger.

Frese kam ins Zelt zurück, er hatte eine lange Aluminiumstange dabei.

»Mal sehen, ob du jetzt mehr Erfolg hast. Die Denkmalseinweihung ist bis jetzt ja ein ziemliches Fiasko gewesen«, meinte Amaldi in dem Versuch, komisch zu sein.

»Ich habe mich um den Beifall gebracht, oder?«

»Ich fürchte schon.«

Frese schob die Stange unter die fest sitzende Stoffplane bis zu der eingerissenen Stelle, hob die Plane von unten an und ließ sie dann seitlich zu Boden fallen. Das Tuch senkte sich langsam herab und breitete sich teilweise über die Blutlache.

Kurze Zeit sagte keiner von ihnen ein Wort. Sie starrten den nackten, verstümmelten Körper des Opfers an, das auf eine Sprossenleiter gefesselt war. Durch den Aufprall hatte der Rumpf jegliches Ebenmaß verloren. Wahrscheinlich war das Rückgrat gebrochen. Der Körper war völlig verdreht und unförmig zusammengepresst. Die Brustmuskeln waren viel zu nahe beim Bauchnabel. Eine Brustwarze war eingerissen. Auf einer Seite waren wahrscheinlich die Rippen gebrochen, dort lag ein Teil des Brustkorbs direkt auf der Hüfte auf. Wie eine Art Fleischpanzer. Eine Schulter stand höher als die andere. Der Nacken, oder was von ihm noch übrig war, hing weich nach vorn zwischen den verdrehten Oberarmknochen, die beide aus ihren Gelenkpfannen gesprungen waren. Ausgefranste Enden von Venen, Arterien, Sehnen und ein Teil der Luftröhre ragten aus dem fahlen Fleisch hervor wie die Elektrokabel eines Roboters.

»Der Kopf ist oben auf Höhe des ersten Stocks geblieben«, sagte Frese und bemühte sich, möglichst unbeteiligt zu klingen.

»Schau mal dort«, meinte Amaldi, dann fuhr er sich schockiert mit einer Hand über die Augen.

Der Penis des Opfers hing direkt vor dem Brustbein. Ein

dünner Eisendraht, der an der obersten Sprosse der Leiter befestigt war, baumelte frei daneben. Er endete in einer Schlinge. Der Penis wurde von einem zweiten Draht in der Luft gehalten, der in der Vorhaut angebracht war. Das Glied hing lang und schlaff herab.

»Genauso wie beim Kopf«, brachte Frese mühsam heraus.

»Nein, der Kopf muss bereits durch den Fall vom Rumpf getrennt worden sein«, überlegte Amaldi und versuchte sich mit logischem Denken von diesen schrecklichen Bildern abzulenken. »Der Penis ist abgerissen, als die Leiter auf dem Boden aufschlug und der Körper unter der Wucht des Aufpralls zusammengedrückt wurde.«

»Er war also schon tot. Wenigstens hat er dann nichts mehr gespürt, als ihm der abgegangen ist.«

»Hast du etwa gerade einen Witz gemacht?«, fragte Amaldi.

»Ja, hätte ich gern«, gestand Frese, »aber eigentlich könnte ich nur kotzen.«

»Na ja, der Draht, an dem sein Penis hing, den muss er gespürt haben«, fuhr Amaldi fort. »Wenn der Ablauf der gleiche ist wie beim Mordfall Garcovich … war dieser Unglückliche noch am Leben, während er für den Sturz vorbereitet wurde.«

»Hast du das da gesehen?«, fragte Frese und deutete auf die zerrissene Brustwarze und eine ovale Stelle darüber, wo das Gewebe verletzt war.

»Ja.«

»Was ist das?«

Die Luft war gesättigt von dem Geruch nach Blut, Fleisch und Knochenmark.

Eine ferne Erinnerung an Primo Ramondi ließ Amaldi erstarren. Er holte tief Luft. »Das sieht aus wie … ein Biss«, sagte er.

»Ja … so sieht es aus.«

Amaldi schaltete die Taschenlampe aus.

»Wozu ist der Stein da?«, fragte Frese.

»Ich denke, als Gewicht ... damit die Leiter im Fallen aufrecht blieb«, kam Amaldis Antwort durch die Dunkelheit.

»Möchtest du jetzt den Kopf sehen?«, fragte Frese, während sie das Zelt verließen.

Amaldi nickte. Beiden war nicht nach weiteren witzigen Bemerkungen zu Mute. Die würden ihnen jetzt auch nicht weiterhelfen. Sie betraten den Hausflur und liefen die Treppe hinauf. Der Beamte vor der Wohnung im ersten Stock grüßte, als er sie sah, und öffnete ihnen die Tür. Er wies mit dem Arm auf einen Raum, als auch schon eine Frau erschien, so um die vierzig. Sie war elegant gekleidet, doch ihre Bluse war verkehrt zugeknöpft. Eine Brust wurde vom Stoff zusammengepresst, über der anderen hatten sich tiefe Falten gebildet. Amaldi bemerkte, dass sie sogar Schuhe angezogen hatte. Aber sie hatte sich nicht gekämmt. Im Wohnzimmer saß in einem Sessel ein Mann im Schlafanzug und hatte das Gesicht zwischen den Händen vergraben.

»Das ... da ... ist gegen den Rollladen geprallt ...«, redete die Frau auf Amaldi ein, sobald sie ihn bemerkte. Sie sprach schnell, abgehackt. Klang aufgeregt und empört. Ihr aggressives Verhalten konnte aber nicht über den Schrecken hinwegtäuschen, den man in ihren Augen sah. »Alles ... alles ist schmutzig ... so voller Blut ... aber diese Leute lassen mich nicht sauber machen ... das hier ist meine Wohnung ... Ich habe ein Recht darauf, meine Wohnung sauber zu machen ...«

»Meine Männer beeilen sich, so gut sie können, Signora«, sagte Amaldi, legte ihr vorsichtig eine Hand auf den Arm und redete so ruhig und emotionslos mit ihr, wie es ihm selbst in diesem Augenblick möglich war. »Und wenn sie fertig sind, werden sie natürlich auch Ihren Rollladen sauber machen.«

»Werden Sie ihnen wirklich sagen, dass sie das tun sollen?«, fragte die Frau nun hoffnungsvoll, weil sie sich dies nicht hätte träumen lassen.

»Selbstverständlich, Signora. Wir säubern das.«

»Mit Alkohol?«, fragte die Signora nach, um sicherzugehen, dass es nicht einfach nur eine Floskel von ihm war.

»Mit einem viel wirksameren Desinfektionsmittel, mit breitem antibakteriellen Wirkspektrum. Es wird nicht die kleinste Spur zurückbleiben.«

Die Frau sah ihn erschöpft, aber dankbar an.

»Auf dem Rollladen«, sagte sie leise.

»Ja, auf dem Rollladen.« Amaldi wusste, was die Frau eigentlich sagen wollte. Manche Flecken lassen sich aus dem Kopf nicht so einfach entfernen wie von einem Rollladen. »Ich werde Ihnen auch einen Psychologen schicken … er wird versuchen, Ihnen zu helfen …«

Plötzlich brach die Frau in unterdrücktes Schluchzen aus.

»Wer kann so etwas tun wollen …?«, fragte sie und sah Amaldi an. »Warum nur?«

Es war immer dieselbe Frage. Und darauf kam von ihm immer dieselbe Antwort.

»Ich weiß es nicht.«

Die Frau lehnte sich leise weinend an seine Brust. Amaldi legte ihr einen Arm um die Schulter und geleitete sie ins Wohnzimmer zu ihrem Mann. Der sah völlig abwesend zu seiner Frau hinüber und nahm sie auf den Schoß. Während die Frau weiterweinte, knöpfte der Mann ihr behutsam die Bluse richtig zu. Dabei sagte er kein Wort.

»Hier entlang«, rief Frese Amaldi.

Amaldi folgte ihm ins Esszimmer. Die beiden Beamten, die das Fenster bewachten, grüßten ihn. Amaldi vermied bewusst, die Einrichtung des Zimmers wahrzunehmen. Er beugte sich aus dem Fenster, hob das kleine Tuch mit beiden Händen an, wobei er sich so davorstellte, dass niemand außer ihm den Kopf sehen konnte.

Die Augen des Opfers standen weit offen, waren blutunterlaufen und die Pupillen nach außen gerichtet. In seinem Mund steckte ein grüner Apfel. Der Mörder hatte befürchtet, er könnte ihn ausspucken. Und um diese mögliche Panne auszuschließen, hatte er quer über die Oberlippe verteilt gebohrt sowie gegenüber an genau den gleichen Stellen in der Unterlippe. Dann hatte er die sechs Löcher untereinander mit gewöhnlichem Hanfseil verbunden, das man normalerweise als Paketschnur benutzte. Es sah aus wie ein Maulkorb. Während dies geschah, hatte das Opfer noch gelebt. Neben dem Kopf baumelte die Stahlschlinge hin und her, die ihn vom Rumpf getrennt hatte. Sie war irgendwo oben an einem festen Halt auf der Dachterrasse verankert. Amaldi würde auch dort oben nachsehen müssen. Das Seil sah aus wie eine ganz normale Wäscheleine, bei der jemand auf dem Teilstück mit der Schlinge die äußere Plastikschicht entfernt und den Metallkern freigelegt hatte. Knapp einen halben Meter über dem Kopf des Opfers war das Plastik noch intakt.

Amaldi wurde bewusst, dass er es ganz absichtlich vermieden hatte zu untersuchen, mit welcher Vorrichtung der Kopf in der Luft gehalten wurde. Doch sie war ihm sofort aufgefallen. Beide Ohrmuscheln waren durchbohrt worden, die Löcher waren genau mittig, recht groß und kreisrund – und in jedes hatte der Mörder einen Karabinerhaken gesteckt, wie man ihn auf Segelbooten benutzt. Daran waren zwei etwa einen Zentimeter dicke Gummiseile befestigt, die in einem weiteren, etwa dreißig Zentimeter oberhalb des Kopfes angebrachten Karabinerhaken zusammengeführt wurden. Von dort aus führte ein Gummiseil hinauf zur Terrasse, die Wäscheleine verlief parallel dazu. Um ein Haarbüschel auf dem Kopf war ein dünner weißer Bindfaden geknüpft, der ebenfalls an dem Karabinerhaken oben befestigt war. Amaldi vermutete, damit sollte verhindert werden, dass der Kopf sich drehte, sobald er vom Rumpf getrennt war. Das Gummiseil diente dazu, den Ruck zu dämpfen, der auf die Enthauptung bestimmt gefolgt war, damit die Ohrmuscheln nicht einrissen oder ganz vom Kopf abgerissen würden. Die Aktion war perfekt gelungen.

»Lassen Sie mich ein, ich bin Richter!«, schrie plötzlich jemand aufgeregt im Treppenhaus.

Amaldi bedeckte den Kopf wieder mit dem Tuch und drehte sich um. Frese stand schon im Flur. Er ging zu ihm.

»Im Augenblick sind Sie keine Amtsperson«, erklärte Frese Boiron gerade ziemlich aggressiv. »Sie sind ein Augenzeuge und das hier ist eine Privatwohnung.«

»Ich werde dafür sorgen, dass Sie jede Menge Schwierigkeiten bekommen!«, drohte ihm Boiron.

»Sie werden nichts dergleichen tun!«, schaltete sich Amaldi in gebieterischem Ton ein. »Und schreien Sie hier nicht so herum!«

Frese war vor Wut hochrot im Gesicht. Die Hausherrin war aufgestanden, schaute zu ihnen hinüber und knetete nervös einen Zipfel ihrer Bluse. Ihr Ehemann hatte wieder das Gesicht in den Händen vergraben. Amaldi trat hinaus ins Treppenhaus.

»Gehen wir doch in Ihre Wohnung«, sagte er zu Boiron.

»In meine Wohnung? Auf gar keinen Fall!«, antwortete der Richter.

»Hören Sie mal, damit tut er Ihnen einen Gefallen und nicht umgekehrt«, platzte Frese heraus.

»Nicola, bitte …«, wies ihn Amaldi zurecht.

Boiron sah beide mit selbstgefälliger Überheblichkeit an. Daraufhin wandte sich Amaldi wieder dem Richter zu.

»Sie können es sich aussuchen«, meinte er, den Ärger in seiner Stimme unterdrückend. »Bei Ihnen oder auf dem Revier.«

»So können Sie mich nicht …«, begann der Richter mit einem arroganten Lächeln auf den Lippen.

»Kann ich sehr wohl«, unterbrach ihn Amaldi kurz angebunden.

Die Beamten auf dem Treppenabsatz wurden Zeugen, wie Boiron vor Wut blaurot anlief. Dann wandte er sich abrupt um, öffnete die Tür zum Aufzug und schlüpfte hinein.

»Also gut«, knurrte er.

Amaldi und Frese folgten ihm. Während sie in den vierten Stock hinauffuhren, hörten sie die Beamten im Treppenhaus kichern. An der Tür zu seiner Wohnung holte Boiron einen dicken Schlüsselbund aus seiner Tasche und öffnete zwei mehrfach gesicherte Schlösser, bevor er die Tür aufstieß.

»Angst vor Dieben?«, fragte Frese.

Amaldi stieß ihm mit dem Ellbogen in die Rippen.

Der Richter gab keine Antwort. Er betrat vorsichtig seine Wohnung, legte einen Finger an die Lippen und sagte dann leise: »Warten Sie hier. Ich schaue nach, ob meine Frau schläft.«

Kurz darauf erschien Boiron mit ärgerlicher Miene wieder, gefolgt von einer jungen, sehr schönen Frau. Die Gattin des Richters trug ein sandfarbenes, kurzes, tief ausgeschnittenes Seidennachthemd, das von zwei schmalen Trägern gehalten wurde. Darüber einen reichlich durchsichtigen Morgenmantel, in einem blassen Rosaton, der an die Farbe von Blütenblättern erinnerte. Der Gürtel hing von der Taille lose bis auf den Boden. Die Gemahlin des Richters war fast noch ein Kind.

»Gehen wir in mein Arbeitszimmer«, sagte Boiron brüsk.

»Nein, Schatz«, sagte die junge Frau, wobei sie Amaldi die Hand reichte und Frese jedoch vollkommen übersah. »Bring unsere Gäste doch ins Wohnzimmer, dort haben wir es viel gemütlicher.«

»Ich glaube kaum, dass deine Anwesenheit hier erforderlich ist …«, begann der Richter.

Doch seine Frau hakte sich lachend bei Amaldi unter und führte ihn in einen großen Raum, dessen Wände bis zur Decke mit Bildern übersät waren. Frese schloss sich an und versuchte vergeblich, nicht auf die schwingenden Hüften der jungen Frau zu starren. Als Boiron dies bemerkte, schob er sich mit seinem mageren Körper zwischen seine Ehefrau und den Polizisten.

Die Frau bot Amaldi einen Platz auf dem Sofa an und setzte sich neben ihn. Die schlimmen Ereignisse des Abends schienen sie völlig kaltzulassen. Sie zog die Beine hoch und lehnte sich gegen das Polster, ihre Schenkel dicht neben Amaldi.

»Möchten Sie etwas trinken?«, fragte sie ihn, beugte sich dabei zu ihm hinüber und streifte ihn leicht mit ihrer überaus gepflegten Hand, deren Fingernägel lackiert und ungemein lang waren.

Doch Amaldi lehnte ihr Angebot ab und antwortete, sie würden nur so kurz wie möglich bleiben. Doch er konnte nicht übersehen, wie dabei ihr Nachthemd verrutschte und im Ausschnitt ihre rechte Brust mit einer großen rosa Brustwarze sichtbar wurde, die farblich genau zu ihrem durchsichtigen Negligé passte. Die Frau lächelte und zog den Träger aufreizend langsam wieder hoch.

»Also, was wollen Sie wissen?«, fragte Boiron mit vor Eifersucht bebenden Nasenflügeln. »Liebes, vielleicht ist es besser, wenn du herüber kommst«, sagte er und klopfte mit der Hand auf den Platz neben sich.

»Nein, ich sitze hier sehr bequem«, sagte sie, ohne ihn eines Blickes zu würdigen. Ihre Hand lag noch auf ihrer Brust und ihre Finger spielten mit dem schmalen Seidenträger des Nachthemds.

Boiron erzählte nun seine Version der Ereignisse. Amaldi und Frese unterbrachen ihn dabei nicht, sondern hörten ihm aufmerksam zu. Als der Richter seine Geschichte beendet hatte, holte Amaldi einige Notizen aus der Jackentasche und las sie schweigend einige Minuten lang durch. Signora Boiron beugte sich zu dem Blatt hinüber.

»Ich bin nun mal neugierig«, sagte sie kichernd und legte ihm eine Hand auf die Schulter.

Boiron setzte sich aufrecht hin. Frese starrte ihn an.

»Genau wie ich ...«, antwortete ihr Amaldi lächelnd.

Bei den Notizen, die Amaldi noch einmal durchging, handelte es sich um eine erste Auflistung der Ereignisse, die ihm die Funkzentrale der Polizei durchgegeben hatte. Richter Boirons Anruf war um 0.28 Uhr eingegangen. Davor hatte es bereits drei andere Hinweise gegeben. Den ersten um 0.07 Uhr. Den zweiten um 0.09 Uhr. Und den dritten um 0.13 Uhr. Der Richter hatte eine Viertelstunde nach dem letzten und gut zwanzig Minuten nach dem ersten Anruf verstreichen lassen, bevor er die Polizei informiert hatte. Auf der gesamten Fahrt zum Tatort hatte Amaldi über diese Fakten nachgedacht.

»Wann, sagen Sie, ist die Tat verübt worden?«, fragte Amaldi Boiron.

»Das habe ich gar nicht erwähnt.«

Amaldi starrte ihn schweigend an. Der Richter hielt seinem Blick stand. Er hatte nicht die Absicht, sich einschüchtern zu lassen. Darauf wandte sich Amaldi lächelnd an dessen Ehefrau.

»Kurz vor halb eins«, sagte Boiron resigniert.

»Können Sie das vielleicht ein wenig präzisieren?«, bat ihn Amaldi. Sie hatten seine Schwachstelle entdeckt.

»Vielleicht um 0.25 Uhr?«, meinte nun Frese, der das Spiel seines Vorgesetzten durchschaut hatte.

»Kann sein …«, sagte Boiron kühl. »Ich habe nicht auf die Uhr gesehen.«

»Aber … nur dass wir uns richtig verstehen …«, legte Frese nach. »Sie haben gleich danach die Polizei informiert, richtig?«

»Nicht sofort … Ich stand unter Schock, ich musste erst mal hoch in die Wohnung … Und dann habe ich mir noch das Gesicht mit kaltem Wasser bespritzt, bevor ich angerufen habe.«

»Und wie lange, denken Sie, hat das gedauert?«, trieb ihn Frese in die Enge.

»Das weiß ich nicht.«

»Vielleicht können Sie uns ja weiterhelfen, Signora …«, reagierte Frese darauf.

»Fünf Minuten!«, platzte Boiron heraus. »Zehn vielleicht! Was ist daran denn so wichtig?«

Schweigen senkte sich über den Raum. Amaldi drehte die Notizen in seinen Händen.

»Erinnern Sie sich an Primo Ramondi?«, fragte er Boiron.

Der sah ihn verblüfft an.

»Sie haben entschieden, nicht weiter gegen ihn zu ermitteln. Aus Mangel an Beweisen, nicht wahr?«, fuhr Amaldi fort.

»Was hat das denn damit zu tun?« Boiron sprang auf.

»Sie haben um 0.28 Uhr angerufen«, sagte Amaldi.

»Warum fragen Sie mich danach, wenn Sie es schon wussten?«, entgegnete der Richter nervös und lief im Zimmer auf und ab.

»Sind Sie ganz sicher, dass Sie den ungefähren Zeitpunkt des Mordes nicht kennen?«, fragte Frese.

»Ich habe es Ihnen doch gesagt. Vor halb eins.«

»Vor halb eins könnte auch um elf sein«, meinte Frese.

»Kurz davor!«

»Fünf Minuten? Zehn Minuten?«

»Aber ja … sicher …« Der Richter schaute besorgt auf seine Frau.

Die beachtete ihn überhaupt nicht. Ihr Kopf lag jetzt fast auf Amaldis Schulter.

»Ja und?«, fragte Boiron gereizt.

Amaldi setzte sich aufrecht hin und sah ihn direkt an.

»Der erste Anruf kam von jemandem aus dem Haus gegenüber. Der zweite von dieser armen Frau aus dem ersten Stock. Der dritte von dem Besitzer der Dachwohnung. Neunzehn Minuten nach dem ersten Anruf … ist die Streife hier eingetroffen …«

»Hören Sie, Commissario«, sagte Boiron ungeduldig, »diese Auflistung mag für Sie ja äußerst interessant sein, aber ich …«

»Aber Sie«, unterbrach ihn Amaldi und klang jetzt wesentlich aggressiver, »hatten da noch nicht einmal angerufen. Ihr Anruf kam erst zwei Minuten später … Da waren nach dem ersten Hinweis genau einundzwanzig Minuten vergangen … Und ein paar mehr seit dem Mord. Was haben Sie all diese Zeit über getan?«

Boirons Ehefrau kicherte los, was Amaldi nicht für einen Zufall hielt.

»Jetzt reicht es!«, schrie Boiron, ging zu seiner Frau und packte sie am Arm. »Setz dich da rüber!«

»Fass mich nicht an!«, erwiderte sie eisig.

Der Richter ließ sie los.

Amaldi stand auf.

»Für den Moment ist das alles«, sagte er. »Sie kennen ja das Procedere. Ich bitte Sie also, morgen in der Abteilung Serienverbrechen vorbeizukommen und Ihre Aussage protokollieren zu lassen …« Dann sah er Boirons Ehefrau an. »Versuchen Sie zu schlafen, Signora, und entschuldigen Sie bitte die Störung.«

»Sie wissen doch, wo die Abteilung ist?«, fragte Frese den Richter, bevor er das Zimmer verließ. Amaldi und Boiron folgten ihm.

»Gehen wir jetzt nach oben auf die Terrasse?«, fragte Frese Amaldi, nachdem der Richter die Tür hinter ihnen geschlossen hatte.

»Ich kenne mich mit Knoten nicht aus … Und ich glaube nicht, dass wir da mehr finden als ein paar verknotete Seile. Je weniger Leute dort herumtrampeln, desto besser ist es für die Spurensicherung und die Rekonstruktion des Tathergangs.«

Als sie das Haus verließen, waren Spurensicherung und der Gerichtsmediziner schon rund um die Leiche bei der Arbeit. Als Amaldi zum ersten Stock hinaufsah, entdeckte er, dass der Kopf entfernt worden war. Und er bemerkte eine Kühlbox. Vermutlich war er darin für den Transport verpackt. Amaldi ging zu Torrisi.

»Ich möchte, dass Boiron rund um die Uhr bewacht wird«, sagte er ihm.

Torrisi nickte. »Ist er der Nächste?«, fragte er.

»Wir sollten alles tun, damit wir es nie erfahren«, sagte Amaldi. »Rund um die Uhr, Tag und Nacht«, wiederholte er.

Amaldi und Frese gingen einige Schritte.

»Was hat Boiron in diesen zwanzig Minuten gemacht?«, fragte Frese.

»Das werden wir später seine Frau fragen … Sie scheint es ja gar nicht erwarten zu könen, uns das zu verraten … oder ihren Ehemann zu demütigen. Was für sie wohl das Gleiche ist«, überlegte Amaldi. »Aber ich glaube kaum, dass das für unsere Ermittlungen wichtig ist.«

»Na, was sie auf alle Fälle kaum erwarten kann, ist, mit dir in die Kiste zu steigen.«

Amaldi tat, als hätte er das nicht gehört.

»Und wie geht es Giuditta? Gut?«, fragte Frese.

»Es geht ihr sehr gut«, antwortete Amaldi lächelnd. »Fährst du mich nach Hause?« Dann drehte er sich um, um die Arbeit der Spurensicherung zu überprüfen.

Im gleichen Augenblick kam ein Mann aus dem Zelt, das die Feuerwehrleute errichtet hatten, und lief drohend auf Amaldi und Frese zu.

»Wie viele muss er denn noch umbringen, bevor du ihn endlich verhaftest?«, brüllte Palermo außer sich vor Wut.

Alle Beamten wandten sich Amaldi zu und starrten ihn an.

»Das ist deine Schuld!«, brüllte Palermo weiter und zeigte mit dem Finger auf ihn. »Diesen Toten hast du auf dem Gewissen!«

XIII

Ein teuflisches Labyrinth. Undurchdringlich und schwarz.

Primo Ramondi spürte, wie die Welt dort über seinem Kopf ihr Spiel mit ihm trieb. Die Leute liefen vorüber und er hörte Fetzen von ihren Gesprächen, die vom rhythmischen Geräusch ihrer Schuhe auf dem Asphalt begleitet wurden. Rasches Klappern von dünnen Absätzen, dumpfes Knallen von Springerstiefeln, leise schlurfende Mokassins. Sie versuchten, ihre Unterhaltungen vor ihm zu verbergen, doch er hörte sie trotzdem. Und wusste, was sie sagten. Sie redeten alle über ihn. Erzählten einander seine Geschichte und schmückten sie jedes Mal mit neuen Details aus. Und sie lachten, lachten in einem fort. Über ihn. Weil sie jetzt alle Einzelheiten über ihn, seine ganze Geschichte kannten.

Und Primo Ramondi wusste, wer diese Geschichte erzählt und seine Geheimnisse verraten hatte.

Er erschauerte. Das teuflische Labyrinth um ihn war undurchdringlich, schwarz und feucht. Der Bauch der Stadt. Ein Bauch, der seine Körperflüssigkeiten über verrostete Rohre entsorgte. Das waren seine Venen und Arterien, die süßlich und metallisch nach Eisen und Blut rochen. Stinkende, kalte Luft, feucht und abgestanden, wurde durch die Gullys, die Belüftungsschlitze und die Leitungen bis hierher transportiert. Wo sie von ihren zahllosen elektrischen Fangarmen aufgenommen und tröpfchenweise wieder ausgeschieden wurde, denn auf diesem Weg erzählte die Stadt seine Geschichte, die rührende Geschichte eines schwachen Monsters.

Dort, im Abwassersystem, im Netz der Kanalisation, wohin er sich geflüchtet hatte, mehr als fünf Meter unterhalb der Stadt, schauderte Primo Ramondi vor Kälte und wickelte sich enger in seinen Schlafsack. Er konnte nicht schlafen, schon seit mehr als zwei Tagen nicht mehr. Sobald er die Lider schloss, nahmen in seiner Dunkelheit furchterregende Bilder vor ihm Gestalt an. Er hörte ein Rascheln und schaltete die Taschenlampe an. Der Lichtstrahl stach ihm schmerzhaft in die Augen. Dann sah er, wie eine große Ratte in ein Loch schlüpfte und dort verschwand. Erneut untersuchte er sein Versteck. Das hatte er seit Sonnenuntergang ständig getan. Genau wie in der Nacht zuvor. Der Schmutz weckte in Primo Ramondi das Gefühl, moralisch befleckt zu sein, und davor floh er seit Jahren. Seit die weißen Fliesen ihre Makellosigkeit eingebüßt hatten, durch das Blut und die schreckliche Natur des Kindes, das sich ihm nackt und schamlos dargeboten hatte. Seit er den zarten Duft von Violinos weißen Laken entdeckt hatte, die so frisch und rein rochen. Seit er gerettet worden war. Er umklammerte mit seinen Fingern die Schlüssel zum alten Lieferwagen seines ehemaligen Lehrmeisters.

Die Betonwände waren mit dunklen Flecken überzogen, von Schimmel, Algen, chemischen Ablagerungen. Eine zitternde Lichtquelle über dem Gully verbreitete ein gespenstisches Halbdunkel. Da war noch eine Ratte, sie hatte sich auf die Hinterbeine gestellt und schnupperte. Nun schnellte sie blitzartig vor und ihr nackter, rosafarbener Schwanz zuckte dabei wie eine Schlange. Primo blickte ihr nach, während sie langsam davontrabte. Im Maul trug sie eine dicke Kakerlake, die immer schwächer mit den Beinen zappelte. Dann hörte er noch, wie die Ratte mit ihren spitzen Zähnen krachend den Chitinpanzer durchbiss.

Genauso hatte es geklungen, als er den kleinen Vogelkopf in seinem Mund zerbiss. Weil dieser Polizist Bescheid wusste.

Seit zwei Tagen, seit der Schirokko wehte, seit er seine Wohnung hatte verlassen müssen, die so weiß und keimfrei war wie reine Milch, hatte Primo Ramondi nicht aufgehört zu weinen. Die Tränen sickerten aus seinen Augen wie aus zwei Lecks in einem Damm. Die Last, die er mit sich herumtrug, trieb sie ihm in die Augen – entfernte Verwandte dieses ersten übermächtigen Tränenstroms, der ihn dazu gezwungen hatte, aufzugeben und zu fliehen. Nun flossen sie langsam, aber unaufhörlich, schwer, erfüllt von Albträumen und Schmerzen. Immer, wenn er vor Müdigkeit überwältigt seine Lider schloss, tauchten schreckliche Bilder aus der Vergangenheit vor ihm auf und regten diesen salzigen Tränenfluss an, der ihn auslaugte, aushöhlte, austrocknete. Und diese Tränen liefen ihm über die Wangen, durchnässten seine zerknitterte Kleidung, rannen über seine Hände, die versuchten sie aufzuhalten, über seine Arme, von wo sie herabtropften und sich mit den Ausscheidungen der Stadt vereinigten und zu schmutzigen, übelriechenden Rinnsalen wurden, die irgendwo endeten und diese Erde genau wie seine Seele vergifteten. Seine Seele, die nun verloren war.

Während Primo Ramondi diesem tödlichen Fluss der Erinnerungen zum Ursprung hin folgte, war er in die Vergangenheit zurückgekehrt, und jetzt fand er nicht mehr heraus. Wusste nicht mehr, wer er war und wo er sich jetzt befand. Wusste ab und zu, dass er ein Kind war. Wusste, dass er ein streunender Hund war, den man mit Steinwürfen verjagte. Wusste, dass er auf einer Insel der Glückseligkeit gelandet war, wo es nach frisch gewaschener Bettwäsche duftete. Aber nun konnte er den Geruch nach diesem Waschmittel für den gewerblichen Gebrauch nicht mehr einsaugen, den der Dampf der Heißmangel aus der Wäsche presste. Er sah sich nackt mit seinem kleinen Penis, der taub gegen jede Empfindung zitternd in der Luft stand, auf der Suche nach einem Gefühl von Männlichkeit.

Und er sah den Jungen, tot. In diesem Waschraum, der sich rot färbte.

Und die zwei Frauen.

Er war ihnen auch noch hinterhergelaufen, nachdem er zu Violino gezogen war. Hatte sie beobachtet in der Hoffnung, er könne in ihren Blicken ein Anzeichen von Trauer über sein Verschwinden entdecken. Er hatte ihre Spuren verfolgt, um sein Bild in ihren Tränen wiederzufinden.

Er schreckte auf, als ein Windstoß heulend durch den Gully fuhr. Der Wind war schmutzig und feucht und brachte die Pest der Vergangenheit mit. Irgendwo in der Dunkelheit klapperte ein Stück Blech.

Nein, er würde den Kampf gegen diesen Polizisten nicht verlieren. Der würde ihn nie zu fassen bekommen. Doch zuerst musste er innerlich gesunden. Er war geflohen und hatte sich in dieses Labyrinth verkrochen, im Schutz der äußersten Peripherie. Den Eingang zur Kanalisation kannte er seit seiner Kindheit, und es war ganz leicht gewesen, das Schloss davor aufzubrechen. Dann war er in den dunklen Bauch der Stadt eingetaucht. Den Bauch der Mutter. Ein schmutziger Ort, an dem er all das gelernt hatte, was er vergessen wollte.

Ramondi schaltete die Taschenlampe aus und überließ der Dunkelheit die Herrschaft über sein Versteck.

In der Hütte, die einmal auch sein Zuhause gewesen war, wohnten zwei Huren.

Er musste wieder bei der Finsternis beginnen.

Da waren die beiden Frauen, denen er auf ihrem Weg nach Hause und zur Arbeit folgte.

Er musste noch einmal ganz von vorn beginnen, wenn er wirklich wollte, dass das, was in ihm zerbrochen war, wieder in Ordnung kam.

Wenn die Frauen spät in der Nacht oder früh am Morgen

nach Hause kamen, belauschte er sie. Sie lachten und rissen untereinander Witze, gaben derbe Kommentare über ihre Arbeit ab, beschrieben einander zynisch, wie schrecklich einer gestunken hatte, was für Missbildungen, körperliche und geistige Schwächen ihnen untergekommen waren. So distanziert wie Gerichtsmediziner, Polizisten oder Totengräber. Sie lachten mit ihren Mündern, denen keine Abscheulichkeit fremd war, doch wer Augen hatte, um zu sehen, konnte in ihren Blicken einen Schimmer von Traurigkeit wahrnehmen, der sich wie ein Tränenschleier über ihre Pupillen gelegt hatte.

Und dann gab sich Primo Ramondi der Illusion hin, dass sie seinetwegen weinten.

Nicht alle Huren waren so. Aber diese beiden, deren Spur er verfolgte, schon. Und sie zogen ihn an, weil sie die schwächsten von ihnen waren. Die ersten.

Dann war die Mutter gestorben. Und nur noch die jüngere war übrig geblieben. Er würde sie aufsuchen. Schon bald. Sobald er wieder gesund war.

Primo Ramondi hörte ein Geräusch. Sofort war er in Alarmbereitschaft. Er tauchte aus seinen Erinnerungen auf. Seine Hand griff nach dem Klappmesser, und er ließ die Klinge hervorschnellen. In die andere Hand nahm er die Taschenlampe, ohne sie einzuschalten. Da waren Schritte. Und Stimmen. Nein, nur eine einzige, doch die erzählte in diesen dunklen verschlungenen Gängen seine Geschichte. Er glitt aus dem Schlafsack. Jeder einzelne Muskel seines Körpers schmerzte. Er hörte nur wenige Schritte entfernt das Plätschern eines Wasserstrahls, und es roch streng nach Urin. Dann folgte ein Seufzer der Erleichterung und ein ziemlich falsch gesungenes Lied. Ramondi umklammerte sein Messer.

Er schaltete die Taschenlampe ein, leuchtete dem Eindringling direkt ins Gesicht, sodass der sich geblendet fluchend die

Hand vor die Augen legte. Primo sprang nach vorn, zielte mit der Klinge auf den Körper des Feindes. Im Zustoßen roch er seine Alkoholfahne.

Unterdrücktes Stöhnen. Ein dumpfer Aufprall. Primo Ramondi fiel die Taschenlampe aus der Hand. Er spürte, wie sie auf dem Boden aufschlug, und hörte das Geräusch von zersplitterndem Glas. Dann stach er wieder aufs Geratewohl auf den Mann ein auf der Suche nach der Erleichterung, die ihm das Töten verschaffte, doch in diesem Moment versetzte ihm der Feind einen Stoß mit einem spitzen Gegenstand. Die Flasche, die er in Händen gehalten und der er nun den Hals abgeschlagen hatte. Das Glas bohrte sich in Primo Ramondis Bauch und es brannte plötzlich. Er nahm wahr, wie er den Mund öffnete, aber auch, dass er nicht genug Kraft hatte zu schreien. Die Angst trieb ihm wieder Tränen in die Augen.

Mit einem Satz sprang er über den Körper seines Feindes hinweg und floh durch die dunklen Gänge, stolperte, stand wieder auf und versuchte, diesen Tränen zu entkommen, die er nicht weinen wollte.

»Du bist schwach … Du bist schwach …«, murmelte er vor sich hin, während er sich in der Dunkelheit verlor. Im Laufen presste er die blutende Wunde an seinem Unterleib zusammen. »Du bist schwach …«

Er schaffte es nur einige Meter weit, dann fiel er mit dem Gesicht nach unten in die stinkenden Ausscheidungen der Stadt. Er drehte den Kopf und blickte sich um. Ganz hinten in diesem Tunnel der dunklen Schatten sah er den jetzt nur noch schwachen Widerschein der Taschenlampe auf dem schmutzigen Wasser zittern. Sein keuchender Atem dröhnte laut durch den Tunnel und betäubte ihm die Ohren. Mit einer Hand riss er seine Kleidung über dem Bauch auf und tastete die Haut ab.

Entfernte einen Glassplitter und untersuchte noch einmal die Wunde. Sie schien nicht tief zu sein.

Hinter dem Lichtschein der Taschenlampe hörte er seinen Feind stöhnen. Er fuhr mit zwei Fingern über das Messer, das er immer noch fest umklammerte. Es war klebrig. Also hatte er getroffen.

Er schlurfte vorsichtig durch den Schmutz dieser Stadt zurück bis zu seiner Taschenlampe, hob sie auf und richtete sie auf seinen Feind.

Er sah dort vor sich keinen Obdachlosen mit einem Gesicht, das ein Leben voller Angst und Entbehrungen verwüstet hatte, mit einer roten Säufernase und zerlumpter Kleidung. Auch keinen armen alten Mann, der in unnatürlicher Haltung am Boden kauerte, sich die Seite hielt und jammerte. Hinter dem schmutzverkrusteten Bart, hinter diesem leeren Blick eines Ausgestoßenen sah Primo das harte Gesicht des Polizisten. Das unbarmherzige Gesicht des Vaters.

»Du bist so schwach wie eine Schwuchtel«, sagte der zu ihm.

Primo Ramondi ging weiter auf den Mann zu und hielt dabei die Hand mit dem Messer nach vorn ausgestreckt.

»Jetzt sag mir doch mal, wer jetzt der Schwächling ist!«, schrie er ihn unter Tränen an.

Der Stadtstreicher schaute einen Moment hoch, dann sah er sofort wieder auf seine rechte Seite. Im Schein der Taschenlampe war ein großer roter Fleck zu erkennen, der zuckte, als wäre er in Bewegung.

Primo Ramondi kam noch näher. Er stieß dem Mann das Messer links in die Brust zwischen die Rippen und drehte es ganz langsam in der Wunde um, der Obdachlose zuckte hoch, riss seine Augen, die sich bereits verschleierten, weit auf und starrte ihn an.

»Wer von uns ist hier der Schwächling?«, wiederholte Primo Ramondi mit hysterischer Wut.

Dann zog er die Klinge heraus und rammte sie wieder in den Körper, mitten dort hinein, wo er diesen großen Magen vermutete, der ihn hatte verschlingen wollen, als er ein Kind war. Der Stadtstreicher bewegte sich nicht mehr. Primo zog das Messer heraus und versenkte es wieder so tief, wie er konnte, diesmal in die Oberschenkel, drehte die Klinge herum und zerrte sie hin und her, um Muskeln und Sehnen zu durchtrennen. Damit der Mann ihm nicht mehr auf dem staubigen Hof vor der Hütte nachlaufen konnte. Oder ihn schlagen und einsperren. Damit er ihn nicht mehr bestrafen konnte. Damit er ihn nicht einholen und verprügeln konnte.

Als Primo Ramondi die Taschenlampe auf das Gesicht des Mannes am Boden richtete, sah er plötzlich, wie sein Vater den Mund öffnete und etwas sagte. »Du bist so schwach wie eine Schwuchtel. Das hat mir der Junge erzählt«, sagte er. Primo ließ das Messer fallen und legte ihm eine Hand auf den Mund. »Du bist so schwach wie eine Schwuchtel. Das hat mir der Junge erzählt«, sagte jetzt der Polizist.

»Nein!«, brüllte Primo Ramondi auf. »Sei still! Das ist eine Lüge!«, und er drückte die Hand auf den Mund des Vaters. Auf den Mund des Polizisten.

Doch die Worte schlüpften zwischen seinen Fingern hindurch und entkamen in die Dunkelheit. Er blickte hoch. Die ganze Stadt stand rings um den Gully und schrie. Einige erzählten seine Geschichte, andere lachten. Oder versuchten, durch das Metallgitter zu ihm zu gelangen. Finger zerrten zuhauf an dem Gully und würden ihn bald herausgerissen haben. Man würde ihn fangen, ihn quälen und ihn zwingen, seine wahre Geschichte zu erzählen. Die Geschichte eines schwachen Jungen.

Primo nahm wieder das Messer in die Hand. Er wusste, was er tun musste. Jetzt wusste er es. Er steckte die Klinge zwischen die Lippen seines Vaters und schnitt ihm die Mundwinkel ein, schlitzte die Wange fast bis zum Ohr, bis zum Ansatz des Kiefers auf. Dann drehte er das Messer und zerschnitt die andere Wange, die des Polizisten.

Die Stadt dort über ihm zitterte und schrie. Auch die da oben wussten, was er tat. Jetzt war es an ihnen, Angst zu haben.

Primo legte das Messer weg und riss den neuen großen Mund auf, den er geöffnet hatte. Er steckte eine Hand in den Hals seines Vaters, drang gewaltsam in diesen dunklen Tunnel hinter den Zähnen ein, und als er sie zwischen den Fingern spürte, umklammerte er sie fest, drehte das Handgelenk und riss sie heraus.

Dann zeigte er sie der Menge auf der anderen Seite des Gullys, präsentierte sie in der geschlossenen Faust wie eine Trophäe. Zwischen Fleischfetzen, Teilen der Luftröhre und faserigen Stimmbändern zeigte er sie der Stadt. Die Menge verstummte. Einige fingen an zu wimmern, während Primo in so heftiges Lachen ausbrach, dass es ihn richtiggehend durchschüttelte. Und alle hielten den Atem an, denn nun wussten sie, dass sie es niemals mehr erfahren würden.

Er leuchtete sie mit der Taschenlampe an, damit die Menge sie besser sehen konnte. Seine Geschichte – die Geschichte, die sein Vater erzählte, die Geschichte, die der Polizist wissen wollte, die Geschichte, die er selbst in den Augen des Jungen gelesen hatte – lag jetzt in seinen Händen, hier mitten in diesem blutenden Fleisch.

Demonstrativ führte Primo die Faust zu seinem Mund und begann zu essen. Die Knorpel knackten wie der Panzer der Kakerlake. Wie der Kopf der Taube. Er kaute so lange, bis er den blutigen Brei hinunterschlucken konnte.

Jetzt befand sich die Wahrheit wieder in ihm, war in seinem Inneren verschlossen.

Primo sah, wie die Stadt von dem Gully zurückwich. Sie hatten verloren. Und stoben auseinander wie Nebelgeister, die vom Windhauch des Schirokko vertrieben wurden.

Primo lachte. Er hatte seinen neuen Weg gefunden. Er würde aus der Finsternis wiederauferstehen. Um Sauberkeit und Ordnung zu schaffen. Um die letzte Wahrheit zu verschlingen. Und die letzte Lüge.

Er wusste, wo diese Geister der Stadt sich aufhielten. Dort, wo auch er bald hingehen würde. Vorher musste er nur noch eines tun.

Nur ein Mensch kannte jetzt die Wahrheit. Jemand, der damals jung gewesen war.

Primo lachte und kämpfte gegen den Brechreiz.

Die Wahrheit wehrte sich gegen dieses Mahl.

Aber er war nicht schwach. Jetzt nicht mehr.

XIV

Amaldi war lange regungslos vor dem Büro des Leiters des Disziplinarausschusses stehen geblieben, ohne sich dazu durchringen zu können, die Klinke zu drücken. Von drinnen waren mehrere Stimmen zu hören. Das verwirrte ihn.

Inzwischen hatten sie das Opfer identifiziert. Es war ein Zahnarzt, der Zahnarzt von Primo Ramondi. Der Zahnarzt, der ihm vier seiner Schneidezähne so spitz zurechtgefeilt hatte, dass sie wie zusätzliche Eckzähne wirkten. Die offiziellen Ergebnisse der forensischen Abteilung lagen noch nicht vor, aber der Beamte, der die Abdrücke der Bissspuren an dem Opfer genommen hatte, hatte bereits gesagt, dass er acht spitze Einkerbungen gezählt hatte. Wie von acht Eckzähnen.

Während Amaldi noch zögernd vor der Tür stand, hörte er auf einmal eine laute Stimme hinter sich. »Bitte, nach dir, du bist der Ehrengast«, hatte Palermo mit einem triumphierenden Lächeln gesagt. Daraufhin hatte Amaldi die Tür geöffnet und war eingetreten. Das Zimmer war hell und geräumig. Hinter einem großen imposanten Schreibtisch aus rot glänzendem Mahagoniholz saß der Polizeipräsident: Seine Wangen waren feist und gerötet, die Augen verschwanden beinahe unter seinen Schlupflidern und zwischen seinen wulstigen Lippen steckte eine erloschene Zigarette. Hinter ihm stand der Leiter des Disziplinarausschusses, der seinem beleibten Vorgesetzten den eigenen bequemen Ledersessel überlassen hatte. Er selbst war ein großer, hagerer Mann mit grauen Schläfen und blasser Gesichtsfarbe, der nur schwarze Kleidung trug. Aus diesem Grund hieß er bei allen Beamten »der Jesuit«. Vor dem Schreibtisch befand sich ein einziger, bisher noch leerer Stuhl. Rechts neben dem Schreibtisch rutschte der schmächtige Richter Emilio Boiron unruhig auf einem Sessel herum und würdigte Amaldi keines Blickes. Auf dem Sofa neben der Tür saß Frese mit gesenktem Kopf, der kurz aufgeschaut und Amaldi mit einem knappen Kopfnicken begrüßt hatte, und dann wieder verlegen nach unten auf den Perserteppich starrte. Palermo setzte sich neben ihn. Der Polizeipräsident zeigte auf den leeren Stuhl vor dem Schreibtisch.

Dort hatte der Angeklagte dann Platz genommen.

»Es ist wohl eindeutig, dass wir mehr als genug Beweise haben, um Primo Ramondi festzunehmen«, ergriff der Polizeipräsident das Wort. Er zündete sich die Zigarette zwischen seinen Lippen an, zog gierig daran und behielt den Rauch lange in den Lungen, bevor er ihn in dichten, grauen Wolken ausstieß und die Glut mit Zeigefinger und Daumen über dem Aschenbecher abkniff. Anschließend steckte er sich den erloschenen Stummel wieder zwischen die Lippen. »Ich habe einen Blick in die Akte geworfen. Ich möchte hinzufügen, Commissario Amaldi, meiner Meinung nach hätten bereits beim ersten Mord genügend Beweise vorgelegen, um gegen Primo Ramondi vorzugehen.«

Amaldi drehte sich zu Frese um. Sein Stellvertreter schaute immer noch zu Boden und wich seinem Blick aus.

»Nur aus einem einfachen Grund habe ich nicht vor, Sie von dem Fall abzuziehen«, fuhr der Polizeipräsident fort. »Ich möchte der Presse … kein gefundenes Fressen liefern. Die würde Sie und vor allem auch uns genüsslich zerreißen, weil wir Sie mit den Ermittlungen betraut haben«, hier machte der Polizeipräsident eine lange Pause. »Keiner der hier Anwesenden hat vergessen, was Sie durchgemacht haben … und keiner hat vor zu vergessen, was Sie für die gesamte Truppe geleistet haben … trotzdem wird, sobald die ganze Angelegenheit beendet ist, gegen Sie eine interne Untersuchung eingeleitet werden ... Wir werden unsere schmutzige Wäsche allerdings nur intern und nicht in aller Öffentlichkeit waschen ...« Der Polizeipräsident drehte sich zum Jesuiten um, der ernst nickte. »Aber ich hoffe, Sie begreifen in der jetzigen Situation, dass Sie diese Ermittlungen ernsthaft in Gefahr gebracht haben. Haben Sie etwas dazu zu sagen?«

Amaldi schüttelte den Kopf.

»Hiermit ist Ispettore Capo Palermos Suspendierung aufgehoben und alle Anklagepunkte gegen ihn werden fallengelassen. Wir sind der Meinung ... und zwar in erster Linie der Commissario Capo des Disziplinarausschusses und erst danach meine Wenigkeit ... dass Ispettore Capo Palermo zwar gegen die Vorschriften verstoßen hat ..., aber nur deshalb, weil er über Ihren unbegründeten Widerstand so verzweifelt war, Commissario Amaldi«, dröhnte der Polizeipräsident weiter. »Offiziell bleibt der Fall bei der Abteilung Serienverbrechen ... und damit in Ihrem Zuständigkeitsbereich, Amaldi. Ich habe jedoch entschieden, dass Ihnen Ispettore Capo Palermo offiziell zur Seite gestellt wird ... und tatsächlich wird dieser die Ermittlungen leiten.«

»Aber Chef«, protestierte Amaldi, »Palermo ist vom Sittendezernat ... nicht von der Mordkommission. Jeder meiner Männer wäre bestens in der Lage ...«

»Commissario Amaldi ...«

»Ispettore Frese ist mit Sicherheit besser qualifiziert ...«

»Commissario Amaldi!« Der Polizeipräsident schlug mit seiner Hand auf den Schreibtisch.

Amaldi schwieg mit hochrotem Kopf.

»Commissario Amaldi«, sagte der Polizeipräsident, »ich habe keineswegs die Absicht, aus dieser Runde eine demokratische Versammlung zu machen. Was ich Ihnen hiermit mitteile, steht nicht zur Diskussion und gilt ohne Einschränkungen. Eigentlich wäre ich nicht einmal verpflichtet, Sie von diesen Entschlüssen in Kenntnis zu setzen. Wenn ich es dennoch tue, dann wie gesagt allein, weil ich nicht vergesse, was Sie durchgemacht haben, und wegen Ihrer Verdienste für die Truppe.« An dieser Stelle sah der Polizeipräsident Amaldi bohrend an. »Allerdings … bin ich der Meinung, dass Ispettore Capo Palermo bestens dafür qualifiziert ist, diesen Fall erfolgreich abzuschließen. Ich möchte Sie daran erinnern, dass er derjenige war, der die ersten wesentlichen Verbindungen zwischen dem Mordfall Garcovich und Ramondi hergestellt hat. Verbindungen, die Sie und Ihre Männer bewusst ignoriert haben. Darüber hinaus kennt Ispettore Capo Palermo Primo Ramondi besser als jeder andere … Und schließlich, Commissario Amaldi«, hier zündete sich der Polizeipräsident erbost den Zigarettenstummel an, »hat Ispettore Capo Nicola Frese gerade auf ebenso dumme wie bewundernswerte Weise seine Loyalität Ihnen gegenüber bewiesen, als er mir persönlich, ehe Sie eintrafen, bestätigt hat, dass er Ihrer Vorgehensweise, Ihrem Instinkt blind vertraut … und dass er sehr stark bezweifelt, dass Primo Ramondi unser Mörder ist.«

Amaldi drehte sich überrascht zu Frese um. Sein Stellvertreter schaute nicht auf.

»Wie Sie sicherlich verstehen«, fuhr der Polizeipräsident fort, »qualifiziert diese Erklärung Ispettore Capo Frese nicht als besten Kandidaten für Ihre Nachfolge.«

»War's das?«, fragte Amaldi tonlos.

»Nein, das war's noch nicht. Ich werde Ihnen schon sagen, wenn ich fertig bin«, antwortete der Polizeipräsident harsch. »Sie werden für die Presse bei der Verhaftung von Primo Ramondi anwesend sein und als Team mit Ispettore Capo Palermo auftreten. Ich habe *anwesend sein* gesagt, Amaldi, nicht … *beteiligt sein*. Habe ich mich klar ausgedrückt?«

Amaldi nickte. Für ihn brach gerade eine Welt zusammen.

»Gut«, sagte der Polizeipräsident und reichte ihm ein Schriftstück und einen Stift. »Dann unterzeichnen Sie für die Unterlagen den Antrag auf einen Haftbefehl an den zuständigen Richter.«

Amaldi unterschrieb.

»Und du, Emilio …«, wandte sich der Polizeipräsident lächelnd an Boiron, »als zuständiger Richter kannst den Haftbefehl für Primo Ramondi ja gleich abzeichnen.«

»Schon erledigt«, sagte Boiron und gab dem Polizeipräsident das Formular zurück.

»Ispettore Capo Palermo … der gehört nun ganz Ihnen«, schloss der Polizeipräsident und reichte ihm den Haftbefehl weiter. »Walten Sie Ihres Amtes«, und damit erhob er sich von seinem Sessel, woraufhin die anderen ebenfalls aufstanden. »Amaldi, bleiben Sie noch einen Moment …«, meinte er dann.

Palermo, Frese und Boiron verließen den Raum und schlossen die Tür hinter sich.

»Bei der Bewertung Ihrer Situation werden natürlich die mildernden Umstände berücksichtigt … die mit Ihrem seelischen Zustand zusammenhängen«, meinte der Jesuit väterlich zu Amaldi. »Keiner von uns möchte Sie auf den Scheiterhaufen schicken, Commissario. An Ihrer Stelle würde ich mir ein ärztliches … ein psychiatrisches Gutachten besorgen. Selbstverständlich ist das nicht meine Idee.«

»Selbstverständlich«, murmelte Amaldi.

»Noch ein Letztes«, sagte dann der Polizeipräsident. »In einem vertraulichem Gespräch habe ich erfahren, weshalb mein Freund Boiron zwanzig Minuten gewartet hat, ehe er die Polizei benachrichtigte … Und ich habe mich davon überzeugen können, dass es für den Fall von keinerlei Bedeutung ist. Eine … rein technische Verzögerung, die sich aus einem persönlichen … intimen Problem ergab …«

»Das ist aber doch nicht mehr mein Fall, oder?«, meinte Amaldi mit einem bitteren Lächeln. »Sie sollten das also besser Palermo erzählen.«

»Commissario, Sie begehen einen schweren Fehler. Machen Sie die Dinge nicht noch komplizierter.«

»Komplizierter für wen?«

»Nach der Verhaftung von Primo Ramondi heben Sie die Überwachung von Boirons Haus auf«, sagte der Polizeipräsident und wandte sich von ihm ab. »Sie können gehen.«

Palermo schloss die angelaufene Aluminiumtür auf und ging den dunklen Flur entlang, dessen Wände über und über mit Schmutzspuren der Hausbewohner, mit Graffiti zufällig vorbeikommender Vandalen und Kritzeleien Halbwüchsiger bedeckt waren, die nicht wussten, wem außer dem angegrauten Verputz sie ihre pubertären Träume anvertrauen konnten. Er betrat den Aufzug und drückte den Knopf für das letzte Stockwerk. Danach stieg er noch die zwei Treppen hoch, die zur Dachterrasse führten.

Er hielt vergeblich nach Luz Ausschau.

Wahrscheinlich musste er noch Zustellungen erledigen. An manchen Tagen schien die ganze Stadt sich Blumensträuße oder -gestecke zu schicken, was dann keinen Aufschub duldete. Aber Luz hatte sich niemals bei ihm beklagt. Wahrscheinlich weil er ihm diesen Job besorgt hatte, über jemanden, der ihm noch einen Gefallen schuldete. Das war vor etwas mehr als drei Monaten gewesen. Er wollte, dass Luz einer ehrbaren Arbeit nachging. Außerdem gefiel Palermo die Vorstellung, dass Luz inmitten von Blumen arbeitete.

Palermo näherte sich dem Taubenschlag. Alle Vögel waren zurückgekehrt. Er betrachtete sie der Reihe nach, um das Weibchen herauszufinden, das vor wenigen Tagen so verzweifelt auf der Terrasse herumgeirrt war und nach seinem Jungen gesucht hatte. Er erkannte es nicht wieder. Die Augen der Tauben waren wieder völlig ausdruckslos und gläsern. Ein Vogel sah wie der andere aus. Er wusste nicht, wie Luz sie auseinanderhalten konnte. Aber Luz verstand sie. Vor allem liebte er sie. Und vielleicht war das die beste Erklärung.

Palermo ging zur Brüstung und schaute nach unten.

Seid ihr dort unten, um junges Fleisch zu beschnüffeln?, dachte er.

Man konnte sie nicht aufhalten. Ratten.

Er sah auf und ließ den Blick unruhig über das Dächermeer gleiten. Von hier oben unterschieden sich die reichen Viertel nicht allzu sehr von denen der armen Leute. Die Altstadt lag nicht so fern, selbst das Meer schien näher gerückt zu sein.

Aber das war Luz' Sicht, nicht Palermos.

Palermo lebte in einer farblosen Welt ohne Ausblick auf irgendetwas. Ohne Licht. Die Häuser, die er gerade von oben betrachtete – aus der Vogelperspektive lauter gleiche glatte Flächen –, waren in seiner Welt hohe, verschachtelte Wände eines Labyrinths, in dem er sich verloren hatte, die unüberwindlichen Mauern des Gefängnisses, in das er sich selbst eingeschlossen hatte. Die Bürgersteige, über die er lief, bildeten die Decken seiner eigenen Hölle unter dieser Stadt, die so krank war wie er selbst.

Wenn Palermo neben Luz stand, gelang es ihm ab und an, die Welt mit seinen Augen zu sehen und sich für ihn zu freuen. Und diese kurzen Augenblicke, die nur Luz ihm schenken konnte, indem er ihn bei der Hand nahm und ihm das Gefühl vermittelte, fliegen zu können, vertieften seine Zuneigung noch.

Aber das waren nur kurze Momente.

Palermo wandte sich wieder dem Taubenschlag zu.

Dann nahm die Last, die er mit sich herumschleppte, ihn

wieder in Beschlag und er verwandelte sich erneut in diesen Fremden, der die Welt aus Versehen von oben betrachtete.

Ein fetter Täuberich mit glänzenden Federn und geschwellter Brust hinkte schwankend wie ein Betrunkener rund um die Aluminiumschale mit Futter. Als Palermo sich dem Gitter des Taubenschlages näherte, bemerkte er, dass dem Vogel zwei Krallen an einem Fuß fehlten. Die Wunden waren schmutzig und relativ frisch, sie hatten sich entzündet. Palermo ging in den Taubenschlag und streckte die Hand nach dem Vogel aus. Der drehte sich jedoch um und suchte verängstigt hin- und herlaufend nach einem Fluchtweg. Palermo zog seine Hand zurück und verließ den Verschlag. Nun nahm der Täuberich seine schwankenden Runden um den Futternapf wieder auf.

Sie vertrauten nur Luz. Wie er selbst. Absolut blind.

Palermo nahm Stift und Notizbuch aus einer Manteltasche und schrieb eine kurze Nachricht wegen der verletzten Taube für Luz. Dann faltete er das Blatt und steckte es in das Gitter.

Er trug den Haftbefehl für Primo Ramondi bei sich im Notizbuch. Aber Primo Ramondi war nicht in seiner Wohnung gewesen. Sie hatten in seiner Straße eine Streife postiert und über Funk den Fahndungsbefehl herausgegeben. Sie würden ihn schon kriegen.

Er würde ihn zu fassen kriegen, mit seinen eigenen Händen.

Palermo steckte das Notizbuch wieder in die Manteltasche und ging nach unten auf die Straße, wo er ein Taxi anhielt und als Adresse eine heruntergekommene Gasse in der Altstadt angab. Während der Wagen durch den Schlamm dieser chaotischen Stadt pflügte, schloss er die Augen, lehnte den Kopf nach hinten und überließ sich in Gedanken Bildern von Luz' engelhaftem Gesicht.

Sie hatten niemals Sex miteinander gehabt. Und das würde auch niemals geschehen.

Das Auto ließ die Bilder hin und her schwanken, die Palermo vor Augen hatte, als wäre er auf dem Wasser. Draußen auf einem fernen See.

Versprich mir, dass du niemals erwachsen wirst. Versprich mir, dass du immer mein kleiner Junge bleibst.

Palermo verlor sich in den Abgründen seiner Kindheitserinnerungen.

Noch ehe er die Augen öffnete oder der Taxifahrer ihm gesagt hatte, dass sie ihr Ziel erreicht hatten, konnte er den Käfig riechen, es stank nach Brackwasser, Katzenpisse und benutzten Kondomen. Er bezahlte, stieg aus und ging zu einer Tür im Erdgeschoss, wo er klopfte. Alle Huren wohnten im Erdgeschoss. Das war beinahe wie auf der Straße, aber vor der Witterung geschützt. Und die Straße war ja ihr Schlachtfeld.

»Du schon wieder?«, fragte ihn die Frau, ihr Gesicht hatte sie mit einem Schleier verhüllt.

»Geh zur Seite und lass mich rein!«, herrschte Palermo sie an.

»Ihr seid doch alle widerliche Mistkerle«, schimpfte die Frau und ging in Richtung Schlafzimmer. »Und du bist der widerlichste von allen.«

»Schlimmer als der, der dich so zugerichtet hat?«

Die Frau zuckte mit den Schultern. Von hinten sah es beinahe wie ein Schluchzen aus. Dann ließ sie sich aufs Bett fallen. Dicke Fettwülste verunzierten diesen Körper, der weder dafür geschaffen schien, zu gefallen noch Liebe zu schenken. Es war ein schwerer Körper, der für die Arbeit auf den Feldern, in Minen, eben für Plackerei geboren war. In ihren fleischigen nackten Rücken schnitten die dünnen Bänder ihres Netztops so fest ein, dass überall das Fett hervorquoll und sich der Vergleich mit einer gut geschnürten Salami aufdrängte. Das Ganze wirkte keineswegs so sinnlich und verführerisch, wie die Prostituierte glaubte. Knallenge Hosen quetschten die von Natur aus flachen Hinterbacken so sehr zusammen, dass ihr Po zwar ausladend, aber bedauerlich platt wurde. Die grellbunten, mit Glitzersteinen besetzten Clogs konnten nicht von der Hässlichkeit der kurzen, wulstigen und verwachsenen Zehen ablenken.

Aber als sie sich umdrehte und den Schleier beiseiteschob, ließ der Anblick Palermo diese Gedanken vergessen. Die Lippen der Frau waren geschwollen und von Blut, Serum und Desinfektionsmitteln gerötet. Was rings um den Mund wie Borsten aussah, waren in Wirklichkeit die Stiche, es mussten mindestens zwanzig sein, mit denen die Wunde genäht worden war. Die Frau war regelrecht angefressen worden. Auch auf der Brust zeichneten sich unter dem Stoff dicke Verbände ab.

Die Augen der Prostituierten waren hart und starrten ins Leere.

»Hast du dich entschlossen auszusagen?«, fragte Palermo die Prostituierte.

»Geh einfach davon aus, dass er mir auch die Zunge abgebissen hätte, du mieser Scheißkerl.«

Palermo setzte sich auf die Bettkante. »Hast du eine Ahnung, warum er das ausgerechnet dir angetan hat?«

»Wer?«

»Hat er irgendetwas Besonderes zu dir gesagt?«

Die Hure sah ihn misstrauisch an. »Ja …«

»Was?«

»*Ham-ham*«, sagte sie und versuchte zu lachen, aber ihre Mundwinkel hoben sich nicht.

»Wir sind dabei, ihn zu schnappen …«, sagte Palermo und wandte sich zum Gehen.

Er blieb stehen, weil er hörte, wie die Eingangstür sich öffnete, und drehte sich um. Kurz darauf erschien in der Tür ein etwa elfjähriges Mädchen, das mühsam eine Einkaufstasche schleppte.

»Oh, Entschuldigung«, murmelte sie und schaute zu Boden, als sie Palermo bemerkte. Dann wollte sie wieder gehen.

»Ich bin ein Polizist«, sagte er zu dem Mädchen.

Das Mädchen schaute ihn immer noch unentschlossen an. Sie war unauffällig gekleidet, hatte kurze Haare, ein unschuldiges Kindergesicht und einen zierlichen Körper, der nicht so aussah, als würde er einmal so in die Breite gehen wie der der Prostituierten.

»Ich bin dienstlich hier«, fügte Palermo an.

»Geh nach nebenan, Anita«, sagte die Hure mit einem ängstlichen Ausdruck in den Augen. In dem Moment bemerkte sie, dass Palermo instinktiv lächelte, ein flüchtiges Lächeln, das kurz aufblitzte und gleich wieder verschwand. Und sie sah, wie das Mädchen rot wurde und zurücklächelte, zumindest hätte sie das gerne getan. Weil sie aus Eitelkeit die Spange über ihren schiefen Zähnen verbergen wollte, deutete sie das Lächeln nur an. »Geh nach nebenan, Schatz«, wiederholte die Frau wesentlich sanfter.

Das Mädchen warf Palermo einen letzten Blick zu und verschwand dann im Flur. Sie hörten, wie sich die Tür zum Nebenzimmer schloss.

»Ist das deine Tochter?«, fragte Palermo.

Die Prostituierte nickte. »Sie mag dich«, sagte sie mit veränderter Stimme. »Normalerweise hasst sie die Leute, die hierherkommen … zu Recht.«

»Kinder mögen mich immer. Ich bin einer von ihnen.«

Die Prostituierte schaute ihn an, als würde sie ihn zum ersten Mal sehen. »Was willst du?«, fragte sie. »Ich werde nicht aussagen, falls du das fragen wolltest«, und wies mit dem Kopf auf das Nebenzimmer. »Ich habe Angst um sie.«

»Dann bring sie doch von hier fort.«

»Das ist nicht so einfach.«

»Reden ebenso wenig, wenn einem der Mund so zugerichtet ist … Und doch schaffst du es.«

»Du weißt doch, wie das hier läuft im Käfig.«

»Ja …«

»Ich habe mich mit den anderen unterhalten …«, sagte die Frau und flüsterte nun beinahe. »Ich weiß nicht, warum er uns ausgesucht hat … Vielleicht hatten wir einfach nur Pech. Aber eine … die fünfte … die ist etwas Besonderes. Habt ihr euch nie gefragt, warum er ihr nichts getan hat?«

»Weil sie nur eine Zeugin war …«

»Der zerschneidet gern Frauen. Aber sie …«

»Also, warum?«

Auf dem Gesicht der Prostituierten zeigte sich so etwas wie Würde. »Wenn ihr Polizisten bei Nutten ebenso sorgfältig ermitteln würdet wie bei normalen Leuten, hättet ihr den Grund schon längst allein herausgefunden.«

Palermo sah sie lange an. »Bring Anita von hier fort«, sagte er. »Im Käfig wird dir niemand Probleme machen. Das garantiere ich dir.«

Die Prostituierte senkte die Lider und spielte mit den Fransen der Tagesdecke. »Möchtest du einen Kaffee?«, fragte sie dann und schaute auf.

Aber Palermo war bereits gegangen.

Luz, der wieder seine Kittelschürze trug, wischte mit einem Lappen voller Bleichmittel den Boden des Schlafsaals und nahm das Gekreische der Kinder im Hof gar nicht wahr. Er drückte den Schrubber fester auf den Boden, wischte vor und zurück, versuchte, jeden Flecken, jeden Schmutzrest zu entfernen. Vor und zurück, vor und zurück, immer im gleichen Takt. Hartnäckig widmete er sich den Schatten, den kaum wahrnehmbaren Spuren. Sog die Dämpfe des Desinfektionsmittels, das ihm in der Nase brannte und Tränen in die Augen trieb, tief in seine Lungen ein. Vor und zurück. Voller Wut. Vor und zurück. Voller Schmerz.

Keuchend machte er eine Pause.

Wandte sich zu Bett Nummer 17-B. Es war weiß, unberührt, leer. Er warf den schmutzigen Lappen in den Aluminiumeimer und schleppte sich müden Schrittes zum Bett. Er setzte sich auf die Kante und lauschte, wie die harte Matratze und der Metallrahmen unter seinem Gewicht quietschend nachgaben.

Seine Finger strichen zärtlich über die Decke, das Kissen, das Laken.

Er beugte sich hinab, um daran zu schnuppern. Sie rochen nach Waschmittel, nach Sauberkeit.

Schließlich öffnete er die Schublade des grünen Resopalschränkchens. Es war leer.

Dann zog er sich langsam aus.

»Wo ist Primo Ramondi?«, fragte Palermo und achtete nicht weiter auf die schwachen Proteste der Sekretärin, als er, ohne anzuklopfen, das Büro des Rechtsanwalts betrat. Amaldi folgte ihm wie ein Schatten.

Der Anwalt schaute von seinem mit Aktenstapeln überhäuften Schreibtisch auf und gab der Sekretärin ein Zeichen, die sich daraufhin schmollend zurückzog.

»Bitte sehr, nehmen Sie doch Platz«, sagte der Anwalt mit einem müden Lächeln.

»Wo ist Primo Ramondi?«, fragte Palermo noch einmal mit Nachdruck, durchquerte mit schnellen Schritten den düsteren Raum, in dem es nach abgestandener Luft und Rauch roch, stützte die Hände auf den Schreibtisch und beugte sich drohend zum Anwalt hinüber.

»Möchten Sie sich nicht setzen?«, sagte dieser noch einmal und hielt dem Blick des Polizisten stand. Er nahm sich die Lesebrille ab und massierte die tiefen Druckstellen am Nasenrücken. Dann warf er die Brille auf die Tischplatte vor sich und zündete sich eine Zigarette an.

Amaldi und Palermo nahmen auf den beiden Stühlen ihm gegenüber Platz. Die abgenutzten, klebrigen Kunstledersitze knarrten. An den Wänden hingen zwei vergilbte Altstadtansichten aus der Zeit der Jahrhundertwende, außerdem stand dort ein Metallregal vollgestopft mit Gesetzesbüchern, Sekundärliteratur und Aktenordnern, auf deren Rücken von Hand der Name des jeweiligen Falls notiert war.

Palermo zeigte dem Rechtsanwalt den Haftbefehl.

Dieser setzte sich wieder die Brille auf, überflog das offizielle Dokument ohne großes Interesse und paffte dann eine dichte Qualmwolke an die Decke. »Habt ihr es letzten Endes doch noch geschafft«, sagte er.

»Wir können Primo Ramondi nicht ausfindig machen«, meinte Palermo.

Der Rechtsanwalt schaute ihn an, ohne darauf einzugehen. Sein Teint war blass, ins Gräuliche spielend. Lider und Tränensäcke waren dunkel, Zeige- und Mittelfinger von Nikotin verfärbt. »Er wird wohl das Vertrauen in die Justiz verloren haben …«, meinte er.

»Erzählen Sie jetzt keinen Mist.« Palermo klang finster. »Sie verteidigen ihn … Das ist Ihre Angelegenheit. Aber einen Kriminellen zu schützen ist etwas anderes.«

»Nach allem, was Sie ihm angetan haben«, meinte der Anwalt, »bräuchte mein Klient tatsächlich Schutz.«

Palermos Blick wurde eiskalt, jeder Muskel in seinem Gesicht spannte sich. »Lassen Sie niemand Unschuldigen für meine Fehler büßen«, sagte er und betonte jedes einzelne Wort. »Sie wissen sehr gut, dass Ramondi schuldig ist. Und jetzt wissen Sie auch, dass er ein Mörder ist.«

Der Rechtsanwalt schaute ihn lange schweigend an. »Ich dachte, Sie seien vom Dienst suspendiert …«, meinte er dann.

»Nicht mehr«, mischte sich Amaldi zum ersten Mal in das Gespräch. Er klang so ruhig, kalt, kontrolliert. Distanziert. Als wäre er gar nicht mit im Raum. »Ispettore Capo Palermo ist vollständig rehabilitiert und wieder in den Dienst aufgenommen worden …«

»*Vollständig rehabilitiert*?«, meinte der Rechtsanwalt ironisch.

»Ich stehe ihm jetzt bei den Ermittlungen zur Seite, und wir werden keine Schwierigkeiten haben, die Anklage wegen zweifachen Mordes vor Gericht zu bringen …«, fuhr Palermo fort.

Amaldi rutschte unruhig, mit verkrampftem Gesicht auf seinem Stuhl hin und her.

»Dazu kommt der Tatbestand der schweren Körperverletzung bei vier Frauen«, fügte Palermo hinzu. »Das ist schon eine merkwürdige Art, sich bei ihnen dafür zu bedanken, dass sie nicht ausgesagt haben, meinen Sie nicht auch?«

Der Rechtsanwalt lehnte sich in seinem abgewetzten Sessel zurück. »Ganz Ihrer Meinung«, sagte er müde. »Ich weiß aber trotzdem nicht, wo er ist. Wirklich nicht. Ich habe nicht die geringste Ahnung. Das letzte Mal habe ich mit ihm gesprochen, als ich ihm mitgeteilt habe, dass Sie suspendiert sind. Er war darüber nicht so froh, wie er es hätte sein sollen … er schien mir eher … ich weiß nicht, verängstigt. Aber ich kann mich auch geirrt haben … Ich bin aus ihm nie wirklich schlau geworden.«

»Aber verteidigt haben Sie ihn trotzdem«, erwiderte Palermo.

»Das ist eine etwas unfaire Bemerkung, meinen Sie nicht

auch?«, sagte der Anwalt mit einem schwachen Grinsen in seinem grau wirkenden Gesicht. »Wir beide sind alt und zwei üble, nicht besonders originelle Charaktere, Sie und ich. Ich der Rechtsanwalt, der den Bösen verteidigt. Sie der Polizist, der zu kriminellen Methoden greift. Aber was wollen Sie tun? Das Leben ist weit weniger fantasievoll, als wir uns immer einbilden …« Mit diesen Worten nahm er eine Akte zur Hand und schlug sie auf. »Wenn Sie gestatten, jetzt muss ich mir wieder die Hände schmutzig machen …«

Amaldi und Palermo verließen sein Büro. Vor dem Haus lag eine unpersönliche Verkehrsader an der Grenze zwischen der Altstadt und dem Rest der Stadt. Eine Durchgangsstraße, die weder die Züge der einen noch der anderen Seite der Stadt trug und zu keiner von beiden gehörte. Düstere Geschäfte, anonyme Hauseingänge.

Palermo betrat die Straße, mitten auf der Fahrbahn blieb er stehen und drehte sich um. Ein Autofahrer hupte.

Amaldi hatte sich nicht von der Stelle gerührt. Sein Blick war leer, sein Verstand völlig verwirrt. Die Welt, seine Welt geriet völlig aus den Fugen.

»Kommst du?«, schrie Palermo.

Amaldi folgte ihm. Was sollte er sonst tun? Den Schreiner spielen?

»Gehen wir ins *Dover Beach*«, sagte Palermo und stürzte sich in das ewige Dunkel der Altstadt vor ihnen. »Das ist ein Lokal …«

»Jaja, ich weiß schon, was das ist«, unterbrach ihn Amaldi und lief unwillig mit gesenktem Kopf, wie ein Gefangener, hinter ihm her. Er konnte nicht einmal Wut in sich spüren.

Ein alter Mann grüßte ihn. Amaldi antwortete mit einem flüchtigen Kopfnicken, bevor er wieder in seinen Albträumen versank.

»Ach, ich habe ganz vergessen, dass du hier im Käfig so etwas wie eine Berühmtheit bist«, zog Palermo ihn auf. »Der Wunderknabe. Der es zu etwas gebracht hat.«

Amaldi antwortete nicht.

»Der Polizeipräsident hat mir erzählt, dass du eine schwierige Kindheit hattest«, fuhr Palermo im selben Tonfall fort. »Dann wurde deine Freundin umgebracht ...«

»Wag es ja nicht, mein Leben mit deinen Bemerkungen in den Dreck zu ziehen«, fuhr ihn Amaldi an, seine Augen waren gerötet und schmal wie zwei Wunden.

»Warum bist du Polizist geworden?«, stichelte Palermo ungerührt weiter. »Um sie zu rächen? Oder um deinen Vater rauszuhauen? Er war doch ein Schmuggler, oder? Ich habe gelesen, dass er verhaftet worden ist ...«

Amaldi stürzte sich auf ihn. Plötzlich entlud sich all seine Wut in diesem Angriff und er stieß Palermo gegen eine Mauer, seine Lippen waren schmal, die Nasenflügel zitterten, die Augen brannten vor Zorn. Er atmete schwer und hatte völlig die Beherrschung verloren.

Palermo machte ein spöttisches Gesicht. »Ist das das Vermächtnis des Präparators?«, fragte er. »Du hast eine verbotene Tür geöffnet ... Ist es so?«

Amaldi lockerte seinen Griff.

»Ich kann dich nicht leiden, Palermo«, sagte er kraftlos.

»Das ist nicht gerade ein großes Geheimnis, glaub mir.«

»Du bist durch und durch verderbt.«

»Wer ist das nicht hier im Käfig?«

Amaldi wandte sich ab. Einige Passanten waren stehen geblieben, um das Geschehen zu beobachten. Als sie seinem Blick begegneten, verschwanden sie schnell.

»Gehen wir ins *Dover Beach*«, sagte Palermo.

Amaldi folgte ihm. Er war wieder völlig leer. Wieder war sein

Leben ohne Sinn. Schließlich drehte er sogar den Kopf, um zu sehen, ob die Schatten der Vergangenheit ihn nicht verfolgten.

Er hatte vom *Dover Beach* gehört. In seiner Kindheit war das Lokal eine Gaststätte, in der die Hafenarbeiter verkehrten. Moderate Preise, Fisch, den man auf dem Markt nicht mehr verkaufen konnte, gepanschter saurer Wein. Amaldi sah seinen Vater vor sich, wie der betrunken neben seinen Kumpeln saß. Karten in der Hand, ein schmieriger Tisch, Schweißgeruch in der Luft. Eine alte Hure, die niemand mehr wollte, genau wie den Fisch, der in dieser Kaschemme serviert wurde. Er erinnerte sich daran, dass dieses Lokal damals gar keinen Namen hatte. Und an das Zimmer hinter der Theke, in dem der Besitzer alles Mögliche in Holzregalen, neben den Flaschen, Käselaiben und Würsten wild übereinanderstapelte. Ihm kam wieder dieser Heiligabend in den Sinn, an dem sein Vater ihn bei der Hand genommen und in dieses Zimmer geführt hatte, um ihn zu beschenken. Der kleine Giacomo hatte sich in dem dunklen Zimmer umgesehen und zwischen Staubsaugern, Radioapparaten, Rohrverbindungen, Motorenteilen, Teppichen, Vorhängen, Sonnenschirmen aus Messing, Hüten, Schuhen, Mänteln, Zigarettenetuis, Plattenspielern, Tassen, Tellern, Gläsern und einer Stehlampe herumgesucht. Nichts für Kinder. Keine Spielsachen. Schon gar nicht das rote Feuerwehrauto, das er vor ein paar Tagen im Schaufenster eines Ladens an der Hauptstraße gesehen hatte. Das Einzige, was entfernt an ein Spielzeug erinnerte, war ein Pferd aus weißem Porzellan, das sich auf den Hinterläufen aufbäumte und das Maul wiehernd aufriss. Darauf hatte er dann gezeigt. »Das kostet dich fünf Kilo von deiner Ware«, hatte der Wirt zu seinem Vater gesagt. Fünf Kilo des geschmuggelten Kaffees.

Doch das hatte Amaldi erst viel später verstanden, als das Pferd schon längst heruntergefallen und in tausend weiße

Scherben zersprungen war. Als sein Vater für sechs lange Monate nicht mehr nach Hause kam.

Er wusste nicht, was aus dem Lokal oder seinem Besitzer geworden war. Irgendwann war es geschlossen, aber er hatte sich keine Fragen gestellt. Dann führte ihn sein Weg nicht mehr dort vorbei. Schließlich hatte er bei der Sitte wieder davon gehört. Etwas über Razzien. Doch die wurden immer weniger, bis das *Dover Beach* schließlich zusammen mit den Huren, den Taschendieben und den Armen ein fester Bestandteil der Altstadt geworden war.

»Woher kommt der Name?«, fragte er Palermo, als sie das Schild der Kneipe sehen konnten.

Palermo zuckte mit den Schultern. »Der Typ, der es jetzt führt, hat den Namen einfach beibehalten … Ich denke, weil er gut klingt, mehr nicht …«, sagte er, stieß die beiden Türflügel mit einem Fuß auf und betrat das Lokal.

Amaldi folgte ihm. Ein kräftiger, muskelbepackter Mann stand von einem Tisch auf und kam ihnen bedrohlich entgegen. Als er Palermo erkannte, blieb er lächelnd stehen. Der ging weiter und steuerte direkt auf eine Tür zu. Amaldi erkannte sie sofort und fühlte einen Stich in der Magengegend. Es war das Zimmer mit dem weißen Porzellanpferd.

Palermo öffnete die Tür. »Erzählt keinen Mist, ich bin dienstlich hier«, warnte er gleich beim Eintreten.

»Was für ein Auftritt«, meinte der Besitzer des *Dover Beach* in Richtung Amaldi. »Willst du uns deinen neuen Freund nicht vorstellen?«

»Das ist Commissario Amaldi. Von der Mordkommission«, meinte Palermo knapp.

Der fette Eigentümer wurde ernst. Er legte seine unberingte Hand aufs Herz und seufzte. »Es wäre auch zu schön gewesen«, sagte er, und die drei anderen Männer im Raum lachten.

»Wo ist der Fürst?«, fragte Palermo und sah zur Toilette hinüber.

»Nein, diesmal ist er nicht beim Pinkeln ... Seitdem du das letzte Mal hier warst, erledigt er das lieber bei sich zu Hause«, sagte der Fettwanst.

Die drei Männer lachten wieder.

»Die Mädels dort erwarten ihn schon für eine Partie«, sagte der dicke Barbesitzer weiter und zeigte auf die drei anderen und den rosa bespannten Billardtisch.

In diesem Moment ging die Zimmertür auf. Amaldi begriff sofort, dass der Mann mit den blondierten Haaren, die er als Pferdeschwanz trug, und dem schwächlich wirkenden Gesicht sofort wieder kehrtmachen wollte. Ganz automatisch, aus einem alten Reflex heraus legte er ihm eine Hand auf die Schulter.

»Ach, da ist ja unser Fürst«, meinte der Fettwanst scherzhaft in Richtung Palermo.

Der Lude schaute Amaldi an. Seine Pupillen waren schmal wie zwei Nadelöhre. Heroin, schoss es Amaldi durch den Kopf.

»Komm herein«, sagte Palermo. »Meinst du, du könntest uns kurz dein Büro überlassen?«, sagte er zu dem dicken Barbesitzer.

Der Fettwanst erhob sich schnaubend, winkte den anderen drei Männern und verließ mit den Worten »Vorwärts, ihr Hühnchen, ich geb euch einen aus« den Raum. Der Letzte der drei Männer schloss die Tür.

»Hör zu, Palermo ...«, stotterte der Fürst, sobald sie allein waren, während er weiter misstrauisch zu Amaldi hinüberblickte. »Falls du wegen der Kohle hier bist ... Ist gerade eher ungünstig ... Die Geschäfte laufen schlecht ...«

»Halt den Mund«, fuhr ihn Palermo an und versetzte ihm eine Ohrfeige.

Der Fürst brach in die Knie. Er presste sich eine Hand an dic Ohrmuschel und stöhnte.

»Wie geht's der Nutte?«, fragte Palermo. »Was sagen die Ärzte?«

»Das kümmert mich einen Scheißdreck«, antwortete der Lude gereizt. »Sie hat gesagt, sie hört bei mir auf ... Du kannst dir vorstellen, was das für ein Verlust ist ...«, kicherte er hysterisch. »Die wird niemandem mehr einen blasen ... Nicht einmal gratis.«

»Wenn ihr was passieren sollte ... irgendetwas ... ihr oder Anita ... dann bringe ich dich um. Ohne Prozess, ohne Richter, ohne Anwälte ...«, sagte Palermo leise und zwang ihn, ihm direkt in die Augen zu sehen. »Man wird dich mit einer Spritze in den Adern in einer Gasse finden und keiner wird sich groß darüber aufregen«, mit diesen Worten versetzte er ihm einen freundschaftlichen Klaps auf die Wange und ging zur Tür.

Amaldi folgte ihm. »Was tun wir jetzt?«, fragte er ihn.

»Es waren fünf Huren, erinnerst du dich?«

Amaldi nickte.

»Bei vieren hat er sich schon bedankt. Dann warten wir bei der, die noch fehlt.«

Sie liefen wieder los, Seite an Seite. Als sie eine bestimmte heruntergekommene Bar erreichten, gingen sie hinein, setzten sich an einen Tisch und bestellten zwei Kaffee. Durch die von einem Metallgitter geschützte Glasscheibe konnten sie eine Haustür in der Gasse gegenüber beobachten.

»Es gibt keinen anderen Eingang«, sagte Palermo.

»Was hast du eigentlich gegen Primo Ramondi?«, fragte Amaldi.

»Warum fragst du das?«

»Da ist doch was zwischen euch beiden vorgefallen ...«

»Scheiße ...«, fuhr Palermo auf. »Denkst du immer noch, dass er nicht unser Mann ist?«

»Irgendetwas stimmt da nicht«, meinte Amaldi leise, als er seinen Kaffee umrührte.

»Du weißt schon, dass die Portiersfrau des Zahnarztes einen alten Lieferwagen gesehen hat?«, sagte Palermo.

»Ja, ich habe verstanden, worauf du hinauswillst. Die Polizei verdächtigte Primo Ramondi des Mordes an einem Mann …«, meinte Amaldi gedehnt.

»Adnan Shiktar. Man hatte ihn im ausgebauten Keller seines Hauses gefunden. Vergiftet. Neben sich einen in Formalin eingelegten Scheißhaufen …«, fuhr Palermo fort.

»Er hat Ramondi einen Lieferwagen hinterlassen …«

»… der mittlerweile bestimmt alt ist«, schloss Palermo.

»Und das genügt dir? Ein Lieferwagen?«

»Nein. Das ist ein weiteres Puzzleteilchen, das, so ein Zufall, perfekt passt«, meinte Palermo. »Er ist es.«

Sie bestellten noch mal zwei Kaffee.

»Ich habe einen heroinsüchtigen Luden sagen hören, dass er dir noch Schmiergeld schuldet. Eigentlich könnte ich dich anzeigen«, meinte Amaldi.

Palermo drehte sich zu ihm um und lachte. »Du hast völlig den Bezug zur Realität verloren. Wer, meinst du, würde dir jetzt, in deinem Zustand, glauben? Gib's endlich auf, Amaldi, du bist zu nichts mehr zu gebrauchen.«

»Ja …«, gab Amaldi leise zurück. Es war nur noch ein Flüstern.

Palermo schaute wieder zu der Wohnung der Prostituierten hinüber.

»Er ist es«, sagte er noch einmal.

Die Stimmung draußen war bedrückend, die Wolken am grauvioletten Himmel hingen tief über der Stadt.

»Er wird kommen«, sagte Palermo.

XV

Primo Ramondi hatte sie gesehen.

Der eine war der Polizist, der ihn verfolgte. Der sich als sein Vater verkleidete.

Der andere musste sein dunkler Schatten sein.

Trotzdem hatte er sie beide erkannt. Sie saßen an einem Tisch in der Bar und beobachteten *ihr* Fenster. Das Fenster der Hure, die sich als seine Mutter ausgab. Sie observierten das Fenster und die Eingangstür.

Er hatte sie ohnehin an vielen Details erkannt, zum Beispiel an der Art, wie sie ihre Hände bewegten, an ihrer aufrechten Haltung, an der Anspannung, die sie ausstrahlten. Außerdem tranken sie ausschließlich Kaffee, sahen einander niemals an und unterhielten sich kaum. Und wenn sie es taten, bewegten sie die Lippen so wenig wie möglich und verzogen keine Miene, ganz gleich, ob sie selbst eine Information bekamen oder sie kommentiert weitergaben. Er hätte sie auch an ihrer nachlässigen Kleidung erkannt, die ihr unregelmäßiges Leben widerspiegelte. Und an den bequemen, ausgetretenen Schuhen, die so aussahen, als hätten die Füße darin nur dieses Zuhause.

Primo Ramondi konnte sie erkennen, weil seine Sinne so geschärft und ständig in Alarmbereitschaft waren, stellte er voll Stolz fest. Weil er über eine ausgezeichnete Beobachtungsgabe verfügte und die Welt von einer höheren Warte aus betrachtete. Eine Welt, der er nicht mehr angehörte, sondern die er von außen betrachtete.

Jeder andere, der nicht so sensibilisiert war wie er, hätte sie ebenfalls leicht ausmachen können. Primo Ramondi erschauerte, als er ihre wie von einer schmierigen Schicht überzogenen Augen betrachtete, die wie dunkelrot glühende Kohlestücke leuchteten und so blutunterlaufen waren, dass man meinte, sie müssten bald überfließen. Allmählich ließ die Stadt ihre Maske fallen. In diesen Tagen, diesen Stunden, seit er die Wahrheit aus der Kehle seines Vaters hervorgezerrt hatte, waren ihm schon viele Schatten begegnet, die sich jetzt offen zeigten. Sie waren gieriger als je zuvor, weil sie spürten, dass sie das Spiel verloren hatten. Sie hatten ihre Tarnung abgelegt, gaben nicht mehr vor, beschäftigt zu sein, sondern hetzten auf der Suche nach ihm durch die Straßen. Das Volk der Gerechten. Aber er hielt immer noch die Seele seines Vaters gefangen und würde sie nicht mehr so schnell loslassen. Schließlich stand er kurz vor dem Sieg.

Obwohl Primo Ramondi sich nicht vor den beiden Männern fürchtete, lief es ihm doch wieder eiskalt den Rücken hinunter, als er die beiden dort am Tisch sitzen sah. Keiner der Schatten auf seinem bisherigen Weg hatte seine wahre Natur so offen gezeigt. Seit er sich der Seele seines Vater bemächtigt hatte, hatte er den Polizisten enttarnen können. Es war nichts als eine Verkleidung. Die Maske seines Vaters, die er sich auf das Gesicht geklebt hatte, die Maske eines Toten, deshalb war so viel Blut geflossen.

Er, Primo Ramondi, hatte sich in jenem dunklen Tunnel, dieser Urzeithöhle, die Seele seines Vaters zurückgeholt – und sie verschlungen.

Nun existierte nur noch ein Mensch, der seine Schwäche kannte. Und diese beiden im Café waren hier, um ihn zu beschützen. Denn das war alles, was ihnen, den Schatten, blieb. Noch ein Schritt, nur noch dieser eine Schritt, und Primo Ramondi würde frei sein und zum einzigen Priester der Wahrheit werden. Er würde wieder die Oberhand bekommen, denn er hatte den Sieg in der Hand.

Die Klinge blitzte im Halbdunkel der Gasse auf. Sie schluckte das Licht, nahm den Glanz der Sonne in sich auf, um damit die Finsternis zu erhellen. Um das Fleisch zu beleuchten, das sie gleich zerteilen würde, damit es dem neuen Leben in ihm ein fruchtbarer Boden sein konnte.

Das war der Grund des Daseins.

Prüfend fuhr er sich mit der Zunge erst über die oberen, danach über die unteren vier Eckzähne. Er spürte, dass sie scharf und bereit waren. Sauber.

Der Schwache verlangte nach der Nahrung, die ihm all die Jahre verweigert worden war. Sie würde ihn verstehen, sie würde ihm helfen.

Sie war seine Mutter, die ihm schon einmal das Leben geschenkt hatte.

Nun sollte sie ihm ein anderes, ein besseres Leben schenken.

Er würde bekommen, was ihm zustand.

Er würde in den Besitz der Wahrheit gelangen.

Und sie dann in sich verschließen.

Er würde der Welt eine andere Gestalt geben. Die einzig wahre Gestalt. Und dann würde er zusehen, wie die anderen verrückt wurden und sich selbst nicht mehr erkannten. Er würde sie auslachen, wenn sie durch eine ihnen unbekannte Welt irrten. Er würde ebenso grausam gegenüber diesen Verdammten sein wie sie einst zu ihm und ihnen ihre ganze neue Schwäche ins Gesicht schreien.

Jetzt war seine Zeit gekommen. Er gierte nach dem, was ihm schon immer gehört hatte.

Nur noch ein Schritt. Ein einziger Schritt.

Er würde es vor den Augen dieser beiden Schatten tun. Denn sie würden ihn nicht sehen können, weil ihr eigenes Blut ihnen die Sicht vernebelte.

Primo Ramondi lächelte, während ein Frösteln ihn zittern

ließ. Die Wunde im Unterleib war entzündet, doch darum würde er sich später kümmern.

Das Haus hatte eine Tür und nur ein – durch Eisenstangen geschütztes – Fenster. Der Polizist, der sich als sein Vater verkleidete, und sein dunkler Schatten behielten beide im Blick, denn sie beschützten die Letzte, die die Wahrheit verschachern, beschmutzen und durch den Dreck ziehen konnte.

Doch Primo Ramondi kannte das Haus besser als sie.

Auf der Rückseite, in einem winzigen Hinterhof, so groß wie eine Gefängniszelle und so finster wie ein Brunnenschacht, befand sich eine etwas wackelige Hängekonstruktion aus Leichtmetall und geschliffenem Glas – ein Bad. Das Bad ihrer Wohnung, dessen Riegel der Frau niemals Sicherheit bieten konnten.

Primo Ramondi trat wieder auf die Gasse und entfernte sich von den beiden Schatten. Nach wenigen Metern bog er nach rechts ab und befand sich in einer Art dunklem Bogengang. Das seltsame Gewölbe wurde von An- und Ausbauten gebildet, die man ohne Baugenehmigung mithilfe von Eisenstreben in der jeweils gegenüberliegenden Hauswand verankert hatte. Auf diese Weise hatte man die Grundfläche der Wohnungen auf beiden Seiten der Gasse illegal vergrößert.

Er hielt sich an einem Mauervorsprung fest, zog sich an einer Regenrinne hoch und erreichte so rasch das Grundgerüst, das den ersten illegalen Anbau trug. Dort klammerte er sich zunächst mit den Händen an eine Strebe und baumelte dann mit den Beinen in der Luft. Nun zog er die Beine an die Brust und schwang sich wie ein Akrobat nach oben, sodass er dort auf dem Grundgerüst zu stehen kam. Die Wunde in seinem Unterleib machte sich schmerzhaft bemerkbar.

Er hatte das schon mehrmals getan, wenn er die Frau beobachten wollte, die sich als seine Mutter verkleidete, wenn er sehen wollte, wie sie nackt auf einem Freier hockte und ihre Brüste knetete. Er nahm dann den Weg über das Nachbarhaus, stieß die Fensterriegel auf, die sich im Laufe der Jahre wie arthritische Knochen verformt hatten und ihm nur wenig Widerstand boten, öffnete das Fenster und schlüpfte in die Wohnung der alten Frau.

Er hatte auch ihr einen Spitznamen gegeben – die Wächterin. Doch diese alte Frau wusste nichts von ihm, sie hatte ihn noch nie gesehen. Sie saß immer im Nebenzimmer vor dem Fernseher. Lautlos glitt er dann hinter ihrem Rücken in den Flur. Er sog den Geruch des elektrischen Ofens in sich auf, auf dessen Heizspirale der Staub dieses Lebens verbrannte. Die Wächterin hatte es sich in einem Sessel bequem gemacht, als wartete sie dort auf ihren eigenen Tod.

Anschließend führte ihn sein Weg einmal quer durch die Wohnung zu einem anderen Fenster, von dem aus er sich in den nächsten Hinterhof hinablassen konnte, denn hier gab es keinen Zugang von der Straße. Dort versteckte er sich zunächst hinter dem Heizkessel, danach ging er zum Badezimmerfenster der Hure, die sich als seine Mutter ausgab, stieß es auf und spähte hinein. Von hier aus konnte er das Bett sehen. Die nackte Mutter, die die Decke anstarrte, während die Männer all ihre Bitterkeit in sie hineinpumpten. Er sah ihre gespreizten Schenkel und die Füße, die sich in die Matratze bohrten. Sah, wie ihre Hände krampfhaft das Frotteetuch unter ihren Schenkeln festhielten, damit die Tagesdecke nicht fleckig wurde. Betrachtete ihre ausgeleierten Brüste, wie sie unter den Stößen der Freier wie eine träge, fleischgewordene Brandung hin- und herschaukelten. Er sah, wie sie ihren Mund öffnete und sich von den Unbekannten nährte.

Er sah alles. Und es berührte ihn nicht.

Dann holte er stets ein Fläschchen Alkohol aus seiner Tasche und spritzte ein paar Tropfen auf dieses kleine unempfindliche Anhängsel, das so blass zwischen seinen Beinen wuchs. Und das darauffolgende Brennen – das der Lust eines Mannes sehr nahekam und seinem kindlichen Körper ein Stöhnen entlockte – weihte er seiner Mutter und dem Leben, das sie einander hätten bieten können.

Primo Ramondi kauerte in der Dunkelheit. Nebenan lief wie immer der Fernseher. Er wartete, bis sich sein durch die Anstrengungen beschleunigter Atem wieder beruhigt hatte, dann stand er auf, zog sich die Schuhe aus und betrat den Flur.

Er schlich an der Wand entlang, bis er die Tür zum Zimmer der Wächterin erreicht hatte.

Aus dem Fernseher ertönte die Stimme eines Gewinnspielmoderators. Primo Ramondi sah nur einen kleinen Ausschnitt des Sessels, in dem die alte Frau saß. Er machte sich bereit. Das war der einzige Moment, in dem die Wächterin ihn entdecken konnte. Erst wenn er den letzten von drei kleinen raschen Schritten gemacht hatte, konnte er sicher sein, dass er wieder einmal unbemerkt diese helle Zone passiert hatte. Sonst legte er stets eine Pause ein, sobald er diese immer offen stehende, zweiflügelige Tür hinter sich gebracht hatte. Er presste seinen Körper erneut im Schatten an die Wand und lauschte auf eine Reaktion, die ihm verriet, dass er entdeckt worden war. Doch das geschah nie. Die Wächterin hätte eigentlich sein Spiegelbild auf dem Fernsehbildschirm sehen können, doch das Alter hatte ihre Augen getrübt und über ihre Netzhaut huschten geisterhafte Schatten.

Primo Ramondi betrat schnell und aufrecht die helle Zone, den Blick nach vorn gerichtet. Vorsichtig setzte er eine Zehenspitze auf den Boden, bevor er das andere Bein nachzog. Noch in der Bewegung spürte er, wie auf einmal die Spannung in seinen Füßen nachließ. Und auch aus seinem Kopf wich. Plötzlich wusste er, dass er dieses Mal genau dort, mitten im Licht stehen bleiben würde.

Und er blieb stehen.

Langsam ließ er die Fersen auf den Boden sinken und drehte seinen Oberkörper zum Zimmer.

Gleichzeitig schoss ihm durch den Kopf, dass er noch nie das Gesicht der Wächterin gesehen hatte.

Er hatte immer nur kleine, flüchtige Blicke auf sie erhascht. Eine runzlige Hand, die die Fernbedienung umklammerte oder sich in die abgewetzte Decke wühlte, mit der sie ihre schwindende Körperwärme zurückzuhalten versuchte. Verkrümmte Zehen, die in dicken dunklen Strümpfen und geschlossenen, schwarzen Filzpantoffeln steckten. Ein sandfarbener Bügel ihrer Brille, der hinter einem großen, durchscheinenden Ohr auflag – aus dem enormen Ohrläppchen waren die schweren Schmuckgehänge ihrer Jugend verschwunden, die im Lauf der Zeit das Gewebe ausgeleiert hatten. Eine dünne, störrisch abstehende Strähne ihrer beinahe tiefblau wirkenden Haare, in denen sich das Fernsehbild wie in der Kunsthaarperücke einer Puppe spiegelte.

Aber er hatte noch nie ihr Gesicht im Ganzen gesehen.

Primo Ramondi stand unbeweglich im warmen, goldenen Lichtstrom.

Die Finger, mit denen er seine Schuhe festhielt, spreizten sich.

Es gab ein trockenes Geräusch, als sie auf die angegrauten Majolikafliesen plumpsten.

Die Wächterin drehte sich um. Aber sie erkannte ihn nicht. Sie riss den Mund auf, um zu schreien.

Primo Ramondi war sofort bei ihr und nahm zärtlich ihren Kopf zwischen die Hände, wie um sie zu küssen. Dabei verrutschte die Brille der alten Frau und fiel in ihren Schoß. Dann drehte er ihren Hals einfach weiter, wie um ihr zu zeigen, dass da gar nichts war, und verdrehte ihn ganz sanft noch ein Stück.

Er hörte ein Geräusch wie von zwei Kieseln, die im Sand gegeneinanderrieben. Ein sehr leiser, kaum störender Ton.

Dann sah er sie an: Die Wächterin hatte hellblaue, von grauem Star getrübte vorstehende Augen, eine feingeschnittene, lange Nase, ein spitzes Kinn, die dünne runzelige Haut der Wangen war weiß und hing schlaff herab.

Er wischte ihr den Speichelfaden aus dem Mundwinkel, setzte ihr die Brille wieder auf und strich ihr die Haare glatt, um die störrische Strähne zu ordnen. Dann drehte er ihren Kopf wieder zum Fernseher.

Der Moderator – der eine schreiend rote Jacke trug und dichtes pechschwarzes Haar hatte, vielleicht war es auch ein Toupet – wandte sich nun an das Publikum an den Bildschirmen und starrte Primo Ramondi direkt in die Augen. Er zeigte mit ausgestreckter Hand auf ihn und kündigte ihn mit einem strahlenden Lächeln als Ehrengast an. Primo Ramondi verbeugte sich theatralisch zu dem rauschenden Applaus vom Band, der aus dem Lautsprecher ertönte. Dann schlüpfte er wieder in seine Schuhe und ließ sich in den winzigen Hinterhof hinab.

Dieses Mal würde er sich der Frau, die sich als seine Mutter verkleidete, zeigen. Er hebelte den Fensterriegel auf und kletterte in ihr Bad.

Auch sie erkannte ihn nicht sofort.

Sie versuchte, den schlampigen Morgenrock mit beiden Händen enger um sich zu ziehen, und drückte dabei ihre Brüste zusammen, was Primo in Gedanken in eine längst vergangene Zeit zurückversetzte, als ihrer beider Vater diese kaum erblühten Brüste gedrückt hatte, als wären sie sein Eigentum.

»Was machst du hier?«, fragte sie unwirsch und verängstigt.

Sie sprach mit verkniffenem Mund. So wollte sie die Wahrheit vor ihm verbergen, die sie in sich trug, die Wahrheit, wegen der er gekommen war. Die Geschichte, die er nun umschreiben würde.

»Hau ab, du Schlappschwanz!«, sagte die Frau noch einmal verärgert, und er erinnerte sich daran, wie sie ihn als Kind angespuckt und wie einen streunenden Hund verjagt hatte.

Da war ein Fetzen Wahrheit. Primo Ramondi konnte sie in ihren Augen lesen. Sie konnte sie nicht mehr zurückhalten.

»Sag mir, dass ich nicht schwach bin«, flüsterte er ganz ruhig, und er spürte, wie ihn eine neue, stärkere Erkenntnis erfüllte. Nicht sie würde ihm helfen, so wie er sich das immer in seinen Träumen ausgemalt hatte. Inzwischen hatte sich der Plan geändert, er brauchte niemanden mehr. Die Welt veränderte sich schon. Nun war er an der Reihe, konnte zusehen, wie die anderen verrückt wurden und sich vor Schmerzen wanden. Er hatte seine Leidensschuld vollständig beglichen. Nun würde er seiner Schwester helfen, Fleisch von seinem Fleisch, die andere Hälfte Leben, die ihm verwehrt worden war. Er würde sie bei der Hand nehmen und auf jenem neuen Weg zu einer erbärmlichen Behausung am Rande der Vorstadt zwischen streunenden Hunden und Zuhältern führen und so die Geschichte neu schreiben. Er würde sie lehren, in jener Welt zu überleben, die er bereits kannte, in der grauen, anonymen und gefühllosen Stadt. Er würde ihr die Tricks zeigen, die er wusste, um den Schmerz zu ertragen. Damit sie so stark wie er selbst werden würde.

»Sag mir, dass ich nicht schwach bin«, wiederholte er, kam näher und glitt mit einer schnellen, beinahe tänzerischen Bewegung an ihr vorbei zu dem schweren Vorhang am Fenster zur Straße, auf deren anderer Seite die beiden Schatten auf ihn warteten.

Er zog den Vorhang zu. Dann versetzte er seiner Schwester einen harten Kinnhaken, bevor er seine Zähne tief in einen ihrer Schenkel grub und mit einem einzigen Biss Haut, Fleisch und die blauen Strümpfe zerriss.

»Er ist da drin«, sagte Amaldi plötzlich, sprang auf und rannte auf die andere Straßenseite.

Palermo zögerte einen Augenblick wie überrumpelt, dann folgte er ihm.

»Aufmachen! Polizei!«, rief Palermo und trat gegen die Tür.

Amaldi stieß einen neugierigen Passanten zur Seite, ging zurück auf die Straße, um ein Stück Rohr vom Boden aufzuheben, und zertrümmerte damit die Fensterscheibe. Dann schob er vorsichtig mit dem Rohr den Vorhang beiseite. Durch die Gitterstäbe konnte er sehen, wie die Frau auf dem Boden lag und Primo Ramondi über ihr war, der sich jetzt mit weit aufgerissenen Augen und einem blutbeschmierten Mund dem Fenster zuwandte.

»Tun Sie das nicht!«, schrie ihm Amaldi zu. »Öffnen Sie die Tür!«

Primo Ramondi grinste nur und bleckte seine blutverschmierten Eckzähne, zwischen denen noch Gewebefetzen hingen. Dann knurrte er wie ein wildes Tier, und Amaldi sah die Klinge eines Messers aufblitzen.

Er ging rasch zu Palermo, der die Tür weiter mit Fußtritten bearbeitet hatte. Allmählich gab das Schloss nach.

»Zusammen. Auf drei«, sagte Palermo, der seine Pistole gezogen hatte. »Eins … zwei … drei.«

Als die Tür sich mit einem lauten Krachen öffnete, stürzten beide Polizisten ins Innere der Wohnung. Die Frau war inzwischen wieder auf den Beinen und stand jetzt vor ihnen mit schreckgeweiteten Augen. Eine ihrer weichen Brüste war aus dem Ausschnitt des Morgenrocks gerutscht. An der Innenseite des rechten Oberschenkels lief Blut herab, rund um die rote Wunde hingen Fetzen ihres Strumpfes, dessen ursprüngliche Farbe nicht mehr zu erkennen war. Amaldi war sich nicht einmal sicher, dass es nur Nylongewebe war.

Hinter ihr stand Primo Ramondi, presste sie mit dem linken Unterarm unter ihrem Kinn an sich, damit sie sich nicht bewegen konnte. Mit der anderen Hand hatte er das Messer gepackt und drückte es gegen den Hals seiner Schwester, es hatte schon ihre Haut angeritzt. Unter der blitzenden Klinge quollen Blutstropfen hervor und bildeten eine dunkle, gezackte Linie.

»Leg das Messer weg«, sagte Palermo, der mit der Waffe auf Ramondi zielte.

»Es ist vorbei … Seien Sie vernünftig … Es ist vorbei«, redete Amaldi ebenfalls auf ihn ein.

»Sag es ihnen!«, meinte Primo grinsend und verstärkte den Druck der Klinge, die sich noch weiter in den Hals der Prostituierten bohrte. »Sag ihnen, dass ich nicht schwach bin!« Seine kindliche Stimme klang schrill und hysterisch.

Palermo leerte das Magazin seiner Waffe und legte sie auf den Boden, dann schob er sie mit dem Fuß zu Primo hin.

»Ganz ruhig …«, sagte Amaldi. »Niemand glaubt, dass du schwach bist …« Mit diesen Worten ging er einen Schritt auf ihn zu.

»Halt!«, fuhr ihn Primo Ramondi an. »Sag es ihnen!«, schrie er seine Schwester an. »Sag ihnen, dass ich nicht schwach bin!«

»Du … bist …«, stammelte die Frau mit erstickter Stimme.

»Du bist schwach«, sagte Palermo plötzlich hart. »Du bist ein Schisser … ein Schwächling … ein Versager … ein Schlappschwanz … Ich habe noch nie einen so kleinen Pimmel gesehen wie deinen … Du bist genauso schwach wie dein lächerlicher Schwanz …«, fuhr er fort und sah Ramondi dabei weiter starr in die Augen. »Du bist so schwach wie eine Schwuchtel!«

»Du bist nicht mein Vater!«, sagte Primo zu Palermo, seine Stimme klang nun weinerlich.

Amaldi las in seinen Augen. In diesem Moment fügten sich die Trümmer seiner Welt wieder zusammen. Er erkannte in Primos Augen, dass er recht hatte. Das Wesen eines Menschen konnte sich selbst nicht widersprechen.

»Bleib stehen!«, sagte Primo zu Palermo.

Die Frau stöhnte auf, als das Messer noch tiefer in ihr Fleisch schnitt.

»Du kotzt mich an …«, erwiderte Palermo darauf und machte noch einen Schritt auf ihn zu. »Deine Schwäche kotzt mich an …«

»Palermo …«, flüsterte Amaldi und versuchte, ihn mit einer Hand aufzuhalten.

Ohne ihn eines Blickes zu würdigen, schüttelte Palermo sie wütend ab, blickte nur Primo starr in die Augen. Auch er sah etwas, das niemand außer ihm wahrnehmen konnte, dachte Amaldi.

»Bleib stehen oder ich bringe sie um …«

»Wen? Diese Nutte da?«, lachte Palermo und machte noch einen Schritt vorwärts. »Siehst du nicht, wie schwach du bist? Was zum Henker schert mich diese beschissene Hure …« Noch ein Schritt.

»Sie ist deine Tochter!«, schrie Primo, doch sein Blick wirkte verstört.

»Ach, die habe ich doch mittlerweile viel zu oft gefickt …« Wieder ein langsamer Schritt vorwärts. »Sie ist alt, genau wie diese andere Hure, deine Mutter … Die kotzt mich fast so sehr an wie du … Und du bist noch schwächer als eine Hure …«

Amaldi rührte sich nicht vom Fleck und beobachtete, wie sich Palermo weiter Schritt für Schritt vorwärtsschob.

»Sag es ihnen! Sag ihnen, dass ich nicht mehr schwach bin!«, herrschte Primo Ramondi seine Schwester an und brach in Tränen aus. Sie stöhnte erneut auf, inzwischen lief ihr das Blut die Brust herab.

Palermo streckte einen Arm aus. Er hätte das Messer zu fassen bekommen können, dachte Amaldi. Stattdessen packte Palermo die Brust der Frau und quetschte sie voller Verachtung. Dann fuhr er sich mit der gleichen Hand lachend in den Schritt.

»Möchtest du spüren, wie stark dein Vater ist, du miese Schwuchtel?«, sagte er.

Mit einem Aufschrei stieß Primo Ramondi überraschend seine Schwester zur Seite und stach mit der Klinge nach Palermo, doch sein Angriff ging ins Leere. Primo Ramondi sank daraufhin kraftlos zu Boden und ließ das Messer fallen. Er weinte. Sofort war Palermo über ihm, stieß ihm das Knie ins Gesicht, hob seine Pistole auf und setzte sich dann rittlings auf seine Brust. Der andere wehrte sich nicht. Er weinte, sein hässliches unbehaartes Gesicht hatte einen kindlich naiven Gesichtsausdruck angenommen. Palermo hob die Waffe, die er am Lauf gepackt hatte, und hieb Ramondi mehrmals heftig mit dem Griff auf den Mund, bis er ihm sämtliche Vorderzähne ausgeschlagen hatte und dessen Mund nur noch eine einzige blutige Masse war.

»Hör auf, Palermo, es reicht!«, schrie ihn Amaldi an. »Hör auf, du bringst ihn um.« Er zerrte so heftig an Palermos Arm, dass dieser das Gleichgewicht verlor.

Palermo stand auf und baute sich noch mit der Waffe in der Hand keuchend vor ihm auf, seine Nasenflügel bebten, die Augen funkelten vor Zorn und sein Gesicht war blutbespritzt.

Amaldi packte ihn an der Schulter und schüttelte ihn.

»Komm endlich zu dir, Palermo!«, sagte er und schaute sich nach der Gestalt um, die zusammengekauert wie ein Häufchen

Elend auf dem schmutzigen grünen Linoleumboden saß und weinte.

Die Schwester hatte die Putzfrau in Bett 17-B entdeckt, wo sie unter der Decke zusammengekauert unruhig schlief.

Die Kinder standen um das Bett herum und starrten dic Schlafende neugierig an.

Unwirsch rüttelte die Schwester an ihrer Schulter und versuchte, sie zu wecken.

Luz schreckte hoch und riss die Augen auf.

»Wo ist Primo?«, schrie er mit gebrochener Stimme, da er noch im Labyrinth seiner Vergangenheit herumirrte. Seine Augen verloren sich in der Ferne, in einem längst vergangenen Tag. Eines Morgens war er aufgewacht und hatte entdecken müssen, dass der Gegenstand seiner ersten leidenschaftlichen Liebe verschwunden war.

Die Schwester zog die Decke weg.

»Das ist ja ein Mann …«, stammelte sie.

Die Kinder kicherten.

»Wo ist Primo?«, schrie Luz noch einmal, blind vor Schmerz.

»Das ist ein Mann …«, sagte der braunhaarige Junge, der geglaubt hatte, er hätte den Hintern einer Putzfrau getätschelt.

Luz sprang auf, sammelte seine Putzfrauenverkleidung auf und ging ans Fenster. Seine langen Finger krallten sich in das Metallgitter.

Die dunkle Schminke um seine Augen lief über seine Wange herunter wie Tränen aus geronnenem Blut.

XVI

Die Zweifel waren verschwunden.

Er hatte es in seinen Augen gelesen und so erkannt, dass er recht hatte. Das Wesen eines Menschen konnte sich selbst nicht widersprechen. Primo Ramondi hatte weder den Lehrer noch den Zahnarzt ermordet. Obwohl es *sein* Lehrer und *sein* Zahnarzt war.

Wie er das beweisen sollte, stand auf einem ganz anderen Blatt. Aber nun waren alle Zweifel aus Amaldis Kopf verschwunden. Der Polizeipräsident, Palermo, der Jesuit hatten ihn an seiner schwächsten Stelle getroffen. Sie hatten von zwei Seiten an den Rändern einer Wunde gezerrt, die sich gerade erst geschlossen hatte. Es brauchte nicht viel, sie wieder aufzureißen, zumindest hatte Amaldi das geglaubt. Stattdessen war die Wunde inzwischen vernarbt. Und er hinkte auch nicht mehr.

Der Mörder, hinter dem sie her waren, hieß nicht Primo Ramondi.

Sicher, alle Indizien führten unwiderruflich zu ihm. Und es waren zu viele, als dass es sich um rein zufällige Verbindungen handeln konnte.

Jemand hatte das ganz bewusst so arrangiert.

Und zwar war dieser Jemand der Mörder.

Amaldi wusste allerdings noch nicht warum. Vielleicht würde er es auch nie herausbekommen. Und vielleicht würde er nie erfahren, ob die beiden Opfer nur sterben mussten, um Primo Ramondi zu belasten, oder ob es noch andere Gründe für ihren Tod gab. Vielleicht würden sie nicht einmal den Mörder fassen. Seine Zweifel jedoch waren verschwunden.

Amaldi lief rasch durch die dreckigen Gassen jener Altstadt, die ihm nun keine Angst mehr einjagte; er würde nie wieder ihr Gefangener sein. Ganz hinten in der letzten Straße bog er rechts ab. Die Molen links von ihm lagen verlassen da, es war spät in der Nacht.

Seine engsten Mitarbeiter erwarteten ihn.

Fünfzig Meter weiter sah er ein schwaches bläuliches Licht. Das Schild des Polizeireviers.

Ein heruntergekommenes Gebäude, ein alter Palazzo, der früher einmal Sitz einer Handelsgesellschaft gewesen war. Als man ihn vor vielen Jahren renoviert hatte, hatte man ursprünglich versucht, dabei zu gleichen Teilen die ehemalige Struktur des Hauses und seine neue Verwaltungsaufgabe zu berücksichtigen, ohne sich jedoch klar entscheiden zu können, was den Vorrang haben sollte. Schließlich war daraus ein Fremdkörper im Herzen der Altstadt geworden, der nie dazugehören würde. Die Zeit hatte das Unvermögen des Architekten ein wenig ausgeglichen, sie hatte an den Mauern genagt und Risse hineingeschlagen, die Farben verblassen lassen und die Silhouette gerundet. Aus sturen männlichen Kanten wurden weiche, nachgiebige weibliche Kurven. Die kalte Feuchtigkeit, die von den Hafenmolen aufstieg, hatte die Fassade des Gebäudes zersetzt, ihre Farben unter einer pockennarbigen Patina begraben und sie ihrer Bemalungen beraubt. Ein paar Reste des gelblichen Anstrichs waren geblieben und erinnerten mehr an die zerstörerische Kraft der Altstadt als an die glorreiche Vergangenheit des Gebäudes.

Amaldi klingelte an der mit Überwachungskameras ausgestatteten Sprechanlage. Im geisterhaft grünlichen Schein der automatischen Beleuchtung öffnete er das Eisentor, danach die Tür mit der Panzerglasscheibe, grüßte den diensthabenden Beamten am Eingang und ging die drei Stufen zum »U-Boot« hinunter. Die Verbannung in den Untergrund war der Preis dafür, dass unter seiner Leitung eine eigene Abteilung für Serienmörder eingerichtet wurde. Manchmal fehlte ihm die herrliche Aussicht aus dem alten Präsidium. Mittlerweile war er bei seinem Büro angelangt, das vom Rest des langen schlauchartigen Raums nur durch eine dünne Holzwand abgetrennt war. Alles war in einem hässlichen Grünton gehalten. Er öffnete die Tür. An der rechten Wand hing eine riesige Tafel mit den ungelösten Fällen. Bei fast allen Opfern waren die Augen weit aufgerissen, in ihren glasigen Pupillen lag der ganze Schrecken, der ihrem gewaltsamen Tod vorausgegangen war.

Nicola Frese, Polizeimeister Torrisi und Max Peschiera aus dem Archiv warteten schon auf ihn. Ihre Gesichter wirkten ernst. Die Gesichter einer Hand voll Verschwörer.

Amaldi schloss die Tür und sah sie einen nach dem anderen an.

Niemand sonst wusste von diesem Treffen. Und schon gar nicht, aus welchem Grund es stattfand.

»Höchstwahrscheinlich teilt man mir morgen mit, wie meine Suspendierung ablaufen soll«, kam Amaldi gleich auf den Punkt. »Sie werden es nicht an die große Glocke hängen, aber bestimmt keinen Tag länger warten.«

Keiner der drei Männer sagte etwas dazu.

»Wir werden so vorgehen«, fuhr er fort. »Max, du meldest dich heute Abend krank. Mit dem ärztlichen Attest gibt es keine Probleme …«

Max nickte. Er war blass.

»Was dich betrifft, Nicola, du wirst einen vorgezogenen Urlaub einreichen. Aber warte ein paar Tage, damit man keinen Verdacht schöpft. Ich glaube kaum, dass man dir den verweigern wird, nachdem du diesen Unsinn angestellt hast …«, sagte Amaldi schroff. »Ich weiß nicht, was für ein masochistisches

Vergnügen du daran findest, mit mir unterzugehen. Daran ist nichts Heldenhaftes.«

»Mach dir keine Sorgen, Giacomo«, antwortete Frese. »Du hast doch den Polizeipräsidenten neulich gehört. Er hat mich praktisch ein Stück Scheiße genannt … und bekanntlich schwimmt Scheiße immer obenauf.«

Torrisi und Max lachten darüber.

Amaldi sah Frese mit ernstem Gesicht an. »Na jedenfalls … danke«, sagte er.

Frese schaute verlegen weg.

»Du, Torrisi, wirst weiter hier Dienst tun …«, fuhr Amaldi fort.

Der wollte schon widersprechen, aber Amaldi ließ ihn gar nicht zu Wort kommen.

»Wir brauchen jemanden, der hier die Stellung hält«, erklärte er. »Und einen Verbindungsmann. Jemand, der die Lage beobachtet und über alle eventuellen Entwicklungen auf dem Laufenden gehalten wird. Ich zähle auf dich.«

»In Ordnung«, sagte Torrisi und nickte.

»Du riskierst von uns am meisten«, warnte ihn Amaldi.

Torrisi nickte wieder.

Erst jetzt setzte sich Amaldi an seinen Schreibtisch.

»Ich werde die ganze Verantwortung auf mich nehmen, falls etwas herauskommen sollte«, fügte er düster hinzu. »Das bedeutet aber nicht, dass ihr nicht mit hineingezogen werdet. Das kann ich euch nicht versprechen … Ihr solltet euch immer vor Augen halten, dass ihr alle eure Karriere aufs Spiel setzt …«

Er sah sie an, keiner von den dreien sagte etwas. Es waren eben seine Männer.

»Jeder von euch kann jederzeit aussteigen, das würden alle, nicht zuletzt ich, begreifen«, sagte er abschließend.

Wieder schwiegen sie. Und warteten auf seine Anweisungen.

»Kannst du bei mir zu Hause arbeiten?«, fragte Amaldi Max.

Der nickte.

»Du kannst auch dort schlafen. Es gibt ein Gästezimmer.«

»Kann ich denn die Katze mitbringen?«, fragte Max.

»Giuditta wird sich bestimmt freuen, sie wiederzusehen«, meinte Amaldi lächelnd. »Kannst du von dort aus alle Daten einsehen, die du brauchst?«

»Ja, kein Problem. Ich habe meinen Zugangscode.«

»Wird man merken, dass jemand da in den geheimen Archiven herumstöbert, wie es ihm beliebt?«, fragte Amaldi.

»Das glaube ich kaum. Ich habe die Vorgesetzten schon mehrfach darauf hingewiesen, dass die Datensicherheitsvorschriften verschärft werden müssten, aber niemand hat auf mich gehört«, antwortete Max. »Und selbst wenn, würde immer noch keiner misstrauisch werden. Ich bin ja kein Unbefugter.«

»Nein, das bist du nicht ...«, meinte Amaldi nachdenklich. »Willst du auch bei uns einziehen?«, fragte er dann seinen Vize.

»Na, ich wette, dass ich dann im gleichen Zimmer wie dieser Fettwanst schlafen muss«, sagte Frese und deutete auf Max.

Amaldi nickte.

»Furzt du immer noch so viel?«, fragte Frese Max.

Der lief im Gesicht rot an.

»Hab ich's doch gewusst!«, rief Frese aus. »Verdammt, Giacomo, dieser Junge furzt wie ein Schwein ...«

Torrisi lachte ordinär.

»Na, also gut ... ich werde mir parfümierte Nasenstöpsel mitbringen«, sagte Frese. »Und einen ordentlichen Korken ...«, fügte er hinzu und sah Max abschätzend an. »Was für eine Größe muss ich wohl für dein Arschloch nehmen? Den Stopfen für zwei Liter oder fünf Liter?«

»Also, jetzt reicht's«, griff Amaldi ein. »Max, glaubst du, dass du es mit ihm aushalten kannst?«

»Ich bin daran gewöhnt«, sagte Max schüchtern.

»Und ich werde mich an deine Fürze gewöhnen … hoffentlich«, kicherte Frese. »Komm, gib's zu, die Vorstellung von dem Korken in deinem Arsch hat dich doch richtig geil gemacht …«

»Torrisi …«, fuhr Amaldi fort, »ich kann die Originalakten nicht mitnehmen. Kopier sie doch bitte heute Nacht und lass sie mir zukommen. Und wenn wir noch eine letzte Analyse machen könnten, an diesem Briefumschlag mit Palermos Adresse …«

»Ich habe einen Freund bei der Spurensicherung und einen in der Asservatenkammer«, sagte Torrisi. »Ich werde den Umschlag an mich nehmen können, ohne dass dies in den Akten vermerkt wird, und der Freund bei der Spurensicherung schuldet mir noch einen Gefallen, der müsste die Analyse vornehmen, ohne groß Fragen zu stellen …«

»Hervorragend. Sag ihm, er soll nach Spuren von Müll suchen und allem anderen, was normalerweise nicht an einem Briefumschlag oder in einem Postamt zu finden ist. Dann besorg mir eine Kopie vom Autopsiebericht des letzten Opfers und die Ergebnisse der Spurensicherung von der Dachterrasse in Boirons Haus.«

»Kein Problem«, meinte Torrisi.

»Wieder einmal zerbrechen wir uns den Kopf für andere«, sagte Frese. »Das macht mir Spaß.«

»Torrisi, ich muss dir wohl nicht noch zweimal sagen, dass sie dich am meisten im Auge behalten werden«, meinte Amaldi weiter. »Wenn du auffliegst, sind wir alle mit dran. Du musst also behutsam vorgehen. Und absolutes Stillschweigen. Vertrau niemandem … wenn es geht. Leg dir auf jeden Fall eine Ausrede zurecht … Such dir irgendeinen ungelösten Fall und gib vor, du wolltest alles noch einmal überprüfen. Leider hast du da die Qual der Wahl …« Er deutete auf die Fotowand der Leichen mit den schreckgeweiteten Augen.

Torrisi nickte.

»Das ist im Moment alles«, sagte Amaldi abschließend und stand auf.

»Nein, wartet mal …«, meldete sich Frese. »Wir haben unserer Aktion noch keinen Decknamen gegeben.«

Amaldi stöhnte auf und schüttelte den Kopf. »Nicola, das ist jetzt kaum der richtige Zeitpunkt …«, meinte er erschöpft.

»Da unsere Ermittlungen geheim bleiben müssen … und mit Berücksichtigung des *Modus Operandi* des Täters …«, fuhr Frese unbeirrt fort, »könnten wir sie … OVL nennen.«

Keiner sagte etwas. Frese sah einen nach dem anderen an, zum Schluss Max.

»Na, ihr seid vielleicht Spielverderber«, beschwerte sich Frese. »Will denn wirklich keiner wissen, wofür OVL steht? Es ist eine nette Idee, ich schwöre es euch.«

»Also gut, was bedeutet OVL?«, tat ihm Amaldi den Gefallen.

»Operation Versiegelte Lippen«, sagte Frese befriedigt, aber außer ihm lachte keiner.

»Wie war Ihr Name noch mal … Ispettore?«, fragte der Arzt.

»… Palermo.«

»Dann sind Sie der Polizist, der ihn verhaftet hat?«

»Ja.«

»Also haben Sie ihn so zugerichtet«, sagte der Arzt.

»Machen Sie nun diese Tür auf oder nicht?«

Der Arzt war vor dem Zimmer stehen geblieben, seine Hand lag auf dem Schlüssel, aber er zögerte, ihn herumzudrehen. Ganz hinten im Flur saß ein Gefängnisaufseher, der sich gelangweilt umsah.

»War das wirklich nötig?«, fragte der Arzt weiter.

»Er hat Widerstand geleistet.«

»Er hat keine Zähne mehr …«

»So wird er niemanden mehr beißen.«

»Dafür bräuchte er nur ein Gebiss …«, meinte der Arzt. »Das Problem ist, dass er vielleicht nie wieder in seinem Leben irgendetwas tun wird …«

»Öffnen Sie bitte!«

»Er leidet unter einem schweren katatonischen Schock …«

»Öffnen Sie nun endlich die Tür, verdammt!«

Der Arzt warf ihm einen verächtlichen Blick zu. »Ja … Ispettore Palermo«, sagte er dann und schloss auf.

Giacomo Amaldi betrat das Zimmer, das ganz in Weiß gehalten war.

Er entdeckte ihn nicht gleich. Das Bett war zerwühlt, aber leer. Auf dem Kissen Blut- und Eiterflecken. Das Zimmer lag im Halbdunkel. Dann raschelte es in einer Ecke. Amaldi drehte sich um. Es war der dunkelste Winkel des gesamten Raums. Primo Ramondi hatte sich unter das Waschbecken verkrochen, die Knie an die Brust gezogen, die Arme um die Beine geschlungen. Sein Kopf schwang langsam vor und zurück, war unaufhörlich in Bewegung. Das hässliche haarlose Gesicht – das sich nicht entscheiden konnte, ob es das Gesicht eines Kindes, einer Frau oder eines Mannes sein sollte – war völlig zerschlagen und verschwollen, dunkle Blutkrusten und Flecken eines Antiseptikums überzogen es. Seine Augen starrten auf einen unbestimmten Punkt an der gegenüberliegenden Wand. Primo Ramondi spiegelte sich im Nichts. Er schien die Anwesenheit der beiden Besucher überhaupt nicht zu bemerken.

Amaldi ging zu ihm, kniete sich neben ihm hin und legte ihm vorsichtig eine Hand auf die Schulter.

»Ramondi, hörst du mich?«, fragte er.

Primo Ramondi schaukelte weiter mit dem Kopf vor und zurück.

»Steht er unter Beruhigungsmitteln?«, fragte Amaldi den Arzt.

»Natürlich. Beruhigungsmittel, Schmerzmittel, Antibiotika ... Was haben Sie denn erwartet? Dass wir ihn so behandeln wie Sie?«

Amaldi holte eine kleine Taschenlampe aus der Innentasche seiner Jacke, richtete sie auf Primo Ramondis geweitete, blicklose Pupillen und schaute forschend hinein.

»Primo ...«, flüsterte er und kam noch näher. »Primo ...«

»Das ist sinnlos. Mit seinem Verstand ist er nicht hier bei uns ...«, griff der Arzt ein. »Ich weiß nicht, wo er ist ... Aber er ist nicht hier und nicht bei uns.«

Amaldi stand auf und sagte: »In Ordnung, danke, Dottore.«

»Ispettore Palermo ...«, fuhr der Arzt fort, »empfinden Sie nicht wenigstens einen Hauch Mitleid mit diesem armen Teufel?«

Amaldi verließ das Zimmer, ohne darauf einzugehen. Er lief entschiedenen Schrittes den Flur entlang und grüßte den Wärter mit gesenktem Kopf. Dann durchquerte er den Eingangsbereich zur Gefängniskrankenstation und verließ das Gebäude.

Frese und Max warteten im Wagen auf ihn.

»Fahren wir«, sagte Amaldi und setzte sich neben Frese.

»Torrisi hat sich gerade gemeldet«, sagte sein Stellvertreter und ließ den Wagen an. »Die Spuren, die an der alten Frau sichergestellt wurden, bestätigen, dass es Primo Ramondi gewesen ist, der ihr den Hals umgedreht hat.«

Aus dem Käfig neben Max auf dem Rücksitz des Wagens hörte man es kläglich miauen.

»Hat Ramondi was gesagt?«, fragte Frese.

»Nein ...«, antwortete Amaldi. »Und ich bezweifele auch, dass er je wieder aus diesem Albtraum erwacht, in den er versunken ist.«

»Er ist zwar nicht unser Mann, aber er ist trotzdem ein Dreckskerl«, erklärte Frese.

»Stimmt …«

Torrisi hatte mehr als effiziente Arbeit geleistet. Am nächsten Morgen hatte Amaldi die Kopie des Autopsieberichts für das zweite Opfer vorliegen. Er saß am Tisch auf der Terrasse, die Akte noch ungeöffnet vor sich, und hörte, wie Max nebenan im Arbeitszimmer hektisch auf die Tastatur seines Computer einhieb. Noch nach zwei Jahren errötete Max jedes Mal, wenn er Giuditta begegnete. Die rote Katze jagte im Garten Eidechsen, wobei ihr die Kinder auf Schritt und Tritt folgten. Gestern Abend hatte Giuditta das Tier gerührt an sich gedrückt. Sie hatte es als winziges Katzenbaby mit der Flasche aufgezogen.

Frese war in der Stadt.

Amaldi schlug die Kopie des Autopsieberichts auf.

Giaime Pileggi war 39 Jahre, 1,80 Meter groß, wog 73 Kilo. Ihm gehörte eine gut gehende Zahnarztpraxis mitten im historischen Zentrum. Er hatte zwei Angestellte, eine Sekretärin und einen Zahntechniker.

Der Ablauf des Mordes war nur allzu offensichtlich. Jemand hatte Pileggi an eine Eisenleiter gefesselt und danach in die Tiefe geworfen. Eine Drahtschlinge hatte sich nun immer enger um seine Kehle gezogen, das andere Ende des Drahtes war an der Basis einer Fernsehantenne verankert. Als der Draht fest gespannt war, hatte die Zugkraft den Kopf vom Körper abgerissen. Zwei Meter tiefer hatte sich ein weiteres Seil gespannt und den Zahnarzt entmannt. Nach weiteren drei Metern donnerte die Leiter mit den Überresten des Körpers auf den Bürgersteig. Keine Überraschungen. Pileggi hatte bei Beginn des Sturzes noch gelebt. Der Gerichtsmediziner hatte bei ihm typische Flecken um Herz und Lungen gefunden, die darauf hindeuteten, dass das Opfer vor seinem Tod an Atemnot gelitten hatte, wahrscheinlich wegen des Apfels in seinem Mund. Todesursache war allerdings das Abreißen des Kopfes. Der Penis war *post mortem* abgetrennt worden, aber hier handelte es sich nur um Bruchteile von Sekunden. Die Kraft, mit der der Körper auf dem Bürgersteig aufprallte, hatte etwa achtzig Newton pro Quadratzentimeter betragen, die Geschwindigkeit lag dabei zwischen fünfzehn und zwanzig Meter pro Sekunde. Es war denkbar, dass das Opfer während des freien Falls das Bewusstsein verloren hatte. Wenn nicht, hätte sein Gehirn einen kurzen furchtbaren Moment lang realisieren können, was mit ihm geschah. Was bei Lehrer Garcovich der Fall gewesen war, wie die Videoaufnahmen bewiesen.

Wie die Opfer einer Guillotine, dachte Amaldi.

Die einzigen wichtigen Informationen betrafen einen Splitter Tannenholz zwischen den hinteren Backenzähnen der linken Gesichtshälfte. Er entsprach dem, den man in Garcovichs Mund gefunden hatte. Und die Löcher in den Ohrmuscheln waren perfekt rund, was Amaldi schon in der Nacht am Tatort aufgefallen war. Der Gerichtsarzt hatte vergleichende Untersuchungen angestellt: Durchmesser und Art der Verletzung ähnelten den Löchern von Werkzeugen, mit denen Schuhmacher Löcher in Ledergürtel stanzten. Das Opfer wies dieselben Spuren an den Schneidezähnen auf, die man bei Garcovich gefunden hatte. Und im Mund die gleichen Überreste von zwei unterschiedlichen Äpfeln, bevor man den hineingestopft hatte, mit dem sie ihn gefunden hatten. In der Kehle und dem ersten Abschnitt der Luftröhre waren auch Baumwollfasern gefunden worden. Sie waren mit Urin getränkt. Nach einer ersten Untersuchung schien es sich um den des Opfers zu handeln, auf das endgültige Ergebnis würde man eine Woche warten müssen.

NATURSEKT? EROTISCHE SPIELCHEN?, notierte sich Amaldi.

Dann konzentrierte er sich wieder auf den Autopsiebericht.

Am hinteren Halsansatz, knapp unterhalb des Nackens war eine große blutunterlaufene Stelle zu sehen. Der Pathologe vermutete, dass sie durch einen oder mehrere Schläge verursacht worden war, mit denen das Opfer betäubt werden sollte. Zwischen den Pobacken und auf der Rückseite der Oberschenkel des Zahnarztes hatte man die gleichen Strohfasern gefunden wie an Garcovichs Leiche. Also war auch Giaime Pileggi an einen Stuhl mit einer Sitzfläche aus geflochtenem Stroh gefesselt worden, und zwar nackt. Wie Garcovich wies er keine Anzeichen von Unterkühlung oder beginnenden Erfrierungen auf. Sein leicht geschwächter körperlicher Zustand war allein auf die ausschließlich flüssige Nahrung zurückzuführen, Apfelsaft, den er zum letzten Mal ungefähr zwei Stunden vor seinem Tod zu sich genommen hatte. Seine linke Augenbraue war aufgeplatzt, aber jemand hatte die Wunde versorgt. Der Gerichtsmediziner hatte keine Vermutung darüber geäußert, wie diese Wunde entstanden sein konnte. Er beschrieb die Ursache allgemein mit »Handgemenge«.

Schließlich der Biss an der Brustwarze. Der Abdruck ließ keine Zweifel offen. Statt der üblichen vier zweiten Schneidezähne waren da vier Eckzähne neben den normalen, also insgesamt acht. Obwohl auch das noch durch einen empirischen Vergleich überprüft werden musste, war dies der überzeugendste Beweis dafür, dass es sich bei dem Täter um Primo Ramondi handelte. Es konnte schließlich nicht viele Mörder geben, die frei herumliefen und acht Eckzähne hatten. Amaldi zog so etwas nicht einmal in Betracht, doch er hatte ein Problem damit. Zwar würde niemand einem Polizisten glauben, der gerade aus einem Sanatorium für psychisch Kranke entlassen worden war, aber er wusste, dass Primo Ramondi nicht ihr Mann war.

Trotzdem war Primo Ramondi der Schlüssel, oder einer der Schlüssel zur Lösung des Falls. Doch in seiner derzeitigen Verfassung konnte er ihnen kaum helfen. Primo Ramondi würde ein Rätsel bleiben.

Eine Information aus dem Autopsiebericht gab Amaldi jedoch zu denken, und das war der Zustand des Bisses, der dem Opfer wahrscheinlich zwei Tage vor seinem Tod zugefügt worden war. Laut Bericht hatte jemand die Wunde mit »geradezu manischer Sorgfalt« gesäubert. Es gab zum Beispiel keine Speichelspuren. Nur einige »unbedeutende« Gipspartikel.

»Warum ›unbedeutend‹?«, fragte sich Amaldi.

Dann konzentrierte er sich wieder auf den Ablauf der Ereignisse vor dem Mord. Der Bericht der Männer von der Spurensicherung war sehr ausführlich, sie hatten ausgezeichnete Arbeit geleistet. Das Gebäude bestand aus zwei getrennten Hausgemeinschaften, von denen jede ihren eigenen Eingang von einer anderen Straße aus hatte. In dem Teil auf der anderen Seite von Boirons Hälfte wurde gerade die Dachterrasse renoviert. Die beiden Terrassen trennte nur eine Mauer von ein Meter fünfzig Höhe, mit einem achtzig Zentimeter hohen Eisengitter darauf, also insgesamt maß die Absperrung zwei Meter und dreißig. Die Beamten der Spurensicherung vermuteten, dass der Mörder sein Opfer in eine Rolle Abdichtungsfolie eingewickelt hatte. Große, zwei Meter zwanzig hohe Rollen von diesem Material für die Instandsetzung der Terrasse waren im Innenhof aufgestapelt, eine davon hatte man allerdings am Fuß der Mauer gefunden. In ihrem Inneren waren Spuren von organischem Material, Eiter, Blut und Speichel, wie sich herausstellte. Der DNA-Vergleich stand noch aus, aber es lag nahe, dass sie von dem Zahnarzt stammten. Die Eisenleiter hatten die Arbeiter vor einer Woche von ihrem Platz entfernt – wie der Bauleiter bestätigt hatte – und auf der Terrasse liegen gelassen, weil sie später abgebeizt, verstärkt und neu angeschweißt werden sollte. Am wahrscheinlichsten war daher, dass der Mörder, sicher als Arbeiter getarnt, schon ein- oder zweimal den Tatort besichtigt hatte und sich seinen Plan aufgrund der Dinge zurechtgelegt hatte, die er dort vorgefunden hatte, und ihn dann an jenem Abend in die Tat umgesetzt hatte.

»RATIONAL«, dachte Amaldi. »NICHT EMOTIONAL.«

Die Beamten von der Spurensicherung hatten auf einem abgelegenen Teil der Terrasse hinter einem niedrigen gemauerten Verschlag, in dem früher die Waschküche untergebracht war, eisenhaltige Spuren gefunden, die von der Sprossenleiter stammten. Dort hatte der Mörder den Zahnarzt mit Eisendraht auf der Leiter festgebunden und dann darauf gewartet, dass Emilio Boiron nach Hause kam. Es war genauso offensichtlich, dass diese Inszenierung speziell für den Richter veranstaltet worden war. Was nach weiterer Überlegung bedeutete, dass der Mörder grundsätzlich auch die Zeiten kennen musste, zu denen Boiron üblicherweise das Haus verließ und zurückkam. Von seiner Position aus hatte er die gesamte Straße, die zu dem Haus hinaufführte, überblicken können. Dann hatte er seine tödliche Falle etwa drei Meter weit geschleift, man sah zwei helle Spuren davon auf den angegrauten Fliesen, sie auf die Brüstung gehievt und hinuntergeworfen. Mit perfektem Timing.

»Ich habe zwei interessante Fakten«, verkündete Frese, als er bei Amaldi auf der Terrasse auftauchte. Max folgte ihm.

Der junge Mann aus dem Archiv hatte verquollene, gerötete Augen. Er sah über die Brüstung der Terrasse. Vielleicht auf seine rote Katze. Vielleicht auch auf Giuditta.

Amaldi schloss die Akte und massierte sich den schmerzenden Nacken. Er machte Frese und Max ein Zeichen, sich doch zu ihm zu setzen.

»Ich habe Pileggis Sekretärin besucht«, begann Frese. »Du

weißt doch, wie das ist, es lohnt sich immer, Fragen zweimal zu stellen, nicht?«

Amaldi nickte und ließ sich mit dem Rücken gegen die Lehne sinken. Er war an diese langen Einleitungen seines Stellvertreters gewöhnt.

»Ich habe auch die Portiersfrau gebeten, mir alles noch einmal zusammenzufassen, aber sie hat nichts Neues hinzugefügt. Sie hat zwar den alten Lieferwagen bemerkt, aber niemanden ein- oder aussteigen gesehen. So weit alles klar?«

Amaldi nickte noch einmal geduldig.

»Dann bin ich hinauf zu der Sekretärin … also, verdammt, wie hieß sie noch …?«, fuhr er fort und suchte in seinem zerknitterten Notizbuch.

»Das ist nicht weiter wichtig, Nicola«, meinte Amaldi.

»Das ist nicht weiter wichtig, stimmt, das ist wirklich nicht wichtig … Also …«, fuhr er fort und räusperte sich. »Nun, die Sekretärin, von der wir nicht wissen, wie sie heißt, sagt zu mir: ›Warum fragen Sie mich das jetzt schon wieder?‹ Und ich antworte: ›Routine‹. Richtig?«

»Richtig«, bestätigte Amaldi.

»Aber sie sagt: ›Sie waren doch schon zweimal bei mir und haben mir die gleichen Fragen gestellt und da haben Sie schon erzählt, das sei nur Routine!‹ Scheiße … also ich wusste nicht, was ich ihr sagen sollte, und da habe ich einfach behauptet, bei uns in der Zentrale habe es einen Diebstahl gegeben und Dokumente seien gestohlen worden …«

»Einen Diebstahl?«, meinte Amaldi skeptisch.

»Ich weiß, ich weiß, Giacomo, aber mir ist nichts anderes eingefallen. Aber das war ein verdammter Glückstreffer.«

»Das heißt?«, drängte ihn Amaldi.

»Das Wort ›Diebstahl‹ hat bei ihr was zum Klingen gebracht. Sie hat die Dinge wiederholt, die wir schon wussten … also, dass der Arzt auch spezielle Eingriffe vornahm … so was wie Diamanten in Zähne implantieren oder ähnlichen Quatsch und manchmal … wenn er besondere Patienten hatte oder Prominente … schickte er seine Sekretärin nach Hause und blieb allein in der Praxis. Sie ist Primo Ramondi zum Beispiel nie begegnet …«

»Ja, das wissen wir. Komm zur Sache …«

»An dem Abend, als er wahrscheinlich entführt wurde, erwartete er einen besonderen Patienten, erinnerst du dich?«

»Ja, Nicola, sicher …«

»Also, sie hat mir gesagt, dass dem Zahntechniker gestern aufgefallen ist … also das hat er jetzt erst bemerkt, als er aufgeräumt hat, schließlich muss er nun seine Sachen packen und sich eine andere Stelle suchen …«

»Nicola!«, fuhr Amaldi ihn an.

»Was trinkst du da? Verdammt, ich bin völlig ausgetrocknet …«, sagte Frese, ohne sich aus der Ruhe bringen zu lassen.

»Max, bitte, bring ihm ein Glas Wasser«, meinte Amaldi.

Max stand auf und ging in die Küche.

»Verrätst du mir jetzt vielleicht endlich, was der Zahntechniker bemerkt hat?«

»Warten wir, bis Max zurück ist, sonst muss ich alles noch mal von vorn erzählen …«

Amaldi ließ sich in den Stuhl zurücksinken. Kurz darauf kam Max mit einem randvollen Glas Wasser zurück.

»Ist das kalt?«, fragte Frese. »Ich habe eine Magenschleimhautentzündung und vertrage kaltes Wasser nicht gut …«

»Es ist nicht kalt«, sagte Max.

»Bestens. Also … dem Zahntechniker ist gestern aufgefallen, dass eine Dose Modellierpaste fehlt, oder wie sich das Zeug nennt. Und gestern, als er der Polizei den Abdruck zu Primo Ramondis Gebiss gebracht hat, damit sie ihn mit den Bissen an Pileggi vergleichen konnten, da ist ihm noch etwas aufgefallen … es waren Spuren von dieser Paste daran«, Frese sah Amaldi kurz an. »Hast du begriffen, was das bedeutet?«

»Jemand hat einen Abdruck von Primo Ramondis Abdruck genommen«, meinte Max aufgeregt.

»Genau«, sagte Frese.

Amaldi schlug mit der Hand auf den Tisch. »Unbedeutende Spuren von Gips in der Wunde«, rief er aus und öffnete die Akte mit dem Autopsiebericht über Giaime Pileggi.

»Von wegen *unbedeutend*«, bestätigte Frese. »Da ist ein zweites Exemplar von Primo Ramondis Gebiss im Umlauf. Du hast ins Schwarze getroffen, Giacomo.«

Max lachte zufrieden.

»Und dann wäre noch das hier«, sagte Frese und warf einen roten Clubausweis mit einer aufgedruckten verblühenden Rose auf den Tisch. Ihre Blütenblätter waren zartrosa, beinahe weiß. Amaldi nahm das Kärtchen und sah es sich genauer an.

»Irgendwie habe ich mich auf den Wagen eingeschossen, mit dem Garcovich umgebracht wurde«, fuhr Frese fort. »Offensichtlich hatte der Mörder die Schlüssel dazu. Der Typ … der Angestellte, dem man die Karre geklaut hat … behauptet, er hätte sie vielleicht stecken gelassen und vergessen. Also für mich ergibt das keinen Sinn. Natürlich kann man mal die Schlüssel vergessen, sicher … aber ich sage, bei diesem Mörder ist das überhaupt nicht logisch. Er plant alles durch bis ins letzte Detail, nur beim Auto vertraut er auf sein Glück? Er läuft einfach so durch die Straßen der Stadt und sucht nach einem Wagen, bei dem irgendeiner die Schlüssel stecken gelassen hat? Das erscheint mir doch reichlich unwahrscheinlich … ich glaube nämlich nicht, dass unser Freund hier in der Lage wäre, einen Wagen ohne Schlüssel zum Laufen zu bringen. Das ist doch ziemlich unperfekt, stimmt's? Aber, ich sage noch einmal, er würde so etwas nicht dem Zufall überlassen … Deshalb bin ich also in unser Depot gegangen und habe mir den Wagen mal selbst angeschaut. Das Problem bei den Leuten von der Spurensicherung ist ja, dass sie nur nach dem suchen, was mit dem Verbrechen in Zusammenhang steht. Ich dagegen suche nach allen Spuren. Auch nach Fliegendreck. Und unter der Fußmatte … als hätte ihn jemand versteckt … habe ich diesen Ausweis gefunden«, beendete Frese seinen Bericht.

Amaldi gab ihn an Max weiter.

»*Dover Beach* …«, las Max. »Was ist das?«

»So ein Schwulenlokal im Käfig«, erklärte Frese.

»Palermo geht im *Dover Beach* aus und ein«, meinte Amaldi so leise, als spräche er zu sich selbst.

»Der Angestellte … also der Eigentümer des Wagens … hat Frau und Kinder«, fügte Frese hinzu.

Amaldi sah ihn an. »Vielleicht sollten wir einmal persönlich mit diesem Herrn reden«, sagte er.

»Ja, daran habe ich auch gedacht …«, bestätigte Frese.

»Gute Arbeit«, sagte Amaldi zufrieden.

Frese stand plötzlich auf und lief nach draußen. »Signora Iacobi«, schrie er laut und fuchtelte mit den Armen. »Ich möchte darauf wetten … dass ich Sie irgendwo schon mal gesehen habe … Ich bin gleich wieder da«, sagte er an Amaldi und Max gewandt. Er rannte über die Terrasse und verschwand.

»Und was ist mit dir, Max?«, fragte Amaldi. »Hast du noch nichts herausgefunden?«

»Nein, nichts, was uns hilft, tut mir leid.«

»Mach einfach weiter und lass nicht locker.«

»Der Ort, an dem der erste Mord geschah, war vor ungefähr fünfzehn Jahren Schauplatz eines Schmiergeldskandals …«, sagte Max. »Die Bauarbeiten wurden daraufhin lange Zeit unterbrochen und sind erst vor sechs Monaten wiederaufgenommen worden. Das ist nicht viel, aber … Vielleicht sollte ich mal im Zentralarchiv vorbeischauen. Man hat nicht alle Daten im Computersystem erfasst. Da liegt noch haufenweise Papierkram herum …«

»Also Ermittlungen ganz auf die altmodische Art«, meinte Amaldi lächelnd.

»Stimmt …«

Im Garten hielt Giuditta Max' rote Katze auf dem Arm. Signora Iacobis Sohn weinte und streckte die kleine Hand nach dem Tier aus, während seine Mutter versuchte, ihn wegzuziehen. Frese klimperte mit einem Schlüsselbund vor dem Gesicht des Jungen herum und versuchte damit ebenso ungeschickt wie vergeblich, ihn abzulenken. Dabei lächelte er die ganze Zeit die Frau an.

»Du kannst mit uns in die Stadt fahren, Max«, sagte Amaldi und gab Frese ein Zeichen, dass sie jetzt aufbrechen mussten.

Ein Windstoß wirbelte ein dünnes Blatt Papier vom Tisch hoch. Es flatterte einen Moment durch die Luft, bevor es auf dem Boden landete. Max hob es auf. Die vorgedruckte Überschrift lautete: VERFAHREN WEGEN SUSPENDIERUNG VOM AKTIVEN DIENST. Die Zeile weiter unten war von Hand ausgefüllt worden. Dort stand ein Name: COMMISSARIO GIACOMO AMALDI.

»Also, die Frage ist doch: Wer wollte, dass Primo Ramondi für den Täter gehalten wird?«, fragte Amaldi, während der Wagen sich in die Kurven der Küstenstraße legte.

»Du hast doch gesagt, dass Palermo deiner Einschätzung nach ein persönliches Problem mit Primo Ramondi hat«, antwortete Frese.

»Ja, aber das könnte auch nur eine berufliche *Fixierung* sein …«, sagte Amaldi.

»Oder es steckt etwas anderes dahinter …«

»Tja, irgendetwas, von dem wir nichts wissen.«

»Das macht Palermo … zu einem Verdächtigen«, sagte Frese.

»Er soll also zwei unschuldige Menschen getötet haben, nur um Primo Ramondi etwas anzuhängen? Lass uns keine voreiligen Schlüsse ziehen, Nicola … Der Mörder hat einen Plan, bei dem auch Primo Ramondi eine Rolle spielt, wir wissen nur nicht welche und warum. Ich betone: *auch eine Rolle spielt*, also nicht ausschließlich …« Amaldi drehte sich zu Max um, der sich tief in die Polster des Rücksitzes gelümmelt hatte. »Meinst du, du könntest mir einigermaßen unauffällig Palermos Personalakte besorgen?«

»Die normale oder die vom Disziplinarausschuss?«, fragte Max zurück.

»Je mehr Material wir haben, desto besser ist es.«

»Also bei der normalen Personalakte gibt es keine Probleme«, sagte Max. »Um in das System des Disziplinarausschusses reinzukommen, werde ich mir etwas einfallen lassen müssen … Aber ich glaube, ich kriege das hin. Ich werde einfach die Identität eines Beamten annehmen, der für ihn ermittelt, dann dürfte niemand etwas mitbekommen.«

»Ausgezeichnet.«

»Habt ihr eine Erklärung für die Holzsplitter in den Mündern der Opfer?«, fragte Amaldi.

»Ein Keil …?«, meinte Frese zögernd. »Das Werkzeug, mit dem er den Kiefer ausrenkt, ist ja nicht aus Holz, richtig?«

»Richtig. Warum also braucht er dann noch einen Keil?«, fuhr Amaldi fort. »Damit das Opfer den Mund aufmacht?«

»Das glaube ich nicht«, erwiderte Frese. »In dem Fall müsste er ihn bei den Eckzähnen ansetzen, oder höchstens bei den ersten Backenzähnen … dann hätten wir die Splitter in diesem Bereich finden müssen. Ich habe schon mit dem Gerichtsmediziner gesprochen und ich glaube, dass er den Keil direkt bei den hinteren Backenzähnen angesetzt hat, als er den Mund bereits mit Gewalt geöffnet hatte und das Werkzeug zum Kieferausrenken ansetzte … vielleicht wollte er so verhindern, dass das Opfer ihn biss. Das Werkzeug, das dieser Sadist benutzt hat, muss so eine Art … Wagenheber sein, nicht wahr?«

»Ja«, antwortete Amaldi. »Ein Spreizeisen, ja … irgendetwas Mechanisches.«

»Warum tut er das? Nur um ihm den Apfel ins Maul zu schieben?«, fragte Frese.

Amaldi gab darauf keine Antwort. Er folgte seinen eigenen Überlegungen. Sex. Die Morde wiesen starke sexuelle Komponenten auf. Und doch hatte er gleichzeitig den Eindruck, als hätte das nur indirekt mit den Opfern zu tun.

»Es sieht mehr nach einer Hinrichtung als nach einem Mord aus«, sagte er und erinnerte sich an den ersten Gedanken, der ihm durch den Kopf gegangen war, nachdem er die Bilder von der Ermordung des Lehrers gesehen hatte. »Einer *Hinrichtung*«, wiederholte er. »Das ist das Schlüsselwort. Hinter den beiden Morden steckt eine höhere Idee von *Gerechtigkeit* …«

»Was für eine beschissene Gerechtigkeit«, kommentierte Frese.

»Gerechtigkeit«, fuhr Amaldi fort, ohne sich ablenken zu lassen. »Dazu gehört ein *Richter* und ein *Gericht*, das … auf Grundlage dieser anzunehmenden Gerechtigkeit den Lehrer und den Zahnarzt *schuldig* gesprochen hat. Und sie folglich *verurteilt* hat. Tatsächlich sperrt er sie vorher ein …«

»Na ja, eigentlich entführt er sie«, meinte Frese.

»Und dann hält er sie zwei oder drei Tage am Leben, damit er ihnen einiger Wahrscheinlichkeit nach eine Art *Prozess* machen kann.«

Frese und Max wagten es kaum zu atmen. Sie wussten, dass

Amaldi gerade dazu ansetzte, sich in eine kranke Persönlichkeit hineinzuversetzen.

»Und wahrscheinlich bereitet es ihm überhaupt kein Vergnügen, sie umzubringen ...«, meinte Amaldi fast tonlos, »ganz anders als bei einem gewöhnlichen Sadisten. Nein, er genießt das ganz bestimmt nicht. Denn er ... verurteilt und bestraft sie ... er ermordet sie nicht ...« Amaldi wandte sich an Frese. »Der Lehrer war kein Pädophiler, oder?«

»Es gibt wirklich nichts, was darauf schließen lässt.«

»Beim Zahnarzt genauso ...«

»Die Sekretärin hat ihn als fast schon sexsüchtig beschrieben ...«

»Homosexuelle Neigungen?«

»Nicht einmal ansatzweise.«

»Bist du dir da sicher?«

»So sicher, wie man sich bei jemandem sein kann, den man nicht kennt, Giacomo.«

»Also war er heterosexuell?«

»Er legte Weiber flach, ja. Alles, was nicht bei drei auf dem Baum war«, gab Frese zurück.

Amaldi seufzte und schloss die Augen. »Das ergibt keinen Sinn«, murmelte er.

»Was meinst du damit?«, fragte Frese.

Vor ihnen tauchte die Stadt auf. Bauernhäuser bildeten die Vorboten jener anonymen Peripherie, die sie demnächst mit ihren gierigen, sich ständig ausbreitenden Betonmonstern verschlucken würde.

Amaldi schaute aus dem Seitenfenster. »Es ist, als ginge es nicht um sie«, sagte er.

»Wer sie?«, hakte Frese nach.

»Es ist, als ob der Mörder jemand anderen töten wollte ...«

»Ich kann dir nicht folgen«, sagte Frese.

»Es kommt mir vor, als hätte der Mörder, als er Garcovich und Pileggi umbrachte … jemand ganz anderen töten wollen.«

»Wen denn?«

»Das weiß ich nicht. Aber so ist es. So muss es sein.« Amaldi schlug mit der Faust gegen das Seitenfenster. »Die Opfer passen nicht in das Täterprofil, das sich aus den Morden ergibt … und zu seinen Motiven.«

»Eins verstehe ich nicht«, sagte Frese, »warum können wir nicht einfach annehmen, dass es schlicht und ergreifend ein Verrückter war …«

»Er ist verrückt, Nicola«, unterbrach ihn Amaldi. »Aber auf *seine ganz spezielle Art und Weise.* Und die Opfer passen überhaupt nicht dazu …«

»Ich muss hier aussteigen«, sagte Max.

Nachdem Amaldi und Frese den Wagen abgestellt hatten, überquerten sie die Straße und nahmen einen Weg, der am Rand der Altstadt entlangführte, bis sie ein hohes weißes Gebäude erreichten. Seine Fassade aus Travertinstein wurde von regelmäßigen Fensterreihen durchbrochen, über dem Eingang war der Name der Behörde eingraviert. Seit sie Max am Zentralarchiv herausgelassen hatten, hatten die beiden kein Wort mehr miteinander gewechselt. Am Eingang zeigten sie ihre Dienstausweise vor und warteten, dass die Dame am Empfang den Mann, den sie suchten, anrief.

»Er kommt gleich runter«, sagte die Frau und legte den Hörer auf. »Sie können hier warten«, sagte sie und zeigte auf eine Holzbank in einer dunklen Ecke.

Wenig später kam ein etwa vierzigjähriger Mann an den Empfang, er trug eine Brille mit dicken Gläsern, Krawatte und einen billigen Anzug, unter dem sich seine sportliche Figur abzeichnete. Mit zusammengekniffenen Augen sah er sich suchend nach Frese und Amaldi um.

»Ich habe bereits mit der Polizei gesprochen«, sagte er verlegen, während er auf sie zukam.

Frese musterte ihn aufmerksam. Dabei fiel ihm ein rotes Muttermal direkt hinter dem rechten Ohr auf. Schweigend neigte er den Kopf zur Seite und zog eine Augenbraue hoch. »Es tut mir leid, dass wir Sie noch einmal behelligen müssen«, sagte er dann. »Könnten Sie die Geschichte für uns noch einmal wiederholen?«

»Was für eine Geschichte …?«, fragte der Mann unangenehm berührt und trat nervös von einem Fuß auf den anderen. »Da gibt es keine Geschichte … Man hat mir das Auto gestohlen … das ist alles. Ich warte immer noch darauf, dass man es mir zurückgibt … Wissen Sie, ich möchte es verkaufen. Könnten Sie da etwas machen? Den Vorgang irgendwie beschleunigen?«

»Sie hatten die Schlüssel im Wagen gelassen, nicht wahr?«, fragte Frese.

»Ja, leider …« Der Mann schaute auf den Boden.

Amaldi sagte gar nichts, tat so, als lenkte ihn das ständige Kommen und Gehen der Beamten und der Besucher ab.

»Steckten sie im Zündschloss?«, hakte Frese mit einem zweideutigen Glitzern in den Augen nach.

»Im Zündschloss? … Ja, im Zündschloss … vielleicht.«

»Oder lagen sie auf dem Beifahrersitz?«, bedrängte ihn Frese.

Amaldi beobachtete ihn. Frese spielte, er versuchte, den Angestellten zu verwirren. Und das gelang ihm ziemlich gut.

»Auf dem Beifahrersitz …? Keine Ahnung, ich glaube nicht … Ich erinnere mich nicht daran … Aber warum, was für einen Unterschied macht das?« Der Angestellte fuhr sich mit einer Hand über die Stirn.

Frese zeigte auf den Ehering an der Hand des Mannes. »Sind Sie verheiratet?«, fragte er, obwohl er die Antwort schon kannte.

»Oh … jaja, ich bin verheiratet …«

»Haben Sie Kinder?«

»Ja. Aber warum …?«

»Wenn du dich in öffentlichen Toiletten rumtreibst, nimmst du dann deine Brille ab?«, fragte Frese unvermittelt in hartem, aggressivem Ton.

»Was …?« Der Angestellte fuhr sich mit einem Finger in den Hemdkragen, der ihm plötzlich zu eng wurde.

Frese drehte den Clubausweis für das *Dover Beach* in seiner Hand so, dass der Angestellte ihn lesen konnte. »Warum hast du deinen Wagen in der Altstadt abgestellt?«, fragte er ihn.

»Was …? Ich habe nichts damit zu tun …«

»Du bist schwul«, säuselte Frese. »Willst du uns nicht endlich die Wahrheit sagen, du Mustergatte?«

»Sie können doch nicht einfach hierherkommen …«

»Gut«, sagte Frese, wandte sich ab und ging auf die Dame am Empfang zu, während er mit erhobener Stimme fortfuhr: »Erzählen wir es doch erst einmal ihr … Und anschließend können wir ja deine Frau anrufen.«

Die Frau hinter dem Tresen schaute zu Frese herüber.

»Warten Sie«, sagte der Mann hastig, er klang ein wenig hysterisch.

Frese blieb stehen und kehrte wieder um.

»Sprechen Sie doch leiser …«, sagte der Angestellte und warf nervöse Blicke um sich.

»Ich bin ganz Ohr.«

»Ich bitte Sie …«

»Also, ich warte.«

Der Mann setzte sich auf die Bank, nahm die Brille ab und wischte sich den Schweiß vom Gesicht. Seine kurzsichtigen Augen glänzten fiebrig.

»Der andere Polizist hatte mir gesagt, dass es keine Probleme geben würde … dass niemand etwas davon erfährt …«, begann er.

»Dass niemand etwas wovon erfährt?«, unterbrach ihn Frese gleich wieder misstrauisch. »Was für ein Polizist? Wie hieß er? Torrisi?«

»Nein, der hieß anders …«

»Wie viele Polizisten sind denn verdammt noch mal zu dir gekommen?«, drängte ihn Frese jetzt.

»Na zwei …«

»Zwei?« Frese drehte sich fragend zu Amaldi um.

»Zwei, ganz genau …«, sagte der Angestellte. »Der erste kam in Uniform … Der andere hieß … Er hat mir gesagt, dass ich keine Probleme bekommen würde, weil er selbst homosexuell sei …«

»Wie hieß er?«

»Ich erinnere mich nicht mehr …«, flüsterte der Angestellte kläglich.

»Palermo?«, versuchte es Frese.

Der Angestellte hob den Kopf. »Palermo …? Ja … kann sein …, ja genau, Palermo.«

»Sagen Sie uns doch, was Sie ihm erzählt haben«, forderte ihn Amaldi auf.

»An jenem Abend war ich … in einem Lokal«, der Angestellte schluckte geräuschvoll, »einem Lokal nur für Männer«, beendete er seinen Satz fast tonlos.

»Im *Dover Beach*«, sagte Frese.

Der Angestellte nickte. »Die Schlüssel … ich glaube, die wurden mir im *Dover Beach* gestohlen … auch die Brieftasche …

Aber erzählen Sie das bitte nicht meiner Frau … ich … ich bin nicht so einer, wie Sie denken …«

»Es interessiert mich einen Scheißdreck, was du in deiner Freizeit machst«, entgegnete Frese. »Ich mag nur kein Lügengewäsch.« Damit warf er den Clubausweis für das *Dover Beach* auf die Bank. »Das hier gehört dir …«

Amaldi schaute den Angestellten an, der nun mit den Tränen kämpfte. »Vielen Dank …«, sagte er.

XVII

Amaldi hatte einen schnellen Blick in die Personalakte von Chefinspektor Ferrante Palermo geworfen. Zunächst in die offizielle Akte, auf die viele Leute Zugriff hatten, zu viele, als dass sie sonderlich ins Detail gehen oder irgendwelche geheimen Informationen enthalten konnte. Schmutzige Wäsche wurde möglichst unter Ausschluss der Öffentlichkeit gewaschen.

Aber auch diese schlichte Akte verriet Amaldi schon einiges.

Palermo stammte aus einer wohlhabenden Familie, die ihm Amaldis Meinung nach eine wesentlich bessere Karriere als die eines Polizisten hätte ermöglichen können. Vom ersten Tag im Dienst bis zum Alter von achtunddreißig Jahren hatte Palermo sich als talentierter Ermittler erwiesen, dessen Intuition und logisches Denkvermögen weit über dem Durchschnitt lagen.

Warum bist du dann bei der Sitte geblieben?, fragte sich Amaldi stumm.

Warum war er nicht zur Mordkommission gewechselt? Warum hatte er nicht den Schritt getan, von dem jeder Polizist träumte?

Amaldi nahm die Akte in die Hand, die Max aus dem geheimen Archiv des Disziplinarausschusses hatte mitgehen lassen.

Der junge Ferrante Palermo hatte direkt nach seinem Eintritt in den Polizeidienst durch sein Verhalten Aufmerksamkeit erregt. Bei seiner Arbeit hatte er einen *missionarischen* Eifer an den Tag gelegt, stand in den einleitenden Zeilen.

Aus persönlicher Erfahrung wusste Amaldi, dass dieser Begriff in ihren Kreisen nicht als Kompliment galt. Er selbst hatte in der Zeit, als man seine Aktivitäten noch »Amaldis Kreuzzug« nannte, völlig isoliert dagestanden, und auch jetzt war er eine Art Fremdkörper innerhalb des großen Polizeiapparats geblieben. Giacomo Amaldis Mission war es immer gewesen, den Mann zu finden, der seine erste Freundin wie einen Sack Müll in einem dreckigen Winkel der Altstadt hatte liegen gelassen, nachdem er ihren Körper verstümmelt und sie ermordet hatte.

Palermos Berufung schienen Kinder zu sein. Zumindest soweit es aus dem Bericht über seine ersten Jahre im Sittendezernat hervorging.

»Ja, du kannst Kinder gut leiden, das habe ich gemerkt«, sagte Amaldi zu sich selbst. »Und Kinder mögen dich. Sie haben keine Angst vor dir …«

Mit stumpfsinniger Pedanterie, hier und da durchzogen von einem leisen Anflug von Ironie, hatte der Verfasser der Akte einige direkte Äußerungen Palermos festgehalten, die Amaldis Meinung nach Ausdruck einer überaus scharfen Beobachtungsgabe und äußerster Sensibilität waren. *Nach Ansicht des Beamten Palermo, der Gegenstand des vorliegenden Berichts ist, sind die Basis des Zusammenlebens in den ärmsten und heruntergekommensten Vierteln der Altstadt, in denen seit jeher auf allen Ebenen Gesetzlosigkeit vorherrscht, strenge Moralvorstellungen und ein eigener, sehr rigider Ehrenkodex, auch wenn dieser nicht den üblichen Regeln entspricht. Im Gegensatz dazu – meint der betreffende Beamte nach nur vier Jahren Polizeidienst – ist die Peripherie der entscheidende Schwachpunkt der Gesellschaft. In den Vierteln der Vorstadt, wörtliches Zitat: ›schweißt die Verzweiflung nicht zusammen. Die Bewohner dieser Vororte sind die neuen Außenseiter der Gesellschaft. Arme Menschen aus allen Teilen der Welt, die sich untereinander kaum kennen.‹ Bei mehr als einer Gelegenheit trat der betreffende Beamte Palermo an seinen direkten Vorgesetzten heran und bat ihn einzugreifen. Dabei erklärte er, ihm sei klar, ›dass das dort der wunde Punkt des ganzen Slumgürtels der Stadt sei, wo man gegen Geld‹ – so immer noch seine Aussage – ›jede Menge junger Opfer finden könne, die dann auf dem sogenannten Markt der käuflichen Liebe ihre Haut zu Markte tragen müssen‹, oft auch mit dem Einverständnis oder der tätigen Mithilfe der Eltern. Häufig war von ihm zu hören, dass die Vorstadt sein ›Schlachtfeld‹ sei und ›eine Stadt, die selbst noch ein Kind ist‹. Der Verfasser des vorliegenden Berichts hält es für seine Pflicht, darauf hinzuweisen, dass der missionarische Eifer des Beamten Palermo, dieser Hang zur Berufung, fanatische Züge trägt, die für die gesamte Truppe gefährlich werden könnten.*

Er wurde als lästig und potenziell gefährlich wie ein gutartiger Tumor angesehen, dachte Amaldi. Und stellte sich – unangenehm berührt von den verblüffenden Parallelen zu seinem eigenen Werdegang – vor, wie die Vorgesetzten auch Palermo das Leben schwergemacht haben mussten. Zweifellos hatte ihn der kalte unpersönliche Polizeiapparat mit seinen Sorgen und Nöten alleingelassen. Und vielleicht hatte Palermo sich dann im Labyrinth seiner Obsession verrannt.

Palermo war ganz klar ein Einzelgänger, von Natur aus und vielleicht auch gezwungenermaßen, weil man ihn in diese Rolle drängte, auf jeden Fall hatte er von Haus aus Probleme damit, soziale Bindungen zu knüpfen. Ob seine sexuelle Orientierung dabei eine Rolle gespielt hatte, ging aus der Akte nicht hervor. Amaldi stellte allerdings fest, dass den Beamten des Disziplinarausschusses seine Homosexualität erst seit etwa zehn Jahren bekannt war, was zumindest darauf hindeutete, dass Palermo sie lange Zeit geheim gehalten hatte. Dafür mochte es zahlreiche, überwiegend absolut nachvollziehbare Gründe geben, wenn man berücksichtigte, wie engstirnig Polizisten dachten.

Je weiter Amaldi in die komplexe Persönlichkeit Palermos eintauchte, desto mehr wurde ihm klar, dass sein Urteil über ihn zu oberflächlich gewesen war. Er hatte in ihm nichts als einen korrupten Polizisten gesehen – und er wusste mit ziemlicher Sicherheit, dass dies der Wahrheit entsprach –, aber das Bild, das sich aus seinen persönlichen Akten ergab, war doch wesentlich vielschichtiger. Wieder ertappte Amaldi sich dabei, wie er Parallelen zu seinem eigenen Leben und seinen eigenen Erfahrungen zog, als ob Palermo in ungefähr das darstellte, was aus ihm hätte werden können. Palermo hatte sich von Anfang an voll und ganz in die Arbeit gestürzt. Wahrscheinlich, weil er sich damit von seinem inneren Konflikt ablenken konnte, den er so auf unbestimmte Zeit verschob. Wie für Amaldi hatte sich für Palermo die Suche nach der Wahrheit zu einem zwanghaften Drang nach Erkenntnis entwickelt. Auf diese Weise hatte er zwar bei seiner Arbeit als Polizist großartige Erfolge verbuchen können, doch die Suche nach der endgültigen Antwort hatte sein Urteil hart und unerbittlich werden lassen, hatte allmählich seiner Seele und der Welt, in der er ermittelte, die Menschlichkeit geraubt. Nach und nach wurden die Menschen für ihn zu Schachfiguren in einem abstrakten Wahrheitsspiel. Und diese Wahrheit war nur noch Ergebnis einer sterilen Berechnung.

Obwohl es inzwischen sehr kühl geworden war, saß Amaldi wie immer auf der Terrasse, über sich den klaren Sternenhimmel. Aus dem Wohnzimmer hörte er die Stimmen von Giuditta, Frese und Max, die sich unterhielten und lachten. Er sah ihre Schatten, die auf der Wand ihre Bewegungen nachzeichneten.

»Was wäre aus mir geworden, wenn ich euch nicht begegnet wäre?«, fragte er sich laut. Dann legte er die Hand auf Palermos Akte. »Und was ist nur mit dir passiert?«

Bis zu seinem achtunddreißigsten Lebensjahr hatte sich Palermo durch seine hervorragenden Ermittlerqualitäten hervorgetan und konnte im Beruf mehr Erfolge verzeichnen als jeder andere Beamte des Sittendezernats. Das sahen seine Kollegen gar nicht gern, sie betrachteten ihn als Fanatiker und trauten ihm nicht über den Weg. Seine Vorgesetzten sprachen ihm zwar die verdiente Anerkennung für seine ermittlerische Intuition aus, stuften ihn aber dennoch als möglichen Störfaktor im System ein. In ihren jährlichen Berichten versäumten sie nie, auf Palermos Hang hinzuweisen, den Dienstweg zu umgehen, auf seine charakterliche Unfähigkeit, sich bedingungslos unterzuordnen wie ein guter Soldat, und auf seine angeborene Neigung, seinen eigenen Willen durchzusetzen. Palermo fiel aus der Norm, und daher wurde er misstrauisch beäugt und beobachtet.

Palermo *erfühlte* seine Fälle intuitiv, hatte der Verfasser der Berichte mit diesem leicht ironischen Tonfall angemerkt, der sich durch die gesamte Akte zog. Und wenn er bei einem Fall, mit dem ein anderer Beamter betraut worden war, so eine bestimmte Ahnung hatte, beschäftigte er sich in seiner Freizeit damit. Die gesammelten Beweise und seine Schlussfolgerungen hatte er letztlich immer unter der Hand dem Kollegen zukommen lassen, der sich offiziell mit dem Fall beschäftigte. Palermo strebte nicht nach Verdienstorden oder Beförderungen. Doch seltsamerweise machte er sich dadurch nur noch unbeliebter bei den anderen Ermittlern. Was seine Vorgesetzten veranlasste, ihm diese Vorgehensweise ebenfalls anzukreiden.

Dann war etwas geschehen. Und Palermo hatte sich verändert.

Von diesem Moment an schien es Amaldi, als würde er in der Akte eines völlig anderen Mannes lesen. Vor zwölf Jahren war bei der jährlichen ärztlichen Untersuchung eine massive Dosis von Aufputschmitteln, von Amphetaminen, in seinem Blut festgestellt worden, woraufhin er vom Dienst suspendiert wurde. In den folgenden Jahren wurde er noch drei weitere Male suspendiert, wegen psychischer Labilität, Insubordination und schließlich wegen der nie bewiesenen Korruptionsvorwürfe. Die nun schon wieder zurückgenommene Suspendierung wegen schwerer Körperverletzung und Amtsmissbrauchs im aktuellen Fall Primo Ramondi war noch nicht zu den Akten genommen.

»Was ist nur passiert mit dir?«, fragte sich Amaldi.

Es war immer die gleiche Szene. Ein dunkler Kellerraum, feucht und warm wie ein düsterer, stinkender Bauch. Das Echo der Schüsse. Die Männer, die tot zu Boden fielen und verbluteten. Es war immer die gleiche Szene.

Aber plötzlich bemerkte er eine Wunde, die sich bewegte und sich ausdehnte, als ob unter der Haut etwas zappelte. Sein Blick wanderte zu den Verletzungen der anderen toten Männer dort auf dem Boden. Und jede dieser Wunden zog sich zusammen und dehnte sich aus, in einem regelmäßigen, sich allmählich steigernden Rhythmus. Jede Öffnung zog sich zusammen – woraufhin der Blutfluss kurz versiegte – weitete sich – und das Blut quoll wieder zäh und klebrig hervor –, bis endlich alle Wunden sich auf einen wilden, aufpeitschenden Takt geeinigt hatten, als ob sie viele Münder einer einzigen Lunge, viele Herzen einer einzigen Gebärmutter wären. Schließlich brachte jede dieser Wunden ein Neugeborenes umschlossen von einem abscheulichen durchsichtigen Stück Gewebe hervor. Genauso viele winzige Säuglinge wie Wunden. Es waren nur Jungen. Ihre Hände zerrten die Gebärmutter, die sie gefangen hielt, auseinander und ihre Zähne – denn sie hatten spitze Fangzähne wie Raubtiere – gruben sich hinein und zerfetzten sie. Sie verschlangen Fleisch von ihrem Fleisch, all die Gebärmütter, die sie umhüllt und geschützt hatten und auf denen das Blut der toten Männer klebte, das jetzt träge herunterrann.

Dann stellten die nackten Kinder – die bereits laufen konnten – sich im Kreis auf, hielten sich bei den Händen, und er sah, wie sie miteinander sprachen, aber er hörte ihre Stimmen nicht, konnte die Worte nicht einmal von ihren Lippen ablesen. Sie sprachen immer nur ein und denselben Satz, den er nicht verstand, aber er sah, wie ihre zarten, rosigen Lippen sich im Gleichklang öffneten und schlossen wie die Blütenblätter einer Kamelie. Ein kurzer Satz, bestehend aus wenigen, schnellen Silben. *Ta ta ta*. Kurze Pause. Dann wieder diese Folge von unverständlichen Silben. *Ta ta ta*. Die Kinder drehten sich zu ihm um. *Ta ta ta*. Sie starrten ihn jetzt an, flüsterten ihm den Satz zu, kamen immer näher. Winzige nackte Jungen. *Ta ta ta*. Sie sprachen zu ihm, aber er konnte sie nicht hören. Am liebsten wäre er davongelaufen. *Ta ta ta … ta ta ta … ta ta ta*.

Er öffnete den Mund weit, um einen Schrei auszustoßen, um diesen unhörbaren Klang zu übertönen, denn bald würde er ihn verstehen, das wusste er nun. Er öffnete den Mund, denn er wollte gar nicht wissen, was diese winzigen nackten Jungen sagten, die ihr eigenes Fleisch und Blut verschlangen. Er machte den Mund auf, und eines der Kinder schnellte hoch, schlüpfte zwischen seine Lippen und glitt seine Kehle hinunter. Und ein anderes Kind kletterte geschwind wie eine Ratte an seinem Bein hoch und kroch in sein Ohr. Und so ging es weiter, bis alle Kinder durch Augen, Nase, Mund, Ohren in ihn eingedrungen waren. Sie enterten ihn, machten sich in ihm breit und skandierten in seinem Inneren die Tonfolge – *ta ta ta* –, die sich allmählich in einen verständlichen Satz verwandelte. Zu dem Satz wurde, den er gar nicht hören wollte. Bis sein ganzer Körper und seine Seele im Takt dieser schrecklichen, bedrohlichen, nur noch kurze Zeit unbekannten Wahrheit schwangen, den die aus den Wunden der toten Männer geborenen Kinder vorgaben.

Bald würde er sie kennen.

»Signora Iacobi ist noch nicht gekommen, oder?«, fragte Frese und tunkte einen Keks in seinen Kaffee. Seine Haare waren wirr, seine Augen müde und verquollen. Wie bei Max.

»Nein«, antwortete ihm Giuditta lächelnd, während sie auf Amaldis Knien saß und an ihrem Tee nippte. »Der Stöpsel hat Grippe.«

»Mieser Verräter«, rief Frese und deutete mit dem Finger auf Amaldi.

Max lachte und verschluckte sich dabei, er hustete und spuckte einen kleinen Brocken Keks auf den Tisch.

»Igitt, du bist wirklich widerlich«, rief Frese.

Giuditta stand auf und räumte ihr Geschirr weg. Es klingelte. »Da kommt schon der Erste«, sagte sie und ging zur Tür.

»Tunkst du eigentlich etwas in deinen Kaffee ein oder nicht?«, wandte sich Frese an Amaldi. »Man kann die Leute nämlich in zwei Gruppen einteilen: Tunker und Nichttunker. Die Tunker … also solche Leute wie ich … stört es nicht, wenn ein paar Krümel in ihrem Kaffee sind. Die anderen dagegen sind richtiggehend besessen von Krümeln … ich kenne Leute, die würden ihren Kaffee glatt stehen lassen, wenn auch nur ein klitzekleiner Krümel drin wäre …«

»Das ist ja wirklich spannend«, meinte Max und schob sich noch einen Keks in den Mund.

Amaldi lachte.

»Was versteht du schon vom Leben, Fettwanst?«, fuhr Frese Max an.

»Guten Morgen, Commissario«, ertönte hinter ihnen eine Männerstimme. »Ciao Nicola … Max …«

»Ciao Torrisi«, sagte Frese. »Setz dich, willst du auch was, bevor dieses Schwein hier alles wegfrisst?«, sagte er mit einem Kopfnicken in Richtung Max.

»Gibt es etwas Neues?«, fragte Amaldi.

»Ich habe die Ergebnisse der Analyse von dem Briefumschlag, der Palermo zugeschickt wurde«, sagte Torrisi. »Mein Freund bei der Spurensicherung hat Folgendes gefunden ...«

»Warte, nicht hier«, unterbrach ihn Amaldi. »Gehen wir nach draußen ...«, fügte er hinzu, stand auf und schaute erneut zu Giuditta hinüber.

Da klingelte es wieder an der Tür.

»Macht, was ihr wollt«, sagte Giuditta, »ich nehme die Kinder in den Garten mit. Das Wohnzimmer gehört ganz euch.«

»Gehen wir nach draußen ...«, meinte Amaldi wieder und ging auf die Terrassentür zu.

»Heute ist es doch so verdammt heiß«, protestierte Frese. »Können wir nicht drinnen bleiben?«

Torrisi und Max folgten Amaldi schweigend.

»Elende Sturköpfe«, grummelte Frese und stand auf.

»Und?«, meinte Amaldi, als sie auf der Terrasse waren.

»Also ...«, begann Torrisi von neuem. »Ihre Vermutung war richtig, Commissario. Mein Freund hat Folgendes gefunden: Spuren von ...«, hier nahm er einen Notizzettel aus der Tasche und begann die Liste vorzulesen, »von Huhn, Zucchini, Kaffee, Spülmittel, tierischen und pflanzlichen Fetten ... also Butter oder Öl ... Kurz gesagt, der Umschlag hat ganz sicher im Müll gelegen.«

»Jemand hat im Müll gewühlt, um einen Umschlag zu finden, den Primo Ramondi einfach weggeworfen hatte«, fasste Amaldi zusammen.

»Palermo?«, fragte Max.

»Nicht so voreilig ...«, meinte Frese,

»Ja, lasst uns mal ganz langsam vorgehen«, stimmte ihm Amaldi zu. »Was haben wir? Den Anruf aus der Telefonzelle vor Ramondis Haus nachts um zwei Uhr. Der Mörder hat erst die Prellmauer aus Travertinsteinen errichtet, ist weggefahren, um Boiron anzurufen, und dann ist er wieder an den Tatort zurückgekehrt …«

»Mit dem Lehrer auf der Motorhaube«, grinste Frese.

»Natürlich nicht«, sagte Amaldi. »Und er kann ihn auch nicht dort gelassen haben, während er telefonieren war. Wahrscheinlich war der Lehrer im Schlupfwinkel des Täters versteckt. Aber der Mörder hatte nicht viel Zeit … daher …«

»Daher muss der Schlupfwinkel ganz in der Nähe der Telefonzelle sein«, schloss Torrisi.

»Oder in der Nähe des Tatorts«, korrigierte ihn Frese.

»Ganz genau«, bestätigte Amaldi.

»Wissen wir, wo Palermo wohnt?«, fragte Frese.

Amaldi wandte sich an Max.

»In der Altstadt«, meinte der junge Mann vom Archiv.

»Warum hat er uns nicht gesagt, dass er die Sache mit dem Auto herausgefunden hatte?«, fragte Frese. »Warum hat er sich von Anfang an so für den Mord an dem Lehrer interessiert? Warum ist ihm nie auch nur der geringste Verdacht gekommen, dass der Brief eine Fälschung sein könnte … was wesentlich wahrscheinlicher war? Warum ist er so von Primo Ramondi besessen?«

Amaldi schüttelte den Kopf. »Ich weiß es nicht …«, sagte er leise.

»Die ganze Sache stinkt«, sagte Frese.

»Ja«, stimmte ihm Amaldi zu. »Aber die Frage bleibt immer die gleiche: Angenommen, er ist tatsächlich unser Mann … hat er den Lehrer und den Zahnarzt wirklich getötet, nur um Primo Ramondi etwas anzuhängen?«

Palermo erwachte mit tränenüberströmtem Gesicht und einem Gefühl der Beklemmung in der Brust. Nackt in einem leeren Bett, die Wohnung lag im Dunkeln. Sein Atem ging stoßweise. Er weinte. Nach so vielen Jahren weinte er wie ein kleiner Junge.

Er erinnerte sich an die Nacht, in der er beschlossen hatte, sich umzubringen. Als er sich über eine Brüstung gebeugt und das stehende Wasser des Hafens unter sich gesehen hatte, das nur einen tödlichen Sprung von ihm entfernt war, hatte er sich entschlossen hineinzuspringen. Er hatte sein Ende schon vor sich gesehen: Wind in den Haaren und ein Körper, der sich im Fall auflöst. So leicht wie der Flug eines Schmetterlings. Und genauso kurz wie dessen Leben war sein eigenes, in dem nicht einmal genug Zeit geblieben war, sich eine Vergangenheit zu schaffen. Ein Leben, das keine Zukunft hatte. Das nur in der Gegenwart, im kurzen, intensiven Erleben des Augenblicks existierte. Ein Sprung ins Nichts wäre eine Zusammenfassung seines ganzen Lebens. Sein letztes Leben, die endgültige Verwandlung. Trunkenheit. Tod. Er spürte schon, wie sich in jener Nacht die Schwingen des Todes über ihm ausbreiteten. »Willst du es tun?«, hatte plötzlich Luz' Stimme hinter ihm gefragt und sich in sein düsteres Schweigen gedrängt. Es war Zufall gewesen. Oder ein Wunder. Oder vielleicht ein grausamer Scherz des Schicksals. Oder auch alles zusammen.

Palermo trocknete sich die Tränen mit einem Zipfel des weißen Bettlakens ab. Dann lauschte er. Er beugte seinen Kopf zu seiner Mitte, zu seinem Bauch vor. Nein, sie sprachen nicht. Der Albtraum hielt die winzigen, Fleisch von ihrem Fleisch fressenden Jungen gefangen. Sie schwiegen, denn in der Wirklichkeit hatten sie keine Stimme. Wenn er nicht mehr einschlief, würde er sie auch nie wieder hören.

Es klingelte. Palermo blieb im Bett liegen. Es klingelte wieder, dann klopfte es an der Tür. Palermo stand auf und ging durch die kleine, in Dunkel gehüllte Wohnung zur Tür. Draußen hinter den stark verschmutzten Fensterscheiben tobte der Lärm der Stadt. Er schaute durch den Türspion.

»Mach bitte auf«, sagte Luz.

Palermo sperrte auf, drückte die Klinke herunter und ließ das Schloss aufschnappen. Er lehnte die Tür an und kehrte nackt ins Bett zurück. Dann sah er einen Lichtstrahl. Die Tür öffnete sich langsam. Er hörte, wie das Holz mit einem satten Ton in den Rahmen zurückglitt, dann war es wieder dunkel. Leise Schritte näherten sich. Kleider glitten raschelnd zu Boden.

»Nein, Luz«, sagte Palermo.

Eine Metallschnalle schlug schwer gegen etwas, dann folgte das schabende Geräusch eines Ledergürtels, der sich auf dem Boden zusammenrollte wie eine zischelnde Schlange.

»Tu es nicht, Luz«, sagte Palermo noch einmal.

Die Decken wurden angehoben, die Laken raschelten, die Matratze gab unter dem Gewicht des anderen Körpers im Bett nach.

»Ich möchte dir nur nahe sein, Ferrante«, flüsterte Luz im Dunkel und presste sich an ihn. »Bitte nimm mich in den Arm.«

Luz' Körper war kalt, so kalt wie Eis. Palermo legte seine Arme von hinten um ihn und empfing ihn wie in einem Nest, streichelte ihm über die Haare.

So verharrten sie lange, wärmten einander in einer keuschen, nackten Umarmung.

»Ich habe das von Primo gelesen«, sagte dann Luz.

Palermo antwortete nicht.

»Du hast ihn gefunden«, sagte Luz wieder. »Du hast ihn gefasst.«

Palermo schwieg.

»Hast du ihm wehgetan?«, fragte Luz dann.

»Nein ...«, sagte Palermo.

»Danke ...«

Palermo strich ihm zärtlich über die Haare. Und unter den weichen wie Seide raschelnden Strähnen streichelte er über die dicke, wulstige Narbe. Wieder strömten ihm Tränen über die Wangen.

Luz hörte, wie sie auf das Kissen tropften. Er erinnerte sich an eine Geschichte. Eine Geschichte, über die sie seit jenem Tag damals nie gesprochen hatten. Ihre Geschichte. Ihr schreckliches Geheimnis. Eine Geschichte, die sich nun aus Ferrantes Augen löste wie das Wasser eines Sees, das allmählich in die Erde versickerte, und ihn innerlich austrocknete.

»Möchtest du darüber reden?«, fragte er ihn.

»Nein ...«

Ferrantes Hände lagen auf ihm, wie damals.

»Willst du mir etwas erzählen?«

»Nein ...«

Diese starken Hände.

»Willst du es nicht loswerden?«

»Nein ...«

Luz schwieg mit geschlossenen Augen und lauschte auf Ferrantes Herzschlag, der regelmäßig in seinem Rücken pochte. Wie sein eigenes Herz.

In jener Nacht war er ihm gefolgt. Wie er es seit langem tat, seit er ihn wiedergefunden hatte. Immer im Schatten verborgen, ohne sich zu erkennen zu geben. Er konnte ihn stundenlang beobachten. Und mit jeder Minute spürte er, wie die Liebe aus vergangenen Tagen wieder zum Leben erwachte, stärker, wahrhaftiger wurde. Diese Liebe, die niemals aufgehört hatte. Diese unglaublich große Liebe, die sein größter Schatz war, der einzige, den er besaß. Ein Schatz, den er an sich presste, seit er ein kleiner Junge war. Die reine Liebe, die ihn am Leben erhielt.

In jener Nacht hatte er sich zu erkennen gegeben, weil er etwas erkannt hatte. Er hatte die Schwingen des Todes gesehen. Und da war er aus dem Schatten hervorgetreten.

»Wir sind jetzt allein«, sagte er zu seinem Ferrante. »Jetzt gibt es nur noch uns beide.«

Palermo erhob sich unvermittelt aus dem Bett und begann sich anzuziehen.

Er erinnerte sich an die Nacht, in der er Luz wiedergefunden hatte. Er hatte ihn an den Haaren gepackt, um ihn von sich wegzuziehen. Doch dann hielt er plötzlich die Perücke in der Hand, wie einen Skalp. Und als er die Narbe bemerkte, begriff er auf einmal, dass er nicht sterben, nicht von dieser Brücke ins Wasser springen würde. Nicht in dieser Nacht.

Nicht solange er Luz an seiner Seite haben konnte.

»Ich muss gehen«, sagte Palermo in die Dunkelheit des Zimmers hinein.

»Ich habe zunächst nichts gefunden, weil damals vor fünfzehn Jahren, als mit der Bebauung dieser Gegend begonnen wurde, die Gemeindeverwaltung das neue Viertel eigentlich *La Rocca* genannt hatte …«, begann Max, der sichtlich aufgeregt war, seinen Bericht. »Dann wurden die Bauarbeiten wegen eines Bestechungsskandals unterbrochen. Erst vor sechs Monaten hat die neue Verwaltung die Mittel für die Fertigstellung des Bauvorhabens bereitgestellt und beschlossen, die Gegend nun *L'Avamposto* zu nennen …«

»Der Fels, der Vorposten, was für herrlich beknackte Namen …«, kommentierte Frese.

»Fahr fort«, sagte Amaldi.

»Na ja, natürlich konnte ich unter dem Stichwort *Avamposto* nichts finden … da man auch die Straßen umbenannt hatte …«, fuhr Max fort. Vor ihm lag ein ganzer Stoß Ausdrucke und Dokumente. »Gestern bin ich bei der Gemeindeverwaltung gewesen und habe mir die topografischen Karten angeschaut … Von da an war alles wesentlich leichter.«

»Gut, also was haben wir?«, fragte Amaldi.

»Vor zwölf Jahren …«, begann Max, »hat sich in einem Kellerraum in *La Rocca* … das Gelände war damals seit beinahe drei Jahren verlassen … eine blutige Tragödie ereignet. Zunächst sah es ja danach aus, als wäre der Mord an Garcovich nur rein zufällig dort, am gleichen Ort eines früheren Blutbads, begangen worden …«

»Und stattdessen?«, drängte Frese.

»Stattdessen habe ich die Protokolle der Ermittlungen ausfindig machen können.« Max legte lächelnd eine Hand auf den Stoß mit den Dokumenten. »Der Fall war als ungelöst zu den Akten gelegt worden … ich muss all das hier noch sorgfältig durcharbeiten … aber da gibt es eine merkwürdige Übereinstimmung …« Max schaute zuerst Amaldi an, dann Frese. »Ispettore Capo Palermo hat damals die Tat als Erster gemeldet. Er hat die Leichen entdeckt und die Polizei alarmiert … Die Ermittlungen wurden dann der Mordkommission übergeben, einem gewissen Commissario …« Max suchte in seinen Notizen nach dem Namen.

»Longanesi«, ergänzte Amaldi. »Ja, jetzt erinnere ich mich dunkel … Um was ging es da noch einmal? Eine Abrechnung im Milieu … Prostitution?«

»Vier Opfer«, meinte Max. »Man ging davon aus, dass es sich tatsächlich um eine Abrechnung unter rivalisierenden Banden handelte, die Jugendliche zur Prostitution zwangen. Etwas mit Pädophilie … und Missbrauch von Minderjährigen … Am Tatort wurde eine Videokamera gefunden, aber die Kassette fehlte, die hatte jemand mitgenommen … Aber am interessantesten ist meiner Meinung nach, dass Palermo zu dieser Zeit eigentlich vom Dienst suspendiert war.«

»Und was hat er dann dort gemacht?«, fragte Frese.

»Ich habe dir doch gesagt, ich muss all das hier noch einmal ordentlich durchgehen …«, entgegnete Max. »Aber soweit ich verstanden habe, hatte er gesagt, er sei rein zufällig dort vorbeigekommen.«

»Zufällig dort vorbeigekommen …«, murmelte Amaldi abwesend.

»Die Tatwaffe … Kaliber neun … wurde niemals gefunden«, fuhr Max fort. »Vier Tote, alles Erwachsene. Einziger Überlebender war ein Junge, der verwundet worden war und den der oder die Täter wahrscheinlich für tot gehalten hatten. Der Junge hatte eine Kopfverletzung und war bewusstlos, als die Beamten ihn fanden. Als er im Krankenhaus wieder zu sich kam, war er verwirrt. Er erinnerte sich an nichts mehr. Amnesie infolge eines Traumas …«

Max schaute in den Garten, wo die Kinder hinter seiner Katze herliefen.

»Die medizinischen Untersuchungen ergaben eindeutig, dass er wiederholt missbraucht worden war …«

Die enge Schlinge am straff gespannten Seil schnitt ihm in die Kehle. Jedes Mal, wenn er die Fersen auf den Boden absenkte, schnürte sie ihm die Luft ab. Wollte er nicht ersticken, musste er auf Zehenspitzen stehen bleiben.

Ihn fror. Er war nackt.

Auf die Schreie hin drehte er sich um und sah einen Flammenblitz, hörte einen Schuss. Und noch einen.

Der Lehrer fiel als Erster, mit weit aufgerissenen Augen, offen stehendem Mund, eine Hand an der Kehle, während sich auf seiner Brust eine pochende, rote Blüte ausbreitete.

Dann drei weitere Schüsse.

Als Zweiter fiel der Doktor. Er sackte über ihm zusammen.

Dann hörte er eine flehende Bitte, auf die ein einziger Schuss folgte.

Als Dritter fiel der Sozialarbeiter. Er brach über der Videokamera zusammen, mit der sie alles gefilmt hatten. Der Scheinwerfer verlosch zischend am Boden. Der Junge erkannte, dass das Geschoss in den Hinterkopf des Sozialarbeiters eingedrungen und vorne wieder ausgetreten war, wo es ihm das Gesicht zerfetzt hatte. Bevor der Scheinwerfer in einem hellen Blitz seinen Geist aufgegeben hatte, beleuchtete er eine weiß-rote Kugel, die auf dem Boden, außerhalb ihrer Höhle lag und an einer langen Schnur hing. In der Mitte der Kugel konnte man immer noch die kastanienbraune Iris des Sozialarbeiters erkennen, die ihn anstarrte. Die ihn, Luz, den neunjährigen Jungen mit der Schlinge um den Hals, in einem fort gierig anstarrte. Wie er nackt und vom Blut des Lehrers und des Doktors überströmt dalag.

Palermo hatte sich plötzlich aus dem Bett erhoben und begann sich anzuziehen.

»Ich muss gehen«, hatte er gesagt.

»Warte …«, sagte Luz leise in die Dunkelheit des Zimmers hinein.

Der Mörder antwortete nicht. Der Held schloss die Tür. Diese reine Liebe aus Licht war vergangen.

Luz machte die Augen zu, zog sich die Decken über den Kopf und sog dort im Bett den Duft seines Geliebten ein.

XVIII

Ein Anruf hatte genügt, um es herauszufinden. Eine einfache Nachfrage, und man hatte ihm gesagt, dass der Sozialarbeiter erst in acht Tagen wieder erreichbar wäre, weil er eine Woche Urlaub hatte. »Ab heute«, hatte die Ordensschwester bei der »Förderanstalt für sozial benachteiligte Kinder« noch hinzugefügt.

Dieser Sozialarbeiter hieß Serse Carboni.

Der Junge wartete in der Garage.

Serse Carboni, der dritte Gast, hatte ihn zu sich nach Hause eingeladen.

»Eins ... zwei ... drei ... vier ... fünf ... sechs ... sieben ... acht ... und neun«, sagte er ganz leise, während er in dem Lieferwagen saß, und an seinen Fingern abzählte, wie alt er war. »Eins ... zwei ... drei ... vier ... fünf ... sechs ... sieben ... acht ... und neun«, zählte er immer und immer wieder, und es klang wie ein Lied, wie ein Wiegenlied. »Eins ... zwei ... drei ... vier ... fünf ... sechs ... sieben ... acht ... und neun«, als betete er einen Rosenkranz herunter. Als gäbe es nichts darüber hinaus. Als enthielten diese neun kleinen Zahlen die ganze Welt.

Der Junge wartete in der Garage hinter einer Betonsäule. Er hatte das Motorrad des Sozialarbeiters im Blick, das genau in der Mitte des zur Wohnung gehörigen Stellplatzes parkte. Nummer 23-V/B, das bedeutete Appartement 23, fünfter Stock, Treppenaufgang B.

Serse Carboni hatte seinen Stellplatz nach seinen Bedürfnissen aufgerüstet: In der Wand hatte er einen mit zwei Vorhängeschlössern gesicherten Metallschrank verankert, in dem er folgende Gegenstände aufbewahrte: regenabweisende Kleidung mit neongelben Reflektorstreifen auf Brust, Rücken, Armen und Beinen, am Handgelenk und an den Knöcheln; zwei schwarze Integralhelme mit einem lächerlichen Adler mit ausgebreiteten Schwingen darauf; einen Zehn-Liter-Kanister Benzin und drei kleinere Behältnisse mit Schmieröl, eins für den Winter, eins für den Sommer und ein Universalschmieröl als Reserve; zwei Werkzeugkästen, einer für unterwegs und ein vollständiger Satz für die regelmäßige Wartung in der Garage; ein Paar schwarze Lederhandschuhe; zwei seitliche Satteltaschen; ein Manometer zur Überprüfung des Reifendrucks; ein Wildledertuch, drei Wolllappen, eine Packung Glanzpolitur, eine kleine Druckluftpistole, Fett für die Bremsen, eine Rolle Karosserieband und ein Foto von ihm auf einem Biker-Treffen, in einem schwarz-roten Lederoverall.

Der Junge wusste genau, was der Metallschrank enthielt, weil er ihn in der vorigen Nacht aufgebrochen hatte. Er hatte das Instrument dortgelassen, mit dem er das Licht in den Augen seiner Opfer messen konnte, und das Klebeband, den Holzkeil, auf den schon der Lehrer und der Zahnarzt gebissen hatten, eine Rolle dünnen, scharfkantigen Eisendraht – den er in einer Eisenwarenhandlung gefunden hatte, die auch Gefängnisse belieferte – und eine braune Papiertüte, die drei grüne – drei unreife – Äpfel enthielt. Serse Carboni würde nichts bemerken, denn der Junge hatte alle Sachen in den Satteltaschen verstaut. Er hatte ihn oft beobachtet, wenn er mit seinem Motorrad losfuhr, hatte ihn ausspioniert und wusste nun, wie er sich verhielt. Er fand es lustig, dass er den Sozialarbeiter seine eigenen Todeswerkzeuge transportieren ließ, wie jemanden, der das Kreuz zu seiner eigenen Kreuzigung hinauftragen musste.

Als die Brandschutztür der Tiefgarage aufging, duckte der

Junge sich nicht, denn er hatte die Seitenfenster des alten Lieferwagens verspiegeln lassen und fühlte sich sicher. Eine Frau mit ihrem Sohn kam aus der Tür, der Kleine hatte einen Rucksack umgeschnallt. Die beiden stiegen in einen SUV, der nach einigen vergeblichen Versuchen tatsächlich ansprang und die Luft der Garage mit Kohlenmonoxid und schwarzem Qualm verpestete.

Der Junge fühlte sich müde.

Er war es leid, ständig mit dem Tod zu schaffen zu haben.

Er nahm eine Amphetaminpille. Er hätte so gerne geschlafen, wollte nichts als schlafen. Aber er hatte Angst vor den Albträumen.

Er hoffte, dass Carboni nicht gerade in diesem Moment auftauchen würde, denn er fühlte sich schwach und demotiviert. Das kam vor. Er hatte eine Mission zu erfüllen, aber das bedeutete nicht, dass sein Glaube nicht ab und an ins Wanken geriet. Wenn es nur an ihm gelegen hätte, hätte er es nie geschafft. Aber wenn es nur an ihm gelegen hätte, hätte er auch keine Mission gehabt. All das tat er nicht für sich. Dieses Wissen verlieh ihm jedes Mal wieder neuen Glauben und Kraft. Gab ihm den Glauben an seine Mission zurück und die Kraft, diese zu erfüllen. Es war eine notwendige Rache, Gerechtigkeit, der Genüge getan werden musste. Es war ein Akt der Liebe.

»Du bist der Wächter. Du bist der Diener. Du hast kein Recht, schwach zu sein, denn du bist nichts. Du bist das Gefäß. Du bist das Sammelbecken. Du bist der Schoß, der nichts hervorbringt, du bist der Stall. Du bist die Dunkelheit, die dem *Licht* dient. Damit das *Licht* wieder erstrahlen kann. Denn der Diener ist der Herr. Und der Herr ist das *Licht*.«

Wieder ging die Garagentür auf. Der Junge lächelte, als er ihn sah. Der etwas dickliche, schlaffe, plumpe Körper beulte die enge, schwarze Lederkluft aus. Das bleiche Fleisch – das im

Schein der Garagenbeleuchtung einen unnatürlichen Grünton angenommen hatte – schien einen stummen Schrei auszustoßen, weil man es in dieses düstere Gewand gezwängt hatte. Die Motorradstiefel, die ihm mit noch offenen Schnallen um die Knöchel schlappten, waren zu groß und zu hart.

Carboni ging zum Motorrad. Er spielte ein wenig mit einem großen Schlüsselbund herum, bevor er die beiden dicken Ketten aufschloss, mit denen das Hinterrad und die vorderen Stoßdämpfer in den beiden in den Boden eingelassenen Stahlringen festgemacht waren, und den Motor anließ. Glücklich lächelnd lauschte er dem Dröhnen, das von den unverputzten Betonwänden widerhallte. Dann nahm er ein Wolltuch aus dem Metallspind – beim Öffnen bemerkte er gar nicht, dass dieser aufgebrochen worden war – und wischte den Staub von dem verchromten Tank und den glänzenden Schutzblechen. Schließlich stellte er den Motor wieder ab, schulterte die beiden Satteltaschen und lehnte die Flügel des Schrankes an, ohne die Vorhängeschlösser wieder anzubringen. Dann schlurfte er träge zur Garagentür.

Er hatte den Jungen in Jackett und Krawatte – sie hatte dem Zahnarzt gehört –, der zuvor aus dem Lieferwagen gestiegen war, gar nicht bemerkt. Der Junge war schnell zur Brandschutztür geeilt, hatte sie geöffnet und leise zufallen lassen. Dann war er zum Aufzug für Treppenaufgang B gegangen. Er drückte den Knopf für das fünfte Stockwerk, wobei er es vermied, sich selbst im Spiegel anzuschauen. Aus seiner Jackentasche ragte ein schwarzer harter Knüppel hervor, in der Hand hatte er eine Tüte mit Kirschen. Zwei davon hatte er bereits im Mund und spuckte nun die Kerne auf den Boden. Als der Aufzug das Stockwerk erreicht hatte, ging der Junge den engen, dunklen Flur des Wohnhauses entlang, hielt vor der Tür mit der Nummer 23, schob den dünnen Dietrich ins Schloss und öffnete es in weniger als zehn Sekunden. Im Mund hatte er eine dritte Kirsche und machte sich ein Spiel daraus, den Kern genau auf Carbonis Fußabtreter zu spucken.

Die einzigen Spiele, die er sonst kannte, waren die grausamen Spiele der Erwachsenen.

Die Wohnung war nicht aufgeräumt, aber das störte den Jungen im Moment nicht. In den letzten drei Monaten war er schon mehrmals hierhergekommen, wenn Carboni bei der Arbeit war. Er hatte sich auf sein Bett gelegt, hatte in den Schubladen gewühlt, den Fernseher eingeschaltet, an den Lebensmitteln im Kühlschrank gerochen und an dem aufdringlichen Rasierwasser im Bad. Er hatte über die Poster an den Wänden, die ausschließlich Bilder von Bikern zeigten, gelacht, und ein kaum sichtbares Zeichen an dem Riesenposter angebracht, das das Wohnzimmer beherrschte: eine Vergrößerung des Fotos, das er in dem Metallschrank in der Garage entdeckt hatte.

Er war mit einer Klinge über Serse Carbonis Kehle gefahren.

Der Junge packte den Knüppel und versteckte sich hinter dem Vorhang vor der Abstellkammer, über den Wäschestapel lächelnd, der nun vergebens darauf wartete, vom geblümten Sofa in die beiden Satteltaschen zu wandern. Die Tüte mit den Kirschen lag jetzt neben den Kleidern.

Mit diesen kleinen Spielchen lenkte er sich von den hässlichen Gedanken ab.

Als er kurz darauf das Drehen eines Schlüssels im Schloss hörte, spürte der Junge, wie das Adrenalin in seine Adern strömte, und alle Müdigkeit und Zweifel waren verschwunden.

Jetzt war er nur noch der Jäger, der Richter, der Rächer. Der leidenschaftliche Liebhaber.

Aus seinem Versteck beobachtete der Junge, wie Carboni hereinkam und die Satteltaschen neben das Sofa auf der mit Brandlöchern übersäten Kokosmatte abstellte. Er hörte, wie der

Sozialarbeiter in die Küche ging, aus der es nach schmutzigem Geschirr stank, dort klirrend eine Flasche aus dem Kühlschrank holte und sie öffnete.

Mit der Bierflasche in der Hand kehrte Carboni ins Wohnzimmer zurück. Er nahm ein paar lange Schlucke und rülpste laut, während er die Flasche auf den Couchtisch in der Mitte des Raumes abstellte. Er öffnete den Reißverschluss seines Motorradoveralls und fuhr sich darunter mit einer Hand prüfend bis zur Leiste. Befriedigt zog er danach den Reißverschluss wieder hoch, ging vor dem Sofa in die Knie und öffnete eine der Satteltaschen. Er wollte gerade den ersten Stapel Wäsche vom Sofa nehmen, als ihm die braune Papiertüte auffiel. Er nahm sie in die Hand und schaute hinein. Erstaunt kratzte er sich am Kopf und nahm dann nachdenklich noch einen Schluck aus der Bierflasche vom Couchtisch.

Der Junge beobachtete ihn und studierte seinen dümmlichen Gesichtsausdruck. In diesem Blick würde er niemals das *Licht* finden. In diesen Augen lag nur Wut, Frustration, Neid, sie waren von ihrer eigenen Dummheit vergiftet.

Carboni holte eine Kirsche aus der braunen Papiertüte und drehte sie nachdenklich zwischen seinen Fingern, bevor er sie in die Tüte zurückwarf. Dann nahm er doch einen Stoß Wäsche vom Sofa und wollte ihn gerade in die offene Satteltasche packen, als er bemerkte, dass sie nicht leer war. Er warf die Wäsche aufs Sofa zurück, wobei der Stapel durcheinanderfiel, und untersuchte den Inhalt der Satteltasche. Eine in Plastik eingeschweißte Rolle Draht. Metallicgraues Klebeband. Ein etwa zehn Zentimeter langer Keil aus hellem Holz. Der Sozialarbeiter betrachtete diesen eingehend und fuhr mit den Fingern über die kleinen Einkerbungen, die wie Zahnabdrücke aussahen.

Der Junge beobachtete ihn, schätzte ab, wie lange er wohl brauchen würde.

Der Sozialarbeiter ließ den Keil fallen, erhob sich und lief nun mit der Bierflasche in der Hand aufgeregt im Zimmer hin und her.

Der Junge konnte erkennen, dass die Flasche einen nassen Abdruck auf dem Couchtisch hinterlassen hatte.

Plötzlich stellte Carboni die Flasche auf der Kokosmatte ab und versuchte hektisch, die andere Satteltasche zu öffnen, wobei er die Flasche umstieß und sich weißer Schaum über die Kokosfasern der Matte ergoss. Carboni machte sich nicht die Mühe, sie wieder aufzustellen, da er fluchend mit dem Schnappverschluss der zweiten Tasche kämpfte. Gespannt oder vielmehr wie ein Dieb, der nicht weiß, was ihn erwartet, schlug er die Klappe hoch und holte eine weitere braune Papiertüte hervor, die genauso aussah wie die mit den Kirschen. Als er sie erbost auf das Sofa warf, rollte ein Apfel heraus, prallte gegen die Lehne des Sofas und fiel dann mitten in die Bierpfütze. Aber der Sozialarbeiter achtete gar nicht darauf. Jetzt drehte er in seinen Händen ein Instrument aus Metall, das silbrig glänzte wie die Chromteile seines Motorrads. An seinem einen Ende befand sich ein merkwürdiger Schraubschlüssel und an dem anderen zwei metallene Halbmonde, die wie ein Gebiss aussahen. Er drehte an dem Schlüssel und das Instrument spreizte sich auf, dann drehte er in die Gegenrichtung und es schloss sich wieder.

In dem Moment raschelte der Vorhang. Der Junge trat aus seinem Versteck.

Als Palermo Luz kennen lernte, hatte er sofort begriffen, dass der Junge in seinem Inneren etwas Besonderes, etwas Fremdes versteckte. Er erkannte es an dessen Art, sich zu bewegen und seine Umwelt zu betrachten. An dem Licht, das sich tief hinter seinen melancholischen Augen verbarg. Luz war ein in sich gekehrtes Kind, das lange Stunden damit verbrachte, die wenigen Bäume und Pflanzen zu betrachten, die es dort in der Peripherie gab, und in diesen Stunden schien die Zeit, ja die ganze Welt stehen zu bleiben. Wenn der Junge den Mund aufmachte, klang er genauso kindlich, wie seine Altersgenossen, aber seine Blicke erzählten die Geschichten eines Erwachsenen.

Palermo hatte sich selbst in dem Jungen wiedererkannt.

In diesem Kind, das verraten worden war.

Und der Junge war ihm nicht mehr aus dem Kopf gegangen.

Bis er dann eines Nachts in den Keller eines Rohbaus eingedrungen war.

Seit Monaten war er hinter ihnen her. Seit ihm einer dieser Filme in die Hände gefallen war, in dem einige Kinder im Alter von neun bis elf Jahren sexuell missbraucht wurden. Er hatte ihn sich wieder und wieder angeschaut und mit eigenen Augen gesehen, was er sich bis jetzt nur vorgestellt hatte. Er hatte den Film angehalten und im Standbild die Augen dieser Kinder herangezoomt. Hatte sich von ihrem Schmerz, der erschütternden Überraschung in ihren Augen fesseln lassen, die von nun an nie mehr strahlen würden. War im Dunkel ihrer so jungen und schon so verzweifelten, erloschenen Augen versunken.

Dann hatte er Luz kennen gelernt, und von dem Tag an hatte er es nicht mehr gewagt zu schlafen. Er hatte jede Menge Amphetamine geschluckt, um über diese noch unreife, und doch so von Licht erfüllte Seele zu wachen. Mit der Zeit wurde er immer übellauniger und aggressiver. Man hatte ihn zum Arzt geschickt und vom Dienst suspendiert, aber das war Palermo egal. Er war kein Polizist mehr, nur noch ein Mann, der darum kämpfte, den Albträumen der Kinder ein Ende zu setzen. Und damit auch seinen eigenen Albträumen.

Er besaß eine nicht registrierte Waffe, die er irgendwann einmal einem Kleinkriminellen abgenommen hatte. In dieser

Nacht war er ganz allein, die Pistole in der Hand und mit klopfendem Herzen in den Keller des Rohbaus eingedrungen. Er war den Stimmen gefolgt, dem dumpfen Gelächter, dem Stöhnen und dem blendenden Lichtschein in der Dunkelheit dieses verlassenen, abstoßenden Ortes. Er hatte einen Mann mit einer Videokamera gesehen. Die Scheinwerfer strahlten zwei alte Männer mit heruntergelassenen Hosen an, deren runzlige Schwänze in der Luft wippten. Ein anderer Mann zählte Geld.

Und dann sah er Luz, nackt und gefesselt, eine Drahtschlinge schnitt ihm in die Kehle und in die Handgelenke. Er sah, wie die mageren Kinderbeinchen sich verkrampften in dem verzweifelten Bemühen, nicht nachzugeben und die Fersen in der Luft zu halten, sah, wie die Knie zitterten. Der Junge weinte nicht.

Da hatte Palermo mit der Stimme aller Kinder losgeschrien, die Waffe erhoben und zweimal auf den fetteren der beiden alten Männer geschossen, dann feuerte er drei Patronen auf den anderen Alten ab. Schließlich hatte er sich hinter den Mann gestellt, der die Vergewaltigung gefilmt hatte.

»Bitte nicht …«, hatte der leise gesagt.

»Schau hin!«, hatte ihn Palermo angeschrien und auf den Jungen gezeigt.

Als der Mann sich umdrehte, hatte Palermo ihm den Pistolenlauf in den Nacken gepresst und abgedrückt.

Schreckenstarr hatte ihn der vierte Mann mit weit aufgerissenen Augen und Mund angeblickt. Während Palermo auf ihn zukam, hatte er die Hände geöffnet und ihm das Geld hingestreckt. Da hatte Palermo ihn erkannt. Es war der Vater des Jungen. Der Vater von Luz. Als die beiden Schüsse fielen, trudelten die Geldscheine langsam zu Boden wie Schmetterlinge ohne Flügel. Bevor der Vater, der das Fleisch seines eigenen Kindes verkaufte, sie mit dem Gewicht seines leblosen, blutüberströmten Körpers zerquetschte.

Carboni drehte sich um und konnte gerade noch sehen, dass Luz den Arm hob und einen Knüppel in der Hand hielt, bevor der ihm genau an der Schädelbasis direkt hinter dem linken Ohr einen entschlossenen, trocken klatschenden Schlag versetzte. Er verdrehte die Augen und fiel wie ein Sack zu Boden.

Luz hob den Apfel auf, der in die Bierpfütze gerollt war, und trocknete ihn mit dem Vorhang ab, hinter dem er sich versteckt hatte. Dann holte er sein Instrument hervor, mit dem er das Licht messen konnte, legte es aufs Sofa und begann, Carboni zu entkleiden. Unter seiner Motorradkluft trug der Sozialarbeiter einen dicken Wollpullover und ein enganliegendes Trikot aus atmungsaktivem Synthetikmaterial. Dazwischen einen Rückenprotektor. Die Beine steckten in einer schwarzen Strumpfhose. Darunter trug Carboni keine Unterhose, nur ein Suspensorium, dessen Gummibänder in seine fetten Pobacken einschnitten. Vorne steckte in einer Art Beuteltasche des Suspensoriums, die mit einem dünnen Klettband geschlossen wurde, eine Hartplastikschale, wie bei Boxkämpfern oder Tänzern.

Als Carboni vollständig nackt war, setzte Luz ihn mühelos auf einen Stuhl, den er aus der Küche geholt hatte, und fesselte ihn an Beinen, Armen und Hüfte mit normalem Draht daran. Als er sah, dass sein Opfer wieder zu Bewusstsein kam, stopfte er ihm ein Geschirrtuch in den Mund und verschloss seine Lippen mit dem Klebeband.

Wortlos verließ er die Wohnung und ging wieder in die Garage zu seinem Lieferwagen, aus dem er ein langes Metallgestell und eine blaue Stofftasche holte. Er schulterte die beiden Gegenstände und kehrte in die Wohnung zurück, wobei er die Kirschkerne im Aufzug und vom Vorleger aufsammelte.

Carboni war mittlerweile vollständig bei Bewusstsein und starrte ihn verängstigt und verwirrt an. Bald würden diese dümmlichen Augen vor Schmerz und Angst schreien, dachte Luz.

Dann machte er sich daran, Carbonis Wohnzimmer nach seinen Bedürfnissen umzugestalten. Er nahm eine Zange, einen Bohrer mit einem Verlängerungskabel und eine Stahlöse aus der blauen Stofftasche. Trug einen viereckigen Tisch – mit grüner Resopalplatte, Aluminiumrahmen und dünnen verchromten Metallbeinen – aus der Küche ins Wohnzimmer und schob das Sofa, die Kokosmatte und den dunklen Couchtisch an eine Wand. Dann steckte er den Bohrer in der Steckdose ein, kletterte auf den Tisch und bohrte ein Loch in die Decke, blies den Staub aus dem Loch, steckte einen Dübel hinein und drehte dort die Öse fest, zunächst von Hand, später nahm er die Zange zu Hilfe. Nun stieg er vom Tisch, nahm ein Hanfseil aus seiner Tasche, fädelte es durch die Öse, verknotete die beiden Enden fest und hängte sich daran, um zu überprüfen, ob die Konstruktion hielt.

Während er an dem Seil hin- und herschwang, lachte er wie ein Kind.

Carboni wand sich so heftig auf dem Stuhl, dass er umfiel.

Da lachte der an seinem Seil schaukelnde Luz nur noch lauter. Schließlich stellte er sich wieder auf den Tisch, löste das Seil aus der Öse, stieg herunter und verstaute den Strick wieder in seiner blauen Tasche. Er richtete den Sozialarbeiter wieder auf, strich ihm eine Haarsträhne nach hinten, die ihm in die Stirn gefallen war, dann setzte er sich aufs Sofa und entkleidete sich ebenfalls vollständig.

Er starrte Carboni an.

»Ich räume dir das Privileg ein, mir das *Licht* zu zeigen«, sagte er ganz ruhig, beinahe zärtlich zu ihm. Wie ein verständnisvoller Richter.

Mit einer knappen Handbewegung riss er ihm das Klebeband vom Mund, zog das Geschirrtuch heraus und blockierte den Kiefer, indem er den Holzkeil zwischen die hinteren Backenzähne schob. Carboni murmelte etwas Unverständliches, und während Luz die beiden Halbmonde seines Werkzeugs oben und unten an den Schneidezähnen ansetzte, begann der Sozialarbeiter zu weinen und starrte in das beinahe leere Regal rechts neben sich.

Luz folgte seinem Blick und entdeckte zwischen Büchern über Motorräder einen Bilderrahmen aus Keramik, in dem ein altes Schwarzweißfoto steckte. Darauf sah man eine kleine, rundliche, schwarz gekleidete Frau mit einer altmodischen Frisur. Sie hatte eine Küchenschürze umgebunden und hielt eine weiße Kochmütze in der Hand. Hinter ihr war eine große Küche zu erkennen, die wahrscheinlich zu einem Restaurant gehörte. Die Frau hatte ihren Mund lauthals lachend geöffnet.

Luz nahm das Foto aus dem Rahmen und führte es an Carbonis Stirn, dazu schnalzte er mit den Lippen, dass es wie ein Kuss klang. Dann legte er das Foto umgedreht auf den Unterleib seines Opfers, sodass das Bild auf dem Penis zu liegen kam.

»Ma…ma«, flüsterte er und starrte durch den dichten Tränenfilm in die geweiteten Pupillen des Sozialarbeiters Serse Carboni.

Er nahm wieder sein Werkzeug zur Hand und begann an der Schraube zu drehen. Einen Moment lang glich Carboni mit seinem weit aufgerissenen Mund seiner lachenden Mutter, der Köchin. Dann verzerrte sich sein Gesicht vor Schmerzen, kurz bevor die Bänder rissen und das Werkzeug den Kiefer ausrenkte. Carbonis Nasenflügel bebten heftig, während ihm Luz den ersten grünen Apfel in den Mund schob, den Holzkeil herausnahm und ihn mit dem Geschirrtuch abwischte. Mit diesem Tuch trocknete er Carboni auch die Tränen ab. Die schlaffen

Wangen des Sozialarbeiters spannten sich nun gezwungenermaßen über der Kugelform des Apfels.

Doch das *Licht* zeigte sich nicht.

Der Lehrer hatte eine Zunge, die rau, gierig und schuppig war wie die eines fetten Katers. Eine Zunge, die verletzen konnte, die lüstern über die Zähne fuhr.

Der Doktor dagegen führte zischelnde Worte im Mund. Worte, die den Jungen erdrückten, ihn an Händen und Füßen fesselten. Die ihn nicht entkommen ließen und ihm keine Möglichkeit ließen, sich zu verteidigen. Worte so schneidend wie Eisendraht.

Der Sozialarbeiter hatte Augen, die noch größere Schmerzen zufügen konnten als die Zunge des Lehrers und die glänzenden Instrumente, mit denen der Doktor ihn untersuchte. Es waren lüsterne, zudringliche Augen. Augen, die bewirkten, dass er sich schmutzig vorkam, bösartige Spiegel, die ihm das Bild all seiner Sünden zeigten.

Als Drittes fiel der Sozialarbeiter. Er brach über der Videokamera zusammen, mit der er alles aufzeichnete.

Der Scheinwerfer verlosch zischend auf dem Boden.

Bevor der Scheinwerfer in einem hellen Blitz seinen Geist aufgegeben hatte, beleuchtete er eine weiß-rote Kugel.

Luz ging in die Küche und kehrte mit einem Suppenlöffel zurück. Er breitete die Kirschen auf dem dunklen Couchtisch aus und aß sie eine nach der anderen auf. Die Kerne spuckte er in seine Hand, danach warf er sie in die leere Papiertüte. Er ließ nur zwei Kirschen übrig, die größer waren als die anderen und an den Stielen zusammengewachsen waren. Lächelnd hängte er sie über das rechte Ohr des Sozialarbeiters, wie er es bei Kindern gesehen hatte, die im Spiel so taten, als wären es Ohrringe.

Er nahm den Löffel in die rechte Hand und schob mit dem Zeigefinger und dem Daumen seiner linken Hand das linke Auge des Sozialarbeiters auf. Nun führte er zwischen Lid und Augapfel den Löffel ein, mit der Wölbung nach hinten, schob den Löffel immer weiter an der Wand der Augenhöhle entlang ins Innere. Der Sozialarbeiter stöhnte laut und wand sich.

Ganz leicht, es floss kaum Blut, glitt der Augapfel im Ganzen aus der Höhle.

Luz nahm ihn zwischen zwei Finger und hielt ihn vor das rechte Auge des Sozialarbeiters, damit auch er sehen konnte, dass in dieser trüben Kugel kein *Licht* war.

Serse Carboni wandte den Kopf ab. Aus seinem einen Auge quollen heiße Tränen, aus der leeren Höhle unter dem schlaffen Lid drangen einige rötliche Tropfen hervor.

Luz schob den Mann in die Mitte des Zimmers, kletterte auf den Tisch, befestigte den scharfkantigen Draht mit einer Klemme in der Öse und formte am anderen Ende eine Schlinge.

Eine Schlinge wie die, die vor zwölf Jahren seine magere Kehle abgeschnürt hatte.

Er stieg vom Tisch herunter und wuchtete Carboni zusammen mit dem Stuhl dort hinauf. Der Kirschohrring baumelte hin und her, blieb aber an seinem Platz hängen. Das Foto der Mutter mit der Kochschürze segelte durch die Luft und landete auf dem Boden. Luz stellte seinen Gefangenen auf der grünen Resopalplatte ab und zog ihm die starre, scharfe Schlinge um den Hals. Carboni wehrte sich, drehte den Kopf hin und her, worauf es sofort an den Stellen blutete, wo die Schlinge in die Haut einschnitt, und ein paar rote Tropfen auf seine blasse, verfettete Brust herabliefen. Luz packte einen seiner Brustmuskeln, der die Form und Größe eines kleinen Busens hatte, und massierte ihn langsam und sinnlich, sodass die Brustwarze sich aufrichtete.

Dann nahm er eine Eisensäge aus der blauen Stofftasche und legte sie auf das Sofa.

Platzierte das Foto der Mutter auf Serse Carbonis Penis.

Nahm den Löffel und stieg wieder auf den Tisch.

Carboni fing erneut an zu weinen.

Luz hatte nun das rechte Lid des Sozialarbeiters zwischen seinen Fingern. Er hielt kurz inne, um Carbonis letzte Tränen zu betrachten. Dann führte er den Löffel ein und schälte auch das zweite Auge heraus. Schließlich riss er die Stiele der beiden Kirschen auseinander und steckte je eine in die verwaisten Augenhöhlen, die jetzt ebenso schwarz und rot waren wie der Overall des Motorradfahrers, über den er das Urteil sprechen würde. Am dritten Tag.

Er nahm einen Beutel Kochsalzlösung aus der Tasche, schob das Infusionsgestell aus Metall hinter Carboni, hängte den Beutel kopfüber auf, nachdem er ihn mit einem Schlauch und einer Zugangsnadel verbunden hatte, und ließ die Flüssigkeit Tropfen für Tropfen in die Vene seines Armes rinnen. Der Sozialarbeiter würde drei Tage lang am Leben bleiben, genau wie die anderen. In seiner unermesslichen Güte wollte Luz ihnen die Zeit geben, sich auf ihren bevorstehenden Tod einzustellen. Wollte ihnen in seiner unparteiischen Gerechtigkeit die Zeit zugestehen, eine Erklärung für die Sünden zu finden, die sie in ihrem Leben begangen hatten. Und sie zu bereuen. In seiner grausamen Gier nach Rache wollte er ihnen die Zeit geben, am eigenen Leib den Schmerz zu erfahren, den ein anderer zu Unrecht hatte erleiden müssen.

Aber drei Tage waren so lang, endlos lang. Luz spürte, wie ihn wieder die Schwäche überkam, die ihn schon in der Garage ergriffen hatte. Er war des Todes überdrüssig, mit dem er sich ständig befassen musste. Aber er hatte eine Mission, er musste durchhalten.

Wütend setzte er das gezackte Blatt der Säge am unempfindlichen Fleisch des metallenen Tischbeins an und sägte es mühevoll an. Dabei stellte er sich vor, wie quälend schrill Carboni in seiner neuen Dunkelheit dieses Kreischen empfinden musste. Ein Vorgeschmack auf die schwärzeste Finsternis, die ihn bald umfangen würde. Die er, Luz, heraufbeschwören würde. Er hörte auf zu sägen, denn er durfte nicht zu voreilig sein. Diese Beinamputation durfte erst zur gegebenen Zeit erfolgen. Dann würde der Tisch ein Bein verlieren, die Platte würde kippen und der Stuhl mitsamt seiner menschlichen Last nach unten rutschen. Der scharfkantige Eisendraht würde sich spannen, die Schlinge sich zusammenziehen.

Und die Stahlöse oben in der Decke würde dem Gewicht standhalten.

Nach den Schüssen hatte Palermo eine schreckliche Stille wahrgenommen, die in seinem Inneren weiterdröhnte.

Dann hörte er plötzlich jemand schwach und stoßweise atmen.

Palermo hatte sich zu dem Jungen umgedreht. Dessen Beine hatten nachgegeben, die Fersen waren auf den Boden gesunken, die Knie wollten sich gerade beugen. Die Drahtschlinge um seine Kehle spannte sich.

Mit einem Satz war er bei ihm gewesen, hatte ihn hochgerissen, der Junge wog ja beinahe nichts, so mager wie er war, hatte ihn von der Schlinge befreit und ihn weinend an seine Brust gedrückt. Danach entfernte er auch die Fesseln an den Handgelenken, wo der Draht ebenfalls tief eingeschnitten hatte.

Mit seinen großen Erwachsenenhänden hatte er den kleinen nackten, von Blut – dem Blut der von ihm getöteten Monster – überströmten Körper gestreichelt, hatte ihn wieder an sich gedrückt, als wäre er sein wertvollster Besitz, sein größter Schatz.

Die Pistole lag auf dem Boden.

Palermo nahm sie wieder auf und sagte zu dem Jungen: »Leg dich hin.«

Und Luz hatte ihm gehorcht.

»Willst du es tun?«, hatte der Junge gefragt.

Palermo weinte.

Er weinte um Luz. Er weinte um sich selbst.

Dann hatte er den Lauf auf Luz' Schläfe gerichtet.

»Das wird jetzt wehtun … aber es ist zu deinem Besten«, hatte er gesagt, dann hatte er abgedrückt und ihm einen Streifschuss verpasst.

Das Projektil hatte eine Furche ins Fleisch gepflügt, die sich von der Schläfe über Luz' gesamte linke Schädelhälfte zog und ihm schlagartig die dünnen kastanienbraunen Haare verbrannte. Während er das Kind streichelte, das vor Schmerz ohnmächtig geworden war, sah er, wie diese seidigen Haare rund um die weiße und ganz glatte Wunde ein paar Sekunden lang qualmten, ehe das Blut in Strömen hervorquoll.

Als er erwachte, lag er in einem Krankenhausbett in einem Zimmer, isoliert von den anderen Kindern.

Er erinnerte sich an das Stück Zunge, das von den zusammengepressten Lippen des Lehrers herabfiel.

Er erinnerte sich an den zerfetzten Penis des Doktors.

Er erinnerte sich an seinen Vater, der auf dem Rücken lag, ein Bein verdreht über einem Stuhl. Im Hinfallen hatte er einen Schuh verloren und nun konnte man seine Socke sehen. Eine weiße Socke mit einem Loch, das Einzige, was in diesem Meer von Rot weiß war. Er erinnerte sich an die blutverschmierten Geldscheine, die unter der Leiche seines Vaters gelegen hatten.

Die Wunde an seinem Kopf pochte schmerzhaft. Ein dumpfer Schmerz der Liebe. »Fer-ran-te«, raunte sie ununterbrochen in seinem Kopf. »Fer-ran-te-fer-ran-te-fer-ran-te«, hämmerte sie im Gleichtakt mit seinem Kinderherzen, und skandierte den Namen des guten Mannes, des Mannes aus Licht.

Er erinnerte sich an sein Gesicht. Und ihm schien, er hätte in diesen fiebrigen Augen ein Licht wahrgenommen. Ein Licht, in dem er sich selbst wiedererkannte. Das ihn anzog und verstand. Ein Licht, das so anders war als das, was er in den Augen derer gesehen hatte, die ihn zärtlich streichelten, fesselten und von hinten nahmen.

Ein reines Licht. Das Licht der Gerechtigkeit.

Und er erinnerte sich daran, dass dieses Licht in Ferrantes Augen erloschen war.

Er erinnerte sich daran, dass dieser gute Mann ihn losgemacht, an sich gedrückt und seinen kleinen nackten Körper gesäubert hatte. Der Mann hatte geweint. Mit jeder Träne war dieses Licht mehr ausgeblutet. Und er, Luz, hatte versucht, das Licht in sich aufzufangen, um es zu bewahren. Obwohl dieses Licht so groß war und er nur so klein. Um es ihm eines Tages zurückzugeben.

Doch Ferrante war verschwunden. In diesem kühlen Krankenhausbett blieb von ihm nur das Licht. Und diese wunderbare Wunde.

Ferrante wollte, dass sie beide ein Geheimnis teilten.

»Woran erinnerst du dich?«, hatte ihn ein Polizist gefragt.

»An nichts«, hatte er geantwortet.

»Weißt du wenigstens noch, wie du heißt?«, hatte ihn darauf der Polizist gelangweilt gefragt.

Er hatte keine Antwort gegeben.

Eine Schwester verband gerade seine Wunde.

»Wie heißt du denn?«, hatte ihn auch die Schwester gefragt, sanfter und mit einem fremden Akzent.

Die Wunde an seinem Kopf pochte schmerzhaft. Ein dumpfer Schmerz der Liebe.

»Licht …«, hatte er geflüstert, weil er an Ferrante dachte.

»Luz?«, hatte die Schwester in ihrer Sprache wiederholt.

An diesem Tag wurde der Junge neu geboren.

In Blut. Aus dem Blut.

Luz suchte in der Küche nach einer ausreichend großen Servierplatte, dann arrangierte er darauf sehr sorgfältig Birnen, Bananen, Pflaumen, Aprikosen und zwei Feigen vom September, die er für diesen Anlass schon vor Monaten eingefroren hatte. In der Mitte ließ er genügend Platz frei. Die Kirschen und den Apfel würde sein dritter Gast mitbringen.

Ein üppiges Obststillleben.

Dann streckte sich Luz auf dem Sofa aus.

Die Lider des Sozialarbeiter zuckten vergebens über den blinden roten Kirschen.

XIX

Amaldi betrat das *Dover Beach* und schaute sich suchend um. Er entdeckte ihn augenblicklich, er saß an der Bar, mit dem Rücken zum Schankraum. Der Mann stützte sich mit den Ellenbogen auf die Theke, hatte vor sich ein Glas mit einer abgestandenen bernsteinbraunen Flüssigkeit stehen, und hielt den Kopf in den Händen vergraben. Amaldi ging langsam zu ihm hinüber und setzte sich dann auf einen der Barhocker neben ihn.

»Es war nicht Primo Ramondi«, sagte er zu ihm.

Chefinspektor Palermo drehte sich langsam zu ihm um und starrte ihn an. Sein Gesicht war von tiefen Falten durchzogen und wirkte abwesend. Die Pupillen waren zu zwei schwarzen Schlitzen verengt.

»Commissario, leck mich doch«, sagte er.

»Es war nicht Primo Ramondi«, wiederholte Amaldi.

»Scher dich zum Teufel.«

Amaldi starrte ihn an. Er nahm ein Licht in Palermos Blick wahr. Nicht das düstere Funkeln von Mörderaugen, es war das dunkle Licht eines namenlosen Schmerzes. Amaldi senkte seinen Blick auf die dreckige Theke, als ob diese Dunkelheit ihn blenden könnte.

»Wusstest du von Anfang an, dass es nicht Primo Ramondi war?«, fragte er ihn.

»Ich möchte dich nicht verprügeln, Amaldi. Hau einfach ab«, sagte Palermo tonlos.

Amaldi gab dem Barmann ein Zeichen, ihm etwas zu trinken zu bringen. Der muskulöse junge Mann im weißen ärmellosen

T-Shirt stellte ein gefülltes Glas vor ihn hin. Amaldi rührte es nicht an.

»Was ist vor zwölf Jahren in diesem Kellerraum passiert?«, fragte er stattdessen.

Wieder bemerkte er dieses dunkle schmerzliche Licht in Palermos Augen.

»Amaldi, hau ab«, sagte Palermo wütend, aber erschöpft.

»Der Mörder geht hier im *Dover Beach* ein und aus, das weißt du ganz genau, denn das hat dir der Besitzer des Wagens gesagt, der beim ersten Mord zum Einsatz kam.«

»Hast du einen Haftbefehl? Beschuldigst du mich irgendeines Vergehens?«

Amaldi spielte mit dem Glas. Etwas von der bernsteinfarbenen Flüssigkeit schwappte über den Rand und bildete eine Pfütze auf dem Tresen.

»Ich weiß, was du fühlst …«, sagte Amaldi leise. »Ich weiß, was du gefühlt hast …«

»Leck mich doch, verfluchter Mistkerl …«

»Ich war sechzehn Jahre alt …«, sagte Amaldi angespannt, die Adern an seinem Hals waren geschwollen. »Ich habe sie in einer Gasse gefunden. Sie war meine Freundin … Und sie lag zerstückelt da, weggeworfen wie ein Sack Müll … Ich selbst habe sie gefunden. Ich weiß, was es heißt, eine Mission zu haben …«

Ein trauriges Lächeln huschte über Palermos hartes Gesicht. »Es ist schlimmer, wenn sie sie nicht umbringen, Amaldi«, sagte er leise und pochte mit dem Zeigefinger auf die Holzplatte. »Sie sind wie Tiere ohne Pfoten, die man irgendwo liegen lässt, damit sie verbluten … Sie sind wie Vögel, denen man die Flügel ausgerissen hat …« Er trank einen Schluck. »Nein, das weißt nicht einmal du«, sagte er und schüttelte den Kopf. »Und jetzt scher dich zum Teufel, Commissario …« Mit diesen Worten stand er auf und winkte einem jungen Mann in Frauenkleidern. »Ich habe zu tun …«, sagte er im Gehen.

Amaldi sah, wie Palermo den jungen Transvestiten unterhakte und die Toiletten des *Dover Beach* ansteuerte.

Palermo hatte in jener Nacht vor zwölf Jahren alle Spuren am Tatort beseitigt, die zu ihm führen konnten, hatte die Pistole entsorgt und dann die Polizei gerufen. Er hatte auf die erste Streife gewartet und sich vergewissert, dass Luz in einem Krankenwagen fortgebracht wurde.

»Willst du es tun?«, hatte der Junge ihn gefragt, als er ihm gesagt hatte, dass er sich hinlegen solle. Und ihn dabei mit diesen kindlich unreifen und doch so alten erfahrenen Augen angesehen.

Palermo hatte lange genug gewartet, um zu hören, wie sich die Sirene des Krankenwagens im Lärm der Stadt verlor. Dann war er in seinen Wagen gestiegen und ziellos durch die Gegend gefahren.

Er war in den Polizeidienst getreten, weil er das Bedürfnis nach einer Welt mit festen Regeln hatte und weil er ein Ideal von Gerechtigkeit verfolgte, das erschüttert worden war, als er bei seiner Mutter wegen seiner Homosexualität auf Ablehnung gestoßen war. Sie hatte ihn verunsichert und enttäuscht, hatte seine Welt ins Wanken gebracht und auf traumatische Art und Weise seine natürliche sexuelle Entwicklung unterbrochen. Mit ihrer Ablehnung war ein unwiderrufliches Urteil über ihn gesprochen, das Strafe nach sich zog. Seine Begierden und seine Schuldgefühle zerrten von zwei entgegengesetzten Enden an ihm, und beide verlangten Opfer von ihm, die für sein jugendliches Alter zu groß waren. Gab er dem einen nach, verriet er die mütterlichen Erwartungen, andernfalls verriet er sich selbst.

Als er in den Polizeidienst trat, hatte er begriffen, dass er immer Angst vor Erwachsenen und ihrer Gewalt, vor ihrem Schweigen, ihrer Ablehnung gehabt hatte. Palermo fiel es von Natur aus schwer, emotionale Bindungen einzugehen. So hatte er sich kopfüber in die Arbeit gestürzt, in der er einen Ausgleich zu seinem unbewältigten Gefühlschaos suchte. Und in der Arbeit hatte er das ideale Mittel gefunden, um sich von dem Kampf in seinem Inneren abzulenken und ihn auf unbestimmte Zeit zu verschieben. Mit achtunddreißig Jahren zog sein Privatleben langsam an ihm vorbei, als humpelte es, und Palermo schaute sich seine Tage und Nächte an wie jemand, der Schwierigkeiten hatte, deutlich zu sehen, aber auch nicht gerade neugierig darauf war. Er hatte sehr wenige sexuelle Erfahrungen hinter sich, ein paar halbherzige Enttäuschungen erlebt und fast keinen Versuch gemacht, sich aus dem trüben Sumpf seiner Einsamkeit zu ziehen.

»Willst du es tun?«, hatte der Junge ihn gefragt, als er ihm gesagt hatte, dass er sich hinlegen solle. Einen Augenblick, bevor er ihm einen Streifschuss an der Schläfe beibrachte. Über und über bedeckt von dem Blut seiner Peiniger und seines eigenen Vaters. Und hatte ihn dabei mit diesen kindlich unreifen und doch so alten, erfahrenen Augen angesehen, in denen zu lesen war, dass er sich bereits damit abgefunden hatte, ein weiteres Mal verraten zu werden.

In dieser Nacht, als Palermo ziellos durch die Stadt fuhr und die aufpeitschende Wirkung der Amphetamine allmählich nachließ, hatte er zum ersten Mal einen Transvestiten mitgenommen und ihn mit der Drohung, ihn zu verhaften, wenn er ihm nicht zu Willen wäre, mit unmenschlicher Brutalität zum Sex gezwungen.

Dann war er nach Hause zurückgekehrt und nach zahllosen durchwachten Tagen für die folgenden vierundzwanzig Stunden in einen komatösen, traumlosen Schlaf gesunken, in dem es keine Albträume, keine Gedanken, keine Farben und kein Licht gab.

Als er erwachte, war er nicht mehr derselbe.

Ferrante Palermo war jetzt ein Mörder.

Amaldi glitt zwischen die Laken und umarmte Giuditta. Er weinte.

»Was ist los?«, fragte sie ihn leise. »Ist es wegen der Suspendierung?«

Amaldi schüttelte den Kopf, brachte aber kein Wort heraus.

»Giacomo.« Giuditta wischte sanft seine Tränen fort. »Was ist los? Erzähl es mir bitte …«

»Heute Abend habe ich mich in einem anderen Mann wiedererkannt …«, sagte Amaldi. »Ich habe gesehen, was aus mir hätte werden können …« Er nahm sie wieder in die Arme und drückte sie noch fester an sich. »Ich liebe dich …«, flüsterte er ihr ins Ohr.

»Ich liebe dich auch«, sagte Giuditta, und dann schwieg sie, streichelte ihn nur zärtlich in der Dunkelheit ihres Schlafzimmers.

Wenige Augenblicke später musste sie lächeln, als sie den regelmäßigen Atem Amaldis vernahm. Er war eingeschlafen.

Er hatte ihn gefunden.

Ta ta ta … ta ta ta … ta ta ta …

Er hatte beobachtet, wie er sehr spät in der Nacht nach Hause kam, in Jackett und mit Krawatte.

Er wusste nicht, wo er gewesen war.

Luz hatte noch nie Jackett und Krawatte getragen.

Er wusste nicht, wo er gewesen war, und er wollte es auch gar nicht wissen.

Ta ta ta … ta ta ta … ta ta ta …

Seit drei Tagen schlief Palermo nicht mehr. Er hatte Angst einzuschlafen. Er hatte Angst, wieder von diesen winzigen nackten Jungen zu träumen, die in seinen Körper eingedrungen waren und ständig diesen Satz wiederholten, den er immer noch nicht verstanden hatte, den er auch gar nicht verstehen wollte.

Ta tar ta … ta tar ta … ta tar ta …

Doch inzwischen hallte diese schreckliche unvermeidliche Wahrheit durch seinen ganzen Körper und seine Seele – noch unbekannt, aber doch schon enthüllt von diesen Kindern. Kindern, geboren aus den Wunden von Männern, die vor zwölf Jahren gestorben waren.

Tas tar u … tas tar u … tas tar u …

Bald würde er es mit Bestimmtheit wissen.

Er hatte gesehen, wie er das Licht in der Kellerwohnung eingeschaltet hatte, in der er lebte. Am liebsten hätte er an der Tür geklingelt, ihn umarmt, fest an sich gedrückt und fortgebracht.

Es tar lu … es tar lu … es tar lu …

Palermo presste die Hände auf die Ohren. Er wollte es nicht hören. Er wollte sie nicht hören. Aber die Jungen in seinem Inneren schrien diesen Satz laut heraus. Die Wahrheit.

Es war Lu … es war Lu … es war Lu …

Bald würde er es mit Bestimmtheit wissen.

Er wusste es bereits

»Nein!«, schrie er. »Ich war es!«

Amaldi wurde mitten in der Nacht vom unerbittlichen Klingeln des Telefons aus dem Schlaf gerissen.

»Es sieht so aus, als müssten wir uns bei Ihnen entschuldigen«, krächzte die Stimme des Polizeipräsidenten verschlafen aus dem Hörer. Er sprach schnell und nannte ihm eine Adresse. »Das ist immer noch Ihr Fall. Wissen Sie, wo Sie Ispettore Capo Frese erreichen können?«

»Ja …«, sagte Amaldi.

»Das dachte ich mir. Machen Sie sich beide unverzüglich auf den Weg«, mit diesen Worten beendete der Polizeipräsident das Telefonat.

Amaldi stand auf, küsste Giuditta auf den Mund und ging in das Zimmer, wo Frese und Max schliefen. Die rote Katze erhob sich von ihrem Kissen und strich maunzend um Amaldis nackte Beine.

»Wer ist da?«, schreckte Frese hoch.

Amaldi schaltete das Licht an. In dem Zimmer roch es muffig.

Max zwinkerte und kniff die Augen zusammen.

»Er hat bei Boiron angerufen«, sagte Amaldi ohne Umschweife. »Vor zehn Minuten. Er hat nur gesagt: ›*Willst du deinen Kumpan sehen … Papa*?‹«

»Wieder dieser Scheiß mit *Papa*?«, grummelte Frese, schlug die Decke zur Seite und stieg aus dem Bett. »Gib mir zwei Minuten.«

Max war schon auf. »Ich komme mit«, meinte er.

»Nein, Max«, sagte Amaldi und legte ihm eine Hand auf die Schulter. »Bleib bitte hier bei Giuditta.«

Max nickte ernst.

»Danke«, sagte Amaldi.

»Gehen Sie nur und ziehen Sie sich an, Commissario, ich mach schon mal Kaffeeö.« Mit diesen Worten verschwand Max in der Küche.

Als Amaldi wieder ins Schlafzimmer kam, lag die Katze der Länge nach mit nach oben gerecktem Bauch an seinem Platz im Bett und schnurrte, während Giuditta sie streichelte.

»Ich sehe, du hast bereits Ersatz für mich gefunden«, meinte er.

Giuditta lächelte, während Amaldi vollkommen geistesabwesend die dreckigen alten Sachen anzog, die er sonst zur Gartenarbeit trug. Am Vortag hatte er die Schaukel repariert.

»Der Kaffee ist fertig!«, rief Max.

»Er bleibt hier bei dir«, sagte Amaldi zu Giuditta.

»Hör auf, hier herumzunörgeln wie eine verbitterte Hausfrau«, vernahmen sie Freses Stimme, der gerade die Küche betrat.

Giuditta lachte auf. »Sie werden mir fehlen«, sagte sie.

Amaldi war nun fertig und ging zu den anderen in die Küche.

»Wer ist das Opfer?«, fragte Frese und nippte an seinem Kaffee.

»Das werden sie uns vor Ort mitteilen«, antwortete Amaldi.

»Hast du deinen Dienstausweis mit?«, fragte Frese und musterte mit hochgezogener Augenbraue seinen Vorgesetzten von oben bis unten. »So lassen die dich niemals durch. Du siehst aus wie ein Penner …«

»Gehen wir«, sagte Amaldi und verließ den Raum.

Sie hielten vor dem unpersönlichen Eingang eines grauen Wohnblocks, der genauso aussah wie all die anderen in der Umgebung. Frese zog die Handbremse an und stellte den Motor ab.

Ein uniformierter Polizeibeamter öffnete den Wagenschlag auf Amaldis Seite. »Soll ich dem Hausmeister sagen, dass er die Tür aufsperren soll?«, fragte er sofort.

Amaldi nickte.

»Aufgang B, fünfter Stock, Appartement 23«, sagte der Beamte und gab dann dem Hausmeister über sein Sprechfunkgerät Bescheid.

Vor Carbonis Wohnung hatten sich schon einige Beamte von der Spurensicherung versammelt, ausgerüstet mit Staubsauger, Plastiktüten für die Beweise, durchsichtigen dünnen Röhrchen für Faserproben und allem, was zur Abnahme von Fingerabdrücken nötig war.

»Serse Carboni«, las Polizeimeister Torrisi aus seinem Notizbuch vor. »Sozialarbeiter ...«, hier schaute er zu seinem Vorgesetzten auf, »bei der ›Förderanstalt für sozial benachteiligte Kinder‹ ...«

»Kacke«, sagte Frese.

»Ich habe sie noch nicht reingelassen ...«, meinte Torrisi weiter und deutete auf die Beamten von der Spurensicherung. »Es könnte ja auch falscher Alarm sein.«

»Glaubst du das wirklich?«, fragte Frese Torrisi.

Der Polizeimeister schüttelte den Kopf. Keiner der Anwesenden glaubte an einen Fehlalarm – der süßliche Geruch, der unter der Tür von Appartement 23 hervorquoll, war eindeutig. Blut.

Amaldi nahm die Latexhandschuhe, die ihm ein Mann von der Spurensicherung reichte, und streifte sie über, Frese tat es ihm gleich.

Nachdem der Hausmeister aufgesperrt hatte, trat er beiseite. Die Polizisten verstummten, es war beinahe so, als warteten sie darauf, dass der Vorhang aufging und die Vorstellung begann.

Amaldi legte eine Hand auf die Türklinke, verharrte aber kurz regungslos. Dann drehte er sich noch einmal zu Frese um, der direkt hinter ihm stand.

»Bist du bereit?«, fragte Amaldi.

Frese nickte.

Ein junger Beamter der Spurensicherung starrte Amaldi ungeduldig an.

»Pass besser auf den Arsch deiner Mutter auf«, fuhr ihn Frese an und versetzte ihm einen Stoß. »In der Zeit, wo du hier Maulaffen feilhältst, hab ich's ihr schon zweimal besorgt.«

Ein älterer Beamter nahm den jüngeren Kollegen beiseite. »Halt du dich da raus«, ermahnte er ihn.

Frese warf einen vielsagenden Blick in die Runde. »Dass mir keiner reinplatzt, ehe wir fertig sind«, warnte er sie.

Amaldi stand immer noch starr da, die Hand auf der Klinke.

»Ich bin bei dir«, sagte Frese zu ihm.

Amaldi nickte und trat ein.

Frese folgte ihm und lehnte hinter ihnen die Tür an. Dann suchte er sich eine Stelle, an der es keine Spuren gab, und wartete.

Amaldi stand mitten im Raum und sah sich um. Er sah die Stahlöse oben an der Decke, die Schlinge aus Eisendraht, den grünen Resopaltisch mit den Metallbeinen – von denen eins abgesägt war – und die nackte und enthauptete Leiche des Opfers, das auf einen Stuhl gefesselt war. Er registrierte, dass die Ränder von Haut und Gewebe an dem Halsstumpf im Rumpf unregelmäßig ausgerissen waren. Er nahm den süßlich-metallischen Geruch von gerinnendem Blut wahr. Schwarzes Blut. Und er atmete beißenden Uringestank ein.

Auf einer großen Servierplatte, die im Bücherregal neben dem Foto einer fetten Frau in Köchinnenkleidung stand, zählte er drei Birnen, vier Bananen, sieben Pflaumen, fünf Aprikosen und zwei matschige Feigen vom September.

Der Kopf des Opfers lag dort in der Mitte der Platte.

Im Mund steckte ein grüner Apfel.

Die Lippen waren nicht zugenäht.

In den Augenhöhlen waren zwei große, vollreife Kirschen, die ihren tiefroten Glanz verloren hatten.

Amaldi trat an das Bücherregal.

Zwei Augäpfel, an denen schlaffe Nervenstränge hingen, lagen zu beiden Seiten einer Feige und starrten ihn an.

Er beugte sich hinunter, um das Foto der Köchin aus der Nähe zu betrachten. Sie lachte mit weit geöffnetem Mund.

Er hoffte, dass sie vor ihrem Sohn gestorben war.

XX

Der Gerichtsmediziner war blass und die dicken Brillengläser betonten die Müdigkeit in seinen Augen zusätzlich. Es war immer noch Nacht. Auf dem Stahltisch unter dem gewachsten, weißen Tuch konnten Amaldi und Frese die Umrisse der Leiche des dritten Opfers erahnen: die Füße, die Beine, den Bauch, den Brustkorb. Dort, wo eigentlich der Kopf hätte sein müssen, wölbte sich das Tuch nicht, sondern lag unnatürlich flach auf dem Metall auf. Der Obduktionssaal war erfüllt von dem starken Geruch nach Desinfektionsmitteln, der jedoch nicht den Eisengeruch des Todes überdecken konnte.

»Er hat einen besonderen Draht benutzt«, erklärte der Pathologe. »Bei den anderen handelte es sich um eine ganz gewöhnliche Wäscheleine mit einem Drahtkern … deren Plastikummantelung er teilweise entfernt hatte. Diesmal hat er einen Spezialdraht verwendet, mit dem man Außenmauern schützt … vor allem an einigen Gefängnissen. Der ist eigens geschärft, durch eine besondere Verarbeitung wird der Querschnitt nicht rund, sondern oval. So hat er praktisch auf beiden Seiten eine Schnittfläche. …«

»Auf diese Weise könnten wir vielleicht den Käufer ermitteln«, meinte Amaldi.

»Torrisi arbeitet bereits daran …«, erwiderte Frese.

»Gut …«

»Aber das ist noch nicht alles«, fuhr der Gerichtsmediziner fort. »Der Mörder hat das Tischbein in einer bestimmten Absicht durchgesägt … Sie haben das Ganze vor Augen, nicht?

Das Opfer an den Stuhl gefesselt, der Stuhl auf dem Tisch, die Schlinge oben an der Decke festgemacht …«

Amaldi nickte.

»Also, das Ganze war wohl so gedacht: Sobald erst einmal das Bein abgesägt war, sollte der Tisch sich neigen, wodurch der Stuhl ins Rutschen geriet und den Körper nach unten riss. Daraufhin sollte sich die Schlinge zuziehen und das Opfer würde enthauptet«, erklärte der Arzt weiter. »Aber es ist nicht wie geplant abgelaufen. Der Eisendraht grub sich zwar ins Fleisch, doch nicht kräftig genug, um den Kopf abzutrennen … Der Schnitt ist nicht glatt. Die Wunden … Haut und Gewebe sind ausgefranst. Die Wirbel wurden nicht von dem Eisendraht durchtrennt. Meinem ersten Eindruck nach … hat der Mörder sich an das Opfer gehängt, hat es nach unten ziehen müssen …«

»Verdammt …«, war Freses Kommentar.

»Er hat die Stuhlbeine gepackt und daran gezerrt, was den Eisendraht ruckweise in die Haut getrieben hat. Deshalb sind die Wundränder so ausgefranst. Dann hat er die Wirbel mit einem scharfen Gegenstand durchtrennt … vermutlich mit einem Messer. Ich habe mir das kurz unter dem Mikroskop angesehen, auf den Wirbeln befinden sich ausgezackte Grate … besonders auf dem Knochen, der im Körper verblieben ist … Ich würde sagen, er hat dafür ein Jagdmesser mit einer gezackten Klinge benutzt.« Der Arzt nahm die Brille ab. »Es muss ein schrecklicher Tod gewesen sein. Unglaublich langsam ….«

»Haben Sie Schlüsse daraus gezogen?«, fragte Amaldi.

»Ich glaube nicht, dass er absichtlich grausam gegen ihn verfuhr«, erklärte der Pathologe. »Er hat sich wohl nur verrechnet. Der Mörder macht meiner Meinung nach nicht den Eindruck eines Sadisten, wie er im Buche steht …«

»Was zum Teufel sagen Sie da?«, fuhr ihn Frese an. »Einem

schält er die Augen raus, dem anderen näht er den Mund zu und reißt ihm den Schwanz ab, dem dritten schneidet er die Zunge ab. Allen dreien renkt er den Kiefer aus, erhält sie drei Tage am Leben und als Krönung des Ganzen steckt er ihnen dann einen Apfel in den Mund, als wären es gebratene Spanferkel …«

»Nicola, lass ihn doch ausreden«, unterbrach ihn Amaldi.

»Also, ich wollte damit nur sagen …«, fuhr der Arzt fort, »dass … Ach, ich weiß auch nicht … Ich glaube einfach nicht, dass der Mann das alles gern tut. Er tut das, weil … er es tun muss. Aber das sind bereits Schlussfolgerungen, und ich möchte Ihnen nicht vorgreifen, Commissario.«

»Ich bin ganz Ihrer Meinung«, erklärte Amaldi. »Ich bin zu den gleichen Schlüssen gekommen. Der scheinbare Sadismus ist … nur ein notwendiges Übel … Wie soll ich sagen? … Wegen des dramatischen Effekts.«

»Der grundlegende Unterschied zu den anderen Opfern ist, dass er den Mann diesmal nicht drei Tage am Leben erhalten hat …«, fuhr der Arzt fort. »Es ist zwar nur eine ungefähre Schätzung … aber ich glaube, es sind nicht mal zwei Tage gewesen …«

»Er ist müde«, sagte Amaldi.

Frese sah ihn fragend an: »Er ist müde?«

»Ja, das ist mein Eindruck …«

»Wie kommst du darauf?«

Amaldi schüttelte nur wortlos den Kopf, als wäre er in Gedanken schon ganz woanders.

»Meinst du etwa damit, er gönnt sich demnächst eine Auszeit?«, bedrängte ihn Frese.

»Nein. Aber diese Hinrichtung ist schiefgelaufen … Er hat sich verkalkuliert, meine ich … Das ist bestimmt kein Zufall, und wir dürfen das nicht einfach als Versehen abtun. Es ist doch mehr als offensichtlich, dass das Körpergewicht eines Mannes allein niemals ausreichen würde, um ihn zu enthaupten. Unbewusst wollte er … dass sein Plan fehlschlug. Er hat sich mit aller Willenskraft an seine Mission *klammern* müssen. Weil irgendetwas davor schon schiefgegangen ist … Weil seine Inszenierung nicht den erhofften Erfolg hatte … Wahrscheinlich gehe ich hier zu weit, aber wenn ich recht habe … könnte er demnächst noch weitere Fehler begehen …«

Der Gerichtsmediziner ging zur Tür des Obduktionssaals, Amaldi und Frese folgten ihm.

»Warum fand diese Hinrichtung ohne Zeugen statt?«, fragte sich Amaldi laut, während er den Kittel auszog und ihn in einen Aluminiumbehälter warf. »Was hat das zu bedeuten?«

»Es wäre viel zu aufwändig gewesen, noch so ein großes Ding zu inszenieren«, sagte Frese. »Oder er hat jetzt einfach die Schnauze voll … such dir was aus.«

»Oder ihm fehlt jetzt nur noch Boiron … der *Papa*«, fügte Amaldi hinzu. »Wir müssen eine Rundumüberwachung für ihn organisieren.«

Luz fror. Und er war allein.

Die Tauben waren aufgeflogen, als er die Tür zur Terrasse quietschend geöffnet hatte. Als sie ihn erkannten, hatten sie sich wieder beruhigt und weitergeschlafen, eng aneinandergeschmiegt, um sich gegenseitig zu wärmen.

Luz hatte Ferrante gesucht. Seinen Ferrante. Doch er hatte ihn nicht gefunden. Er war weder zu Hause noch im *Dover Beach*. Luz hatte ihn nicht mehr gesehen seit dem Tag, an dem er sich zu ihm ins Bett gelegt hatte. Das war vorher noch nie passiert. Und nun musste er diese Nacht allein überstehen.

Als Ferrante an diesem Morgen vor drei Tagen aufgestanden war, hatte Luz etwas empfunden, das er lange nicht mehr erlebt hatte. Das er vergessen hatte. Etwas, das ihn in die Vergangenheit zurückversetzt hatte. In die dunklen Tage vor dieser Nacht seiner Befreiung, als er neu geboren wurde. Dieses bedrückende Gefühl, schmutzig zu sein. Dass er selbst dieses Schreckliche, das sich in den Erwachsenen verbarg, zum Leben erweckte. Dass er es provozierte. Er selbst sie mit seinem kleinen Körper dazu aufforderte, das zu tun, was sie ihm antaten. Er sie mit seinem schmutzigen, sündigen Körper in Monster verwandelte.

Ferrante war plötzlich aus dem Bett aufgestanden und gegangen und blieb seitdem spurlos verschwunden. Er hatte ihn verlassen. Weil Luz schmutzig war. Weil niemand, nicht einmal Ferrante, jemanden lieben konnte, der so abgrundtief verdorben war.

Vor vielen Jahren war im Heim, der sogenannten »Förderanstalt für sozial benachteiligte Kinder«, ein knapp dreizehnjähriger Junge auf ihn zugekommen und hatte ihn bedroht. Hatte versucht, ihm einen Schreck einzujagen. Und der kleine, einsame Luz hatte sich erschreckt. In der Nacht hatte er auf ihn gewartet, das Herz schlug ihm bis zum Hals und er hatte die Augen fest zusammengekniffen, damit er nicht weinte. Er war diesem hässlichen, lächerlichen Jungen gehorsam ins Bad gefolgt. Hatte zugelassen, dass er seine Narbe berührte, seinen Schatz. Seinen unendlich wertvollen Schatz. Die fühlbare Spur des Mannes aus Licht, der ihn gerettet hatte.

Wenn er sicher war, dass ihn niemand beobachtete, strich Luz mit den Fingerkuppen über die harten Ränder dieses ihm so kostbaren Mals und sagte sich: »Es ist wahr. Du hast es nicht geträumt. Es ist wirklich wahr«, und dann wusste er, dass er nicht allein war. Wusste, dass er von einem Mann geliebt wurde, der sein ganzes Licht für ihn hingegeben hatte. Dass jemand – der den wundervollen Namen Ferrante trug – seine Existenz für ihn geopfert hatte. Er hatte ihn reingewaschen, von den schrecklichen Sünden eines schmutzigen Kindes geläutert.

Er hatte zugelassen, dass Primo Ramondi ihm die Narbe aufschnitt, weil er noch einmal die düstere, liebende Qual jener Nacht spüren wollte. Hatte die Augen geschlossen, sich willenlos diesem hässlichen Jungen überlassen und dabei von Ferrante und seiner Pistole geträumt.

»Du hast ja kein Blut …«, hatte Primo Ramondi gesagt.

Luz hatte sich umgewandt und ihn angesehen. Als er bemerkte, dass es nicht Ferrantes Stimme war, war eine tiefe Traurigkeit über ihn gekommen, und noch einmal war seine ganze Geschichte an seinem inneren Auge vorübergezogen.

Der Junge hatte ihm den Kopf brutal zur Seite gedreht und die Klinge tief in die Haut hineingerammt.

»Das wird jetzt wehtun … aber es ist zu deinem Besten«, hatte Ferrantes Stimme gesagt.

Luz fühlte einen heftigen Stich, der ihm den Atem raubte, und dann hatte er die Tropfen gespürt. Blut. Er hatte sich umgedreht und Ferrante gesehen, der ihn anlächelte. Da hatte er sich die Hand an die klaffende Wunde gelegt, um sich zu vergewissern, dass er nicht träumte, und hatte das Blut über sein Gesicht verteilt, damit Ferrante es ihm abwaschen konnte.

»Willst du mich küssen?«, hatte Luz Ferrante gefragt, denn er wollte ihm das Licht zurückgeben, das er in seinem kleinen Körper bewahrte. »Willst du es tun?«, hatte er Ferrante gefragt, weil er ganz ihm gehörte wie das Licht, das er in sich bewahrte.

Und Ferrante hatte genickt. Hatte ihn mit seinen starken Händen gepackt, und sie hatten miteinander gerungen, um eins zu werden. Sie beide verschmolzen zu einer Einheit aus Licht.

In jener Nacht hatte Luz die Gefühle der Erwachsenen zum ersten Mal nachvollziehen können. Während er mit Ferrante rang, spürte er ein erregendes Gefühl zwischen den Beinen und seine erste Erektion hatte ihn überrascht. War das also die Liebe der Erwachsenen, hatte er sich gefragt, während er zitterte, aufgewühlt von der erwachsensten seiner unreifen Leidenschaften. Und während er sich diese Frage mit Ja beantwortete und sich seiner ersten Lust hingab, hatte er die Augen geöffnet und sich in Primo Ramondi verliebt. Sich in seinen Körper, in diesen hässlichen Jungen verliebt, der ihn schlug. Der ihn zurückwies.

Nun hatte Primo Ramondi seine Strafe bekommen. Luz hatte dafür gesorgt, dass er für diese Zurückweisung von damals büßen musste. Für diesen Betrug.

Doch selbst nach so vielen Jahren legte sich Luz manchmal nackt auf den weißen Kachelboden und zitterte bei dem Gedanken an die Klinge, die in seinen Kopf schnitt.

Luz erschauerte, er saß allein auf der Terrasse, vor sich die dunkle Nacht.

Was hatte Ferrante an jenem Morgen vor drei Tagen gesehen, dass er ihn verlassen musste? Das schmutzige Kind, das er war?

»Ich tue es für dich …«, flüsterte er in die Dunkelheit hinaus. »Ich befreie dich von der Last meiner Sünden …«

»Kann die Lösung wirklich so einfach sein?«, fragte sich Amaldi laut.

Max und Frese, beide standen vor seinem Schreibtisch, sahen einander an.

»Begreift ihr denn nicht?«, fuhr Amaldi fort. »Es passt alles zusammen.«

Frese setzte sich.

»Unser Mann … ist ein Kind«, sagte Amaldi.

»Dejan Kreutzer?«, fragte Max und nahm neben Frese Platz.

»Es gibt eine Verbindung zu Primo Ramondi«, erklärte Amaldi. »Beide waren zur selben Zeit in dieser ›Förderanstalt für sozial benachteiligte Kinder‹ …«, Amaldi überprüfte die vielen Daten, die er auf einem Blatt geordnet und in Bezug zueinander gesetzt hatte, »und zwar sieben Monate lang … bis Primo Ramondi ausgerissen ist. In der Nacht, als er verschwand … ja, da haben wir es …«, er zeigte ihnen einen ärztlichen Befund, »wurde Dejan Kreutzer in den Waschräumen aufgefunden, brutal zusammengeschlagen und nackt … Wer hatte diesen Jungen so verprügelt? Meine Vermutung ist: Primo Ramondi. Und wenn dem wirklich so ist … handelte es sich bei dem Nebenmotiv um Rache. Einverstanden?«

Max nickte.

»Also besteht hierin die Verbindung zu Ernst Garcovich …«, sagte Amaldi erregt. »Selbst wenn er nicht sein Lehrer war, hat er ihn bestimmt gekannt und wusste, dass er Primo Ramondi unterrichtete …«

»Als wir noch Palermo in Verdacht hatten, hast du so etwas verworfen, weil deiner Meinung nach der Täter nicht so weit geht, jemanden zu töten, nur um Primo Ramondi etwas anzuhängen«, warf Frese ein.

»Ja, stimmt«, erwiderte Amaldi. »Ich spreche hier ja auch von einem Nebenmotiv. Lass mich ausreden … Für den Zahnarzt gilt das Gleiche wie für den Lehrer. Er stand in Verbindung zu Primo Ramondi. Ist Teil des Racheplans …«

»Und bei Serse Carboni ist es dann wohl genauso …«, sagte Frese.

»Nein, das glaube ich nicht …«

»Er war doch auch in diesem Heim«, protestierte Frese.

»Ja, aber es gibt keine Verbindung zwischen ihm und Primo Ramondi …«, meinte Amaldi. »Serse Carboni wurde getötet, als Primo Ramondi schon eingesperrt war … Primo Ramondi interessiert den Mörder jetzt nicht mehr. Bei Serse Carboni gibt es kein Nebenmotiv. Er ist einzig und allein das dritte Opfer *seiner* persönlichen Mission. Der Mörder hat sich nur deshalb die Opfer wieder in diesem Heim gesucht, weil das seine Welt ist ...«

»Aber damit entlastet er doch Primo Ramondi wieder ... und sein Plan ist beim Teufel«, sagte Frese.

»Vielleicht wollte er ihn nur bestrafen ... Vielleicht genügte ihm das ... Vielleicht wollte er ihm nur wehtun ...«, antwortete Amaldi. »Oder er kannte den Mann, der Ramondi verhaften würde, gut genug, um zu wissen, dass ...« Amaldi schüttelte den Kopf. »Nein, das konnte er nicht vorhersehen. Das war reiner Zufall ...«

»Palermo?«, fragte Max.

»Jetzt kommen wir auch zu ihm«, meinte Amaldi. »Gehen wir wieder zwölf Jahre zurück. Wer wurde damals bei diesem Blutbad getötet?«

»Möchtest du die Namen wissen?«, fragte Max und nahm ein Blatt zur Hand.

»Nein ...«, sagte Amaldi. »Mich interessiert etwas anderes, ich möchte wissen, welche ... Rollen sie hatten.«

»Welche *Rollen*?«

»Sicher«, sagte Amaldi, der immer aufgeregter wurde. »Sag mir, was sie so machten.«

»Zwei waren wegen Pädophilie verurteilt, ein praktischer Arzt und ...«

»Halt, warte mal ...«, unterbrach Amaldi ihn und reichte ihm ein zweites Blatt. »Bevor sie wegen Pädophilie vorbestraft waren, was waren sie da?«

»Sozialarbeiter ... der andere Grundschullehrer ...«

»Scheiße!«, rief Frese. »Deshalb hast du also gesagt, er ermordet nicht wirklich sie, sondern jemand anderen.«

»Nämlich den, den sie darstellen, genau. Einen Lehrer, einen Doktor ... oder Zahnarzt ... einen Sozialarbeiter und ... *Papa*.

Ein illegaler Einwanderer ... wahrscheinlich arbeitslos ... der nach dem Tod seiner Frau seinen Sohn verkauft ...«, folgerte Amaldi weiter. »Er inszeniert noch einmal das Geschehen von vor zwölf Jahren. Mit dem gleichen Personal.«

»Warum?«, fragte Frese.

»Ich weiß es nicht, Nicola ...«

»Warum nennt er Boiron *Papa*?«

»Das kann ich nur vermuten ...«, meinte Amaldi. »Ein Lehrer, ein Doktor, ein Sozialarbeiter sind Rollen, die man leicht, nennen wir es mal, genau passend besetzen kann ... Die Welt ist voll von Lehrern, Ärzten und Sozialarbeitern. Aber Vater gibt es nur einen, also ... Was ist denn der Vater? Eine charismatische Figur. Was verkörpert er? Vor allem Macht. Gerechtigkeit. Das Gesetz ... Dies könnte vielleicht eine Erklärung sein.«

»Also so etwas wie ein Richter ... ein Polizist ...«, sagte Frese.

»Genau«, stimmte Amaldi zu. »Aber Boiron hat noch etwas ...« Er schaute durch Frese hindurch. Dann leuchtete sein Gesicht. »Eine Ehefrau, die noch ein Kind ist, zum Beispiel. Sex verbunden mit Elternschaft ... Inzest. Es ist Dejan Kreutzer.«

»Und warum das alles?«, fragte Frese weiter.

»Wie oft hast du eine erschöpfende Antwort auf diese Frage gefunden, Nicola?«, erwiderte Amaldi.

»Bei der Art von menschlichem Abschaum, mit dem wir uns beschäftigen? Nie. Aber ich möchte das trotzdem wissen ... warum das alles ...«

»Tut mir leid, Nicola, ich weiß es nicht. Aber einen gibt es wohl, der die ganze Geschichte kennt ... Und der viel früher als wir wusste, wer der Mörder ist.«

»Palermo?«

»Palermo«, bestätigte Amaldi. »Ich brauche zwei Haftbefehle. Einen für Kreutzer und den anderen für Ispettore Capo Ferrante Palermo.«

»Damals vor zwölf Jahren, dieses Blutbad … das kann nicht der Junge gewesen sein«, sagte Frese.

»Nein, er war es auch nicht …«, meinte Amaldi seufzend und stand auf. »Holen wir ihn uns.«

»Da gibt es ein Problem …«, meldete sich Max zu Wort. »Nachdem er aus dem Heim verschwunden ist, haben sich Dejan Kreutzers Spuren verloren.«

»Palermo weiß alles«, erwiderte Amaldi. »Er wird uns schon sagen, wo er zu finden ist …«

Im *Dover Beach* kannte niemand einen Dejan Kreutzer. Als allerdings Frese erwähnte, dass er wahrscheinlich eine Narbe hatte – das einzige Kennzeichen, das sie dem Mörder zuschreiben konnten –, war Amaldi aufgefallen, dass der fette Besitzer des Lokals kurz zusammenzuckte. Nur einen Moment lang, gerade so lange, um einem seiner Rausschmeißer einen warnenden Blick zuzuwerfen. Das war alles. Er hatte sich von ihren Drohungen nicht einschüchtern lassen. Hatte nicht geredet.

Amaldi hatte zwei Beamte als Wache vor dem *Dover Beach* postiert.

Von Palermo fehlte jede Spur. Seit drei Tagen hatte er sich weder bei der Sitte sehen lassen, noch hatte er seinen Kollegen Bescheid gesagt, wo er zu erreichen sei. Er war ganz einfach verschwunden. Amaldi hatte Palermos Vorgesetzten in Alarmbereitschaft versetzt und zwei weitere Beamte bewachten seine Wohnung in der Altstadt.

»Hilft Palermo dem Mörder?«, hatte Frese gefragt.

»Ich glaube, er hat ihm schon einmal geholfen … Als er ein Junge war«, hatte ihm Amaldi geantwortet.

»Was tun wir jetzt?«, hatte Frese nachgehakt.

»Wir warten bei Boiron auf ihn.«

Der Raum war von Dunkelheit erfüllt.

Primo Ramondi kauerte noch immer unter dem Waschbecken. Es roch nach Desinfektionsmitteln und Bleiche. Es war weiß. Tröstlich und vertraut. Er streichelte die Keramik. Schloss die Augen und lehnte die haarlose Wange an die kalte Oberfläche.

»Willst du mich küssen?«, fragte ihn der Junge.

Sein Kopf war im Waschraum des Heims gefangen. Dies war der Moment, in dem er seine Geschichte umschreiben musste. Er sah die Wunde des Jungen, der für ihn blutete. Sah, wie sich das weiße Licht des Mondes mit Blut befleckte. Und spürte wieder die Erregung jener Nacht. Merkte, wie sein Herz klopfte.

»Ja …«, gab er dem Jungen zur Antwort, zum ersten Mal laut, ohne Angst, ohne Scham zu fühlen.

Er öffnete seine Lippen und drückte sie an das Waschbecken.

Er spürte, dass er sich der Liebe hingeben konnte. Wusste, dass er zu jemandem gehören konnte.

»Willst du mich küssen?«, fragte ihn der Junge noch einmal und bot ihm seine Lippen an, die so zart und rosig waren wie Blütenblätter.

»Ja«, antwortete Primo wieder, diesmal lauter, und presste seinen zahnlosen Mund gegen die kalte Keramik, die nach Sauberkeit und Bleiche roch. »Ja …«, wiederholte er und küsste den Jungen.

Seine Geschichte begann noch einmal. Von vorn.

Dann stand der Junge auf, kniete sich hin, knöpfte die Jacke seines himmelblauen Schlafanzugs auf und beschmierte sich den Körper mit seinen langen schmalen Fingern, die wirkten wie Stängel, an deren Enden tiefrote Blüten sprossen, mit Blut.

Primo lachte, er selbst war wieder ein Junge, tauchte in das Blut ein, und indem er das kalte Porzellan umklammerte, gab er sich der ersten Umarmung seines Lebens hin.

»Willst du es tun?«, fragte ihn der Junge.

Primo öffnete die Augen.

Der Raum lag in Dunkelheit versunken.

»Ich kann nicht ...«, schluchzte er. »Ich kann ... nicht ...«

Die Geschichte war tot. Von neuem tot.

Seine Albträume krochen über den dreckigen Boden seiner Zelle. Er folgte ihnen mit den Augen. Beobachtete, wie sie an den abgeblätterten Wänden emporkletterten. »Schau hin«, flüsterten sie.

Und Primo sah ihn in der Dunkelheit leuchten.

Einen Stahlhaken.

Ängstlich streckte sich seine Hand nach dem Bett, in dem er nie geschlafen hatte. Er holte sich das weiße Laken, bevor er sich wieder unter dem Waschbecken verkroch.

Er sah den Haken in der Dunkelheit glänzen. Dort oben. Nahe an der Decke.

Streifen für Streifen zerriss er das Laken.

Auf seinem zahnlosen Mund lag ein Lächeln.

Er wirkte beinahe glücklich.

Luz saß allein auf der Terrasse, die nächtliche Dunkelheit vor sich.

Er ließ die Klinge seines Messers hervorschnellen. Holte die Geldscheine aus der rechten Tasche und breitete sie auf dem Boden aus. Er schnitt die Narbe tief ein, von der Schläfe bis ganz nach hinten, kniete sich hin, sodass das Blut auf die Scheine tropfte. Dann setzte er sich und wartete, dass das Blut gerann.

»Ich komme, Papa«, sagte er darauf mit der Stimme des Jungen.

XXI

Palermo hatte sie im *Dover Beach* gesehen.

Die Jagd hatte begonnen.

Sie würden ihn fassen. Er hatte keine Chance mehr. Sie würden Luz fassen. Seinen Luz. Würden ihn in eine forensische Klinik zur Sicherheitsverwahrung einsperren. Wenn er Glück hatte.

Palermo hatte sich gewaltsam Zugang zu der Kellerwohnung verschafft, in der Luz lebte. Er hatte das Werkzeug gesehen, mit dem Luz seinen Opfern die Kiefer ausrenkte. Hatte den Holzkeil gefunden, Rollen mit Eisendraht, unverwechselbare Fesselspuren an dem Stuhl mit dem geflochtenen Strohsitz bemerkt, die die Spurensicherung zweifellos Garcovich und Pileggi zuordnen würde. Auf der Ladefläche des alten Lieferwagens, der in der kleinen Garage neben der Wohnung parkte, hatte er dunkle Flecken, Blutspuren, entdeckt. Und im Handschuhfach hatte er eine Rolle Paketschnur und eine fleckige Nadel gefunden. Eine dicke Stopfadel, die das Fleisch eines Lehrers und eines Doktors durchstochen hatte.

Doch er hatte sich nicht gefragt warum.

Palermo hatte regungslos dagesessen, den Kopf in den Händen vergraben, und hatte keinen klaren Gedanken fassen können.

»Es ist meine Schuld«, hatte er gesagt und war aufgestanden und hatte die dunkle Wohnung dort unten, unter der Erde, verlassen.

Nun war alles sinnlos geworden.

Amaldi, Frese und Max saßen im Wagen, der dort parkte, wo das Licht der einzigen Straßenlaterne auf dem Platz nicht hinfiel. Wieder war es Nacht. Vor ihnen erhob sich die Fassade des Hauses, in dem Richter Emilio Boiron wohnte. Zwei Beamte waren auf der Dachterrasse postiert, zwei weitere hatten vor Boirons Wohnung Aufstellung genommen.

»Er wird kommen«, sagte Amaldi und merkte dann, dass er genauso hart und entschlossen geklungen hatte wie Palermo, als man die Jagd auf Primo Ramondi eröffnete.

Er wusste, dass sie ihn erwarteten.

Zu diesem Zeitpunkt konnte es gar nicht anders sein. Der Kreis würde, musste sich bald schließen.

Das Leben, das Ferrante ihm geschenkt hatte, gehörte ihm nun nicht mehr. Er hatte es zwölf Jahre lang gelebt. Jetzt war die Stunde gekommen, wo er es ihm zurückgeben musste. Dieses Leben, dieses wundervolle Licht seinem rechtmäßigen Besitzer zurückgeben musste. Dem einzigen Menschen, der ihn geliebt hatte.

Er wusste, dass sie auf ihn warteten. Aber sie würden ihn erst dann fassen, wenn sich der Kreis geschlossen hatte. So, wie es sein sollte.

»Eins … zwei … drei … vier … fünf … sechs … sieben … acht … und neun«, sagte er leise. Als gäbe es nichts darüber hinaus. Als enthielten diese neun kleinen Zahlen die ganze Welt. Wie ein Käfig mit neun Gitterstäben, neun Seiten und neun Schlössern.

Er dachte an Ferrante, der ihn verlassen hatte. Weil er schmutzig war.

»Zehn«, sagte er und zuckte zusammen. »Elf … zwölf … dreizehn …«, brachte er mühsam heraus, als würde er verbluten, während er älter wurde. »Vierzehn ... fünfzehn ... sechzehn«, während vor seinen Augen die Bilder jener Jahre aufstiegen, bei denen er so getan hatte, als seien sie ungelebt. »Siebzehn ... achtzehn ...« Dabei sah er den Tag vor sich, an dem er wie Primo aus dem Heim geflohen war, spürte die Hände dieser Fremden auf seinem Körper, an die er sich verkauft hatte, weil es das Einzige war, was er konnte. »Neunzehn ...« Dabei erinnerte er sich an den Tag, als er ihn wiedererkannt und sein Herz einen Sprung gemacht hatte, Ferrante, seinen Ferrante, gealtert, ohne dieses Licht, der wie ein Schatten durch die Straßen der Altstadt lief, und er war nicht zu ihm gegangen, aus Angst, zurückgewiesen zu werden. »Zwanzig ...«, zählte er, und blutete jene Jahre aus, in denen er sich versteckt hatte, während er sich an die Nacht erinnerte, in der er die dunklen Schwingen des Todes über den geliebten Schultern seines Ferrante hatte schweben sehen. In der er sich ihm offenbart hatte und dabei riskierte, falls es ihm nicht gelang, ihn zurückzuhalten, zum Mörder des einzigen Menschen zu werden, der ihn je geliebt hatte, des einzigen Menschen, den er hätte lieben können, ohne sich dabei schmutzig zu fühlen. »... und einundzwanzig«, endete er und hatte sich nun in den Mann verwandelt, der er eigentlich war. Er keuchte.

Die Angst des Jungen war verflogen.

Da bemerkte er, dass seine Hände so groß waren wie die eines Erwachsenen. Und genauso stark. Er fühlte, dass das Herz in seiner Brust so kräftig schlug wie das eines Erwachsenen und dass es genauso grausam sein konnte.

Er lächelte erschrocken wie ein Erwachsener.

Plötzlich fühlte er einen furchtbaren stechenden Schmerz an der Schläfe, unter der Wunde. Im Kopf. In seiner Seele. Ein eigenes, aber trotzdem fremdes Gefühl. Wie der Nachklang einer Tragödie, die sich am anderen Ende der Welt ereignete.

Er war tot.

Der Junge war tot.

Jetzt musste er nur noch eines tun. Eine letzte Sünde von Ferrantes Schultern nehmen. Die schrecklichste aller Sünden. Er musste seinen Vater töten.

Dann würde Ferrante frei sein.

Der Diener konnte auch für seinen Herrn sterben.

Ferrante würde sein Licht wiederfinden.

Luz trat aus dem Schatten.

Max saß auf dem Rücksitz des Wagens, sein Notebook auf den Knien, und hämmerte hektisch auf die Tastatur ein.

Seit über vier Stunden observierten Amaldi, Frese und der junge Mann aus dem Archiv nun schon Boirons Haustür. Die Stimmung war gereizt. Sie waren müde und angespannt.

»Hör endlich auf mit diesem verdammten Computer, Max«, sagte Frese. »Du gehst mir langsam auf den Zeiger …«

»Nichts …«, meinte Max zu Amaldi. »Einen Dejan Kreutzer scheint es nicht zu geben …«

»Ich hab dir doch gesagt, du sollst das Ding da ausmachen«, fuhr Frese ihn erneut an. »Ich hab schon Kopfschmerzen davon …«

»Was hat denn mein Computer mit deinen Kopfschmerzen zu tun?«

»Das sind diese verfluchten elektromagnetischen Felder … habe ich in einer Zeitschrift gelesen …«, brummte Frese.

Amaldi sah auf die Uhr. 1.43 Uhr. Er drehte erneut seine Dienstwaffe in den Händen. Er wusste nicht einmal, ob sie auch funktionierte. Amaldi hatte sie noch nie zuvor benutzt.

»Was weißt du denn schon über elektromagnetische Felder?«, fragte Max Frese ärgerlich.

»Was ich darüber weiß?« Rot im Gesicht drehte Frese sich um. »Sie verursachen Störungen in der Atmosphäre und haben Auswirkungen auf unser Immunsystem, das weiß ich«, sagte er, sich in Rage redend. »Das ist wissenschaftlich erwiesen …«

»Du und die Wissenschaft, das hat doch noch nie zusammengepasst …«, unterbrach Max ihn.

Frese umklammerte das Lenkrad. Amaldi sah, wie er vor Wut bebte, dann huschte kurz ein Lächeln über sein Gesicht.

»Es ist nämlich wissenschaftlich erwiesen …«, fuhr er fort und richtete den Finger auf Max' Gesicht, »dass sie ein Auslöser von Tumoren und Durchfall sind …«

»Es ist überhaupt nicht erwiesen, dass sie Durchfall verursachen …«, widersprach Max sofort.

»Aha! Hab ich dich erwischt! Kein Durchfall! Kein Durchfall!«, jubelte Frese triumphierend. »Aber dass sie Krebs verursachen steht für dich fest.«

Amaldi sah, wie Max betroffen und wütend das Gesicht verzog.

»Du bist ein richtiges Arschloch, ja, genau das bist du …«, lachte Frese höhnisch. »Ein eingebildetes Bürschchen, ein Riesenrindvieh …«

»Leck mich, Nicola«, platzte Max der Kragen. »Ich hab deine dämlichen Witze satt … ich bin es leid, dass du ständig auf mir herumhackst, nur weil du selbst ein beschissenes Leben führst!«

»Nun beruhigt euch doch …«, meinte Amaldi.

»Du hast einen fahren lassen!«, schrie Frese wieder los. »Du dämliches Stück Scheiße, du hast schon wieder einen Furz gelassen! Steig aus, du verdammtes Schwein! …« Und er begann blindlings auf den jungen Mann einzuschlagen. »Raus aus diesem Wagen!«

»Nicola …«, schaltete sich Amaldi erneut ein und packte dessen Arme. »Nicola!« Seine Waffe fiel auf die Fußmatte.

Inzwischen hatte Max die Autotür geöffnet.

»Du kannst mich mal, Nicola«, sagte er und stieg aus.

»Du bist doch nur ein Haufen Scheiße!«

»Ich will nichts mehr mit dir zu tun haben!«, sagte Max im Gehen.

»Dann sieh zu, dass du Land gewinnst ...«, meinte Frese und machte ihm unmissverständlich klar, dass er verschwinden sollte.

Max drehte ihm den Rücken zu und entfernte sich kopfschüttelnd.

»Was fällt dir denn ein, Nicola?«, fragte Amaldi wütend.

Frese trommelte mit beiden Fäusten auf das Lenkrad.

»Das war doch nur Spaß ...«, sagte er. »Ich hab doch nur Spaß gemacht ... und dieser verdammte Fettsack ...«

»Du hast ihn beleidigt, Nicola«, fuhr Amaldi fort. »Du tust den ganzen Tag nichts anderes, als auf ihm rumzuhacken und ihn zu provozieren.«

Frese schlug noch mal mit der Faust auf das Lenkrad.

»Ein beschissenes Leben führe ich, sagt der ... Hast du das gehört?«, knurrte er. »Dieser picklige Fettwanst erdreistet sich, über mein Leben zu urteilen.«

Palermo trat aus dem Schatten.

Er hatte ihn zunächst verloren. Hatte ihm nicht folgen können. Aber er konnte sich vorstellen, wohin er unterwegs war. Als Erstes hatte er den alten Lieferwagen gefunden, der in einer dunklen Straße stand, mit der Motorhaube nach vorn geparkt. Und dann hatte er ihn bemerkt, dort hinter einem Baum verborgen.

Er wusste nicht, wie er sich ihm nähern, was er ihm sagen sollte. Wusste nicht, was er tun sollte.

Er konnte nur an eines denken: Es war alles seine Schuld. Er hatte ihn gezwungen, mit dem Tod zu leben. Er hatte ihm keine Wahl gelassen. Seinetwegen kannten die beiden Wesen in Luz, seine gute und seine böse Seite, nur Gewalt. Die Gewalt der Pädophilie war das Böse. Die Gewalt des Mordes war das Gute, bedeutete Befreiung, das Ende des Albtraums. Gewalt als Ende der Gewalt. Das Böse, das ihn verzehrt hatte, schmeckte nach Blut. Das Gute, von dem er gekostet hatte, schmeckte nach Blut. Zwei gegensätzliche Wesen. Ein Geschmack.

Das hatte er damals nicht erkannt. Er hatte ihn nicht beschützt. Nicht gerettet.

Max war außer sich vor Wut. Sein Herzschlag dröhnte ihm laut in den Ohren.

Dann hörte er ein Rascheln hinter sich. Er drehte sich nicht um, denn er hatte es satt, sich selbst eine Entschuldigung murmeln zu hören. Dieses Mal waren sie endgültig fertig miteinander.

»Da bin ich …«, sagte eine raue Frauenstimme hinter ihm.

Max drehte sich überrascht um.

Die junge Frau ging lächelnd auf ihn zu.

Sie war groß, wunderschön, hatte glänzende, platinblonde Haare. Ihre Beine, die unter dem Minirock hervorsahen, waren lang und gerade. Die Haut ihres Gesichtes wirkte weiß, wie gepudert, ihre leicht geöffneten Lippen waren feuerrot.

Sie würden ihn anhalten. Selbst wenn er nur irgendeine junge Frau war. Und er würde keinem von ihnen etwas tun. Denn keiner von ihnen war sein Vater.

Und deshalb war das nicht notwendig.

Man würde ihn anhalten, und er würde sagen, wer er war. Daraufhin würden ihn die Polizisten zur Haustür begleiten, durch die Sprechanlage bei Boirons Wohnung anfragen und um eine Bestätigung bitten. »Lassen Sie sie hochkommen, sie ist eine Freundin von mir, ich habe sie schon erwartet«, würde die Ehefrau, die selbst noch ein Kind war, sagen.

So einfach war das.

Nur deshalb traf er sich seit zwei Monaten mit ihr, mit dem Hintergedanken, dass dies seine Chance war. Er hatte sich die vertraulichen Geständnisse und das frivole Geschwätz von Signora Boiron nur angehört, um in ihre Wohnung zu gelangen. Er brauchte nur dort hineinzukommen. Und die Polizisten würden ihm eigenhändig die Tür öffnen, die gleichen, die ihn später töten würden. Aber erst würden sie seine Beine anstarren, den Körper von Signora Boirons Freundin begehren, die mitten in der Nacht vorbeikam, weil sie deren Trost brauchte.

Und sie würden ihn erst töten, wenn sich der Kreis geschlossen hatte.

Es war alles so einfach. Man musste nur das Vertrauen einer Ehefrau, die selbst noch ein Kind war, gewinnen, sie anlächeln, ihr etwas von dem schenken, was ihr fehlte. Das hatte er gleich begriffen. Sehr früh. Als er noch ein kleiner Junge war. Als es noch leicht war, sein Vertrauen zu gewinnen.

Und er hatte erfahren, wie es ist, verraten zu werden. Ganz plötzlich. Ohne Vorwarnung. Wenn man es am wenigsten erwartete. Vom Lehrer. Vom Doktor. Vom Sozialarbeiter. Das war die Welt der Erwachsenen.

Von seinem eigenen Vater verraten zu werden.

Alles war so einfach, wenn man erst einmal die Regeln verstanden hatte. Da genügte ein Anruf. Eine tränenerstickte Stimme. »Hilf mir bitte, du bist doch meine einzige Freundin«, hatte er zu Signora Boiron gesagt. Zu diesem kleinen Mädchen, dessen sämtliche Verfehlungen er kannte, so gut, dass es seine Bitte nicht ablehnen konnte.

Papa kannte ihn als Freundin seiner Frau. Sie waren einander schon oft begegnet, besonders wenn die sich mit einem ihrer Liebhaber treffen wollte und vorgab, sie ginge mit ihm aus. Oder vielmehr mit ihr, wie sie beide glaubten.

Es hatte sich ein zu festes Band zwischen ihnen gebildet – gefestigt durch allzu viele pikante Geheimnisse –, als dass ihn Signora Boiron in dieser Nacht hätte abwimmeln können.

Es war alles so einfach, wenn man erst einmal die Regeln durchschaut hatte. Doch die brachte man Kindern wie ihm nicht in der Schule bei. Man brannte sie ihnen direkt ins Fleisch ein.

»Bist du Polizist?«, fragte die junge Frau mit sinnlich rauer, einladender Stimme.

»J…ja«, stotterte Max und wurde rot.

Sie kam mit wiegenden Hüften auf ihn zu.

Max lächelte sie atemlos an.

Die junge Frau ging noch einen Schritt auf ihn zu, provozierend sinnlich.

Max war verwirrt und erregt. In seinem Kopf drehte sich alles.

»Signora Boiron hat mir gesagt, dass ihr hier seid …«, erklärte die junge Frau mit ihrer sinnlichen Stimme und fuhr sich mit der Zunge über die roten Lippen. »Ich bin ihre Freundin … sie erwartet mich …«

»Ja …«, sagte Max wieder.

Die Frau senkte ihre geschminkten Lider leicht wie in sexueller Hingabe.

Max fühlte, dass er gleich eine Erektion bekam.

Dann wurde sie plötzlich ganz ernst.

Palermo stand mitten auf der Straße.

Luz bemerkte ihn. Er riss die Augen weit auf und ihm war, als würde ihm mit einem Mal der Boden unter den Füßen weggezogen.

Er war bei ihnen. Erwartete ihn.

Er war bei ihnen und wollte ihn aufhalten. Wollte verhindern, dass der Kreis sich schloss.

»Warum …?«, fragte Luz leise. »Ich tue es doch für dich«, flüsterte er, als würde er zu sich selbst sprechen, als könnte sich dadurch die Wirklichkeit – seine Wirklichkeit – wieder zusammenfügen. Als könnte es irgendeine Erklärung für diesen letzten furchtbaren Verrat geben.

»Nein …«, sagte er wieder leise. »Nicht du …«

Palermo ging einen Schritt auf Luz zu.

Er streckte einen Arm aus.

»Gehen wir …«, sagte er mit seiner warmen Stimme und lächelte.

Er wusste, dass er behutsam vorgehen musste, um ihn nicht zu erschrecken. Um ihn zu beruhigen. Wusste, dass er ihm zeigen musste, dass er auf seiner Seite stand, und zwar sofort, ohne Zweifel daran aufkommen zu lassen.

Er hätte es nicht ertragen, wenn Luz ihn für einen dieser vielen Männer hielt, die ihn verraten hatten. Palermo wäre für ihn gestorben, genauso wie er für ihn weitergelebt hatte.

Er hob auch den anderen Arm und öffnete beide zu einer Umarmung. Um ihm eine Zuflucht zu bieten.

Luz sah, wie Palermo die Arme nach ihm ausstreckte.

»Ferrante …«, sagte er und spürte dabei diesen unwiderstehlichen Wunsch, sich umarmen, von all dem Blut säubern zu lassen, das auf seinem Körper erkaltete, so wie damals.

Er verspürte diesen unwiderstehlichen Wunsch, wieder ein Kind zu werden, von neuem den finstersten Albträumen zu trotzen, um ihm wiederzubegegnen, seinem Helden, dem Mann aus Licht. Dem Mann, den er von ganzem Herzen liebte und für den er bereit war zu sterben.

»Palermo!«, schrie Max, der neben Luz stand. »Bleiben Sie stehen!«

Luz sah den jungen Mann an, der verzweifelt zu einer Stelle auf dem kleinen Platz, die im Dunkeln lag, hinübersah und dabei heftig gestikulierte.

»Commissario!«, schrie er. »Commissario! Er ist hier!«

Luz sah wieder Palermo an.

Der hatte sich nicht gerührt. Er floh nicht. Stand nur regungslos da, als gäbe es niemand anderen auf dieser Welt außer Luz. Und hielt die Arme immer noch ausgebreitet.

Er würde sich verhaften lassen, dachte Luz alarmiert. Würde sich erneut für ihn opfern.

»Gehen Sie weg, Signorina«, sagte Max und machte einen Schritt auf Palermo zu.

Luz steckte die rechte Hand in seine Umhängetasche.

»Stehen bleiben, Palermo, du bist verhaftet«, sagte Max.

»Nein«, schrie Luz auf.

»Nein!«, schrie Palermo entsetzt.

Amaldi beobachtete gerade die Tür zu Boirons Haus, als er den Schrei hörte. Er wandte sich dem Bürgersteig zu, der im Dunkeln lag.

Frese hatte den Kopf auf das Lenkrad gelehnt, jetzt hob er ihn schnell und schaute in die gleiche Richtung.

Und sah Max dort stehen, neben einer Frau.

Sie machte eine schnelle, weit ausholende Geste mit dem Arm, es sah aus, als wollte sie Max eine Ohrfeige geben. Doch Amaldi und Frese sahen etwas aufblitzen, dort, wo die Hand der Frau sein musste.

Beide stürzten aus dem Wagen, während Max eine Hand an seine Kehle legte und in die Knie brach.

Amaldi machte nur ein paar Schritte, bevor er seine Waffe auf die Frau richtete.

»Halt!«, schrie er.

Doch die Frau beachtete Max nicht, sie starrte auf einen Punkt auf der anderen Straßenseite.

»Los, lauf weg!«, schrie jemand, den Amaldi nicht sehen konnte, weil er durch die Oleanderbüsche verdeckt war.

Die Frau wandte sich um und rannte den Bürgersteig entlang.

Amaldi feuerte. Die Frau blieb einen Augenblick ruckartig stehen. Amaldi musste an eine Schallplatte denken, auf der die Nadel kurz hängen blieb, bevor sie weiterlief. Dann verschwand die Frau in der Dunkelheit, jemand folgte ihr. Amaldi setzte ihr sofort nach.

Frese war inzwischen bei Max angekommen. Der Hals des Jungen war aufgeschlitzt. Seine Pupillen erweitert. Er hatte den erstaunten Gesichtsausdruck eines tödlich verwundeten Tieres. Seine Nasenlöcher bebten wie bei jemandem, der wittert, dass das Leben stoßweise aus seinem Körper entweicht.

»Einen Krankenwagen! Einen Krankenwagen!«, brüllte Frese, während er versuchte, den Blutfluss zu stillen. Er spürte, wie seine Augen sich mit Tränen füllten. »Halt durch …«, sagte er und streichelte Max' blutiges Gesicht.

Nur ein paar Meter von ihm entfernt lag ein Bündel blutgetränkter Geldscheine.

Durch einen Tränenschleier hindurch bemerkte Frese, wie Max' Augen sich trübten.

XXII

Palermo war vor Amaldi losgerannt. Hatte die Straße überquert und war in die Richtung gelaufen, die Luz einschlagen würde.

Er hatte ihn gerade noch erreicht, bevor er zu Boden stürzte, hatte ihn sich auf die Schultern geladen und zu dem alten Lieferwagen getragen. In der Handtasche hatte er die Autoschlüssel gefunden, Luz hineingehievt und sich ans Steuer gesetzt. Beim Wegfahren hatte er im Rückspiegel noch gesehen, wie Amaldi sich hinkniete, zielte und drei Schüsse abgab. Eine Kugel hatte den Lieferwagen getroffen, bevor er um die Ecke biegen und sich so aus der Schusslinie bringen konnte.

Palermo gab Vollgas, und in knapp zehn Minuten hatte er das verrostete Tor erreicht, öffnete es, fuhr den Lieferwagen die steile Abfahrt hinunter, vor das Rollgitter, schob es hoch und stellte den Wagen in der kleinen Garage ab. Dann lief er die Zufahrt hoch, und während er das Tor schloss, lauschte er in die Nacht hinaus, ob Polizeisirenen zu hören waren. Doch er nahm nur das dumpfe Raunen der Stadt wahr und seinen eigenen keuchenden Atem. Daraufhin lief er die Zufahrt noch mal hinunter und schloss das Rollgitter hinter sich wieder.

Er schleppte Luz in die dunkle Kellerwohnung und legte ihn aufs Bett.

Luz' Seidenkleid war an der linken Seite zerrissen. Man konnte genau erkennen, wo die Kugel ein- und wo sie ausgetreten war.

Luz verbarg sein Gesicht in den Händen.

Palermo hob den Saum hoch an und untersuchte die Wunde. Sie blutete zwar heftig, aber es war dennoch keine schwere Verletzung. Palermo nahm ein Taschentuch und drückte es auf die Wunde. Luz zitterte und bog den Rücken durch.

»Nicht hier …«, sagte er zu Palermo. »Ich will nicht hier sterben …«

»Du wirst nicht sterben.«

Luz antwortete nicht. Er sah den Mann an, den er liebte. Lange Zeit.

»Du bist … zurückgekommen … Ferrante«, meinte er.

»Ja …«

Luz lächelte schwach und öffnete seine roten Lippen ein wenig. Er streckte die Hand aus und streichelte das Gesicht seines Geliebten, als wollte er sich vergewissern, dass dies kein Traum war. Er forschte ängstlich in Ferrantes Augen, weil er fürchtete, dort ein Urteil über sich zu lesen. Doch die Augen seines Geliebten waren klar und rein.

»Du bist zurückgekommen«, wiederholte er.

»Ich muss sehen, dass es aufhört zu bluten …«

»Nein … das hört nicht auf«, flüsterte Luz. »Das hat nie aufgehört.«

Palermo nahm seine Hände und drückte sie.

»Bring mich auf die Terrasse, Ferrante«, sagte Luz.

Palermo bewegte sich nicht.

»Bitte …«

Palermo ließ seine Hände los.

»Aber erst zieh mir Männerkleidung an.«

Palermo erhob sich vom Bett und suchte sorgsam die Kleidung aus. Dann kam er zu Luz zurück und nahm ihm die Perücke ab. Er sah die frischen Schnitte, die das Messer auf der Narbe an der Schläfe hinterlassen hatte. Er entkleidete ihn vorsichtig, während das Blut das Laken tränkte. Nachdem er ihm oberflächlich die Wunde verbunden hatte, zog er ihm eine Hose und einen dicken Pullover an. Schließlich schnürte er ihm die Springerstiefel zu.

»Schmink mich ab …«

Palermo nahm einen Wattebausch aus der Schublade des Nachttischs und tränkte ihn mit einer Flüssigkeit aus einem blauen Fläschchen. Dann strich er damit über Luz' zartes Gesicht. Unter dem roten Lippenstift waren seine Lippen blutleer.

»Fertig …«, sagte Palermo danach.

»Gefalle ich dir …?«

»Du bist wunderschön.«

Luz lächelte noch einmal.

»Bring mich bitte auf die Terrasse …«

Palermo nahm ihn in die Arme. Hob ihn hoch und trug ihn hinauf auf das Dach. Er ließ sich dort nieder, wo sie immer saßen, hielt Luz in seinem Schoß, umarmte ihn und stützte mit einer Hand seinen Kopf.

»Weißt du … warum ich immer ganz normale Tauben gezüchtet habe … keine Turteltauben … oder andere seltene Vögel?«, sagte Luz mit seiner rauen engelsgleichen Stimme.

»Nein …«

»Weil ich gedacht habe … dass ich vielleicht eines Tages … nicht mehr da wäre ….« Seine Stimme wurde immer schwächer. »Und dann sollten sie … wenn sie vielleicht allein wären … sich selbst ihr Futter suchen können … irgendwo in der Stadt … ohne sich dort fremd zu fühlen … Deshalb habe ich ganz normale Tauben gezüchtet … damit sie sind wie alle anderen …«

»Ja …«

»Siehst du die Sterne, Ferrante?«

»Ja … ich sehe sie.«

»Sie funkeln doch, oder?«

»Ja …«

Palermo streichelte liebevoll über Luz' Kopf, über die Narbe an der Schläfe, die wieder zur offenen Wunde geworden war. Dann ließ er seine Finger an den Backenknochen entlanggleiten und strich über die weichen Wangen. Luz hatte die Augen geschlossen, seine roten Lippen waren so zartrosa wie die Blütenblätter einer Kamelie.

»Hast du ihn geliebt?«, fragte Palermo wieder.

Luz riss erstaunt die Augen auf. Dann lächelte er. Wie ein Mann. Wie ein Erwachsener. Von dem Jungen war nichts mehr übriggeblieben.

»Nein, Ferrante …«, sagte er. »Ich habe nie jemand anderen geliebt. Er hat mir nur gezeigt, dass die Wunde … noch einmal geöffnet werden musste …«

»Er ist tot …«

»Primo?«

»Er hat sich erhängt …«

Luz sah seinen Geliebten an. »Er war allein«, sagte er und starrte ihn weiter an. »Er … war allein«, sagte er noch einmal.

Und da begriff Palermo, was Luz unausgesprochen ließ. Er las es in seinen Augen. Wie eine letzte Bitte.

Er drückte ihn liebevoll an sich und legte seinen Kopf auf seine Knie.

Berührte sanft das zarte Gesicht, bevor er seine beiden Hände tiefer gleiten ließ, wo sich feine blaue Adern unter der glatten Haut abzeichneten, und schloss die Finger um den langen eleganten Hals.

»Das wird jetzt wehtun …«, sagte er mit tränenerstickter Stimme, »aber es ist zu deinem Besten.«

Luz sah ihm in die Augen, nährte sich an dieser grenzenlosen Liebe. Er öffnete die Lippen und suchte den Mund seines Geliebten. Sterbend sah er das *Licht*, das er bewahrt hatte, wieder den Weg dorthin zurücknehmen, wo es vor zwölf Jahren verloren gegangen war.

Palermo neigte sich über die vollen Lippen, sie erinnerten ihn an die Fische, wie er sie aus dem Netz gelöst hatte und dabei die Hände der beiden Brüder, der Fischer, berührte. Er beugte sich hinunter und küsste diese warmen Lippen. Spürte, wie salzig sie waren. Er beugte sich hinunter und küsste die Finger, die ersten, die er je hatte küssen wollen. Mit der Begeisterung und der Unschuld seiner vierzehn Jahre. Und er spürte, dass Luz' Lippen von dieser Berührung nicht schmutzig wurden. Weil Luz inzwischen ein Mann geworden war und er selbst nur ein vierzehnjähriger Junge war, der niemandem etwas antun konnte und dem noch alles bevorstand, was man ihm antun würde. Er küsste ihn lange, wobei er den zarten Hals brutal zusammendrückte und den Zuckungen dieses Körpers Widerstand leistete, der sich hin und her warf wie ein Fisch auf dem Strand.

Genauso lange wie das Leben, das ihnen blieb.

Denn es gab keine andere Lösung.

Er war unsicher, ob dies noch Liebe war oder bereits die Erinnerung daran.

»Danke …«, flüsterte Luz sterbend dem *Licht* zu, das nun wieder in Ferrantes Augen erstrahlte.

Und dann war da nur noch Dunkelheit.

Amaldi folgte den Blutspuren den obersten Treppenabsatz hinauf. Er hatte sich das Kennzeichen des Lieferwagens notieren können. Das hatte ihn zu einem Blumengeschäft geführt und von dort aus zu der Adresse des Jungen, der die Bestellungen auslieferte.

Die Tür zur Dachterrasse stand einen Spalt offen. Er stieß sie auf, die Waffe im Anschlag. Die Beamten hinter ihm warfen sich mit gezückten Waffen nach vorn und suchten mit den Taschenlampen schnell die Terrasse ab.

Amaldi entdeckte ihn sofort.

Palermo saß auf einem gemauerten Quader, in dem die Stromzähler untergebracht waren, mit dem Rücken zur Wand. Der andere lag dort, den Kopf in seinem Schoß. Er sah aus, als schliefe er.

Palermo schien die Lichter der Taschenlampen nicht zu bemerken. Er schaute geradeaus und starrte auf den Horizont, wo es langsam hell wurde.

»Ich habe meinen Geliebten ermordet«, sagte er mit ausdrucksloser Stimme.

Amaldi stoppte die Beamten mit einer Handbewegung und steckte seine Waffe in den Hosengürtel. Dann näherte er sich vorsichtig den beiden.

Daraufhin drehte Palermo sich um. Sein Gesicht war eine starre Maske.

Der Körper in seinen Armen bewegte sich nicht.

Um sie herum saßen etwa zwanzig Tauben. Sie wirkten neugierig. Oder verstört.

Amaldi ging noch einen Schritt näher. Jetzt stand er vor ihm.

»Er ist tot …«, sagte Palermo, aber diesmal klang seine Stimme voll, weich, nicht nachgiebig oder schwach, sondern einfach nur ruhig. Die Stimme eines Mannes, der etwas begriffen hatte. Er beugte sich nach vorn, zu Amaldi hinüber, streckte seine Hände aus und ergriff die des anderen. Er sah ihn an.

Amaldi nahm keine Gedanken in diesen Augen wahr – die so verändert, so sanft wirkten, dass der Mann beinahe nicht wiederzuerkennen war –, nicht mehr als ein Atmen. Vielleicht eine Erinnerung. Oder ein ferner Gedanke. Einen Funken, der zu schwach war, um den Schmerz aufzuhellen, in dem er versunken war, der seine Dunkelheit nur noch undurchdringlicher machte.

Die Hände der beiden waren noch immer ineinander verschlungen.

Amaldi löste seine Hand aus der Palermos und setzte sich neben ihn. Beide starrten auf einen fernen, nicht erkennbaren Punkt am Horizont. Und dennoch meinte Amaldi, einen kurzen Moment lang zumindest, dass sie den gleichen Punkt betrachteten.

»Sag ihnen, sie sollen ihn gut behandeln«, sagte Palermo nach einer Weile und streichelte Luz' kaltes Gesicht.

»Ja …«

Ganz plötzlich erhoben sich alle Tauben auf einmal flügelrauschend in die Luft.

»Nun können wir gehen«, sagte Palermo dann.

Er stand auf, zog sich die Jacke aus und bettete sanft den Kopf seines Geliebten darauf wie auf ein Sargkissen.

XXIII

Frese hatte ihn keinen Moment allein gelassen. Nachdem er fast einen Tag ununterbrochen an Max' Bett ausgeharrt hatte, hatte man ihm erklärt, der Junge sei außer Lebensgefahr.

Frese ließ sich im Besucherzimmer in einen abgewetzten Sessel mit einem ausgeblichenen, roten Bezug fallen, während beim Pflegepersonal Schichtwechsel war. Er schloss die Augen. Die Müdigkeit sog ihn schwindelnd schnell ein wie in einen rasanten Strudel.

Die Klinge war tief eingedrungen und hatte einen Teil der Luftröhre durchtrennt. Max wäre beinahe an seinem eigenen Blut erstickt.

Frese öffnete die Augen und sprang aus dem Sessel auf.

Man hatte die Blutung noch rechtzeitig stoppen können und auch die Flüssigkeit war schnell wieder aus seinen Lungen verschwunden.

»Du hast wirklich kein Glück mit Frauen«, hatte Frese zu Max gesagt, als dieser nach der zweistündigen Operation aus der Narkose erwacht war.

»Du kannst mich mal, Nicola«, hatte Max geantwortet.

Frese hatte erleichtert gelächelt. Die Stimmbänder waren also unverletzt.

Max war gerettet, sagte er sich wieder. Aber durch seine Schuld wäre er beinahe gestorben. Frese versuchte noch einmal, die Augen zu schließen, und wieder drehte sich die Dunkelheit vor ihm. Er klammerte sich an die roten Armlehnen des Sessels, als hätte er Angst zu fallen. Dann atmete er tief durch und seine offenen Augen brannten vor Müdigkeit.

Das Krankenhauspersonal lief geschäftig in den Gängen umher. Frese stand auf und schaute in Max' Zimmer hinein. Er schlief. Aus einem Tropf rann langsam eine klare Flüssigkeit in seinen Arm, lange, durchsichtige Kanülen weiteten seine Nasenlöcher, der Verband am Hals hatte Blutflecken. Sein rundes Gesicht mit den Hasenzähnen war blass.

Als Frese sich umdrehte und zu dem roten Sessel zurückgehen wollte, sah er sie. Er erkannte sie sofort wieder, auch von hinten. Sie war klein und kräftig. Der weiße Kittel lag eng über ihrem ausladenden Hintern an.

»Signora Iacobi«, sprach Frese sie an.

Die Frau drehte sich um.

»Ich wusste doch, dass ich Sie schon mal gesehen hatte«, sagte Frese und ging zu ihr.

Die Krankenschwester zog kurz verblüfft die Augenbrauen hoch, bis auch sie ihn wiedererkannte. Dann lächelte sie ihm zu.

»Haben Sie die Abteilung gewechselt? Das letzte Mal sind wir uns in der Onkologie begegnet …«

Der Krankenschwester stand wieder die Verblüffung ins Gesicht geschrieben.

»Ajaccio … der Präparator … und so weiter«, sagte Frese, um ihrem Gedächtnis auf die Sprünge zu helfen.

»Ach, Sie waren auch dort? Ich kann mich nur an Commissario Amaldi erinnern …«

»Ja, ich war auch dort. Also hat man Sie versetzt?«

»Die Leitung hat alle versetzt … Sie haben das Personal komplett ausgewechselt, weil sie der Meinung waren, was wir erlebt haben, könnte unsere Arbeit beeinträchtigen.«

»Schon möglich.«

»Aber die Zimmer und die Abteilungen sind alle gleich …« Ihr Blick verlor sich in dem schrecklichen Albtraum, und sie dachte an alle, die, wenn auch nur am Rande, davon betroffen waren. Die Stadt hatte vielleicht alles vergessen. Aber nicht die einzelnen Menschen in ihr.

»Ja … also …«, brummte Frese verlegen.

»Ich überlege, mich beruflich zu verändern«, fuhr Signora Iacobi fort. »Vielleicht helfe ich meinem Vater im Geschäft … Was führt Sie denn hierher? Die Arbeit?«

»Nein, ich besuche einen Freund«, antwortete Frese und deutete auf Max.

Der junge Mann aus dem Archiv war aufgewacht und winkte zu Frese hinüber.

Signora Iacobi lächelte. »Ich habe gehört …«

»Und glauben Sie, die Arbeit in einem Laden wird Ihnen gefallen?«, fragte Frese sie.

Die Krankenschwester zuckte mit den Schultern. »Mein Vater ist alt und verwitwet«, sagte sie. »Er hat eine Eisenwarenhandlung in einem Vorort. Dort bin ich aufgewachsen. Das wird schon nicht so übel sein, was meinen Sie?«

»Ja, das glaube ich auch …« Er sah sie an. »Würden Sie mir verraten, wie Sie mit Vornamen heißen?«

Die Krankenschwester starrte ihn einen Moment an.

»Sarah«, antwortete sie dann. »Mit einem h am Ende. Ich komme aus einer jüdischen Familie«, fügte sie dann beinahe herausfordernd hinzu und beobachtete, wie Frese darauf reagierte.

»Sind Sie beschnitten?«, fragte er.

Sie erstarrte kurz, doch dann brach sie in Gelächter aus.

Max winkte Frese noch einmal von seinem Bett aus zu.

»Ich komm ja schon, du Nervensäge«, schrie ihm Frese zu. Dann wandte er sich wieder der Krankenschwester zu. »Hören Sie, Sarah mit einem h am Ende, wie geht es Ihrem Kleinen …?«

»Dem *Stöpsel*?«, sagte Signora Iacobi lachend.

Frese wurde rot.

»Ich habe ihm erzählt, dass Sie und der Commissario einen von den Bösen geschnappt haben, und seitdem will er nur noch so genannt werden«, erklärte die Frau. »Er hat auch gesagt, er will so ein Polizist werden wie Sie. Sie sind sein Held …«

»Na … wenn wir uns öfter begegnen, überlegt er sich das vielleicht noch mal«, meinte Frese scherzhaft. »Ich kann nicht sehr gut mit Kindern …«

Signora Iacobi lächelte.

»Warum lassen Sie sich nicht von mir zum Abendessen einladen?«, fragte Frese.

»Meine Schicht geht bis acht Uhr«, sagte sie. »Und der *Stöpsel* ist heute Abend bei seinem Großvater.«

»Schon notiert«, meinte Frese. »Wir treffen uns vor dem Haupteingang. Ich bin der Kleine mit der Bullenvisage und dem Blumenstrauß in der Hand.«

Als sie sich zum ersten Mal in diesem kleinen Haus, das sich an diesem Abhang über dem Meer festzuklammern schien, sicher und glücklich gefühlt hatte, hatte Giuditta sich auf den Rand der Rutsche gesetzt, ohne an etwas Bestimmtes zu denken. Sie hatte den Horizont angestarrt und sich in dieser feinen, verschwommenen bläulichen Linie förmlich verloren.

»Ich wünschte mir, dass eines der Kinder nicht wieder gehen müsste«, hatte sie leise vor sich hin gemurmelt, ohne im Voraus zu wissen, was sie sagen würde. »Ich wünschte mir, dass dieses Haus das Heim eines Kindes wäre.«

Dann hatte sie sich beinahe erschrocken zur Terrasse umgewandt und dort Giacomo entdeckt, der sich mit den Händen auf die Brüstung stützte und sie beobachtete. Sie hatte gelacht, ein wenig verlegen, weil man sie in einem so intimen Moment ertappt hatte, aber von da an wiederholte sie diesen Satz jeden Nachmittag, wenn die Kinder gegangen waren, und drehte sich um, weil sie wusste, dass Giacomo dort auf der Terrasse stand.

Und sie lachte, weil sie wusste, dass er sie eines Tages hören würde. Giuditta saß wieder auf der Rutsche. Sie sah ein Blatt Papier auf dem Boden und hob es auf, weil sie dachte, eines der Kinder hätte es vielleicht vergessen. Sobald sie es ansah, erkannte sie es wieder. Erkannte Giacomos Schrift, aus der sein Leiden sprach. Erkannte diese dumme alte Geschichte wieder, die ihn so beeindruckt hatte.

Ein Pärchen geht in ein Tal hinunter. Der Hügel um sie herum steht in voller Blüte und das Gras ist schon feucht von der hereinbrechenden Abenddämmerung … Ehe die Sonne direkt vor ihnen die beiden Liebenden verlässt, setzt sie noch Glanzlichter in ihre Haare und bringt seine Augen zum Strahlen … und lässt sie beide schöner wirken, als sie eigentlich sind. Hinter ihnen trottet ein alter Hund her, mit gesenktem Kopf, und auch seine Zunge hängt schlaff aus dem Maul, als wäre sie zwischen den nunmehr zahnlosen Kiefern eingeschlafen. Aber sein Schwanz wedelt stolz und glücklich. In dieser idyllischen Landschaft bleibt die Frau auf einmal stehen und packt ihren Liebsten bei den Schultern, ganz so, als wäre sie der Mann, zieht ihn zu sich heran … und küsst ihn auf den Mund. Die eine Hälfte ihrer Gesichter leuchtet im orangefarbenen Licht der Abendsonne, die andere Hälfte liegt im Schatten … so wie nur eine Hälfte von ihnen schöner ist, als sie in Wirklichkeit sind, und die andere Hälfte hässlicher. »Ich liebe dich«, will er gerade sagen. »Ich liebe dich und ich würde alles für dich tun. Auch hier auf der Stelle meinen alten geliebten Hund umbringen, wenn du mich darum bittest«, aber sie legt ihm eine Hand auf den Mund und sagt: »Ich weiß, dass du mich liebst … Aber wärst du in der Lage, hier auf der Stelle deinen alten geliebten Hund umzubringen, wenn ich dich darum bitte?« Der Mann starrt sie an, er überlegt und dann sagt er: »Aber warum bittest du mich jetzt darum?« Inzwischen ist die Sonne untergegangen und hat jene Hälfte endgültig ausgelöscht, die sie schöner aussehen ließ, als sie jemals waren. Ihre Gesichter liegen nun im Schatten. Keine Glanzlichter ruhen mehr auf ihren Haaren. Und seine Augen strahlen nicht mehr so wie vorher. Der alte Hund wackelt mit seinem kahlen Kopf hin und her, hat seinen Schwanz ein wenig eingezogen, während er seinem Herrchen folgt, denn hier trennen sich die Wege des Mannes und der Frau. Bald wird es dunkel sein und dann kann man ihre Gesichter nicht mehr erkennen, schwarz sind sie, schwarz in der Schwärze der Nacht …

Giuditta sah, dass Giacomo ein wenig weiter unten einen kurzen Satz mit Rotstift hinzugefügt hatte, bevor er das Blatt wegegeworfen hatte:

Und auf die Nacht folgt der Morgen.

Die Sonne ging unter und Giuditta saß immer noch auf der Rutsche, starrte auf diese blaue Linie am Horizont, die das Ende der Welt und den Beginn der Zukunft darstellte.

Sie spürte seine Gegenwart, noch bevor er sich schweigend neben sie setzte, ihre Hand nahm und ebenfalls auf das Meer hinaussah.

So blieben sie eine ganze Weile schweigend sitzen, bis die Sonne schließlich das Ende des Tages ankündigte und das Feld für einen kalten Wind räumte, der nun Giudittas lange aschblonde Haare zauste.

»Ich wünschte mir, dass dieses Haus das Heim eines Kindes wäre«, sagte Giacomo.

Und seine Worte überschnitten sich mit dem, was Giuditta sagte: »Ich habe beschlossen, wieder zur Universität zu gehen.«

Dann sahen sie einander an und lachten laut.

Giuditta kuschelte sich enger in den dicken Pullover, um sich gegen die kalte Luft zu schützen.

»Bist du dir sicher?«, fragte Giacomo, während er ihr den Arm um die Schultern legte.

Giuditta lachte noch einmal.

»Sicher sollten wir erst einmal lernen, nicht gleichzeitig loszureden.«

»Und sicher ist die Universität jetzt geschlossen«, sagte Giacomo, während er aufstand und sie bei der Hand nahm.

Hand in Hand gingen sie zwischen den Weinreben hindurch, die steilen Stufen zur Terrasse hinauf und von dort ins Haus.

»Aber für das andere gibt es ja wohl keine festen Zeiten, oder?«, sagte Giacomo lächelnd und schloss die Tür hinter ihnen.

Danksagung

Wie immer schulde ich Carla den meisten Dank.

Und zum zweiten Mal danke ich dem Psychiater Dottor Roberto Fornara.

Außerdem gilt mein ehrlicher Dank auch Valentina Balzarotti Barbieri, die seit fünfzehn Jahren beständig Vertrauen in meine Arbeit setzt.

KATE CORELL

NEVER BE MY ENEMY

CARLSEN